AKHENATON E NEFERTITI

UMA HISTÓRIA AMARNIANA

Livros dos autores publicados pela L&PM EDITORES

As 100 melhores histórias da Bíblia
As 100 melhores histórias da mitologia
Deuses, heróis & monstros (infantojuvenil)

Carmen Seganfredo / A.S. Franchini

Akhenaton e Nefertiti

Uma história amarniana

www.lpm.com.br

L&PM POCKET

Coleção **L&PM** POCKET, vol. 989

Texto de acordo com a nova ortografia.

Este livro foi publicado pela L&PM Editores, em formato 14x21 cm, em 2006.
Primeira edição na Coleção **L&PM** POCKET: outubro de 2011

Capa: Marco Cena
Revisão: Larissa Roso e Renato Deitos

CIP-Brasil. Catalogação na Fonte
Sindicato Nacional dos Editores de Livros, RJ.

F89a

Franchini, A. S. (Ademilson S.), 1964-
Akhenaton e Nefertiti: uma história amarniana / A. S. Franchini, Carmen Seganfredo. – Porto Alegre, RS: L&PM, 2011.
336p. (Coleção L&PM POCKET; v. 989)

ISBN 978-85-254-2493-8

1. Novela brasileira. I. Seganfredo, Carmen, 1956- II. Título. III. Série.

11-6084. CDD: 869.93
CDU: 821.134.3(81)-3

Rua Comendador Coruja, 314, loja 9 – Floresta – 90220-180
Porto Alegre – RS – Brasil / Fone: 51.3225.5777 – Fax: 51.3221.5380

Pedidos & Depto. comercial: vendas@lpm.com.br
Fale conosco: info@lpm.com.br
www.lpm.com.br

Impresso no Brasil
Primavera de 2011

NOTA DOS AUTORES

Esta é uma versão inteiramente ficcional da vida do faraó Akhenaton e de sua esposa Nefertiti. Nem poderia ser de outra maneira, já que mesmo os historiadores divergem a cada passo na reconstituição da vida deste casal verdadeiramente misterioso. A única coisa que sabemos com certeza, leigos e eruditos, é que ambos promoveram uma mudança radical nas concepções religiosas da época, e que tal mudança teve uma duração bastante curta.

Sendo assim, seria inútil pretender-se encontrar aqui – como, de resto, em qualquer outro lugar – uma versão exata dos fatos sobre a vida do "casal solar", uma vez que para cada episódio desta história existem pelo menos duas outras versões totalmente conflitantes. (Por exemplo: enquanto alguns estudiosos afirmam que Nefertiti era irmã do faraó, outros dizem ter sido filha de um alto dignitário da corte; quanto à figura exótica do faraó, a contradição é tanta que se chegou até a dizer que era uma mulher vestida de homem!)

Diante disto, restou-nos apenas a tarefa de recriar, com base em dados quase que inteiramente supostos, o extraordinário drama humano que deve ter se desenrolado naqueles distantes dias.

Para a História, decerto que é pouco, mas para a Arte, é quanto basta.

Quem está ao sol e fecha os olhos
Começa a não saber o que é o sol,
E a pensar muitas cousas cheias de calor.

Fernando Pessoa
"O Guardador de Rebanhos"

SUMÁRIO

Primeira parte

O NASCER DO SOL

1 – TODA MORTE É OBSCENA

O pequeno Amenotep não conseguia entender direito o que se passava à sua volta: conduzido pela mão firme de seu pai através de um imenso campo nos desertos da Núbia, onde há pouco os exércitos egípcios haviam desbaratado um pequeno regimento de insurrectos, o garoto sentia-se imerso num verdadeiro torvelinho de suor e ruído. Apesar de todos os esforços, o jovem herdeiro da coroa dupla do Egito não conseguia evitar o contato indesejado com dezenas de corpos suados e apressados – para ele, uma novidade francamente repugnante –, enquanto, a cada esbarrão, sua mão úmida, transformada num organismo dotado de reações próprias, apegava-se desesperadamente à mão rígida de seu pai, no receio pânico de ver-se sugado por aquele vórtice pegajoso.

Mas o pior de tudo, sem dúvida, eram os gritos soando selvagemente aos seus ouvidos – gritos de comando, de assentimento e de dor, que misturados num alarido diabólico pareciam o clamor conjunto de todas as almas condenadas do Amanti, trituradas de uma só vez pelas presas implacáveis da besta devoradora dos mortos.

Amenotep IV tentava deter a marcha inflexível de seu pai com algumas frouxas interjeições, mas justamente nos momentos em que sua voz parecia sobrepor-se à gritaria, a ponto de poder ser finalmente ouvida, era cortada pela dele, dirigida asperamente a algum soldado extraviado, que não lhe parecia suficientemente atarefado. Foi então que o garoto finalmente compreendeu que não estava ali para falar nem opinar, mas somente para ver e ouvir. Cada palavra que seu pai dirigia aos outros era, na verdade, dirigida a ele próprio, significando sempre esta e mesma coisa: "Quieto! Veja e ouça, *apenas veja e ouça*!".

Sem poder deter seu olhar em qualquer coisa demasiado transitória, o garoto decidiu fixar os olhos na mão enorme que o conduzia – mão escura, como a de todos os egípcios, em que apenas branquejavam sobre a pele esticada os nós rígidos dos seus dedos –, tão diferente da sua, frágil reunião de caniços espremidos miseravelmente uns contra os outros.

A verdade é que Amenotep IV, um cabeçudo garoto de apenas oito anos de idade, ainda estava longe de ostentar a aparência de um futuro detentor da coroa dupla do Egito. Alçado à condição de herdeiro de uma maneira abrupta, após a morte do primogênito Tutmés (vitimado por uma febre mortal), o jovem trazia em suas feições de olhos inquietos e lábios protuberantes a perfeita representação da criatura mal situada no mundo. Seu sangue real e anos de intenso aprendizado ainda não o haviam tornado, decerto, um homem – tal fora a conclusão a que seu pai, Amenotep III, havia chegado alguns dias antes, após observar longa e penosamente o rosto do filho, um rosto cujas feições equinas lhe pareceram, secretamente, as de uma "cavalgadura total".

– Basta de teorias! – dissera o faraó, guardando para si o veredicto constrangedor e retirando imediatamente o filho das mãos dos seus preceptores para levá-lo ao palco onde se decidem verdadeiramente os destinos do mundo: o campo de batalha.

Assim que os pés de pai e filho, deixando o confortável piso da biga, haviam tocado o solo núbio escaldante e recoberto de uma poeira grudenta, mesclada de sangue e suor, o primeiro exclamara num tom que não admitia qualquer réplica:

– Agora você verá quantas mãos são precisas para sustentar o trono das duas terras!

Amenotep IV continuava a sentir o cheiro acre da Morte introduzir-se à força em suas narinas (mesmo que suspendesse totalmente a respiração), enquanto avançava, aos tropeços, por um verdadeiro mar de corpos mortos ou agonizantes.

– Já é possível a contagem? – gritou o faraó ao escriba, já posicionado.

– Aguardamos apenas as ordens do Horus encarnado – respondeu o outro, de olhos no pó.

O pequeno herdeiro, a quem o ruído tornara quase surdo, estava agora inteiramente entregue ao despotismo do olhar, observando as centenas de cadáveres que se espalhavam ao redor com as posturas e os trejeitos espontâneos da Morte (já que aqui ainda não interviera a mão operosa dos embalsamadores, hábeis simuladores da vida que empregam toda a sua arte para dar àquela senhora a compostura sagrada que ela tão naturalmente desdenha).

Duas coisas fundamentais da vida o jovem Amenotep IV ainda não conhecia: uma delas era a Morte, que até ali só intuíra por meio da representação altamente estilizada dos sarcófagos. Agora, porém, a tinha nua e crua diante dos olhos. As vísceras dos mortos ainda palpitavam por entre as feridas profundas que haviam ocasionado a morte – as mesmas vísceras que deveriam, mais tarde, após os complicados rituais de embalsamamento, ser acomodadas dentro de finos vasos e relicários –, enquanto os rostos expunham uma máscara perpétua de terrível expressividade (*não*, não eram decerto aquelas serenas expressões entalhadas que ele acostumara-se a observar no tampo dourado dos sarcófagos, feições estáticas que em vão se perquire para tentar-se encontrar uma noção mínima do que seja estar morto, mas máscaras recentes e personalizadas de uma morte que ainda era vida, máscaras crispadas e desenxabidas – sim, desenxabidas, já que toda morte era obscena e um cadáver exposto à curiosidade mórbida dos vivos algo inominável!).

Amenotep deteve-se, num breve período de tempo, sobre as expressões mais chocantes:

– Está morto... *mas como ainda sofre*! – pensou ele, ao ver um rosto de boca arreganhada, onde remanesciam quatro dentuças cor de âmbar que as varejeiras poliam meticulosamente com suas línguas negras e vibráteis; mais adiante, vislumbrou um idoso inteiramente nu, com os olhos esbugalhados a fixarem o céu, como que decidido a não abaixá-los para fixar a terrível ferida que lhe fendera o tórax, a ponto de deixar-lhe expostas as costelas dilaceradas. Amenotep percebeu, ainda, que o velho vilipendiado tinha o pulso direito amputado e coberto por escaras negras de um sangue coagulado e melado de pó, enquanto sua mão remanescente, possivelmente num último e reflexo gesto de um pudor mortuário, pousava, azulada e retorcida, sobre o seu sexo desprotegido – e só então, ao observar os outros cadáveres, deu-se conta de que aquela mutilação era o prêmio conjunto de todos quantos ali estavam irmanados sob a mesma injúria e sob o mesmo sol imenso e implacavelmente impudico, cujos raios desciam do alto com a mesma verticalidade da chuva, não dando chance a que uma única sombra piedosa pudesse velar algum corpo demasiado aviltado. Sim, a morte era uma coleção ofensiva de máscaras, a morte alheava, a morte era um tripúdio, a morte humilhava e doía – a Morte, *ali*...!

"Que era, poderoso Áton, todas aquelas mãos?", pensou o jovem, sem, porém, conseguir articular a voz, eis que agora só tinha olhos para aquela mutilação que se repetia absurdamente em série – mãos que não eram, mãos cuja ausência era denúncia mais expressa e total do que qualquer gesto que elas mesmas pudessem ter feito a qualquer tempo –, até dar-se conta, afinal, de que estava diante do antigo costume, da álgebra macabra pela qual se procedia, desde tempos imemoriais, à contagem egípcia dos mortos em uma batalha. (Mas não lhe escapou, decerto, espírito sutil que era, de que cortar a mão dos adversários abatidos era, também, além de um bom meio de se proceder à contagem, uma maneira solerte de tê-los inteiramente humilhados, eis que a mão era sempre o último e desesperado recurso não só da defesa, do protesto e da recusa dos homens, mas também do último grau do seu aviltamento, que era a clemência.)

Num gesto instintivo de repulsa, o jovem herdeiro ergueu suas próprias mãos de feições aracnídeas, dotadas de dedos longilíneos e nervosos que provocavam o pasmo de todos quantos se detinham miudamente na sua observação – dispensando, assim, o trabalho constrangedor de percorrer todas as demais imperfeições do corpo deste menino tão despido daquela beleza que era o apanágio das estátuas colossais que entulhavam o Egito, acima e abaixo do Nilo –, a fim de cobrir os olhos e também o nariz, pois o odor da carne putrefata provocava-lhe já irreprimível náusea.

Seu pai, porém, impediu-lhe o gesto, tomando outra vez nas suas as mãos delgadas do filho, do herdeiro que não podia demonstrar fraqueza diante da derrota do inimigo, uma vez que isto seria proclamar ao mundo que o futuro faraó, senhor das Duas Terras, era um ser suscetível à piedade, pior notícia que dele se poderia dar aos espiões das potências rivais.

Quase arrastando o pequeno herdeiro, Amenotep III conduziu-o até um pequeno estrado, que a perícia dos soldados havia improvisado para maior conforto dos soberanos. Tomando assento, Amenotep III e seu filho aguardaram que soldados se aproximassem carregando cestos enormes e gotejantes, cujo conteúdo o pequeno herdeiro podia perfeitamente intuir.

– Que se proceda à contagem! – disse o comandante, a um gesto impositivo do faraó.

No mesmo instante uma pilha enorme de mãos ensanguentadas e empoeiradas começou a ser despejada aos pés dos senhores da vida e da morte daquela parte do mundo, rolando desordenadamente sobre o pó com seus dedos crispados, num tum-tum-tum arrepiante, até estarem sobrepostas umas às outras como milhares de caranguejos inertes e azulados.

Amenotep IV assistiu a tudo sem mover um único músculo, obrigado a engolir o vômito escaldante que lhe subira até a boca, encharcando-lhe os dentes e lhe escorrendo em pequenos fios pelas comissuras dos lábios.

◆◆◆

Esta, pois, era a Morte.

A outra coisa fundamental da vida que Amenotep ainda não conhecia era o Amor.

2 – A BELA QUE CHEGOU

Nefertiti, recostada num pequeno espaldar, permanecia de olhos cerrados e perfeitamente impassível enquanto quatro servas terminavam de compô-la, conforme o estilo requintado da corte. Vestida com uma túnica de linho curta e quase transparente, a jovem sentia deslizar-lhe pela pele morena do seu pescoço longo e delgado como o das garças um de seus magníficos colares. Ao mesmo tempo seu braço direito era levemente pressionado por um bracelete em forma de serpente, cujo corpo afilado e dourado enroscava-se cinco vezes sobre sua pele bronzeada antes de culminar numa pequenina e adunca cabeça de píton, prestes a desferir o bote fatal. Ao seu redor pairava um silêncio tão denso quanto a atmosfera daquela manhã sufocante, quebrado apenas pelo ruído titilante de alguns pingentes.

Alheias, porém, ao desconforto, as servas haviam dado início, agora, ao último ato do ritual de embelezamento da sisuda jovem: duas habilíssimas mãos, carregando uma peruca de seda azul, aproximaram-na da cabeça totalmente raspada de Nefertiti e a fizeram pousar sobre ela como um intangível pássaro de grandes franjas azuis. Os fios milimetricamente ajustados acomodaram-se naturalmente aos ombros da jovem como uma perfeita cascata marinha, passando, em seguida, a serem alisados por duas escovas macias e perfumadas, desde o alto da cabeça até a extremidade dos fios, em movimentos conjuntos tão delicados que semelhavam aos de uma sutilíssima carícia.

Tudo parecia mergulhado na mais profunda harmonia quando, para surpresa das servas, a jovem, num ímpeto de sinuosa destreza, ergueu-se subitamente, deixando as duas escovas suspensas a escovarem os fios invisíveis do ar.

– Áton supremo...! – disse Nefertiti, em pé. – Não acabam, então?

Sobre o lábio superior porejado de minúsculas gotas de suor fremiam as duas asas de suas narinas, único sinal físico de sua impaciência.

Nada mais precisou ser dito para que as servas – à exceção de uma, que prosseguiu a agitar discretamente um grande leque de plumas alvas de íbis – recolhessem às pressas seus instrumentos e se retirassem imediatamente das vistas da jovem.

Com um lenço alvo, Nefertiti enxugou o suor do seu buço discretíssimo, num gesto ao mesmo tempo tão natural e delicadamente estudado quanto o do barbeiro real ao deslizar a sua navalha, todas as manhãs, sobre o rosto divino do faraó. Em seguida, sentiu o desejo intenso de despir-se e ir meter-se, outra vez, nos aposentos ladrilhados do banho – porém, desta feita, sozinha, maravilhosamente sozinha!

Seu novo ímpeto, porém, arrefeceu tão logo sentiu a aragem das plumas avolumar-se em sua direção. Um leve sorriso franziu ligeiramente o canto direito de sua boca ao constatar os esforços desesperados da serva para tentar impedir-lhe o desatino.

Mais animada, Nefertiti rumou seus passos até a janela e pôs-se a observar o panorama intensamente azul e dourado de sua terra.

– Decididamente, não nasci para mimos! – disse ela, sabedora, contudo, de que jamais conseguiria suportar uma vida diferente daquela.

Apesar de muito novinha, Nefertiti já possuía, além da beleza de uma mulher madura, um caráter forte e indômito que a fazia sobressair-se às demais garotas frívolas da corte como uma palmeira se destaca em meio aos caniços que margeiam o extenso Nilo.

– Ora, mas ser mimada não é o sonho de toda garota egípcia? – disse, de repente, a sua mãe de criação, entrando no quarto como quem dá continuidade a uma conversa inconclusa.

– Eu não sou todas as garotas egípcias – disse Nefertiti, sem voltar-se para ela.

– Por isto mesmo é mimada! – retrucou alegremente a mulher.

A mulher chamava-se Tey e ficara encarregada de criar Nefertiti após a morte prematura da mãe desta, uma das princesas que o rei do vizinho Mitani enviara para casar-se com o faraó Amenotep III. Na época o casamento não pudera realizar-se porque o faraó estava doente, e a princesa terminara casando-se com Aye, o influente irmão da rainha, que detinha, entre outros títulos, o de pai divino, que o tornava uma espécie de tutor ou mentor privilegiado do faraó (já que este era considerado como verdadeiro deus). Desta união improvisada nascera Nefertiti, "a bela que chegou", único rebento da princesa estrangeira que, acometida por uma doença mortal, morreu logo em seguida ao nascimento da filha.

Tey estava próxima dos quarenta anos de idade, o que para os padrões da época significava ser quase uma velha (uma vez que já aos doze anos uma criança poderia casar-se e ter filhos). Isto, contudo, não a impedia de ter um rosto de traços ainda belos e firmes que lhe davam o aspecto inequívoco de uma esfinge – só que uma esfinge melancólica, cujo segredo, há muito revelado, já tivesse sido até esquecido.

Com o mesmo tom de amena alacridade, Tey disse à sua afilhada:

– Aye concluiu ontem as tratativas para o seu casamento com o futuro faraó.

A jovem esteve algum tempo em silêncio, antes de indagar, num tom ácido:

– Refere-se ao cara de cavalo...?

– Nefertiti! – disse Tey – escandalizada. – Não fale assim do herdeiro real!

Na verdade a jovem não ligava nem um pouco para o fato de Amenotep ter ou não cara de cavalo, mas para o caráter impositivo que a questão, desde o princípio, tomara. Com a vaidade profundamente ferida, ela vira os fatos se precipitarem numa velocidade espantosa, sem que sua opinião tivesse sido consultada uma única vez.

Retornando para o interior da peça, Nefertiti se encaminhou até um confortável divã. Porém, em vez de reclinar-se nele molemente, como faziam todas as mulheres fúteis da corte, ela sentou-se na beirada, na sua postura hierática habitual, negligenciando abertamente qualquer conforto. (Tey sorriu interiormente, pois sabia o quanto a jovem temia adotar a postura enviesada das garças, que seu pescoço comprido naturalmente ensejava.)

– O pai divino não poderia ter deixado que eu própria resolvesse este assunto? – disse ela, finalmente, revelando sua suscetibilidade profundamente ofendida.

– Você sabe como ele é – disse Tey, apaziguadora. – Qualquer assunto nesta casa tem de ser tratado por ele, ou, ao menos, ter a sua participação decisiva.

– É? – retrucou Nefertiti, olhando fixamente para a madrasta. – E o que ele pretende fazer de decisivo para tornar um sucesso minha primeira noite com Amenotep?

Tey tentou evitar, mas não pôde impedir-se de ruborizar violentamente, como sempre ocorria todas as vezes que a afilhada surgia com suas ironias ferinas.

– Nefertiti...! – disse ela, mortificada. – Não consigo entender como faz uso, às vezes, de respostas deste tipo! Isto não condiz absolutamente com a sua estirpe e educação!

Nefertiti, porém, permanecia séria e perfeitamente impassível.

Tey foi buscar refúgio na mesma janela onde Nefertiti estivera, enquanto a jovem via nas costas levemente arqueadas da madrasta o signo indelével da sujeição.

Nefertiti estava entregue a este estudo deprimente quando, ao voltar seu rosto para o lado, viu materializada à sua frente a figura de uma das servas do palácio.

A criatura cruzou os braços sobre o peito e, depois de inclinar-se mecanicamente, disse numa voz mortiça, que saiu sem qualquer mistura de ar:

– Senhora, a rainha Tii manda avisá-la que virá à tarde.

(Apesar de negra retinta, esta serva tinha a mesma intangibilidade dos espectros, o que, dependendo das circunstâncias, podia torná-la o mais inconveniente dos seres.)

Nefertiti, diante do anúncio, tornou-se subitamente animada.

– Ótimo, ótimo! Quero mesmo falar com ela!

– Minha filha, veja bem o que vai lhe dizer! – disse Tey, apreensiva.

– Não se preocupe. Sei muito bem o que hei de lhe dizer.

◆◆◆

Tii, a grande esposa real de Amenotep III, tinha as mesmas feições escuras e repuxadas dos núbios, embora fosse uma egípcia nata, natural de Akhmim. Contudo, a despeito dos seus traços marcadamente negroides, tinha também uma personalidade tão forte que a tornava merecedora da admiração de seus súditos preconceituosos – e, nos últimos tempos, também das cortes estrangeiras, já que passara a administrar toda a parte diplomática do reino. (Amenotep III, afligido por diversas moléstias – em especial, uma torturante infecção dentária dos sisos –, tornava-se, dia a dia, cada vez mais incapacitado para exercer as suas tarefas, cogitando em tornar, brevemente, seu filho Amenotep corregente do reino.)

Tii, porém, não andava nem um pouco tranquila com o extremismo retórico de seu filho. Empolgado com seus devaneios místicos acerca de Áton – um deus de feição monoteísta e muito malvisto pela corrupta casta sacerdotal instalada em Tebas (centro principal de adoração do deus rival Amon) –, Amenotep IV estava decidido a promover uma reforma religiosa radical no Egito tão logo fosse declarado o novo faraó, substituindo toda a malta dos deuses existentes pelo seu único e adorado deus.

– Só Áton é grande, só Áton *é*...! – dizia ele, com a voz embargada, em suas orações, enquanto sua mãe o observava atentamente.

A esposa real sabia que tanto ela quanto o faraó tinham uma grande parcela de responsabilidade por estas ideias que tanto empolgavam o filho, já que eles próprios haviam decidido restabelecer o culto do velho deus Áton – divindade que tivera seus dias de glória no Antigo Império –, ao perceberem que os sacerdotes de Amon, insaciáveis de riquezas, pretendiam torná-los meros títeres de seus interesses escusos.

O culto amonita, que se tornara predominante em todo o Egito – em especial em Tebas, a mais importante de todas as cidades egípcias –, não excluía, porém, o de dezenas de outras divindades (tais como Osíris, Ísis, Horus e Ptah), que tradicionalmente haviam se estabelecido nas mais diversas cidades do Alto e do Baixo Egito, para felicidade do povo e ainda maior dos sacerdotes, que viviam do seu culto mais que rendoso.

O fato é que o filho de Tii andava exagerando em seus projetos de reforma religiosa, segundo o pensamento desta, e só havia um meio de fazê-lo moderar o seu ímpeto, antes que os sacerdotes tebanos tentassem algo contra a família real.

– Menos mal que não tarda o seu casamento – dissera ela ao faraó, na mesma manhã que precedeu a visita que faria à sua futura nora. Tii tinha a certeza de que a jovem sobrinha, filha de seu irmão Aye, era a pessoa certa para domar os impulsos atabalhoados do filho.

– Minha esposa real, falando francamente, não vejo a necessidade de tanta pressa para a realização deste casamento – dissera o faraó, após refletir alguns instantes.

– Como não?! – exclamou Tii, tornando-se ligeiramente rubra. – Há muita pressa, sim!

Os olhos amendoados da rainha arregalaram-se, revelando ao faraó a sua temível esclerótica amarelada.

– Você sabe perfeitamente, grande Horus, que nosso filho precisa de uma esposa, e que Nefertiti é a mulher ideal para ele – disse Tii, moderando, a custo, o tom da sua voz.

Amenotep III – que não era mais nem a sombra daquele homem robusto que um dia vangloriara-se de haver matado com as próprias mãos 102 leões – ajustou suas nádegas prodigiosas ao assento antes de retorquir:

– Pelo que sei, Nefertiti não o ama.

– Não precisa amá-lo, mas convencê-lo de suas responsabilidades de herdeiro do trono – disse Tii, com o espírito prático que era o apanágio dos egípcios.

O faraó, contudo, pareceu surpreso.

– Não quer, então, que ambos se amem?

Tii pôs-se a caminhar pela sala reservada do casal real, deslizando suas sandálias de plumas de pavão sobre o granito trabalhado do pavimento, nesta que era a melhor maneira que tinha de sugerir ao esposo, sem afrontá-lo diretamente, que ali estava ela, esposa do faraó das Duas Terras, felicíssima e totalmente alheia ao amor.

– Ao casal real basta que ame o Egito – disse ela, sem rebuços.

O faraó voltou os olhos, nervosamente, para o teto. Sabia que aquela conversa, que pressagiava uma rápida evolução para a disputa, faria com que, muito em breve, seus dentes estragados recomeçassem a doer de maneira atroz.

– Nefertiti é uma jovem muito determinada – disse ela – e saberá controlar os ímpetos de nosso filho, antes que ele provoque um conflito aberto com os sacerdotes de Karnak.

– É preciso que ela o ame – insistiu o faraó, como se quisesse evitar no filho a repetição de um antigo erro.

– É preciso que ela o ajude a fazer-se respeitado dentro e fora do Egito.

– Quanto a isto ele não terá com o que se preocupar. Legarei a Amenotep um país fabulosamente rico, que vive hoje o seu mais pleno apogeu.

O faraó fechou os olhos para poder degustar melhor o sabor daquelas palavras. Após deixar pender para trás a sua cabeça pelada, como se ofertasse graciosamente o pescoço à espada inimiga, deixou seu pomo de adão regurgitar várias vezes, enquanto suas mãos acariciavam deliciadamente os dourados braços do assento.

– Não basta herdar um patrimônio – disse Tii. – Há, também, que saber conservá-lo.

– Acho que tenho feito isto com razoável eficiência – disse o faraó, olhando para o teto.

– O problema não é com você, mas com nosso filho.

– Amenotep é inteligente o bastante.

– Talvez seja inteligente demais – disse Tii, quase a lamentar-se de que o filho não fosse uma boa besta administrativa, tal como o pai.

O velho rei mantinha os olhos semicerrados fixos no teto ricamente trabalhado, a coligir metodicamente os seus argumentos, mais como numa tentativa de fugir ao reinício das dores dentárias do que por vontade de disputar.

– Estou realizado, deveras – disse ele –, e entrego a meu filho um governo onde o prestígio das Duas Terras é indiscutível, tanto pela qualidade da civilização quanto pelo poderio militar. Somos o país mais rico do mundo e não há nação que não trema de admiração e receio ao ouvir pronunciar o meu nome.

Amenotep III fez uma breve pausa para acentuar o efeito de suas últimas palavras, e acrescentou quase que sonhadoramente:

– Sou também, à minha maneira, um enamorado da beleza. Nunca deixei de trazer para o Egito elementos da cultura de outros povos com os quais mantive relações diplomáticas.

– Traga mais ouro! – teve a rainha ganas de dizer, antes de proferir isto, afinal: – O que deve fazer é não descuidar-se dos malditos hititas.

(Tii referia-se ao eterno reino vizinho rival, cuja ascensão militar era motivo cada vez maior de preocupação à coroa egípcia.)

– Assim como eu, Amenotep saberá manter os chacais de Hatti dentro de suas fronteiras – disse o faraó, ligeiramente incomodado.

Tii retornou, então, ao tema principal, mencionando as contínuas desavenças da coroa com os sacerdotes de Tebas, que faziam com que pairasse no ar egípcio um clima de permanente animosidade.

– Esqueça a canalha rezadora – disse o faraó.

– Não os menospreze – retrucou Tii. – Não há nada mais perigoso sobre a face da terra do que uma víbora sacerdotal ameaçada em seus privilégios.

De fato, Tebas era a cidade santa do deus Amon, o Oculto, e estava estruturada como um verdadeiro Estado dentro do Estado, com o sumo sacerdote detendo poderes de verdadeiro rei.

– Bem, que quer que eu faça? – disse o faraó. – Estes arrufos ocasionais são inevitáveis. É preciso suportar a súcia amonita até a hora em que todos eles desapareçam naturalmente.

– E quando será isto?

– Na hora em que o povo estiver maduro para aceitar a ideia de um deus único. Amenotep fará esta revolução, porém, de maneira discreta, a fim de não excitar a ira dos sacerdotes.

Tii retornou, então, ao ponto principal.

– Pois Nefertiti é justamente o freio ideal para moderar-lhe o ímpeto – disse ela, cometendo o primeiro erro crasso de avaliação desta história tão pródiga deles.

O faraó sentiu, mais uma vez, que fora encurralado pela artimanha da esposa, escolada que estava nas artes da retórica diplomática. Neste mesmo instante teve a súbita e dolorosa consciência de que a dor dos sisos recomeçara, avassaladora.

Um discreto murmúrio de dor – que com o tempo se tornara uma espécie de senha terminativa para toda e qualquer disputa conjugal – foi o sinal de rebate para que a esposa real se retirasse da presença do Horus divino e fosse agir por sua conta.

Tii casara-se muito cedo com o faraó, o qual, para surpresa de toda a corte, a desposara, apesar dela não possuir sangue real. Aquilo fora, positivamente, um escândalo – escândalo, porém, que ela contornara muito rapidamente, graças à sua personalidade marcante.

O faraó sempre a adorara. Talvez ainda a adorasse. Mas ela jamais o adorara.

Confiante, porém, das promessas que todos lhe haviam feito de que o poder seria também o amor, e de que este, cedo ou tarde, acabaria por buscar abrigo entre os linhos daquele – e, decerto, também, pelo fato de que estava prestes a tornar-se a mulher mais importante do Egito e de toda a terra –, Tii não relutara quase nada diante da grande proposta. Porém, cedo descobriria que o poder não era, de forma alguma, a alcova do amor. (Às vezes, é certo, como esposa que era, não deixava de provar alguns espasmos daquele fogo divino – mas não, Ísis sagrada, aquilo nunca fora o amor! Amar teria sido chegar ao palácio num começo de noite chuvoso com as coxas úmidas de desejo e ir lançar-se, nua e imoral, nos braços do homem amado!)

– Nua e imoral...! – repetira ela mil vezes, antes que o poder lhe sufocasse o desejo.

Descartado o amor, Tii fizera-se, então, verdadeira rainha (embora tal denominação inexistisse no Egito, cabendo apenas à esposa principal do faraó o título de Grande Esposa Real), impondo-se diante dos nobres e sacerdotes que ainda teimavam em desprezá-la. Tii chegou mesmo a erigir um templo para si própria no Sudão, a fim de mascarar a sua ausência de sangue real e firmar bem a sua importância na corte.

De qualquer modo, alcançara aquilo que mulher alguma, fora da família real, poderia almejar, pensava Tii enquanto avançava pelos corredores do palácio real. E se tudo dera certo consigo, por que não poderia repetir-se a mesma história com sua sobrinha?

– Ela será *exatamente* como eu! – disse Tii a si mesma, embarcada já em sua barca real, tomando o rumo do palácio de seu irmão Aye, o Pai de Deus.

3 – “NINGUÉM A TOCARÁ COMO ELE!”

A barca que transportava a grande esposa real descia com rapidez o curso estuante do Nilo. Era a época da cheia e o rio transbordava, fertilizando as terras do Egito com o seu húmus vivificante. Doze criados robustos remavam enfileirados, tão parecidos que pareciam estátuas do templo de Luxor, com seus braços homogeneamente dourados. Fora do alcance dos remos, avistavam-se vários crocodilos submersos, deixando à mostra apenas o seu dorso terroso e lustroso como o barro que descia das longínquas nascentes do rio.

O barco avançava veloz, com sua proa erguida, onde despontava a imagem de Ísis, abraçada desesperadamente à figura inocente de seu filho Horus, como que numa tentativa de protegê-lo dos borrifos insistentes da água (Tii possuía uma outra barca, muito mais famosa, chamada *Esplendor de Áton*, com a qual navegava alegremente por um lago artificial que o faraó mandara abrir especialmente para ela, nas cercanias do seu palácio). De vez em quando os olhos penetrantes da esposa real desviavam-se do curso de seus pensamentos e fixavam-se nas plantações que se espraiavam, de um lado e do outro, nas margens do rio benfazejo. A existência de desertos e a vasta planície do rio tornavam aquela região singularmente abençoada, um verdadeiro oásis que era mantido graças aos aluviões depositados pelo Nilo. O rio, que nascia nas montanhas centrais africanas – local onde caíam incansáveis chuvas de junho a setembro, provocando grandes inundações nas regiões mais baixas –, vivia na mesma e sempiterna rotina das baixas e das cheias, fertilizando as terras e garantindo ao povo, como o seu verdadeiro faraó, o seu parco mas valioso sustento.

Em outro momento a rainha teria observado tudo aquilo e pensado, “Bendito seja você, rio sagrado, que dá aos egípcios a vida e o alimento...!”. Naquele momento, porém, a rainha estava pouco propensa a lirismos, e foi com franca impaciência que cruzou as águas do rio barrento.

De repente, os olhos negros e alongados da rainha despediram um brilho intenso, ao avistarem, ainda que longinquamente, o palácio onde vivia Nefertiti. Mais um pouco e o junco real bordejou até encostar nas terras do Pai de Deus, onde a rainha desembarcou. Diante dela estava uma vistosa liteira, junto com a radiante mãe adotiva de Nefertiti.

– Alteza, é uma honra tê-la entre nós, outra vez! – disse Tey, desbarretando-se toda diante da mulher mais importante do Egito.

Tii cumprimentou-a, ao mesmo tempo em que vasculhava com os olhos ao redor.

– E a adorável menina, onde está? – acrescentou, com uma nota estudadamente ansiosa.

– Adorável *mulher*, alteza! – disse Tey, taquicardíaca de vaidade. – Desde a última vez em que a viu, Nefertiti desabrochou em uma verdadeira mulher!

– Espero, também, que tenha abandonado seu ar molesto de menina – turrona, pensou Tii, enquanto subia para a liteira juntamente com sua anfitriã.

Tii estava exausta, e por isto pediu à sua agitada companheira que falasse mais sobre os encantos da afilhada, desobrigando-se, assim, de abrir a boca durante o restante do trajeto.

Quando chegaram, finalmente, ao palácio, ambas atravessaram um belo jardim, onde despontava um grande tanque repleto de plantas aquáticas e patos, penetrando, em seguida, nos aposentos onde costumavam ser recebidos os convidados. Nefertiti já estava ali, aguardando a chegada daquela que, além de sua tia, estava prestes também a ser sua sogra.

– Alteza, eis Nefertiti...! – disse Tey, tentando dar ao momento o máximo de solenidade.

Por conta dos elogios da mãe adotiva, Tii havia subestimado o que iria encontrar, e foi assim que se viu subitamente paralisada diante da sobrinha.

– Ísis sagrada...! Está, de fato, uma verdadeira mulher! – exclamou, por fim, num tom tão sincero que Tey sentiu-se próxima da apoplexia.

Nefertiti estava, de fato, exuberante, trajando uma veste alva da mais fina gaze esbranquiçada, que deixava entrever, além das formas esbeltas da mulher, alguns deliciosos resquícios da puberdade quase extinta. Era assim, por exemplo, que duas omoplatas muito salientes podiam conviver harmonicamente com os seios desafiadoramente empinados da adulta. Um pouco acima destes, contornando o pescoço, havia um grande peitoral de ouro cravejado com seis listras de turquesas e cornalinas faiscantes.

Tii viu imediatamente naquela beleza esfuziante um reflexo da sua já distante juventude, quando também provocara a admiração de todos os homens da corte. E foi também graças a esta tão inesperada quanto vertiginosa transição que sua admiração espontânea evoluiu para a inveja inconfessa (que ela não teve meios de disfarçar senão recorrendo ao elogio).

– Você está verdadeiramente encantadora, minha sobrinha!

Nefertiti, porém, seguindo à risca sua natureza seca, manteve-se impassível, limitando-se a cumprimentar a rainha de uma maneira quase protocolar.

– Minha tia e Grande Esposa Real – disse ela, curvando ligeiramente a cabeça, sem imprimir a menor curvatura ao pescoço.

Tii ignorou a frieza e abraçou com força a sobrinha, sentindo em seu peito murcho o contato quase agressivo dos mamilos duros e viris da jovem. Depois, tomou em suas mãos aquela linda cabeça de ossos firmes e contornos simétricos, e lhe disse, à queima-roupa:

– Vim saber, minha bela, como andam os preparativos para as suas núpcias.

Diante destas palavras, Nefertiti inteiriçou-se ainda mais e disse muito naturalmente:

– Perdão, alteza, mas não haverá núpcias.

Ao escutar as palavras gélidas da filha, a mãe adotiva de Nefertiti levou imediatamente a mão direita ao peito, de onde pendia o seu ankh sagrado (amuleto em forma de cruz que simbolizava a vida), e disse, inteiramente desolada:

– Fiiilha...! Por que faz isto comigo?

Sem voltar-se para ela, Nefertiti respondeu-lhe secamente:

– Por favor, mamãe, deixe que eu resolvo este assunto.

A rainha, contudo, parecia tranquila, e após tomar Nefertiti pelo braço, lhe disse:

– Venha, vamos conversar, bela jovem. Sente-se aqui ao meu lado.

Nefertiti sentou-se não ao seu lado, mas à sua frente.

– Gosto que trate Tey como se fosse sua mãe – disse a rainha, apaziguadora –, pois ela a ama como verdadeira mãe.

Outra vez, Nefertiti ignorou a tática diversionista e retornou ao assunto principal.

– Quero pôr uma pedra sobre este assunto de uma vez por todas, grande esposa real – disse a jovem, fixando em Tii seus olhos amendoados, aos quais a maquiagem de um azul intenso dava uma feição vagamente asiática.

– Ótimo – disse a outra. – Agrada-me imensamente seu jeito franco e direto.

– Talvez lhe agradasse mais minha submissão – disse a jovem, sem baixar a guarda.

"Sim, é de uma mulher destas que Amenotep precisa para governar as duas terras", pensou a rainha, muito mais agradada do que afrontada pela rispidez da jovem.

– Por que recusa, agora, o homem que um dia se tornará o homem mais importante do Egito? – disse Tii, aceitando finalmente o combate.

– Não o recuso, mas ao direito que não me dão de escolhê-lo livremente.

– São os hábitos da corte, minha cara – disse Tii. – Na verdade, temos tão pouco tempo para realizar este casamento que...

– Que minha opinião se tornou completamente irrelevante – disse Nefertiti, cortando ousadamente o curso da frase da rainha.

Um brilho muito vago de impaciência perpassou pelos olhos de Tii.

– Minha querida, não diria que aprecio muito ser interrompida bruscamente, mesmo quando isto é feito por uma linda menina como você.

Ao ver-se tratada de menina, Nefertiti empinou instintivamente os seus seios.

"Ísis sagrada, são perfeitos!", pensou Tii, certa de que Amenotep (que também não estava lá muito entusiasmado pela união) mudaria completamente de opinião tão logo pusesse os olhos sobre aquelas duas colinas majestosamente eretas.

Nefertiti, contudo, aproveitou a pausa para lançar uma nova estocada.

– Não admiro seu filho o bastante para casar-me com ele – disse ela, de maneira tão ríspida que sua mãe agarrou o ankh sagrado com as duas mãos.

– Fiiilha, fiilha...! – disse Tey, com uma careta de choro.

Tii sorriu, apiedada das duas.

– Mas mal o conhece! – disse ela, num meio riso.

– Vi-o quando criança, e para ser franca, o detestei.

– Você não vai casar-se com uma criança – disse Tii, saindo em defesa de sua cria. – Amenotep está com dezesseis anos e já é um homem.

Tii fez uma pausa e só depois acrescentou com uma nota ferina muito indelével:

– Além do mais, você também era uma criança, e a opinião que ele fez a seu respeito não foi, igualmente, das mais favoráveis.

– Bem, eu mudei um pouco – disse Nefertiti. – E Amenotep?

Tii sabia perfeitamente que seu filho não podia rivalizar – ou sequer aproximar-se – da beleza daquela que escolhera para sua esposa.

– Não, ele não se tornou tão belo quanto você, vaidade adorada! – disse a rainha, alisando o rosto de sua sobrinha. – Homens não precisam ser belos – menos, ainda, o homem que está prestes a tornar-se um deus vivo e o homem mais poderoso do Egito.

Na verdade, a rainha estava imensamente aliviada, pois descobrira naquela ligeira conversa que as únicas resistências sérias que sua sobrinha apresentava estavam restritas a uma suscetibilidade ofendida e a um ingênuo prurido estético.

– Muito bem! – disse ela, lançando todas as suas cartas. – Não haverá casamento algum enquanto você própria não tiver conversado demoradamente com Amenotep.

Os olhos de Nefertiti brilharam involuntariamente.

– A partir de agora o destino deste casamento está em suas mãos – acrescentou Tii, tomando entre as suas as duas mãos finas e macias de Nefertiti. – O que você decidir, será respeitado.

Nefertiti balbuciou, depois de alguns segundos:

– Mesmo... que eu o rejeite?

– Qualquer que seja a sua decisão!

Nefertiti olhou para a sua mãe para ver se podia confiar nas palavras da rainha, mas teve seu rosto tomado novamente pela mão firme de Tii.

– Olhe para mim – disse ela, amavelmente. – Sou eu quem está dizendo.

Diante destas palavras Nefertiti não pôde deixar de ceder, chegando a esboçar mesmo um leve sorriso – o primeiro que desde a chegada da rainha iluminara o seu belo rosto.

– Você fará a coisa certa! – disse Tii, beijando o sorriso com afeto.

Depois, sussurrou-lhe ao ouvido estas palavras inesperadas:

– Ninguém a tocará como ele...!

Desta feita foi a vez de Nefertiti tornar-se ligeiramente rubra, especialmente quando viu-se acariciada no rosto pela mão da rainha – mão misteriosamente pudica, que pressagiava a do próprio filho.

– Mas e Aye... o que dirá ele de tudo isto? – disse Tey, temerosa.

– O que tem Aye com isto?

– Bem, de alguma maneira, estão lhe tirando as rédeas, e sabemos todos como ele detesta não ter o comando nas mãos.

– Eu me entendo com o tolo do meu irmão – disse Tii, afastando o percalço com um gesto de desdém, antes de despedir-se calorosamente das duas.

◆◆◆

O primeiro dever de um filho é conhecer os pais que tem. Nefertiti, talvez por sua pouca idade, ainda não pudera fazê-lo – embora estivesse muito próxima, como veremos, de travar conhecimento com um pai muito diferente daquele que, até então, supunha ter.

O fato é que Aye não se mostrou nem um pouco dócil diante daquilo que lhe pareceu uma subtração humilhante de seus poderes paternos. Assim que retornou de seus múltiplos afazeres na corte – que, infaustamente, o haviam exasperado –, foi correndo saber de sua esposa o resultado da visita de Tii.

– Ela simplesmente entregou tudo nas mãos de Nefertiti – disse Tey, fingindo uma indignação que não sentia para escapar à ira previsível do esposo.

– Como assim "entregou tudo"? – disse ele, com rispidez.

– Bem... Nefertiti terá a última palavra com relação ao assunto.

Tey, desgraçadamente, escolhera a pior expressão para designar o resultado da visita da rainha – uma expressão que tornava Aye um zero à esquerda nas tratativas.

– "Última palavra"? Que raio de idiotice é esta? – disse ele, tomado por tamanha cólera que ordenou à serva espectral que fosse chamar imediatamente a sua filha.

Com um gemido quase inaudível de assentimento a serva partiu atarantada em busca da jovem, certa de que as nuvens da discórdia avançavam inexoravelmente sobre a casa.

Nefertiti logo surgiu – num passo, talvez, demasiado altivo para a ocasião.

– Que história é esta de palpites seus em assuntos meus? – disse ele, assim que pôs os olhos fuzilantes sobre a filha.

Diante desta frase, que julgou supremamente ofensiva, Nefertiti não pôde conter, também, sua indignação, que expressou, primeiro, por uma risada de franca desfaçatez.

– Assuntos *meus*, meu pai, não seus! – exclamou ela, em seguida, num tom tão forte de desafio que Aye, sentindo-se insuportavelmente afrontado, arremessou sua mão, num gesto velocíssimo, sobre o rosto da filha.

A bofetada ecoou pelas paredes, deixando Nefertiti inteiramente perplexa.

– Fedelha atrevida...! – rugiu ele, com a mão ainda suspensa.

– Não, pelo amor de Amon, não bata nela! – disse Tey, estendendo as duas mãos na direção da jovem, porém sem coragem bastante para ir interpor-se entre ela e seu agressor.

Aye, cego de ódio, ignorou inteiramente os balidos da esposa.

– Desde quando decide algo aqui dentro, fedelha? – disse ele, possesso.

Como uma névoa malsã e repentina, começara a adensar-se em torno deles a halitose nauseante das discussões. Nefertiti, porém, mergulhada num estupor de incredulidade, só conseguia pensar isto, sob a opressão conjunta da dor e da humilhação: "Ele nunca me bateu, ele nunca me bateu!".

– Você aqui não opina nada – disse ele, como que em resposta ao olhar perplexo da filha. – Estou a um passo de transformá-la em rainha do Egito, compreendeu?

– E se eu não quiser ser rainha do Egito? – disse Nefertiti, fixando no pai os olhos que permaneciam absolutamente secos.

Outra bofetada, muito mais forte, estalou-lhe no mesmo lado magoado do rosto, lançando longe o seu grande brinco de faiança dourada.

O ruído da argola rolando pelo chão ocupou todo o breve silêncio que se seguiu, enquanto o olhar oblíquo da serva acompanhava atentamente suas caprichosas circunvoluções, certa de que se não o encontrasse, mais tarde, sua cabeça também rolaria alegremente pelo assoalho.

"Então *este* é meu verdadeiro pai!", pensava, ainda, Nefertiti, enquanto observava, estarrecida, as feições contorcidas daquele ser que lhe surgia agora inteiramente outro – um ser intratável, de coração áspero e violento.

Enquanto isto, Tey entortava desesperadamente o ankh sagrado entre os dedos.

– Pelo amor de Amon...! – gania ela, soldada ao chão como uma vela.

Aye aguardou alguns instantes para ver se Nefertiti tornaria a desafiá-lo. Como ela nada mais dissesse, encontrou nos olhos fixos da filha a afronta suficiente.

– Baixe os olhos e vá para o seu quarto – disse ele.

Nefertiti virou as costas e já dera o primeiro passo quando seu verdadeiro pai a agarrou pelo braço e a fez encarar novamente suas feições arreganhadas de máscara.

– Eu disse para abaixar os olhos antes de ir! – rugiu ele.

Nefertiti permaneceu a encará-lo de maneira fixa.

– Se me obrigar a abaixá-los, nunca mais o olharei – disse ela, com a voz rouca.

Outra bofetada explodiu em seu rosto, sempre do mesmo lado.

Tey, diante desta nova violência, amontoou-se sobre o chão como um fardo que tomba.

Então, Nefertiti, muito mais enojada que humilhada, obedeceu finalmente.

– Agora, vá! – disse o pai divino, de posse, outra vez, da última palavra.

4 – "FAÇA-O"

Aye, vitorioso, proibira qualquer contato entre sua filha e Amenotep até a oficialização das núpcias, mas não pudera impedir que a própria rainha desembarcasse novamente em sua casa, alguns dias depois, para tomar satisfações de seu destempero.

– Continua o mesmo asno insensível de sempre! – disse Tii, sem disfarçar o profundo desprezo que sentia pelo irmão.

Aye escutou a reprimenda em silêncio – já que ela vinha da esposa do faraó –, limitando-se a lançar um olhar mortalmente gélido para a esposa.

– Nem pense em repetir suas violências! – disse a esposa divina, ao perceber que Tey tornara-se mais branca que o linho de sua túnica.

– Fui desfeiteado! – retrucou ele. – Desfeiteado em minha autoridade!

– Áton supremo! – exclamou a rainha, lançando os braços para o céu. – Como pode ser burro deste jeito? Não viu, então, que tudo se encaminhava para o ajuste? Ou acha que sua filha deixaria escapar a chance de tornar-se a mulher mais poderosa do Egito?

– Eu decido isto – retorquiu o pai divino, teimosamente. – O papel dela é apenas o de dar cumprimento à minha decisão.

– E o seu é o de não tornar as coisas mais difíceis com sua truculência.

Na verdade, Tii, mulher também passível de asperezas, não desaprovava inteiramente o método empregado pelo irmão. Longamente experimentada, porém, nas técnicas ardilosas da diplomacia, sabia perfeitamente que a agressão tinha de ser o último recurso a ser empregado contra os fortes, sob pena do preço sempre incômodo das rebeliões.

Aye, no entanto, permanecia cego em sua obstinação.

– O que eu digo é o certo! – disse, desafiando o vazio.

– Basta, enfadonho – disse Tii, num gesto de espanta-mosca. – Nefertiti conversará com Amenotep e ambos chegarão a um entendimento.

Neste momento Tey, num arrojo temerário, resolveu dar também a sua opinião.

– Mas, esposa divina – disse ela, sentindo arder na orelha direita o ferro em brasa do olhar do marido. – Não acha que depois deste incidente Nefertiti irá se obstinar ainda mais em nos contrariar?

Tii, profundamente entediada da escassa psicologia dos seus parentes, exclamou:

– Mas, meus deuses, quem foi que disse que ela não quer casar-se?

Na verdade, a rainha tinha agora a mais plena certeza de que Nefertiti não hesitaria um segundo em trocar a companhia de seus pais estúpidos pela presença superior de seu filho – ainda mais depois da violência sofrida.

– Nefertiti retornará comigo ao palácio de Malkata – disse a rainha.

Aye tentou ensaiar uma revolta, mas viu-a logo abortada por estas palavras de Tii:

– O Horus divino e senhor das Duas Terras assim o ordenou.

Entretanto, uma surpresa aguardava a todos: Nefertiti, por sua própria iniciativa, já havia partido, há alguns instantes, para o palácio do faraó.

– Como é que é? – disse Aye, com a testa ampla tomando uma coloração vermelha.

– Tanto melhor, seu tolo! – disse a rainha, erguendo-se, num pulo, para também partir. – Sua filha foi cumprir rigorosamente a sua vontade. E ai de você se ousar tocar novamente nela ou nesta mártir aqui, porque, então – por todos os deuses! –, terá o próprio faraó aqui...!

◆◆◆

Como todos os palácios deste mundo, o palácio de Malkata, onde Amenotep IV fora criado, era uma mentira sublime. Ali, a beleza exuberante da natureza e a arte consumada dos homens haviam dado-se as mãos para ludibriar o entendimento dos espíritos sensíveis. Para qualquer lado que os olhos humanos se voltassem, miríades de aves e de plantas se ofertavam à sua contemplação embevecida. Até mesmo nos grandes afrescos das paredes interiores a natureza surgia como viva, pintada pela mão dos melhores artistas, dando ao jovem a certeza de que o mundo fora concebido como lugar exclusivo de delícias.

Amenotep IV, a exemplo de todo herdeiro real, fora instruído por diversos preceptores, dentre os quais o mais importante era um homem também chamado Amenotep, cognominado “filho de Hapu”. Com uma larga folha de serviços prestados à XVIII dinastia, este sábio e grande arquiteto tornara-se, ao longo dos anos, uma espécie de mentor privilegiado dos faraós. Fora ele quem, por ordem do senhor das duas terras, acompanhara o jovem até Mênfis e Heliópolis, centros religiosos onde cultuavam-se deuses muito mais afins à natureza espiritual do jovem herdeiro. (A atmosfera de Tebas tornara-se pestilencial, por conta das maquinações dos sacerdotes de Amon, e por isto seus pais haviam decidido educá-lo longe dali.) Nestas duas cidades, Amenotep IV travou conhecimento com diversas divindades, tais como Chu, o deus da atmosfera, Rá-Horakhti, o “Horus da dupla região da luz”, e, principalmente, com aquele que acabaria por eleger como o deus de sua predileção: Áton, o disco solar.

Amon de Tebas degenerou miseravelmente graças à impiedade dos seus sacerdotes, haviam-lhe dito os piedosíssimos sacerdotes do Áton de Heliópolis. Hoje, Amon faz jus à sua denominação de Oculto, já que está completamente oculto da verdadeira luz.

A verdade é que o pobre Amon – que, teologicamente, não era melhor nem pior que a chusma dos outros deuses – acabara transformado no símbolo da corrupção universal graças à cupidez desenfreada dos seus sacerdotes, os quais, em pouco tempo, haviam se tornado muito mais negocistas do que oficiantes de um culto exclusivamente espiritual. Aliás, era inevitável que assim fosse, já que as milenares concepções religiosas egípcias, baseadas fundamentalmente nos óbolos e nas ofertas abusivas, favoreciam este tipo de chicana espiritual, incutindo no homem comum um senso materialista da vida. Incapazes de se desprenderem das delícias de seu paraíso instalado às margens do benfazejo Nilo, os egípcios chegavam a entulhar suas tumbas com os bens usufruídos em vida, na esperança de gozarem deles, também, na outra vida – que consideravam uma mera extensão desta, acrescida, apenas, da imortalidade. Morrer, assim, não era mudar, mas *mudar-se*.

Amenotep IV, instruído, pois, nas verdades do seu novo deus, voltara destas pernadas místicas convicto da necessidade de uma mudança radical. Não lhe faltava, sequer, o sinal definitivo da eleição divina, que fora a morte recente de seu irmão mais velho, Tutmés – episódio trágico, mas evidentemente providencial, que acabara por lançá-lo no caminho do trono. Este fato (podia agora compreender) fora apenas o prelúdio do *grande plano* que já estava em curso, e que em breve o tornaria arauto divino da grande revolução espiritual.

Mas era cedo, ainda, para o anúncio da extraordinária revelação. Assim, enquanto Áton obrava no invisível, Amenotep aprimorava sua sensibilidade ultrarrefinada de filho único do deus único instruindo-se, num belo recanto do palácio, com seu instrutor homônimo.

– Em breve, com a sua coroação – dizia-lhe o filho de Hapu – você se tornará o próprio Áton em sua encarnação terrena, assim como seus antecessores encarnaram o ultrapassado Horus.

Este momento supremo Amenotep IV podia prelibar em cada alvorecer de um novo dia, quando a beleza de aquarela do horizonte parecia transcender do meramente estético para uma arrebatadora experiência mística. Amenotep, nestes momentos, experimentava uma intensa comunhão pessoal com o seu adorado deus. Sentia que, antes de erguer-se para o mundo, Áton supremo erguia-se para ele, seu filho dileto e muito amado. Os raios do pai solar acariciavam seu rosto imberbe como milhares de mãos, arrancando de seus olhos lágrimas de êxtase que semelhavam a pequeninas gotas de ouro. Eram lágrimas repletas da mais ardente sinceridade – a sinceridade dos exaltados.

Sim, o mundo era belo, pensava ele nestes instantes de requintado arrebatamento. O mundo era bom. Nele não havia lugar para o mal. O mal era uma quimera. (Apesar de também ter sido instruído na existência do lado negro do disco, que podia, em determinadas ocasiões, mostrar-se tão maléfico quanto bondoso, Amenotep IV preferira ignorar este conceito inquietante, preferindo ver em Áton uma divindade essencialmente benéfica.) Áton era todo bondade, um disco sem falhas a espargir uma luz benéfica e contínua de todos os seus infinitos ângulos. Incapaz de fúria ou de rancor, o deus solar abominava toda violência, desprezando, também, toda ambição. Amenotep, ao contrário daquele famoso príncipe indiano, que ao ser apresentado aos horrores da existência perdera o prumo do espírito, soubera perfeitamente amarrar, numa explicação confortadora, os dois extremos da existência. O mal, se existia, não era obra de Áton, pensava ele, mas produto exclusivo das trevas do entendimento humano. Ora, sendo trevas, bastava aos homens que banhassem seu coração – tido, então, como sede do entendimento – na luz refulgente de Áton para que o mal se dissipasse instantaneamente, como as brumas ilusórias de um sonho ruim.

Amenotep, pois, continuava a solidificar este e outros princípios em seu espírito, debaixo de um belo caramanchão, quando foi surpreendido pela notícia da chegada de Nefertiti.

– A filha do pai divino... *aqui*? – disse ele, indagando não ao servo, mas ao preceptor.

Sem vacilar, o velho filho de Hapu balançou a cabeça com total segurança, cônscio, de longa data, de que os trejeitos da surpresa não assentam bem aos sábios.

◆◆◆

Nefertiti avançou sozinha, no seu passo firme habitual, pelas aleias do grande jardim, em direção ao caramanchão onde o herdeiro e seu preceptor a aguardavam. Descalça e vestida num traje alvo e vaporoso, sua aparição veloz não podia deixar de causar forte impressão.

Assim que esteve diante deles, Nefertiti os cumprimentou de maneira seca, porém respeitosa – encontrando aquele ponto exato da cordialidade que, excluindo de todo a subserviência, não invadia o limite temerário da desfaçatez (erro que sua ira a fizera cometer em outra funesta ocasião). Mas foi somente ao erguer os olhos que divisou, com nitidez, o jovem Amenotep, a quem não via há já alguns anos.

Instantaneamente duas modalidades muito diversas do espanto humano se desenharam em seus respectivos rostos: enquanto no de Amenotep esplendia o espanto uniforme da admiração, no dela desenhava-se uma espécie de espanto dual e contraditório.

"Como está bela...!", pensou Amenotep.

"Como está estranho...!", pensou Nefertiti.

"Estranho" era um julgamento que Amenotep teria recebido com naturalidade, já que, desde criança, desenvolvera aquela espécie mórbida de autocrítica que, nos instantes de paroxismo, chegava a degenerar numa vaidade extravagante da própria feiura.

Deixando de lado, porém, suas sensações contraditórias, Nefertiti recobrou logo a razão.

– O senhor me permitiria, venerável filho de Hapu, ter uma conversa a sós com o herdeiro das duas coroas? – disse ela, pondo-se graciosamente de cócoras aos pés do quase ancião.

O mestre olhou para seu pupilo, que parecia inteiramente confuso diante daquela perspectiva. Isto bastou para lhe dar duas certezas: a de que chegara para Amenotep a hora da mais profunda das lições humanas e, também, a de que não cabia a ele ministrá-la.

– Fique à vontade, bela gazela – disse ele, dando um beijo em sua testa, certo de que o segundo passo do grande plano cósmico começara a ser dado.

Nefertiti, ainda de cócoras, girou o corpo com graciosa destreza e acompanhou, absorta, o lento desaparecer do velho por entre os pilares recobertos de trepadeiras, parecendo incapaz de entender a sutileza dos movimentos daquela fase da vida ainda tão distante de si.

Mas, de repente, Nefertiti, num estalo brusco de percepção, entesou rapidamente o seu longo pescoço, que a frouxidão da reflexão poderia ter deixado relaxar, voltando-se decididamente para Amenotep (tomando o cuidado, porém, de resguardar a face esquerda, ainda ligeiramente magoada da agressão passada).

– Amenotep, filho do grande Horus – disse ela, pondo-se finalmente em pé. – Tão bem quanto eu, você sabe que existem tratativas a respeito de nossa futura união.

O filho do faraó, tomado novamente pelo espanto, devido à introdução repentina daquele assunto, piscou vivamente seus dois olhos rasgados, enquanto sua boca de grandes lábios carnudos entreabria-se ligeiramente, aumentando os sintomas de seu constrangimento.

(Como lhe haviam soado de maneira estranhamente prazerosa as últimas palavras dela!)

– Do que está falando? – perguntou ele, tentando preencher o silêncio que se formara.

– Como?! – disse ela, retesando-se. – Não sabe, então, de nada disto?

Amenotep sentiu uma vontade quase desesperadora – que sua nenhuma experiência do amor não podia definir, ainda, como sensual – de forçá-la a repetir aquela palavra mágica.

– Acerca... do quê? – balbuciou ele, em agoniada expectativa.

Nefertiti avançou dois passos.

– Posso sentar-me? – disse ela, mudando de atitude, com um ricto labial fascinante que sugeria algo parecido a um sorriso.

Amenotep esteve a encará-la durante tanto tempo que Nefertiti chegou a temer pela saúde mental de seu primo, até que ele, recobrando momentaneamente o controle, desviou os olhos do rosto dela como quem desgruda algo pela força, exclamando, atarantado:

– Mas, claro! Sente-se, sente-se!

Ao erguer-se, porém, para ajudá-la, o fez de maneira tão afoita que terminou por trombar duramente a testa contra um dos seios dela, completando o desastre.

– Não foi nada, não foi nada! – disse ela, irritada já da atrapalhação do jovem e sem saber mais o que pensar das atitudes grotescas do seu prometido.

Em outras circunstâncias, Nefertiti não teria hesitado em declarar maldosamente que o cara de cavalo havia evoluído francamente para asno. Entretanto, teve de admitir que estava quase tão atrapalhada quanto ele quando, de maneira reflexa, viu-se massageando a mama atingida, sem dar-se conta da absoluta inconveniência deste gesto.

Mas, enfim, como detestasse mais que tudo assumir as posturas atrapalhadas de uma adolescente – que, afinal, com seus catorze anos, ainda era –, Nefertiti sentiu-se logo tomada por um acesso de raiva contra si mesma, e depois de xingar-se mentalmente, “Basta, tonta!”, voltou os olhos decididamente para o primo.

– Quer dizer, então, que nada sabe sobre nossa união? – disse ela, com firmeza.

– Nossa... *união*? – disse ele, tornando-se, também, um pouco mais encorajado, a ponto não só de pronunciar, mas de tentar obrigá-la a repetir a palavra gozoza.

– Exatamente! – disse ela, num tom tão firme que ele chegou a temer pela descoberta de seu pequeno ardil.

Então, naquele mesmo instante, um raio de compreensão iluminou a sua mente, dando-lhe a certeza de que seus destinos estavam, desde já, irremediavelmente ajustados.

– Sim, sim, naturalmente que estou a par do assunto!

– E o que pensa disto? – atalhou ela, em seu estilo franco e direto.

– Na verdade – disse ele –, este assunto, até hoje, me foi inteiramente indiferente.

Nefertiti, então, decidida a receber logo a aceitação ou o desprezo, retrucou:

– E continua a pensar assim?

Amenotep, como sempre acontecia quando precisava recorrer a uma ponderação, levou a mão até a nuca e pôs-se a alisá-la, logo atrás de uma das orelhas.

Foi só então que Nefertiti acordou para aquelas mãos: tomada, agora, ela própria, por uma espécie de hipnotismo, esteve a observar o gesto do primo, descendo depois os olhos até a outra mão, que permanecia pousada sobre o joelho de uma maneira estranha, com o dedo indicador, a exemplo do polegar, radicalmente apartado dos demais.

– Bem, admito que, desde a sua chegada, a ideia já não me deixa mais inteiramente indiferente – disse ele ao cabo de alguns segundos.

Para Nefertiti, porém, estas palavras soaram pior do que a mais explícita das recusas.

– Ora, viva! Mas que lisonja admirável! – disse ela, ofendidíssima.

– Oh, por favor! – disse ele, com um brilho aflito no olhar. – Quis dizer, na verdade, que esta ideia começa a agradar-me poderosamente!

Nefertiti tentou buscar nos olhos de Amenotep a verdade de suas palavras quando este, algo encabulado, desviou-os para a parte do corpo dela que parecia fasciná-lo com a mesma intensidade que as suas mãos em relação a ela.

Então ela ergueu-se e foi postar-se à frente dele.

– Amenotep, quero ser sua esposa.

O jovem, inteiramente atrapalhado, ergueu seus olhos já apaixonados.

– Por que deseja isto?

– Casar-me com você é libertar-me de uma odiosa sujeição – disse ela, demonstrando a mágoa profunda que ainda trazia em seu peito.

– Mas, então... não me deseja? – disse ele.

Ela recuou, com um ar sério, indo sentar-se novamente.

– Não tive a liberdade de escolhê-lo. Como vê, estou diante de uma nova sujeição. Mas, felizmente, agora percebo que ela pode, com o tempo, transformar-se em libertação.

– Não me deseja? – insistiu ele.

– Como posso desejá-lo em tão pouco tempo? – disse ela, como que se recusando a aceitar o que já estava acontecendo.

– Se Áton quer que o desejo nasça já entre nós, então está tudo consumado.

– Áton...! – exclamou ela, radiante. – Você o adora, não é?

– Mais que tudo neste mundo! E você?

– Áton é também o meu deus – disse Nefertiti, com um brilho nos olhos de inteira sinceridade. – Ele é o deus único de minhas orações.

Alguns raios de sol haviam varado a cobertura de plantas do caramanchão, salpicando seus corpos e o granito do chão de manchas cálidas e amarelas. Uma aura de intenso desejo formara-se irresistivelmente entre ambos, até que ela, ao constatar que Amenotep voltara a fixar seu busto, disse, entre divertida e amuada:

– Ora! Que tanto olha para eles?

– Para eles quem? – disse ele, com um sorrisinho marotamente infantil.

Meio encabulada, ela baixou os olhos para o seu próprio peito.

– *Diga, diga...!* – sussurrou ele, implorativo.

Uma breve pausa seguiu-se, antes que ela se decidisse, finalmente, a responder.

– Para... – ... meus seios... – balbuciou ela, com um rubor encantador.

Então Amenotep, enchendo-se de nova e imprevista coragem, ergueu sua mão hipnótica e, apontando o dedo na direção do peito dela, aproximou-o lentamente do seu alvo, num gesto entre o jocoso e o sério que fez a jovem mergulhar numa louca e expectante vertigem.

"Irá mesmo fazê-lo...?", pensava ela, ao mesmo tempo em que sentia formigar por todo o corpo uma sensação deliciosa como nunca antes havia experimentado. Não sabendo, exatamente, como qualificar aquele gesto, se ofensivo ou inocente, não podia, igualmente, decidir-se a opor contra ele qualquer reação.

Então, quando o dedo estava quase roçando a ponta do seu seio, Nefertiti viu-o recuar, muito a contragosto, sujeito a uma súbita e imperiosa capitulação cavalheiresca. Dentro do seu peito brotou um sentimento fugaz de alívio, porém logo substituído por outro, muito mais intenso, de aguda frustração. Assim, antes que a mão de Amenotep tivesse retrocedido totalmente, Nefertiti escutou sua própria voz dizer impulsivamente:

– Faça-o.

Um sorriso deliciado iluminou o rosto do jovem. Depois de uma ligeira hesitação, sua mão delgada e coberta de veias finas e espichadas voltou a aproximar-se, até seu dedo tocar, finalmente, por sobre o tecido transparente, o bico enrijecido do seio de Nefertiti.

Um suspiro malrepresado escapou dos lábios dela ao sentir o contato.

– Áton, está acontecendo...! – pensou ela, enquanto a polpa do dedo dele fazia, de maneira extraordinariamente delicada, o contorno de seu mamilo arrepiado.

Nefertiti fechou os olhos, sentindo aquela deliciosa sensação no seu peito tornar-se líquida e descer-lhe até os abismos do ventre como o jorro estuante de um rio.

Ela estava quase a ponto de desfalecer quando Amenotep, algo assustado com aquela reação, abandonou sua sutilíssima carícia, permitindo que a jovem pudesse recobrar um pouco da mesma serenidade com a qual havia chegado.

– Como você está mudado...! – disse ela, desarmada e ofegante.

– Como você está linda, linda, linda! – respondeu ele, deixando que as palavras escorressem livremente de seus lábios grossos e sensuais.

Ele tentou novamente tocá-la, mas ela, assustada, o impediu.

– Será que já a amo? – disse ele, com a voz embargada.

Nefertiti, desconcertada, deu um riso nervoso de galhofa.

– Ora, não diga bobagem...!

– Sim, eu a amo, eu a quero! – disse ele, absolutamente convicto.

Então, diante da seriedade dele, Nefertiti também tornou-se séria, e, em outro assomo incontrolável, viu-se arremessada sobre o primo, colando sofregamente a sua boca à dele. Na atrapalhação, seus dentes chocaram-se e seus lábios, abrindo-se e fechando-se em completa dissintonia, propiciaram a ambos aquela sensação mista de prazer e aflição que sempre acompanha uma carícia ardentemente desejada, porém mal-executada.

Sim, decerto que este primeiro beijo, misto de furor e inexperiência, não foi o mais perfeito de quantos ainda dariam em sua vida. O que importa é que, assim que Nefertiti descolou sua boca, partiu tão velozmente quanto chegara, levando consigo a mesma sensação que deixara impressa na alma de Amenotep: a de ter, naquele curto momento, nascido para uma nova existência.

5 – DESCRIÇÃO DE UM CRIME

Nefertiti retornou a Malkata muitas vezes, para tratar com sua futura sogra acerca dos preparativos do seu casamento. Tudo era alegria na família real. O faraó tratava a sobrinha com um desvelo incansável, ao mesmo tempo em que todos se apoderavam dela com tal sofreguidão que Amenotep quase não podia estar a sós com sua noiva.

– Você quer unir-se muito mais à minha família do que a mim! – dizia ele, doente de ciúmes, durante seus acessos de raiva.

Nefertiti recebia estas queixas como uma expressão positiva do amor que ele lhe votava, preferindo deixá-las sem resposta – o que, decerto, ainda mais exasperava o desejo dele.

– Quando nos beijaremos outra vez? – dizia ele, buscando, sem sucesso, a boca de Nefertiti.

– Não, aqui, não! – dizia ela, temerosa de algum escândalo, todas as vezes que ele, vislumbrando a menor das oportunidades, tentava saciar seu desejo agoniante.

Isto não significa que ela não fosse tomada, também, por estes acessos. Na verdade, formara-se entre ambos uma espécie de cumplicidade sensual, na qual a tentação tornara-se um componente irresistível. Apenas, Nefertiti procurava ser mais controlada, a fim de evitar dissabores com a família real – ou, até mesmo, uma eventual ruptura do compromisso.

– Vou possuí-la antes do casamento – disse-lhe ele, um dia, intransigente.

– Amenotep! – exclamou ela, sentindo nos ombros o contato daquelas mãos obsedantes.

– Vamos, meu amor! – disse ele, poderosamente excitado. – Vamos cometer nosso crime!

– Está variando? – disse ela, desvencilhando-se. – Uff! Parece maluco!

Desde aquele dia Amenotep não cessou mais de persegui-la, e a expressão "nosso crime" tornou-se uma perfeita obsessão em sua boca.

No fundo, Amenotep, animado já por seu não conformismo, queria romper também com aquele hábito estúpido da corte que só permitia a um casal unir-se carnalmente depois da cerimônia oficial. Quebrar esta regra, pois, tornou-se para ele um ponto de honra.

– Se está louco para quebrar regras, por que não põe uma cuba sobre a cabeça e sai a desfilar nu pelas ruas de Tebas? – disse ela, muito mais ofendida que escandalizada, pois suspeitava que ele estivesse mais preocupado em quebrar regras do que tê-la em seus braços.

Amenotep, que desconhecia inteiramente este lado jocoso da sua amada, foi tomado por um acesso súbito de riso, que o fez dobrar-se no chão.

– Amenotep, componha-se! – exclamou Nefertiti, aterrada com aquela reação despropositada. (De fato, ver Amenotep estirado no chão com seu ventre bicudo e membros exageradamente compridos a esbaterem-se no ar fê-la lembrar imediatamente de uma aranha agredida, a estorcer-se na agonia.)

– Vamos, levante-se! – disse ela. – Se o faraó chegar a vê-lo neste estado, como pensará em entregar-lhe, um dia, as duas coroas do Egito? – disse ela, em seguida.

Então Amenotep teve seu acesso de riso redobrado.

– Ora... há! há! há!... – ganiu ele, entre os arrancos do riso. – Diga-lhe que as equilibre... há! há! há!... no alto da cuba...!

– Criança! – disse ela, deixando-o a rolar sobre o piso do palácio.

Outras vezes, no entanto, Amenotep surgia misteriosamente pudico, permanecendo longo tempo ao lado dela, sem mencionar o tal "crime". Nefertiti o achava adorável em sua timidez ressuscitada, e então era a vez de ela sentir-se tomada por um impulso louco de provocá-lo, a ponto de arriscar tudo em troca de alguma pequenina audácia sensual.

– Não, minha mãe está por aí! – dizia ele, assustado, enquanto ela, tomando bruscamente uma das suas mãos, punha-se a chupar-lhe um dos dedos, despudoradamente.

– Adoro estas mãos...! – dizia ela, lambendo-as sofregamente. Depois, com um sorrisinho maroto, dizia-lhe à queima-roupa: – O que fez para tornar-se tão calmo nos últimos dias?

Amenotep, mudo de vergonha, fazia menção de deixá-la, o que só servia para torná-la ainda mais cruel em sua insistência.

– Diga baixinho, só para mim! – sussurrava ela, colando e esfregando maciamente sua orelha à boca dele.

Então, um dia, ele disse mesmo, com todos os hieróglifos, a ponto de desconcertá-la totalmente.

– Amenotep! – exclamou ela, escandalizada. – Não sabia que era tão grosseiro assim!

– Ora, essa! – disse ele, tentando impedi-la de fugir. Depois, em desespero, gritou-lhe, ainda: – Foi você quem quis saber, sua tola!

Para piorar, Amenotep havia cometido, agora, a pior das ofensas: chamá-la de tola.

– Sua *o quê*? – disse ela, escarlate, dando-lhe novamente as costas e partindo num passo tão veloz que deu a certeza a Amenotep do cancelamento definitivo das núpcias.

Três dias de renitente amuo se seguiram a este delicioso incidente, plenos de arrufos e desencontros que, se no futuro ambos haveriam de lembrar com grande gozo e alegria, naqueles dias lhes pareceram de insuportável martírio.

– Mas que desaforado! – pensava ela, magoada, na verdade, apenas com a ofensa pessoal.

Enquanto isto o pobre deserdado errava pelos corredores do maravilhoso palácio, sempre a espreitar a passagem de sua amada para tentar uma desesperada reconciliação.

– Nefertiti, eu a amo! – dizia ele, implorativo, sem ousar estender-lhe a mão.

A esposa real, por sua vez, sempre atenta aos dois, procurou saber o que estava acontecendo, mas logo desinteressou-se ao ver que tudo não passava de uma reles briguinha de noivos.

Mas o dia do casamento aproximava-se, e, diante disto, Nefertiti resolveu tornar-se complacente, ensejando uma reaproximação com seu amado. (Mal sabia que aqueles três dias de afastamento tornariam-se o estopim para a realização do "crime" do qual, inconscientemente, ela própria era cúmplice ansiosa!) Logo depois da primeira refeição, ela dissera a ele, de maneira seca, que a fosse encontrar em determinada parte do palácio, pois estava, neste dia, disposta a escutar suas desculpas, e, quem sabe, até, a aceitá-las.

No mesmo instante o jovem correra desvairadamente até o local – um local isolado do palácio, onde ninguém trafegava –, e ali permanecera em agoniada espera. Ocorre que, ao mesmo tempo em que estava mergulhado em tensa expectativa, Amenotep também se sentia extraordinariamente excitado, de tal forma que lutou consigo mesmo durante muito tempo até decidir-se a eliminar qualquer risco de uma nova afronta à sua amada (não fosse agarrá-la ali, pondo tudo a perder!). Assim, julgando haver ainda tempo bastante para a chegada de Nefertiti, decidiu providenciar um alívio rápido e discreto ao seu estado.

Mal sabia, porém, que Nefertiti, oculta num recanto escuro, já o observava há bom tempo, e que neste exato momento desviava, vexada, os olhos dele, vendo instalar-se em sua alma a mais negra dúvida: ir até ele, de uma vez, ou escapar ao terrível constrangimento.

Nefertiti só não abraçou a fuga porque descobrira que seu Nilo interior voltara outra vez a correr com toda a fúria e a desaguar nos abismos mais profundos do seu ventre.

"E agora?", pensou ela, voltando muito timidamente os olhos para a visão espantosa de Amenotep a tentar desesperadamente protegê-la de si mesmo.

Então uma onda imensa de ternura misturada a um desejo louco fê-la erguer-se rapidamente de seu esconderijo, retroceder silenciosamente muitos passos e, de uma distância segura, encetar sua marcha na direção do primo (tomando, porém, o cuidado extremo de denunciar-se com o ruído de suas passadas).

Nefertiti ergueu sua cabeça somente quando julgou haver sido suficientemente explícita em sua aparição. Seus olhos depararam, então, com a figura de Amenotep, ainda ao longe, numa postura hierática e de rosto totalmente escarlate.

Descalça, ela continuou a andar até estar ao pé de seu desenxabido primo.

– Você... *veio*! – disse ele, como se jamais esperasse tornar a vê-la.

– Sim, por que o espanto? – disse ela.

Durante algum tempo ela lutou violentamente contra si mesma, antes de ver-se vencida pela tentação irresistível de acrescentar-lhe esta cruel provocação:

– Terei chegado num momento impróprio...?

Assim que terminou de dizer estas palavras, Nefertiti sentiu-se como quem cai num buraco. Amaldiçoando mil vezes o seu impulso, mergulhou também no mesmo estado nervoso do seu primo, que tentou responder, atabalhoadamente:

– N-não, não, de forma alguma! A sua chegada nunca é imprópria!

Nefertiti tinha a grande virtude de nunca permitir que um momento supremamente aflitivo se estendesse além do suportável. Nestes instantes, investida de uma força superior, lançava fora todas as convenções, receios e pudores para esclarecer de uma vez as coisas, por mais doloroso ou constrangedor que isto pudesse ser.

– Amenotep, meu adorado! – disse ela, então, olhando-o com um sorriso absolutamente terno e sereno. – Vamos, venha até mim e dê-me um longo, longo, longo beijo!

Mal terminara de pronunciar a última sílaba e já tinha a boca selada – por um longo, longo, longo tempo – pelos lábios de seu adorado Amenotep.

A partir daí perderam ambos totalmente o controle, a tal ponto que quando foram dar por si estavam já com seus corpos inteiramente nus.

– Não, não! – disse ela, cobrindo suas partes, num assomo de realismo.

Amenotep, porém, mais senhor da situação, puxou-a para um recanto isolado.

– Vamos! – ciciou ele, baixinho, tomando em suas mãos as vestes de ambos.

– E se nos veem? – disse ela, apavorada. – Sua mãe ou alguém do palacio!

– Não se preocupe – disse ele, deixando-a aninhada num recanto, enquanto ia investigar as cercanias.

Nefertiti, assustada, viu a forma nua de seu primo afastar-se pelo corredor, que estava praticamente às escuras, até desaparecer completamente na treva.

Dando-se conta, então, de que estava tal e qual Amenotep, juntou rapidamente, com ambas as mãos, os dois mantos caídos e ocultou improvisadamente a sua nudez, enquanto aguardava em terrível expectativa o retorno dele.

Um espaço de tempo eterno decorreu até que Nefertiti visse Amenotep retornar, na ponta dos pés, com sua nudez frontal e desengonçada a oscilar na semitreva (nudez esta que, nos tempos ainda recentes de ignorância sensual, lhe teria parecido de um ridículo atroz).

– Não há ninguém, ninguém por perto – disse ele, postado à frente de sua amada – e foi só então que, dando-se conta de seu estado, levou imediatamente as duas mãos à frente.

– Oh, desculpe...! – disse ele, vexado.

Durante alguns instantes ele a observou, mergulhado em indecisão.

– Você... não quer...? – disse ele, acabrunhado.

Então, ao ver uma faixa de sol penetrar gloriosamente por uma fresta da janela, Nefertiti sentiu-se tomada por uma raiva súbita da sua própria covardia e puerilidade.

– Quero, sim! Oh, como eu quero! – disse ela, erguendo-se com decisão.

Lançando longe os panos incômodos, Nefertiti rumou até a espada perpendicular de luz que descia do alto, indo postar-se confiantemente sobre ela. Depois, voltando-se para Amenotep, permitiu-lhe ter a visão nítida e inteira de sua nudez.

– Veja, eu sou assim, exatamente assim! – disse ela, lançando os braços para o alto, completamente liberta.

Nefertiti rodopiou lentamente sobre si, expondo-se inteira sob o jato cálido de luz.

– Quero que me veja exatamente como sou! – disse ela, numa devassa total de sua alma e de seu corpo. Depois, estendendo os braços para ele, disse, com suave firmeza: – Agora venha aqui e deixe-me vê-lo exatamente como é.

Sua voz irradiava tanta confiança e pureza que Amenotep não hesitou um instante em avançar até ela e afrouxar os braços, revelando-se tal qual Áton o fizera.

– Sou feio, mas você é bela – disse ele. – Acho que isto basta.

– Eu o amo, Amenotep! Amo exatamente como você é! – disse ela, avançando para ele com aquela decisão provocante que jamais força alguma neste mundo o faria deixar de amar.

◆◆◆

Amenotep e sua adorada Nefertiti casaram-se, alguns dias depois, numa suntuosa cerimônia, que contou com a participação de toda a alta hierarquia da corte. O povo, por sua vez, assistiu a tudo na sua condição habitual e ordinária de plateia, embasbacado diante da beleza daquela que, desde já, estava destinada a ser a futura esposa real.

De fato, desde os distantes dias da rainha Hatshepsut, jamais havia-se visto uma mulher tão linda na corte egípcia. Vestindo um manto comprido de gaze, feito do mais puro e alvo linho, e recoberta de joias e peitoris resplandecentes,

Nefertiti foi carregada solenemente num andor recoberto de ouro até à presença do filho do faraó. Ambos tinham o aspecto de verdadeiras múmias vivas, obrigados que estavam a apresentar-se, de acordo com o rígido protocolo da corte, de maneira absolutamente estática e hierática.

Um sorriso absolutamente antiprotocolar, contudo, iluminava os lábios arreganhados de Amenotep, e nem os sinais de advertência da grande esposa real o impediram de continuar a ostentá-lo no rosto quando ele viu sua amada surgir, ao alto, como uma aparição de sonho.

Um rumor incontido ergueu-se do povo ajuntado, dando a certeza a todos de que aquela mulher encantadora traria dias inesquecíveis ao Egito – embora ninguém pudesse suspeitar de que, apenas duas décadas depois, estes mesmos e turbulentos dias viessem a ser apagados da memória coletiva a golpes de martelo.

Oficializada a união, Amenotep e sua esposa foram gozar das delícias do himeneu no maravilhoso palácio de Malkata, enquanto o faraó e a grande esposa real, cumprida esta importantíssima etapa da elevação de seu filho ao patamar de príncipe capaz de gerar um sucessor, começaram a tratar do próximo e não menos importante passo: o da investidura de Amenotep nas esferas do poder real.

– Não me sinto mais com forças para governar sozinho – disse o velho faraó à grande esposa real, numa voz pastosa, provocada pela inflamação alarmante de suas gengivas.

Um odor pútrido evolou-se de sua boca, fazendo com que a rainha Tii desviasse, disfarçadamente, o seu rosto (nos últimos tempos ela vira-se obrigada a adotar este expediente sempre que o faraó lhe dirigia a palavra a menos de dois metros de distância).

Depois de observá-lo atentamente sentado sobre o divã real, num estado muito próximo ao da prostração, Tii não teve dúvidas da veracidade de suas palavras.

– Já fez sua infusão? – disse ela, incomodada com a careta de dor que ameaçava tornar-se permanente no rosto de Amenotep III.

– Mais tarde – disse ele, enfadado, fazendo um gesto para ela se aproximar. – Você sabe em que estado de apatia estas malditas infusões me deixam.

(Já há algum tempo os médicos da corte – ou, mais exatamente, os sacerdotes graduados que haviam feito seus estudos na Casa da Vida – tentavam minorar as dores do faraó com infusões narcotizantes de sementes de papoula, planta exótica que os egípcios recém haviam descoberto e começado a importar de Chipre.)

– Sente-se comigo, esposa amada – disse ele, comprimindo seu corpanzil, a fim de dar espaço para que Tii pudesse acomodar ao lado dele as suas velhas e delicadas formas.

A grande esposa real improvisou um gesto vago de recusa, mas que resultou inútil.

– Por favor – disse ele, comprimindo-se ainda mais no divã, dando às matérias graxas de seu corpo uma conformação sólida e compacta.

Não havia fuga possível. Tii aproximou-se com o passo lento das provações inevitáveis e foi tomar obedientemente o seu lugar ao lado do senhor das duas terras.

– O que acha da ideia, minha real esposa? – disse ele, encarando-a atentamente.

– Que ideia...? – disse ela, maldizendo-se por não tê-la adivinhado.

– Entendo que é chegada a hora de dividir o poder com Amenotep – disse ele, arfante.

Tii, impedida de desviar o rosto das faces do Horus divino, recorrera, agora, ao expediente dramático de suster a respiração.

– Acho uma ótima ideia, meu senhor – disse ela, na esperança de encerrar logo o assunto.

Amenotep III ficou observando-a com a boca entreaberta – já que lhe era impossível encostar as arcadas dentárias superior e inferior sem experimentar horrendo martírio –, enquanto seu cérebro combalido esforçava-se por arregimentar suas ideias.

– Nosso filho será elevado à condição de corregente – disse, após uma longa pausa. – Isto se fará em Hermontis, nas proximidades de Tebas. O que acha?

– Está ótimo – disse Tii, impaciente. – Será bom que comece a governar a seu lado, pois ninguém melhor do que o faraó para lhe dar segurança nos primeiros tempos.

Tii começara a erguer-se, mas viu-se impedida por uma algema acolchoada que se fechara solidamente em torno de seu frágil pulso.

– Refiro-me ao fato de a cerimônia realizar-se em Hermontis – disse o faraó, lançando um suspiro exausto na nuca fugitiva de Tii.

– Que seja – disse ela, contendo a custo sua exasperação. – Hermontis, Biblos, ou mesmo nos pântanos do Delta – que diferença faz?

Um jato curto de riso, mescla de vento quente e perdigotos podres, explodiu nas faces da grande esposa real.

– T-há! Há! Há! – fez ele, numa careta hilária de dor. – Uma coroação nos pântanos seria algo realmente original. Imagine só: em vez de Amon, teríamos o bom e velho Seth a dispensar as bênçãos!

(Amenotep III referia-se ao fato de o delta do Nilo ser a região onde o deus Seth, apesar de todas as suas perversidades, continuava, ainda, a ser cultuado.)

Tii começou a sentir-se em pleno pântano, e foi respirando pela boca que disse:

– Está bem, assim será: Amenotep será coroado em Hermontis.

– Esta sugestão me foi dada pelos sacerdotes de Heliópolis – disse o faraó. – Eles acham que, já que Amenotep está disposto a afastar-se da influência dos sacerdotes tebanos, deveria buscar as bênçãos das divindades solares mais próximas de Áton.

Diante disto, Tii tornou-se vagamente assustada.

– O faraó não pretende escapar das garras dos sacerdotes tebanos para ir cair na dos sacerdotes de Heliópolis, pois não?

– Decerto que não – disse Amenotep III, muito seguro de si. – Nem nosso filho abandonará repentinamente o culto a Amon. Veja bem, grande esposa: a coroação em Hermontis será apenas um recado sutil, porém muito explícito, que daremos aos nossos santarrões carecas no sentido de que as coisas, daqui para a frente, irão mudar. Devagar, porém inexoravelmente.

Neste momento Tii encontrou forças bastantes para desvencilhar-se de seu esposo.

– Aguardarei ansiosamente por esse dia, grande Horus – disse ela, despachando-se com uma profunda e aliviada reverência.

Amenotep III ainda esteve um bom tempo a cozinhar suas reflexões no caldo espesso de sua dor até a chegada dos sacerdotes encarregados de darem alívio às suas pobres gengivas.

– Hora de sonhar – disse ele, acostumado já ao efeito narcotizante do ópio que estava prestes a ser-lhe ministrado.

6 – O FAZEDOR DE ESTÁTUAS

Beki, um dos escultores mais prestigiados da corte tebana, havia sido chamado ao palácio de Malkata, por ordem do novo faraó Amenotep IV, nos primeiros dias após a sua coroação ritual. Fazendo uso da estratégia sugerida pelos seus pais, o novo faraó fizera-se coroar em Hermontis, a chamada "Heliópolis do Sul", assumindo o trono sem renegar abertamente as divindades então cultuadas, especialmente o poderoso Amon.

Mas, se o novo faraó não chegara ao ponto de provocar uma ruptura total com os deuses tradicionais, não deixara, tampouco, de tornar explícita sua opção pelos deuses mais próximos ao seu adorado Áton, a ponto de adotar o nome sagrado de "Primeiro profeta de Rá-Horakhti, que se rejubila em seu nome de Shu, que é Áton".

Este título, que hoje nos soa totalmente extravagante, era, contudo, perfeitamente claro à teologia daqueles dias (a qual, em matéria de complexidade, faz a atual, com todos os seus Tomás de Aquinos, parecer quase simplória). Rá-Horakhti era, como já vimos, o "Horus da dupla região da luz", e fazia parte do panteão divino de Heliópolis. Apesar de ser um deus aparentado a Áton (que não admitia outra representação senão a do disco solar), Rá-Horakhti era representado sob a forma de um falcão ou de um homem com a cabeça de falcão. Shu, por sua vez, era a representação do "ar luminoso que dá a vida", e era identificado em Heliópolis como sendo o próprio Áton (Shu era simbolizado por plumas, que Nefertiti adotou nas suas indumentárias sacralizadas). Amenotep, ao incluir em seu nome régio o destas duas divindades solares, estabelecia, assim, uma transição clara, cujo objetivo final era o de, futuramente, entronizar Áton como o "deus único" de todo o Egito.

Amenotep mandou erigir diversos templos em homenagem a estas divindades no complexo de Karnak, santuário magnífico onde, até então, pontificara inconteste Amon de Tebas, secundado por sua consorte Mut e o filho desta união divina, chamado Konsu (não é de hoje, portanto, que trindades divinas deliciam a imaginação dos devotos). Porém, quando chegou a vez de ver-se erigido, ele próprio, em estátua, decidiu valer-se do melhor escultor que havia em Tebas: o famoso Beki, filho de Men.

Dono de uma larga folha de serviços prestados à XVIII dinastia, Beki não sentiu-se nem um pouco espantado com a convocação, e foi com sua habitual presteza que acorreu ao palácio para entrevistar-se com o novo faraó.

– Ah, aí está você – disse-lhe Nefertiti, assim que soube de sua chegada.

Beki, um homem maduro e de estatura média, prostrou-se reverentemente diante da grande esposa real. A pele de suas costas, tornada quase tão escura quanto a dos núbios, esplendia em seu negror, graças ao exercício constante de seu ofício, desempenhado, o mais das vezes, em campo aberto, nas pedreiras e nos pilonos gigantescos dos templos.

– É uma honra, grande dama, poder servi-la, bem como ao filho do grande Horus – disse ele, ainda inclinado.

Nefertiti fê-lo aproximar-se e tomar assento num divã.

– Amenotep não tardará – disse ela, sem descer a explicações.

(Na verdade, procurava ocultar o fato de que o novo faraó estava às voltas com mais uma das terríveis enxaquecas que seguidamente o assaltavam.)

Beki esteve, assim, a tratar de amenidades da corte com a esposa real, empolgado com o fato de, pela primeira vez, estar diante de uma rainha verdadeiramente bela.

– Permita dizer-lhe, grande esposa real, que sua beleza não tem par em todo o reino – disse ele, com uma voz vagamente aflautada que afastava qualquer suspeita de sensualidade.

Beki, na verdade, tornara-se absolutamente impossibilitado de exercer sua virilidade depois de uma gravíssima crise existencial que o acometera na juventude. Naqueles dias atormentados, o então jovem escultor havia decidido pôr um fim dramático àquilo que chamava de sua "baixa sensualidade", impulso nefando que, segundo ele próprio, estivera a ponto de impossibilitar-lhe o "exercício isento de sua vocação".

Assim, um dia, no ápice de sua crise moral, tomara um pequeno machado em sua oficina e emasculara-se voluntariamente, tornando-se, para sempre, um eunuco votado inteiramente à sua arte. A ninguém jamais confessara que espécie de vil sensualidade o fizera cobrir-se de asco por si próprio, a ponto de imolar sua própria virilidade – fato que contribuíra para erguer em torno de si uma teia negra, feita das mais sórdidas especulações.

Beki gostava de homens, dizia-se, categoricamente, pelas tabernas e pelos palácios. Talvez ainda gostasse. Outros, porém, negavam a tese peremptoriamente, afirmando, à *boca chiusa*, e tomados pelo mais profundo e deliciado horror, que o degenerado sentia, na verdade, uma atração criminosa por crianças – especulação abominável que só não o levara a ser linchado porque Beki gozava de excelente reputação junto à família real. Mas a língua pérfida do povo não se saciara destas hipóteses, que o comércio excessivo tornara demasiado triviais, passando, então, a afirmar que o jovem sentia uma atração irresistível por animais de pequeno porte, tendo desenvolvido uma tara incontrolável por gatos – sim, pelos felinos sagrados personificados pela deusa Bastet! Já outros, enveredando pela torpeza total, afirmavam conhecer os termos de um certo contrato secreto que ele firmara com os abjetos embalsamadores da Casa da Morte para, nas horas mais negras da noite, ir saciar lá o seu desejo infame por... *cadáveres*!

Curiosamente, a tese que menos prosperara – talvez por seu escasso apelo emocional – fora aquela que dizia que Beki, talvez, não passasse, como a imensa maioria dos homens, de um simples bruto vulgar, incapaz de controlar sua atração pelas mulheres.

Apesar de sua infausta condição, o escultor não deixara, contudo, de casar-se, tomando por esposa Ta-heret, mulher singularíssima e bem mais velha que ele, a qual não cansava de segredar às suas mais íntimas confidentes – não sem uma certa maliciazinha dúbia – o fato de jamais haver se arrependido de ter trocado todas as virilidades vulgares que conhecera por aquelas "mãos talentosíssimas".

– Amenotep está muito empolgado com seus projetos de reforma religiosa – continuou a dizer Nefertiti, em meio à conversa que entretinha com o escultor. – É-lhe de suma importância que seus templos sejam absolutamente expressivos.

Beki sorvia sofregamente as palavras de Nefertiti, sentindo renovar-se em seu peito aquela mesma sensação de euforia que o acometia sempre que se via confrontado com um novo e fascinante desafio.

– Decerto, alteza, que será um imenso prazer lançar-me a este novo projeto – dizia ele, quando viu surgir por entre os coloridos pilares do salão hipostilo a figura impressionante do novo faraó – tão mais impressionante porque, à exceção da dupla coroa que trazia ao alto da cabeça, estava inteiramente nu.

A própria esposa real pasmou diante desta surpreendente aparição (embora a nudez, tanto fora como dentro dos palácios, não significasse, então, nada de escandaloso).

– Meu amado esposo e faraó, que informalidade inesperada é esta?

Amenotep, porém, depois de tomar em suas mãos a dupla coroa, inclinou-se diante dela e, sem nada dizer, deu-lhe um terno e prolongado beijo, em nova infração à etiqueta milenarmente severa da corte.

Beki, colocado em postura de humilde reverência, nem por isso deixou de observar detidamente, durante o longo tempo que durou a ardente saudação real, a figura do novo faraó, cujo corpo parecia haver se consumido nos dias subsequentes ao seu casamento.

– Bem fiz eu...! – pensou o escultor, enquanto prosseguia a reverenciar o deus vivo.

Ao obter a permissão para voltar ao seu assento, Beki, esforçando-se por ocultar seu constrangimento, o fez com a máxima discrição.

– Então, como vai, Beki, o maior dos escultores? – disse Amenotep, finalmente, indo acomodar sua nudez, com toda a tranquilidade, ao lado de Nefertiti.

Nos últimos dias a jovem rainha vira crescer, em que pese todo o amor que votava a Amenotep, a penosa suspeita de que o relacionamento dele com seu deus poderia vir a tornar-se, muito em breve, superior às suas limitadas forças.

– Não se exalte tanto, meu adorado! – dissera ela, ao presenciar-lhe alguns momentos de franco descontrole, os quais geralmente se davam nos momentos de adoração ao disco solar, durante o alvorecer e, também, ao final do dia.

– Como não exaltar-me, alma do meu corpo? – dissera-lhe ele, com os olhos vidrados dos extáticos. – É Áton, meu adorado pai celestial, que está a conversar comigo!

Nefertiti podia ver agora, nos olhos de Amenotep, um brilho remanescente daqueles instantes agudos de paroxismo.

Beki retribuiu as palavras de cumprimento do faraó, que este mal pôde ver terminarem sem passar logo ao assunto que o empolgava.

– Quero, caro Beki, que minhas estátuas sejam absolutamente originais – disse ele, com os olhos quase cerzidos, fruto da febre ardente que o mantivera preso ao leito nos últimos dias.

– Se me permite, alteza, trouxe-lhe alguns modelos para expô-los à sua apreciação – disse o escultor, estendendo ao faraó uma dúzia de rolos de papiros com esboços recém-trabalhados.

Amenotep recebeu-os, porém sem muita animação, pois sabia que nada do que ali estivesse desenhado se aproximaria sequer do que já tinha em mente.

De fato, um a um dos rolos foram caindo de suas mãos compridas, com uma displicência que somente a sua espontaneidade natural pôde impedir de ser tomada por uma desfeita.

Mas Beki somente compreendeu que estava diante do maior desafio de sua vida quando Amenotep, desvencilhando-se do último rolo, desceu do pequeno estrado de seu trono e foi postar-se novamente em pé, à vista dele e de Nefertiti.

– Vamos começar já o nosso trabalho – disse o faraó, expondo sua nudez completa ao escultor, tal como fizera à sua amada esposa no dia inesquecível do "grande crime".

– Muito bem, Beki, amigo, o que vê aqui?

O escultor tornou-se mudo, sem saber o que dizer.

– Vamos, seja sincero, insistiu o faraó.

– Bem, vejo o faraó divino... tal como os deuses o fizeram.

– Não, não! – exclamou Amenotep, arregalando, sob as pálpebras estreitas, as suas pupilas escuras. – Meu caro Beki, atente bem para o que está a dizer! Não foram, decerto, dois, nem três, nem tampouco mil deuses os autores dos meus dias! Seremos hititas, então?

Depois, tomando o escultor pela mão, arrastou-o, com um vigor impressionante para um homem de sua constituição desengonçada, até uma das janelas do grande salão real.

– Quantos sóis vê no alto do céu, meu bom observador? – disse Amenotep, num tom suave.

– De-decerto que apenas um, grande faraó... – balbuciou o escultor.

– Sim, decerto que só há um sol – disse o faraó, conduzindo Beki de volta ao divã.

– Meu caríssimo escultor, assim como só há um sol, também só há um deus, e ele se chama Áton! – disse o faraó, exaltado. – A ignorância do nosso tempo irá, muito em breve, conhecer esta verdade, pois eu próprio, filho do deus único, fui o encarregado de revelá-la.

Beki escutava, atônito, as palavras do seu senhor.

– Meu pai Áton quer que a verdade triunfe – disse Amenotep. – E somente eu, que participo de sua natureza divina, tenho condições de revelá-la!

Depois, tomando nas mãos alguns dos esboços, mostrou-os ao escultor, antes de fazê-los, displicentemente, em pedaços.

– Seus desenhos podem ser belos, mas não passam, caro amigo, de falsificações sublimes. Eles não possuem verdade, nem física nem simbólica. São estas duas verdades que meu pai deseja ver retratadas na imagem de seu filho: a verdade física e a verdade simbólica. Quero que minha imagem corresponda ao que ela é, e, ao mesmo tempo, ao que ela representa.

Amenotep sorriu, durante uma pequena pausa, e retomou:

– De onde tirou a ideia de que meu corpo fosse um prodígio de beleza e vigor? – disse ele, espalmando as mãos para o seu corpo deselegante. – Veja só isto!

Depois, alisou a ligeira protuberância de seu ventre, dizendo:

– Meu caro, não há como esconder: isto aqui, incontestavelmente, *é* uma barriga!

Em seguida, com as mãos esguias, fez o contorno de suas ancas arredondadas.

– Estas ancas não lhe parecem exatamente estéticas, não é? – disse ele, dando algumas palmadas nelas, e também em suas nádegas proeminentes.

Amenotep virou o rosto de lado, antes de dizer:

– E o que dizer-se deste perfil equino? E destes braços finos e espichados como caniços?

Depois, tomando entre o indicador e o polegar o seu minúsculo órgão gerador, fez um ar de fingida compunção antes de dizer:

– Não concorda que, sendo tão irrisório, melhor seria suprimi-lo?

Beki tornou-se escarlate diante desta autêntica flagelação da vaidade.

– Amenotep, meu esposo, não acha que está extrapolando? – disse Nefertiti, tomada pela vergonha que ele próprio parecia incapaz de sentir.

– Eu sou feio! – exclamou Amenotep, num transporte. – Tenho perfeita consciência disto!

Então, aproximando-se mais do escultor, disse-lhe, em tom de confidência:

– Deixe-me contar-lhe um episódio – uma coisa bem curta, garanto-lhe! Certa feita, não faz muito tempo, durante uma das intermináveis audiências de meu pai, a que o protocolo aborrecido me obrigava a assistir, vi postada, no meio dos presentes – um bando de dignitários enfatuados de potências estrangeiras –, uma menina, uma linda jovem que devia ter quase a minha idade. Pois bem, enquanto desenrolava-se a audiência, vi que ela, positivamente, não desgrudava os olhos de mim – não os desgrudava, afirmo-lhe!

Nefertiti, exasperada, tentou obstar novamente o acesso mórbido de seu marido.

– Amenotep, devo lembrá-lo de que você é o faraó e senhor supremo das duas terras!

– Por favor, minha adorada! – disse ele, surdo até aos apelos do seu grande amor.

– Eu insisto, meu esposo! Não ultraje, desta forma, sua dignidade divina!

– O que diz, minha amada? Como poderia Maat ultrajar Áton?

(Maat era a deusa da verdade e da equidade, uma das poucas divindades que Amenotep, mesmo nos dias de maior furor iconoclasta, continuaria a reverenciar.)

Surdo a tudo o mais, Amenotep retomou seu relato (a esta altura, nada mais o faria deter-se em seu furor automortificativo):

– Ouça-me, Beki – ouça-me você, também, fogo deleitoso que arde em minha carne! Esta jovem, pois, em momento algum desgrudara os olhos de mim durante toda a amaldiçoada audiência – mas pensam que o fazia por quê? Por estar encantada com meus dotes singulares de beleza? Não, não – decerto que não! O seu pasmo era produto de um grande espanto terrificante – sim, ela tornara-se positivamente aterrada diante da minha extravagante figura, eis o que é! Então, lentamente, vi-a erguer suas duas mãozinhas inocentes em direção ao seus lindos e aterrorizados olhos, até tê-los velado inteiramente.

– Amenotep, como em tudo o mais, você certamente exagera – disse Nefertiti, adotando aquele tom ameno de falsa e estudada displicência que os médicos recomendam no trato com os loucos e os irascíveis.

– Cerrou os olhos, Beki, como quem estivesse diante de uma aberração, de uma perfeita monstruosidade! – disse o faraó, interpretando o gesto com as mãos postas sobre seus próprios olhos – Em seguida, vi-a voltar-se para uma mulher ao seu lado – sua mãe ou sua acompanhante (maldição! que interessa?!) – e soletrar com os lábios duas ou três palavras que, à distância, não pude naturalmente entender, mas que, fazendo um complemento coerente à sua mímica facial, só podiam significar uma interjeição de asco e horror!

O escultor permaneceu em silêncio. Todas as formas protocolares de resposta desfilaram como um raio em sua mente, sem que nenhuma pudesse acomodar-se ao estranho discurso. Por alguns instantes grotescos chegou mesmo a ver-se de pé, aplaudindo o faraó, até que este, deixando pender os braços, murmurou:

– Entendeu, meu bom artista? Pois o que é, é, e o que não é, não é.

Alguns instantes de penoso silêncio decorreram até que Beki, no mesmo instante em que, rendendo-se ao desespero, desistira de procurar algo para dizer, viu sair-lhe dos lábios estas tão sensatas quanto adequadas palavras:

– E o que o meu senhor faraó pretende exatamente que eu faça?

– Que me retrate exatamente como sou.

Beki, intimidado, acedeu.

– Muito bem, assim será feito.

– Beki amado, não é só isso – disse o faraó, tornando a sentar-se no seu trono.

– Não? – balbuciou o escultor.

– Não, meu artista, a realidade só não basta. Alcançada a realidade, devemos transcendê-la, transmutando-a em símbolo. Pois é isto o real: um degrau sólido o bastante para que, apoiados nele, nos impulsionemos todos ao celestial.

Amenotep esteve um bom tempo a estudar o rosto de seu escultor, antes de dizer-lhe isto:

– Beki, amigo, você crê no que, afinal?

O escultor refletiu um pouco, e, num repente nervoso, começou como que a recitar o seu velho credo, aprendido desde a mais remota infância.

– B-bem, creio em Amon, em sua esposa e em seu filho sagrado, e nos deuses da sagrada enéade que fizeram a grandeza do Egito....

– Basta, meu tonto – disse o faraó. – Se quiser ser meu artista, terá antes de ser, também, meu discípulo. Vou instruí-lo, a partir de hoje, em todas as coisas sagradas de Áton, para que, muito em breve, receba de suas próprias e abençoadas mãos a chave da vida.

Beki voltou-se para Nefertiti, e os olhos desta, inflamados, também, pela mesma crença que animava o faraó, lhe disseram que acatasse a vontade de Amenotep.

– Está bem – disse o escultor, convicto de que acabara de dar o passo fatal para ingressar em uma incomensurável profundeza – se celestial ou abissal, apenas o tempo diria.

7 – O PRIMEIRO CONFLITO

O período de tempo que antecedeu a inauguração dos templos votados a Áton, em Karnak, foi uma época verdadeiramente febricitante para todos os envolvidos neste grandioso projeto. Cerca de sete mil homens – entre escultores, arquitetos e a malta dos pedreiros – foram arrebanhados em toda a Tebas e trazidos até mesmo da distante Heliópolis para apressar a construção dos quatro imensos santuários de Áton.

Projetados para esplenderem a leste de Karnak, no ponto onde o sol se ergue, os santuários de Áton deveriam superar aqueles votados às demais divindades, em especial os prodigiosos templos do deus Amon. Amenotep IV, sempre orientado por seu pai e seu sábio mentor, pretendia assestar o primeiro golpe na cúpula sacerdotal de Tebas – a qual, decerto, não andava nem um pouco satisfeita com o rumo dos acontecimentos.

Tii, a astuta e diplomática mãe do novo faraó, era a única pessoa da família real a manter, ainda, algum contato com os sacerdotes amonitas. Nestas sessões, geralmente tensas, ela procurava fazer crer aos desconfiados sacerdotes que seu filho não pretendia entronizar Áton como deus exclusivo do Egito, nem tampouco mover-lhes perseguição alguma.

– Áton não é nenhuma divindade estrangeira – dissera ela ao sumo sacerdote de Amon, no dia em que este, com a careca escarlate, viera tomar explicações no palácio. – Áton sempre fez parte do panteão egípcio, e, portanto, não há motivo algum para animosidades.

O sumo sacerdote, no entanto, como homem que tem tudo a perder, não estava disposto a ceder diante de um simples silogismo.

– A grande esposa real sabe muito bem que a intenção do faraó é estabelecer a supremacia do deus de Heliópolis sobre o nosso deus tebano – este deus incomparável que fez do Egito a nação mais poderosa do mundo – disse ele, acrescentando, ainda, num tom de velada ameaça: – Não permita, alteza, que Amon seja relegado a um mísero e obscuro segundo plano!

– Acredito, meu amigo, que o incomparável Amon esteja muito acima destas tolas disputas de vaidade – disse a rainha, num tom seco e severo. – Aliás, toda esta querela que os senhores pretendem fomentar não passa, na verdade, de uma briga exclusiva de sacerdotes, que não deveria, jamais, estender-se à pessoa do faraó.

Então o sumo sacerdote, levando as duas mãos à careca untada de azeite, exclamou:

– Maat sagrada! Tão bem quanto eu, sabe sua alteza que quem começou esta disputa foi o próprio faraó, a partir do instante em que decidiu desprezar o culto de Amon!

– O faraó não é refém de ninguém, sendo livre, pois, para cultuar o deus de sua predileção – disse a rainha, arregalando os olhos e expondo sua temida esclerótica amarelada.

A rainha fez uma pequena pausa antes de acrescentar friamente:

– O senhor, decerto, não pretende dar ordens ao faraó?

Durante alguns segundos o sacerdote bufou penosamente como um fole, sem saber o que dizer. Então, readquirindo o controle sobre seus nervos, tomou um ar falsamente piedoso antes de proferir seu discurso final:

– Alteza, como todo súdito leal, eu venero, com todo o ardor, a pessoa sagrada do faraó. Porém, mais que a ele, venero, com fervor centuplicado, o nosso deus supremo Amon. E é ele quem confia à senhora, neste momento, a tarefa gravíssima de chamar de volta à razão o seu filho, que está prestes a atrair a desgraça e a ruína para todo o Egito! Pois Amon, com toda a certeza, não perdoará jamais esta afronta que a ingratidão do faraó pretende fazer-lhe.

O velho sacerdote fez uma pausa, com evidente intenção dramática, antes de concluir:

– Em nome do deus magnânimo que, durante séculos, nos tem cumulado de todas os bênçãos e favores, eu lhe suplico, grande senhora: *não permita que tal aconteça*!

Tii não sentiu a menor emoção ao escutar esta jaculatória insossa. Estava mais careca de saber do que o próprio sacerdote calvo de que não há indiferença religiosa mais completa sobre a terra do que a do oficiante abastado de um culto rico e solidamente estabelecido.

Com um gesto de mão enfatuado, Tii dispensou da sala o sumo sacerdote, na esperança de que seu filho Amenotep tivesse herdado boa parte de sua própria astúcia, a fim de conseguir evitar a guerra civil que parecia surgir no horizonte egípcio, cada vez mais, com o selo rubro da inevitabilidade. Ao mesmo tempo, teve a renovada certeza de que o sucesso da revolução nascente estava já não tanto nas mãos dele quanto nas de sua esposa.

– Amenotep será o fervor, mas a astúcia será Nefertiti – pensou ela, quase reconfortada.

◆◆◆

Desde a coroação de Amenotep IV que, por toda a Tebas, pairava o odor acre da discórdia.

Isto não significa que nunca, antes, a capital do Alto Egito houvesse presenciado conflitos (muitos deles até sangrentos). Estes, porém, de modo geral, limitavam-se a disputas palacianas cujo desenvolvimento e solução ficavam restritos ao âmbito familiar, afetando, apenas, alguns poucos personagens elevados da corte. A imensa maioria do povo – mera besta pagante de impostos e colecionadora de amuletos – estava excluída de maneira absoluta da intimidade dos palácios. Na maioria dos casos, somente ficava sabendo da vaga existência de alguma desavença no dia em que um pregão inesperado vinha lhes anunciar a morte súbita do soberano e a ascensão ao trono de seu sucessor. (E nem assim importava-se em demasia, estando mais preocupada em revolver a terra, de sol a sol, no afã de escapar, na época das colheitas, das tundas certas de chicote dos cobradores de impostos).

Desta feita, contudo, o conflito pusera em jogo o próprio fundamento do estado, que era a religião, a qual, muito mais que uma simples crença, era um meio de vida e de enriquecimento fácil para milhares de homens. Além disto, havia, agora, um outro elemento a considerar: o povo. Como reagiria a massa bruta ao ver-se privada do seu deus e obrigada a abandonar, de uma hora para a outra, suas velhas crenças e ritos?

Cientes disto, os sacerdotes amonitas começaram a espalhar por todas as ruas e vielas de Tebas uma coleção aterradora de boatos. O mais terrível deles dizia que o novo faraó – "o herege", como já fora rapidamente alcunhado – pretendia não só acabar com o culto a Amon, mas também obrigar todas as famílias a entregarem seu filho mais novo para ser sacrificado à divindade diabólica que ele pretendia entronizar em todos os altares.

"O herege sanguinário repasta-se de carne humana antes de prestar culto ao seu deus perverso", cochichavam vozes cavernosas na orelha arregalada do povo.

Outros boatos diziam que Amenotep não passava, na verdade, de um espião hitita, cuja única função era a de arruinar o Egito, preparando-o para a invasão dos bárbaros.

"O demônio é filho bastardo da rameira preta com um limpador de estábulos de Hatti", diziam os elementos mais raivosos, garantindo que, após o triunfo do plano nefasto, o Egito se tornaria uma colônia hitita, com sua população sendo totalmente morta ou escravizada – introduzindo, assim, na alma do povo, o receio atroz de que os hititas viessem a cometer contra eles, o que eles, há séculos, cometiam contra seus vizinhos.

Enquanto isto, Amenotep IV passava o dia inteiro a inspecionar detidamente a confecção de cada uma das estelas, dos pilonos e das estátuas gigantescas dos quatro templos (os quais permaneciam velados à curiosidade do povo por imensos toldos).

Nefertiti acompanhava estas idas e vindas do marido, percorrendo com ele os corredores abertos dos templos, tomada pelo mais absoluto encanto.

– Veja, minha amada, ali está Beki! – disse Amenotep, rumando, abraçado a ela, na direção do atarefadíssimo escultor.

Beki, ocupado em vistoriar o trabalho de dezenas de cortadores e entalhadores de pedras, só foi perceber a presença do faraó quando o tinha ao pé de si.

– Grande faraó! – disse ele, levando as mãos ao peito.

– Fique à vontade – disse Amenotep, engolindo com os olhos tudo quanto sua vista podia abarcar. – Vamos, Beki, quero ver em que pé está minha estátua predileta!

O escultor, acostumado a mostrá-la todos os dias, nem esperou o faraó terminar e seguiu adiante, como um batedor, até estar diante de seu mais novo rebento de pedra.

Um sorriso de euforia quase mística banhou o rosto do faraó.

– O que acha, minha amada? – disse ele à grande esposa real.

Nefertiti observou a estátua longamente, sentindo-se tomada por um estado de euforia muito parecido ao do esposo.

– É sublime e digna de nosso maravilhoso Áton...! – disse ela, radiante.

Assim estiveram a admirá-la, até que Nefertiti, readquirindo o senso das coisas mundanas, indagou ao esposo:

– Meu adorado... será que o povo a compreenderá?

Amenotep respondeu, sem desviar os olhos da imagem estilizada de si mesmo:

– É claro que sim, meu amor! Não só a entenderá como a adorará!

O escultor, possuído pela vaidade de um verdadeiro pai, não pôde deixar de concordar integralmente com o veredicto real.

◆◆◆

E, com isto tudo, o dia tão esperado da inauguração finalmente chegou.

Num começo radioso de manhã, o faraó e sua esposa real dirigiram-se ao complexo de Karnak, situado às margens do Nilo, instalados em seu vistoso carro real, marchetado de ouro e electro. Este veículo era puxado por dois cavalos negros muito garbosos, os quais, parecendo tomados por um acesso incontido de vaidade equina, não cessavam de lançar para os lados suas longas crinas esvoaçantes, além de exibir para o populacho as suas grandes dentuças amarelas. (Talvez em razão de que, num dia em que tudo evocava o nome de Áton, também eles tivessem sido brindados com uma bela insígnia real, na qual vinha inscrito o seu nome sagrado de "equipagem criada por Áton".)

Adiante do carro real, os aguardava uma verdadeira floresta de colunas coloridas, recobertas de hieróglifos trabalhados diretamente na pedra, fazendo um contraste magnífico com a floresta natural da vegetação que circundava as margens do benfazejo rio.

O povo, sedento de curiosidade, comparecera em massa, vencendo as disposições do medo e disposto a desafiar a própria morte para ver se era mesmo verdade tudo quanto se dizia do faraó. Os sacerdotes de Amon também lá estavam, tendo sido igualmente convidados, a fim de evitar-se novo pretexto para querelas e desavenças.

Quando o casal real desceu de seu carro majestoso, um murmúrio de espanto correu entre o povo, que não sabia como fazer para repartir a atenção entre duas figuras tão díspares, pois enquanto Nefertiti apresentava-se extraordinariamente bela em suas vestes sacerdotais, o faraó surgia esquálido e muito próximo do grotesco na posição clássica dos faraós, com a coroa dupla mal-equilibrada sobre a cabeça e os braços cruzados sobre o peito, portando em cada uma das mãos as insígnias do poder real.

Amenotep III, pai do faraó, assistia sentado à cerimônia, ao lado de sua esposa Tii, uma vez que uma dolorosa moléstia nas pernas o impedia de manter-se em pé. Perto deles estavam os pais de Nefertiti, o velho Aye – que ela poucas vezes vira desde o seu casamento – e a madrasta Tey. (Aye, a despeito da desavença com a filha, continuava a ser um dos personagens mais influentes e requisitados da corte, já que, além de ser sogro do novo faraó, servia, também, como elemento apaziguador na disputa com os sacerdotes de Amon.)

Também ali estava presente Horemheb, um dos generais mais influentes do Egito, o qual, além de escriba conceituado da corte, era, também, o responsável direto pela manutenção do imenso poderio militar egípcio, dentro e fora das fronteiras do duplo país.

Após a chegada do faraó, o sumo sacerdote de Áton deu início a um culto absurdamente enfadonho, que se estendeu por longas horas, o que contribuiu poderosamente para azedar o ânimo de quase todos os presentes – em especial da assistência, obrigada a suportar debaixo do sol escaldante do meio-dia a pantomima ritual do novo e antipatizado deus.

Amenotep IV, contudo, não se mostrava nem um pouco entediado diante desta cerimônia mágica, que serviria para expor aos súditos recalcitrantes as virtudes e as belezas de sua adorada divindade. Por toda parte ele fizera representá-la sob a forma de um grande disco solar a espargir dezenas de raios que terminavam, de maneira surreal, em minúsculas mãos, as quais estendiam o ankh sagrado ao faraó, numa demonstração clara de que ele era o único elo entre deus e seu universo (o fato de o nome divino estar envolto por um cartucho também denotava esta íntima associação, já que a convenção da escrita egípcia determinava que os nomes dos faraós deveriam estar sempre emvoltos por esta vinheta oval).

Nada mais novo que algo muito antigo e esquecido. Amenotep, tido muitas vezes como um revolucionário, via-se, na verdade, como um restaurador de práticas antiquíssimas, pretendendo reviver no Egito do seu tempo as velhas concepções do Antigo Império – uma época idealizada, na qual o rei, tido como deus encarnado, transmitia aos seus súditos a certeza de estarem submetidos ao melhor de todos os governos: o governo do próprio deus.

Havia, entretanto, algo muito estranho nestas representações das colunas e das paredes, já que nelas a figura do faraó surgia sempre de uma forma esquisita e quase caricata. Isto, decerto, teria passado quase despercebido pelo povo, não fosse o marasmo da cerimônia ritual, que o obrigara a distrair-se, observando, de maneira mais detida, os desenhos espalhados por toda parte. À medida que o público despertava das brumas de sua indiferença estética, aumentavam progressivamente os cochichos, e mesmo algumas risadas esparsas. Por toda parte, dedos apontavam em direção aos desenhos e entalhaduras, num misto de espanto e jocosidade. Na verdade, o povo não sabia, ainda, que ideia fazer daquilo tudo, e era com a mesma expressão angustiada das crianças que procurava uma explicação no semblante sisudo dos sacerdotes calvos. Estes, porém, inteiramente ignorados pela família real e espremidos num local discretíssimo do grande palanque, limitavam-se a lançar olhares cúmplices para o povo, ao mesmo tempo em que abanavam acintosamente, como um renque de falos reluzentes, as suas grandes cabeças untadas de óleo.

De repente, porém, todos tiveram suas atenções atraídas para a figura do faraó, que, mesmo tendo abandonado seu majestoso trono, guardava, ainda, a mesma postura hierática de ente possuído pela divindade. Amenotep IV, acompanhado por grande número de acólitos, desceu as amplas escadarias que levavam ao interior do santuário repleto de colunas, até estar diante do santo dos santos, que apresentava a peculiaridade originalíssima de não estar oculto num recesso escondido, mas exposto aos raios do sol e aos olhos de todos.

"Blasfêmia!", rosnavam os "puros", acostumados a velarem secretamente a imagem do deus tebano nas caves obscuras do seu templo. Que deus impudente era este, afinal, que se revelava, ao mesmo tempo, à plebe e aos sacerdotes?

Amenotep, imerso numa espécie de transe, fez suas ofertas a Áton, acompanhado por Nefertiti (investida que estava, também, na condição de grã-sacerdotisa de Áton).

Infelizmente, apenas um número muito reduzido de simpatizantes comungou com o casal real deste momento supremo, que, para eles, fora um dos mais importantes de suas vidas.

Findo o ofertório, Amenotep voltou para o palanque, onde preparou-se para dirigir uma prédica à elite e ao povo de Tebas. Os sacerdotes de Amon abaixaram os olhos, evidenciando seu grande desgosto, sem jamais imaginar, contudo, que o faraó fosse começar sua oração atacando de maneira tão audaciosa e direta os seus adversários.

Depois de suspender seu comprido cavanhaque postiço e saudar muito superficialmente todas as autoridades presentes,

Amenotep começara sua arenga declarando que novos tempos haviam se iniciado com o seu reinado.

– É tempo de o Egito avançar para novos dias – dissera ele, tomado por uma exaltação que se evidenciava bem acima da habitual. – O tempo das divindades menores aproxima-se do seu fim, o que fica evidente pela proliferação cada vez maior dos abusos por parte dos seus praticantes. É preciso reconhecer-se que, há muito tempo, a religião nas duas terras deixou de ser um ato digno de contrição e adoração ao ser supremo para tornar-se, apenas, um meio de vida a uma legião sempre crescente de intermediários inescrupulosos. Pois hoje lhes digo que é chegada a hora de todos fazermos um esforço sincero para voltar-nos à adoração do único deus, extirpando para sempre de nossos corações todo e qualquer sentimento de idolatria.

A imensa maioria do povo não podia escutar uma única palavra do faraó, já que inexistiam, então, meios eficientes de amplificação da voz humana. Tudo o que ele podia ver eram as tremendas contorções faciais que se operavam em seu rosto e o reflexo que suas palavras esganiçadas produziam no ânimo dos sacerdotes de Amon, espécie de intérpretes, para a massa, de tudo quanto se dizia.

– Todos sabemos que nossos vizinhos e rivais hititas orgulham-se por serem chamados de "povo dos mil deuses" – prosseguiu a dizer o faraó. – Mas por que razão haveríamos de nos vangloriar por sermos iguais a eles, se temos um deus supremo infinitamente mais verdadeiro do que todos os deles – e, também, do que todos os nossos?

Neste instante uma voz rascante exclamou, partida do grupo dos carecas lustrosos:

– Será Amon, porventura, um deus falso?

Um instante opressivo de silêncio seguiu-se, pois tão inédito quanto o discurso do faraó fora esta interrupção audaciosa da sua fala.

Horemheb, chefe dos exércitos, ergueu sua cabeça na direção dos sacerdotes de Amon, levando, instintivamente, a mão à espada. Embora sua própria crença fosse diversa da do faraó – ele era devoto de Horus, sendo seu próprio nome uma homenagem a ele ("Horus em festa") –, o grande general jamais aceitaria que alguém ousasse contestar publicamente qualquer palavra do governante supremo do Alto e do Baixo Egito.

Amenotep, contudo, retomou seu discurso, sem fazer caso do atrevimento.

– Amon de Tebas tem sido venerado pelos tebanos durante muitas gerações, e justo é que se respeite a sua fé, bem como a de todos os egípcios – disse o faraó, com a voz ligeiramente alterada. – Entretanto, é preciso que, aos poucos, os devotos desta e de todas as outras divindades deixem-se também iluminar pela luz vivificante de Áton, retornando ao aprisco do deus verdadeiro como carneiros extraviados que hoje são.

– Amon é nosso deus verdadeiro! – bradou outra voz, vinda da mesma direção, irritada com a alusão ferina feita à imagem do carneiro, tradicionalmente atribuída ao deus tebano.

– Como ousa, insolente? – gritou, então, Horemheb, disposto já a investir contra a súcia dos carecas, que se espremeu ainda mais em seu canto.

O povo acompanhava abestalhado estas altercações, só captando delas o tom irritado das vozes esparsas. Porém, diante de um sinal discreto do sumo sacerdote de Amon, escutou-se uma nova voz erguer-se, desta feita, porém, saída do seio do próprio povo:

– Fora com o falso deus! Fora com o herege!

Um sorriso de triunfo iluminou o rosto dos sacerdotes tebanos.

– Viva...! A choldra está do nosso lado! – cochichavam eles, sorrindo entre si, certos de que suas cabeças não rolariam mais por conta de seu atrevimento.

A massa, então, sentindo-se autorizada a tomar parte, ela também, na querela dos superiores, foi-se empolgando, a ponto de seu rumor discreto evoluir rapidamente para a algazarra.

Nefertiti, temendo o pior, fez um sinal a seu esposo para que pusesse fim à sua prédica, mas Amenotep, que se tornara ainda mais exaltado, recomeçou a falar, duplicando o volume de sua voz ao preço do seu esgotamento quase total.

A esta altura, porém, quase ninguém mais podia compreender o que ele dizia, pois sua voz, além de rouca, tornara-se quase que completamente abafada pelo ruído do vozerio.

Horemheb, dando uma vista de olhos ao redor, tornou-se visivelmente nervoso.

– Onde está o restante da guarda real? – disse ele, alarmado, ao vizir do faraó.

O alto dignitário, visivelmente constrangido, cochichou:

– Lamento, general, mas o faraó dispensou a maior parte.

Horemheb esfregou a mão no rosto, possuído por um mau pressentimento.

Enquanto isto, o povo continuava a clamar com tanta intensidade por Amon que Amenotep viu-se obrigado a encerrar, de uma vez, a sua desastrada fala.

– Descerre logo as estátuas! – disse-lhe ao ouvido Nefertiti, na esperança de que uma boa dose de arte pudesse esfriar os ânimos exaltados.

A ordem foi dada, e, como num passe de mágica, começaram a tombar, um a um, os toldos imensos que protegiam as gigantescas estátuas do faraó.

Assustada pela rapidez do evento, todas as vozes calaram-se instantaneamente, deixando no ar horrivelmente abafado do templo um clima de pasmo e assombro.

Diante dos olhos de todos esplendiam as gigantescas estátuas de pedra do faraó, inteiramente descobertas, revelando seus contornos surpreendentes. Uma, em especial, com cerca de cinco metros de altura, destacava-se sobre todas as outras: um colosso maciço de pedra, representando Amenotep na pose ritual do faraó, porém inteiramente nu e com os traços físicos grotescamente alterados. Barrigudo e dotado de seios e coxas enormes de matrona (entre as quais não se via vestígio algum do seu sexo), Amenotep surgia aos olhos do povo não como o ser misticamente andrógino que o artista pretendera representar, mas como uma aberrante monstruosidade. Seu rosto – de traços alongados, olhos fendidos e boca de lábios demasiado grossos – ostentava uma expressão feliz e sorridente, que foi imediatamente confundida com a de um deboche perverso.

Durante algum tempo o povo esteve mergulhado em total perplexidade, até que um novo grito soou na vastidão lotada do templo, retirando-o de sua letargia:

– São os demônios do herege!

Tomado por um espasmo de raiva, o povo pôs-se, então, a vituperar as estátuas, sem ousar dirigir-se, ainda, à pessoa divina do faraó, enquanto os sacerdotes amonitas, simulando grande escândalo, levavam as mãos às cabeças lustrosas, bradando com voz estentórea:

– Blasfêmia e abominação! Blasfêmia e abominação!

Isto foi o bastante para que Horemheb abandonasse às pressas o seu lugar e fosse procurar o chefe da guarda real, a fim de tentar impedir o tumulto que parecia já inevitável.

Amenotep, suando por todos os poros e imerso num estado de extrema excitação, voltou-se para o povo, inteiramente perplexo diante daquela reação inesperada.

– O que dizem, loucos?! – bradou ele, apontando freneticamente para as estátuas. – Não compreendem, então? Somos eu e Áton, pai e mãe de todas as coisas!

Só então deu-se conta, verdadeiramente, daquele mar agitado de mãos a erguer-se como que da própria terra – mãos de punhos fechados, a brandirem enfurecidamente, em espasmos de ira, fazendo um contraste absoluto com aquelas outras, que as imagens entalhadas na pedra faziam descer tão docemente dos céus, trazendo apenas vida, luz e amor. Estas mãos, porém, que brotavam da terra, do lodo negro do país de Kemi, eram mãos escuras, cobertas de pó e de calos, produto estorcido da fome e da dor – *aquelas mesmas mãos*, a um só tempo inocentes e pérfidas, que Amenotep vira empilhar-se à sua frente no dia da infame contagem, mãos renascidas e reunidas, outra vez, em novo e vingativo exército, sequiosas em resgatar o dia negro do sangue e do vilipêndio, quando todos os seus gestos vãos de clemência haviam sido tão miseravelmente negligenciados – e assim esteve Amenotep, como que hipnotizado, até que uma delas, cometendo a verdadeira e suprema blasfêmia, tomou de uma pedra e lançou-a na direção do alvo de toda a ira. Ninguém percebeu a grande e irreparável afronta, senão no instante em que o faraó, tendo levado a mão à testa, retirou-a, em seguida, tinta do seu próprio sangue.

Um silêncio profundo pesou sobre a vastidão do templo, antes que a primeira leva de soldados se arremessasse contra o povo, de espadas e bastões em punho. Recebido o violento impacto, viu-se formar uma primeira onda no irrequieto mar humano, que rolou velozmente na direção oeste do santuário. Milhares de seres humanos puseram-se a correr, seguindo o impulso da maré, deixando um pequeno claro no local onde a soldadesca caíra em cheio.

– Carreguem nesta canalha! – bradava Horemheb, enfurecido, enquanto Amenotep, horrorizado, tentava deter, desesperadamente, o massacre que se avizinhava.

– Não, esta é a casa de Áton, um deus que abomina todo sangue e violência! – bradava ele, enquanto o sangue escorria-lhe da testa até untar-lhe os grossos lábios.

Nefertiti, agarrada a seu braço, tentava fazê-lo calar-se.

– Meu amor, acalme-se! Veja, o povo já está pacificado! – dizia ela, apontando para a multidão, que parecia, de fato, ter-se acalmado.

Mas Amenotep já não via nem ouvia mais nada. Atingido o limite mais intenso do seu paroxismo, tinha agora a certeza da iminência da chegada de seu pai.

– Vem! Oh, vem, meu doce pai! – clamou ele, lançando os braços esquálidos para o ar, num gesto abrupto que fez com que a coroa dupla do Egito se desprendesse de sua cabeça e fosse rolar miseravelmente pelo chão.

O povo, que havia se pacificado momentaneamente, foi tomado por novo frenesi ao ver-se diante do seu faraó tomado por um acesso terrível que o fazia revirar os olhos e botar espuma abundante pela boca. Amenotep começou a roncar como um suíno, enquanto seus membros estorciam-se descontroladamente, dando à multidão a certeza de que o demônio andrógino o possuíra para dar início ao pavoroso ritual do sacrifício humano.

Imediatamente estabeleceu-se um novo e definitivo tumulto. Correndo em todas as direções, homens, velhos, mulheres e crianças buscavam salvar desesperadamente a própria pele. No furor do medo, não faltou mesmo quem visse as estátuas diabólicas começarem a mover seus membros, prontas a abandonar seus pedestais para irem à caça alegre de suas presas. Apanhando, então, as centenas de pedras soltas que jaziam espalhadas pelo templo ainda inconcluso, descobriu-se o povo repentinamente armado para o combate. Das extremidades do templo surgiu, ao mesmo tempo, nova remessa de soldados, que foi cair duramente sobre a multidão, afastando-a do palanque a poder de bordoadas.

O confronto, desta maneira, espalhou-se por todas as dependências do grande santuário, tornado, agora, um improvisado teatro de guerra. Ocultos atrás das centenas de imensos e grossos pilares, o povo encontrara ali não só o refúgio ideal, mas também a base perfeita para os seus arremessos. Logo, pedras de todos os tamanhos formaram uma nuvem movente sobre o templo, despejando sobre todas as cabeças uma chuva sólida e mortal, enquanto os soldados, deixando de utilizar-se apenas do dorso de suas espadas, passavam a fazer delas um uso bem mais eficiente. De tudo isto resultou que, em brevíssimo espaço de tempo, dezenas de corpos dilacerados e algumas milhares de pegadas vermelhas se espalhassem em todas as direções, iluminadas pelos raios vivificantes do disco solar. Ao mesmo tempo, o faraó, protegido pela guarda real, era carregado em segurança até o carro real, onde o aguardavam, de pernas bambas e olhos esgazeados, os dois soberbos cavalos criados por Áton.

O conflito só terminou quando a noite lançou o seu grande manto negro perolado de estrelas sobre o santuário – mesmo instante em que chegava a Tebas, vindo de muito longe, um homenzinho retinto e fértil em saberes ocultos.

8 – ENTRE MÉDICOS E MONSTROS

Ninguém jamais soube, exatamente, de onde ele viera. Com seu corpo franzino e cabeçudo de cachimbo, o estranho homenzinho preto surgira em plena noite, como um gênio noturno extraviado, e rumara seus passos exaustos até a Casa da Morte, local onde os sacerdotes-médicos dedicavam-se à arte milenar da mumificação (arte elaborada, cujo único resultado aparente era o de tornar o corpo de um morto mil vezes mais feio do que fora em vida). Depois de estudar a fachada do templo, o pequeno forasteiro decidira, por precaução, passar a noite debaixo de uma árvore, fazendo-se anunciar somente pela manhã – o que, de fato, fez, sendo logo abordado por um auxiliar barrigudo, que lhe perguntou quem era e o que queria.

Apontando o dedo para seu peito desmilinguido, o visitante declarou, então, o seu nome, o que só serviu para provocar um brusco acesso de riso no egípcio.

– *Bes*...?! Ah!, ah!, ah! Esta é boa! – disse ele, com as bochechas rubras de riso.

Depois, voltando-se para um companheiro próximo, exclamou:

– Ei, Anun, corra aqui! Venha ver o próprio Bes em pessoa!

O gorducho referia-se ao popularíssimo deus egípcio da saúde e da alegria, espécie de anão de formas grotescas cuja figura vinha esculpida em objetos pessoais, amuletos, e mesmo nos leitos (já que era eficiente na arte de afugentar pesadelos e assombrações).

Inconformado, porém, com a pronúncia incorreta, o pequeno forasteiro pusera-se a abanar freneticamente o seu espichado dedo de tubo, dizendo com grande altivez:

– Não!, não Bes...! *Dass*! *Dass*!

Mas o outro egípcio, pouco amigo de graças, resolveu esclarecer logo as coisas.

– Muito bem, pequeno rato núbio, diga logo o que quer.

O pequeno Bes (chamemo-lo, também, assim) não entendia muita coisa do idioma do país dos faraós, e, por isto, sacou logo, por debaixo de sua tanga esfarrapada, uma pequena tabuinha de argila, estendendo-a, sorridente, ao egípcio azedo. Este, depois de juntar as duas sobrancelhas, esteve longo tempo a observar os hieróglifos, antes de decifrar o seu conteúdo (na verdade, o estudo fora muito breve, ocupando ele o restante do tempo em estudar um meio digno de ocultar a sua ignorância).

– Leia você também disse ele – afinal, estendendo a tabuinha ao gorducho.

Seu companheiro roliço, no entanto, que não tinha pudor algum da própria ignorância, exclamou logo, sem rebuços:

– De onde tirou, asno, que eu seja capaz de ler este troço, ou qualquer outro?

Dando as costas ao colega, o gorducho foi levar a tabuinha ao sacerdote-chefe, que tinha a poderosa denominação de *hery-seshta*, ou "chefe dos segredos". Este, depois de ler a mensagem – uma pequena e displicente carta de recomendação enviada do país do Kush por um seu colega –, deu um curto suspiro de enfado, antes de dizer:

– Ache um lugar para o estrupício.

Bes foi levado até a famigerada "casa da purificação", considerado o pior lugar do Egito – e, mesmo, de toda a terra – para um homem decente estar. Antes de chegar já havia sentido um odor muito desagradável, mas foi somente ao ver-se introduzido no local que suas narinas levaram uma verdadeira bofetada olfativa. O sopro quente do riso nasalado do gorducho atingiu sua nuca antes de ver-se impelido para diante por um cutucão.

– Entre, vamos! – disse o gordo, impaciente.

De cara, Bes avistou, iluminados por archotes, vários sujeitos imundos e nus a lidarem com cadáveres dispostos em diversas mesas. Estavam todos imersos num estado tão profundo de tédio que mais pareciam mortos em pé a lidarem com mortos deitados.

Diante do quadro, o gorducho viu-se obrigado a gritar para retirá-los deste estado:

– De joelhos, escória! Temos um deus entre nós!

Num segundo aqueles rostos imbecilizados pareceram despertar de sua rotina abominável e foram correndo, num estrépito de pés descalços, ver o recém-chegado.

– Quem é este? – disse um dos ajudantes, que cheirava pior que os próprios defuntos.

– De joelhos, já disse! – exclamou o gorducho. – Ou o natrão já os cegou a ponto de não reconhecerem o divino Bes?

Um círculo de rostos escuros e arreganhados formou-se ao redor do novato.

– Ele, Bes? Mas não está magrinho demais? – disse um sujeito narigudo, puxando sua pele negra e despida de qualquer gordura.

– Silêncio, ímpio! – disse o gordo, com falsa severidade. – A partir de hoje o deus irá trabalhar conosco. Que ele seja tratado conforme as regras de nossa honrada casa!

Logo um sujeito grandalhão adiantou-se, com um sorriso pérfido no rosto.

– Vamos ver se é mesmo o deus – disse ele, arrancando num único golpe a tanga esfarrapada do novato, deixando-o tal como os demais.

Um coro surpreso de "ohs!" explodiu entre a canalha.

– Sem dúvida que é o próprio Bes! – disse uma voz irônica, referindo-se a um certo traço pronunciado da anatomia do deus, que surgia ali tal como na maioria dos amuletos e esculturas. Ao mesmo tempo, alguém teve a ideia de paramentar Bes como o próprio deus.

– Façamos-lhe um cocar de penas! – disse o sujeito.

– Ótimo! Vamos pôr-lhe, também, uma juba! – disse outro.

– E uma cauda! Tragam logo uma cauda!

Logo, o negrinho estava convertido numa réplica esquálida do deus.

– Magnífico! – dizia o grandalhão, amarrando-lhe, ainda, à cintura, uma cauda sanfonada feita de um material malcheiroso e altamente suspeito.

– Agora, ponha a língua para fora! – disse outro, pois era assim que o deus fazia para afugentar os demônios e as doenças.

Não se poderia esperar que o pobre Bes fosse fazer frente aos gracejos de uma dúzia de brutos violentos. Assim, arreganhando um sorriso forçado, Bes deitou para fora da boca sua língua comprida e rosada, arrancando um novo coro de risos, e assim teria permanecido um bom tempo caso não tivesse escutado pelas costas esta coisa altamente ameaçadora:

– Com quem ficará esta noite?

No mesmo instante os olhos do pequeno deus paralisaram-se nas órbitas, enquanto seu sorriso murchava em sua boca. Logo depois começou a fazer algo que provocou em todos verdadeiro pasmo.

– O que ele está fazendo? – disse alguém, boquiaberto.

Bes, sem o auxílio das mãos, começara a enrolar, de maneira verdadeiramente espantosa, a sua enorme língua para dentro da boca.

– Vejam, é um artista! – disse um dos companheiros, maravilhado.

– Ou um demônio! – disse outro, deslizando furtivamente um dos calcanhares para trás.

O fato é que esta performance assustadora bastara para desestimular o autor da proposição infame, fazendo também com que o gorducho pusesse um fim na bagunça, ordenando o imediato retorno de todos ao trabalho.

– Paneb, leve-o à ala da purificação – disse ele, dando as costas a todos.

Bes sentiu-se profundamente aliviado, e foi assim, paramentado como o deus, que foi aprender com o chefe dos segredos a maravilhosa arte da mumificação.

◆◆◆

Desde há muito tempo que Bes desejava conhecer a terra dos faraós. Vindo de muito longe, além do oceano, fora parar no país do Kush, após várias e desastradas peripécias. Metido no meio de hereges, não podia esperar coisa melhor, pensava ele, até que certo dia, farto de passar privações numa terra onde comer todos os dias era indício de riqueza, Bes resolvera desbravar, afinal, o Egito – uma nação digna do seu saber.

Porém, mais que tudo, o que o levara à terra do Nilo fora o desejo de conhecer os segredos de uma certa arte maravilhosa, que um velho e falastrão sacerdote egípcio lhe garantira ser, em sua terra, insuperável.

– Vou indicá-lo como neófito na Casa da Morte – dissera-lhe o velho, depois de vangloriar-se, durante um dia inteiro, acerca dos métodos lá empregados para deter a morte.

– Casa da Morte...! – exclamara Bes, encantado com o nome.

– Isto mesmo, meu cabeçudo – dissera o velho. – Em parte alguma do mundo aprenderá mais acerca da morte do que no país do deus soberano que dela triunfou!

Bes já ouvira falar algumas vezes de Osíris, embora não fizesse ideia alguma do que fosse um embalsamamento à moda egípcia. Por isto, resolveu aceitar logo a carta de recomendação que o velho sacerdote se apressara em lhe expedir, não sem antes este amaldiçoar mil vezes a terra que, não possuindo a arte de confeccionar papiros, o obrigava a cunhar a escrita sagrada dos egípcios numa mísera tabuinha de argila.

Agora, finalmente, a um passo de defrontar-se com a maravilhosa arte da mumificação, Bes sentia tremores nervosos percorrerem-lhe os membros. Depois de assistir à lavagem do cadáver de um nobre, foi levado por dois auxiliares até outro recinto, onde o "chefe dos segredos" estava prestes a proceder à evisceração do defunto.

Bes ficou impressionado quando o sacerdote, tomando nas mãos uma máscara com a efígie de um cachorro, a colocou solenemente na cabeça (tratava-se de Anúbis, o deus-chacal que, segundo o mito, inventara a mumificação ao religar as partes separadas do corpo de Osíris, enfaixando-as depois). Aquela era, pois, uma transformação ritual, e Bes sabia muito bem que a prática de pantomimas rituais era comum a todas as nações, inclusive a dele.

Atrás do mito oculta-se a ciência, pensou ele, arregalando ainda mais os olhos.

Logo depois, um dos auxiliares aproximou-se do adulto fantasiado de cachorro e entregou-lhe um estojo com diversas ferramentas. Com grande habilidade – que era menos produto da inspiração que da repetição –, o sacerdote-médico tomou nas mãos um gancho comprido e recurvo na extremidade, aproximou-se do cadáver, e, para espanto indizível de Bes, introduziu-o na narina esquerda do morto até romper-lhe o osso etmoide, começando, em seguida, a remexer o interior do crânio como quem mexe uma panela.

– Por Vishnu! O que está fazendo?! – disse Bes, levando as mãos à cabeça.

– Silêncio, bárbaro! – disse o ajudante. – Este momento é sagrado!

O pobre Bes não podia entender o que havia de sagrado em enfiar-se um gancho no cérebro de um morto e começar a despedaçá-lo por dentro. Logo em seguida o sacerdote introduziu uma solução corrosiva pelas narinas e, depois de chacoalhar bem a cabeça do morto, virou-o de bruços, assoprando-lhe com força no ouvido para ajudar a rápida expulsão dos fragmentos da massa encefálica. O espanto de Bes, porém, não conheceu limites quando viu o sacerdote recolher o mingau cerebral e jogá-lo simplesmente no lixo.

Como haverá de ressuscitar sem cérebro?, disse ele, baixinho, ao colega, antecipando-se, em vários séculos, à mesma dúvida de Voltaire.

Um cutucão violento, seguido de um olhar furioso, reduziram-no novamente ao silêncio.

Bess não sabia – pobre ignaro que era da maravilhosa sabedoria egípcia – que a sede pensante do homem não era o cérebro, mas o coração – este sim preservado com todo o cuidado dentro do corpo, já que deveria ser pesado, mais tarde, no reino dos mortos, diante de Osíris e de seus 42 carrancudos juízes. (Os rins também eram mantidos dentro do corpo, junto com o coração, embora não se saiba bem a razão, já que o *Livro dos mortos* não registra nenhuma "pesagem dos rins".)

Desde então, Bes preferiu adotar a postura sensata do cético, a quem nada mais espanta, e foi com um olhar muito próximo da serenidade que acompanhou o restante do processo.

Tendo sido feita uma incisão lateral no corpo do defunto, teve este suas entranhas retiradas, uma a uma, sendo tratadas com natrão e essências conservantes, e depois colocadas em vasos chamados "canopos", que seriam depositados, mais adiante, ao lado do sarcófago (acreditava-se que as vísceras incorruptas do morto seriam reutilizadas magicamente por ele nos campos floridos do paraíso egípcio). Logo em seguida, foi feita uma sutura no local da incisão, sendo colocada sobre ela uma placa de metal com a efígie do olho de Horus, considerado meio eficacíssimo para impedir-se a entrada dos agentes da putrefação.

– Tsc, tsc, tsc – fez Bes, balançando discretamente a cabeça.

Estava pronta, assim, a primeira parte do processo. Depois disto, o corpo eviscerado seria mergulhado durante quarenta dias numa poderosa solução de natrão, até adquirir a aparência exata de um esqueleto calcinado, recoberto, apenas, de uma casca rugosa e endurecida de pele. Finda esta amena quarentena, estaria pronto para ser envolto por faixas de linho (que não poderiam ser novas, mas retiradas de roupas velhas do morto) e recheado, ainda, de uma infinidade de amuletos e encantamentos retirados do *Livro dos mortos*. Este seria o último passo antes de o cadáver ser encerrado em vários sarcófagos acoplados, onde deveria aguardar, com infinita paciência, um novo chamamento à vida.

Bes retirou-se do local com um sorriso amarelo e inteiramente convicto de que nem o verdadeiro Anúbis conseguiria trazer à vida, outra vez, o corpo daquele desgraçado.

"Antes o consumissem no fogo", pensou ele, relembrando o saudável costume de sua terra.

Neste estado de espírito, Bes foi devolvido, outra vez, à mesma ralé que o acolhera

– Ah, o deus voltou! – disse o grandalhão, correndo em sua direção com seu pênis minúsculo e balouçante. – Você é um deus de sorte, meu caro, pois logo terá a oportunidade de presenciar nosso grande festival anual!

Bes, no entanto, estava tão incomodado com a visão daqueles corpos nus e repelentes, que não escutou o que o outro dizia.

– Por que devemos estar todos deste jeito? – disse o quase anão, cobrindo a sua vergonha.

Então o gigante explodiu, inteiro, num rincho de hilaridade.

– Oh!, esta é magnífica! Hirri-ó!, hirri-ó! – disse ele, dando tapas violentos em seu próprio ventre. – O deus do prazer tomado por pudores! Hirri-ó!, hirri-ó!

Seus tapas estalavam com tanta força que as paredes largas ressoavam com o ruído.

Todos os demais se associaram ao riso – "hirri-ó!, hirri-ó!" –, até que um sujeito com o rosto e o corpo inteiro recobertos de caroços aproximou-se de Bes, conciliadoramente.

– Meu amigo, bem vê que no meio deste fedor todo usar-se qualquer roupa seria inutilizá-la para sempre – disse ele, apoiando no ombro do outro sua mão recoberta de bolotas graúdas como picadas de marimbondos.

– Mas só há homens por aqui? – disse Bes, inconformado com a ideia de ter de conviver, diariamente, com um mostruário completo de todos os pênis existentes sobre a terra.

– Oh, quer mulheres, então? – disse o grandalhão, entusiasmado, levando-o até uma entrada secreta, onde ficavam guardadas as "preciosidades" da casa.

– Veja só esta coisinha! – disse ele, revelando aos olhos de Bes o cadáver de uma mulher incrivelmente obesa, cujos seios prodigiosos, achatados pela posição horizontal, escorriam-lhe pelo peito até se derramarem pelos braços.

Bes arregalou os olhos de espanto, pois jamais havia visto em sua terra miserável uma tal abundância de carnes.

– Vamos, deus do prazer, refestele-se! – disse o gigante, suspendendo Bes com facilidade e deitando-o, em seguida, por cima das banhas da morta.

Bes sentiu aderir-se em sua pele o suor gelado dos cadáveres.

– Tire-me daqui...! Tire-me daqui...! – ganiu ele, miseravelmente.

A esta altura um pequeno grupo exaltado formara-se para ver a cena.

– Vamos, Bes, aproveite! Hirri-ó!, hirri-ó! – rinchava o gigante, enquanto esfregava o corpo do negro, de alto a baixo, nas graxas úmidas da morta.

O suplício se estendeu até o momento em que o sujeito das bolotas disseminadas pelo corpo resolveu pôr um fim na algazarra.

– Basta, vamos mostrar-lhe suas novas tarefas! – disse ele, ajudando a pôr Bes sobre o chão, cujo corpo negro reluzia das excreções e do seu próprio suor.

– Mais tarde tomará um belo banho! – disse ele, num tom suspeito que encheu Bes, outra vez, de novas e terríveis apreensões.

Bes foi posto a lavar o corpo de vários defuntos, imerso num fedor indescritível de natrão e putrefação humana. Ali estavam os corpos dos pobres de Tebas, os quais, nem de longe, recebiam o mesmo tratamento aplicado ao corpo dos nobres e dos faraós. A maioria deles recebia simplesmente uma injeção anal destinada a conservar íntegras as vísceras dentro do corpo, e depois de um período de secagem numa banheira eram devolvidos aos familiares, envoltos numa pele de vaca, para serem enterrados onde bem entendessem.

Neste dia, porém, todos os corpos daqueles infelizes estavam abertos, e uma grande azáfama agitava a turma dos evisceradores.

– Vamos, rápido! – dizia um dos chefes da turba, assumindo ares de verdadeiro sacerdote-chefe – já que os próprios, como sempre acontecia naquela data especial, estavam ausentes.

Bes estava fazendo a sua parte, tomando novo contato com todas as sujidades da morte, quando viu surgir ao longe a figura lamentável de um velhote, criatura tão seca que mais parecia uma assombração.

Era o "múmio". Com seu aspecto de múmia desprovida de faixas, não passava, na verdade, de um pobre-diabo senil que o mundo evacuara, há muitos anos, para dentro da Casa da Morte, e que o tempo ajudara a transformar em verdadeiro espectro errante. De fato, o desgraçado tinha um corpinho tão frágil que Bes sentiu-se um Atlas perto dele, tendo mesmo receio de expirar o ar dos pulmões na sua direção.

– Vamos, múmio, cumprimente aqui o nosso deus! – disse o outro.

O velho, surpreendido, volveu dois olhinhos miúdos que pareciam inteiramente soltos dentro das órbitas. (Bes teve a certeza de que despencariam ao chão, caso ele tornasse a abaixar a cabeça outra vez.)

– Oh, o senhor é, então, um verdadeiro deus? – disse o velho, gengivando.

Bes não soube o que dizer, mas o velho, sim.

– Deuses não morrem, não é? Pois eu já morri.

O múmio esteve um bom tempo calado, observando o corpo sobre a mesa, amoravelmente, como se observasse a si próprio, até romper a falar outra vez.

– Está vendo, aí? – disse ele, apontando para o morto. – É o melhor de tudo.

Depois de nova e dilatada pausa, recomeçou, com a incoerência da senilidade.

– Estaria, grande deus, disposto a advogar meu pleito perante Osíris? – disse ele, acrescentando baixinho, com notável psicologia: – Sabe?, não me quiseram por lá, também!

– Adeus, velho – disse o outro, ao perceber que sua arenga perturbava o trabalho.

Depois de resmungar mais alguns disparates, o velho finalmente se afastou, carregando consigo suas nádegas tristes e pendentes como as bochechas de um buldogue.

Afastado o importuno, Bes recomeçou sua lida, junto com os outros – lida esta que acabou por revelar-se, ao final do dia, insuficiente.

– Não bastam – disse o sujeito das perebas, após um breve inventário dos órgãos arrecadados. – Tragam os vasos – acrescentou secamente, fazendo com que os auxiliares fossem em busca dos vasos canopos, em que estavam guardadas as vísceras dos felizardos que podiam pagar por este custoso serviço. Junto com eles vieram também jarros repletos de vinho – uma guarapa ordinária que, antecipadamente, havia-se contrabandeado para dentro da casa.

– Bes, meu caro, quando lhe disse que você era um sortudo, não estava brincando! – disse o gigante, entornando um jarro inteiro de vinho. – Prepare-se, agora, para tomar parte em nossa grande batalha anual!

O sujeito embolotado adiantou-se, com o rosto escarlate e os trejeitos exaltados de um grotesco mestre de cerimônias, e, depois de limpar a garganta com uma profunda escarrada, expediu sua poderosa ordem do dia:

– Que se formem os dois poderosos exércitos dos filhos de Horus!

Imediatamente um tremendo estrépito de pés e de risos atroou, em toda a extensão, o comprido recinto, acrescido dos estalos violentos provocados pelo esbarrar ininterrupto dos corpos, sequiosos de tomarem posição num dos dois exércitos: o glorioso batalhão de Hapi e Imset (deuses patronos dos pulmões e dos fígados) e o imarcescível batalhão de Qebehsenuf e Duamutef (deuses patronos dos intestinos e dos estômagos).

Em pouco tempo estavam arregimentadas as forças, nos dois extremos da sala, cada qual de posse de suas respectivas munições – pulmões e fígados de um lado, intestinos e estômagos de outro –, a um passo do início do grande confronto.

O embolotado, portando as insígnias de um faraó caricato – uma vassoura numa mão e um gancho de pescar cadáveres na outra –, dirigiu sua última oração aos combatentes, antes de encerrá-la com o grito de guerra:

– Às armas, egípcios! Declaro iniciada a gloriosa Batalha de Vísceras!

Disse e foi pôr-se imediatamente ao abrigo, já que, em seguida, a artilharia de ambos os lados começou a disparar sua poderosa munição de órgãos humanos.

Agachados por trás das enormes mesas viradas, todos arremessavam e protegiam-se ao mesmo tempo, vendo estourar nos anteparos e nas paredes as vísceras furiosamente arremessadas. Um fígado certeiro acertou em cheio a testa de um valoroso soldado de Qebehsenuf e Duamutef, pondo-o miseravelmente por terra. No outro lado também os arremessos faziam seus estragos: um estômago bem-arremessado fora deitar por terra, desacordado, um indigitado soldado das gloriosas hostes de Hapi e Imset. (Bes, por sua vez, ainda que se mantivesse abaixado, não estava a salvo de nada, já que a munição caía do alto sobre todos como uma verdadeira chuva de vísceras.)

Dali a pouco, esgotadas as próprias munições, ambos os lados ficaram autorizados a recolher a munição inimiga mal-arremessada e dela fazerem livre uso, de tal sorte que aquilo nunca mais teria fim caso o juiz não houvesse soado, a certa altura, o grande gongo anunciador do final da batalha.

– Blóóm...! Blóóm...! Blóóm...! – fez ele, diversas vezes, antes que seu som pudesse finalmente sobrepor-se à balbúrdia infernal emitida pela garganta dos combatentes.

– Como farão para repor os órgãos certos em seus respectivos vasos? – disse um aturdido Bes ao sujeito fantasiado de faraó, imaginando que espécie de confusão aconteceria no outro mundo com os mortos a portarem órgãos que não eram os seus.

– E você acha que alguém vai conferir o conteúdo? – disse o outro, rindo-se da ingenuidade de Bes, ao mesmo tempo em que, saindo de seu esconderijo, foi postar-se novamente no centro do recinto – pois faltava ainda o ápice da refrega, que era o Grande Duelo de Espadas.

Dois contendores, escolhidos dentre os homens mais ágeis e fortes dos dois exércitos, foram postar-se diante do grande juiz, enquanto seus escudeiros preparavam suas "espadas" (na verdade, dois intestinos grossos retirados dos cadáveres mais obesos da casa).

– Tragam as armas! – bradou o juiz, sem mais delongas.

O primeiro combatente recebeu logo a sua arma, mas o outro ainda teve de aguardar um pouco mais pela sua, já que seu escudeiro, tendo-a achado demasiado leve, havia decidido encorpá-la, às escondidas, com o produto de seu próprio suor.

– Vamos, levem!, levem! – disse o escudeiro-mor, com um riso arreganhado.

Assim que o segundo desafiante recebeu o seu poderoso gládio, o juiz fez ouvir sua voz:

– Irmãos valorosos! É sabido que hoje temos entre nós um deus – um deus de verdade!

Um urro de alegria atroou os ares e todos os olhos voltaram-se para Bes.

– Na condição de juiz meramente terreno, sinto-me na obrigação de ceder à grande divindade aqui presente o direito supremo de ser árbitro deste embate descomunal!

Imediatamente mãos ávidas apoderaram-se de Bes, colocando-o sobre um assento, levando-o em triunfo, bem ao alto, até o epicentro da arena.

– A vós, grande e justíssimo deus, caberá a honra de decretar o vencedor!

Mas Bes, ao alto, só sentiu-se árbitro verdadeiro de uma disputa infernal quando toda a assistência, postada ao redor dos combatentes, começou a esbofetear cadenciadamente suas próprias nádegas nuas, como se fossem tambores rituais.

– Tá–tátátá! – tá–tátátá! – tá–tátátá!

De posse das espadas maleáveis – que semelhavam a duas linguiças enormes enroladas nos pulsos –, os dois gladiadores começaram a fazer evoluções de uma autêntica dança do sabre, à luz dos archotes e ao som obsedante da percussão:

– Tá–tátáta! – tá–tá–tátá! – tá–tátátá!

Nunca Bes teve tanta consciência do horror da nudez masculina como naquele instante, já que a cada movimento brusco da dança as virilidades longas e flácidas de ambos estalavam ridiculamente em suas coxas, retirando toda graça e harmonia dos seus movimentos.

"Ó supremo ridículo!", pensou, tomado de vergonha e de asco até por si próprio.

O balé grotesco persistiu por mais alguns instantes, até que um dos combatentes, num movimento súbito, girou destramente sobre a cabeça a sua grande espada de excrementos e assestou uma primeira e certeira lapada no adversário, fazendo espirrar sobre ele – e também sobre parte da assistência – um jato abominável de fezes.

Um urro diabólico ergueu-se entre a malta, fazendo cessar, por instantes, a cadência estridente das nádegas. O adversário atingido revidou o golpe, vibrando uma tal chicotada no ventre do outro que lhe deixou impressa a sua marca abjeta, e isto foi o bastante para fazer com que ambos, abandonando quaisquer estilos, se atracassem com a rude espontaneidade de dois salsicheiros, assestando golpes às cegas e lançando respingos abjetos em todas as direções, enquanto a plateia, tomada por um frenesi de demência, urrava enlouquecidamente.

Para Bes, porém, fora o bastante. Dando as costas aos depravados – num relance, entreviu o corpo caído do múmio (que talvez tivesse partido finalmente para o Duat) –, o pequeno deus humano rastejou pelo chão até encontrar a saída da horripilante Casa da Morte.

9 – A MENINA E O PEIXE

Desde a desastrada inauguração do Templo de Aton, em Karnak, que a tensão entre o faraó e o clero tebano havia se exacerbado até chegar a um ponto quase total de ruptura. Após deixar claro que toda a sua política de Estado estaria orientada no sentido de privilegiar o culto ao novo deus, Amenotep como que declarara guerra aos sectários de Amon, preparando o cenário para um confronto de consequências imprevisíveis.

Entretanto, para Amenotep e Nefertiti este período de inquietações foi suavizado graças a um acontecimento que lhes trouxe grande alegria: o nascimento de seu primeiro filho.

– Logo darei a você, meu amor, o seu herdeiro tão desejado! – dissera a grande esposa real, às vésperas do parto, certa de dar à luz um menino.

Porém, tanto ela quanto o faraó experimentaram um ligeiro dissabor ao descobrirem, no dia do parto, que o filho era, na verdade, uma menina (dissabor este que teve bem curta duração, já que, logo em seguida, viram-se ambos perdidamente apaixonados pelo bebê).

– Ela se chamará Meritaton ["Alma de Áton"] – disse o faraó, observando a pequenina com os olhos úmidos de ternura. – Em breve será capaz de entoar louvores, junto conosco, diante de nosso grande pai Áton!

A felicidade de Amenotep, contudo, não chegou jamais a rivalizar – e como poderia? – com o sentimento de verdadeiro fascínio que, superado o choque inicial, se apoderou totalmente de Nefertiti. Sendo ainda muito nova, viveu os primeiros tempos da maternidade não como uma mulher adulta, mas como uma garota que, de maneira mais ou menos inadvertida, houvesse recebido de algum poder superior a posse e o governo de um novo ser – um ser exigente e, ao mesmo tempo, inteiramente dependente de si, que olhava e respirava, chorava e tossia, pedia e jamais agradecia, e que deveria morrer às suas mãos caso ela não estivesse, como uma Ísis tutelar, a velar incessantemente por ele. Mesmo sendo hábito antigo da corte que os filhos dos faraós devessem ser criados longe dos pais e cuidados por um pequeno exército de amas, em alas separadas do palácio, Nefertiti não consentiu jamais que tal acontecesse. Tomada por um receio quase maníaco de ver perecer aquela frágil criaturinha, não desgrudou dela um instante, chegando a trazê-la consigo durante as refeições, e até mesmo nos instantes de sua higiene pessoal, a ponto de, muitas vezes, esquecida de sua obrigação natural, permanecer horas sentada e absorta na hipnótica contemplação do rostinho da filha (pendurada que estava num cesto, ao alcance das mãos), para grande escândalo da rainha-mãe e das servas do palácio.

Amenotep, contrariando a regra natural, não se sentiu, em momento algum, enciumado daquele apego extremado da esposa pela filha. Antes, incentivou-o, achando uma graça infinita dos desvelos absurdos e exagerados que Nefertiti prodigalizava à menina, chegando mesmo a tomar o seu partido nas disputas que, a todo instante, surgiam com a sogra intrometida.

– Você está estragando esta criança! – dizia-lhe Tii, impaciente, estendendo os braços para tentar arrancar a pequena Meritaton das mãos da mãe e entregá-la às pobres amas (as quais, mal podendo chegar perto dela, erravam já desenxabidas pelos corredores do palácio).

A menina, porém, sempre que via a carranca escura e sisuda da avó avançar sobre si, abria o bocão e grudava-se de pés e mãos ao corpo da mãe, dando a Amenotep a oportunidade de saborear mais um *round* daquela renhida disputa de afeto.

◆◆◆

Meritaton, como filha que era de um faraó, tinha uma maravilhosa coleção de brinquedos, embora jamais tenha lhes dado muita atenção, já que lhe pareciam muito menos inocentes distrações do que agentes solertes infiltrados pela avó para fazê-la desapegar-se de sua mãe.

Entretanto, houve um único brinquedo – ou antes, um objeto doméstico que sua imaginação convertera em brinquedo – que acabou por tornar-se-lhe verdadeira obsessão: uma pequena tilápia (peixe característico do Nilo) de vidro, que fazia parte dos luxuosos utensílios pertencentes a Nefertiti. Desde o primeiro instante em que colocou os olhos sobre ele que a menina exigiu dramaticamente a sua posse, gritando e estendendo em sua direção os seus dez dedinhos crispados.

– É Nilo, o nosso peixinho azul! – disse Nefertiti, improvisando um nome para a criatura.

Dotado de várias listras brancas e algumas laranjas, o peixe azul tinha também dois olhos arregalados de vidro incrustados, além de uma boca redondíssima, cujos lábios grossos e alaranjados pareciam querer transmitir algo muito urgente e importante a todos quantos o fitavam. (Na verdade, parecia ter sido congelado no exato instante de proferir o seu oráculo fatal – daí seu aspecto francamente angustiado.)

Por fim, Meritaton tanto azucrinou pela posse do reluzente Nilo, que sua mãe colocou-o em seu quarto, onde permaneceu, desde então, como uma sentinela silente dos sonhos da pequenina herdeira.

Somente quando ela completou dois anos de idade foi que o peixe resolveu agir como se fosse vivo.

◆◆◆

Meritaton jamais adormecia sem antes admirar longamente o seu amigo de boca alaranjada. Aqueles olhos vítreos que jamais pestanejavam contribuíam, decerto, para atrasar-lhe um pouco a chegada do sono (e não adiantava tirarem o peixe do quarto, porque aí, então, nem ela nem ninguém mais dormia no palácio!).

Porém, certa noite, estando ligeiramente cansada de admirar seu amigo reluzente – ele estava de frente para ela, com seus dois olhos fixos e a bocarra escancarada –, a criança virara-se bruscamente de lado, à maneira angustiada dos insones, colando uma das faces no travesseiro quente e macio, disposta, definitivamente, a adormecer. E assim foi: tão logo seus olhos cerraram-se, sua boca pressionada pelo travesseiro adquiriu o mesmo formato oval da boca do peixe, e Meritaton começou a babar gloriosamente – e assim esteve longamente a despejar a linfa pura da inocência até tornar a acordar e descobrir-se com a face direita desagradavelmente úmida, o que obrigou-a a virar-se novamente de lado e dar de cara outra vez com o olhar persistente do peixe.

Como de hábito, Meritaton sorriu – um sorriso, decerto, diferente dos que costumava remeter ao seu companheiro, já que o pequeno Nilo, até então completamente imóvel, flutuava agora livremente pelo quarto.

◆◆◆

Na verdade, flutuar seria bem pouca coisa caso o peixe de vidro azul não tivesse começado, também, a Crescer e CRescer e CREscer e CRESCer e CRESCEr e CRESCER e CRESCER desmesuradamente! Como se estivesse imerso no benfazejo rio que lhe dava o nome, o peixe de vidro não estava mais simplesmente a flutuar, mas positivamente a *nadar* em pleno ar, perdendo também a sua antiga imobilidade vítrea, já que suas nadadeiras haviam começado a adejar para lá e para cá como se verdadeiras asas fossem.

Mas isto não era tudo: além de suas nadadeiras terem começado a adejar para lá e para cá como se verdadeiras asas fossem, *também* seus olhinhos miúdos haviam começado a se movimentar nervosamente para todos os lados possíveis de se movimentarem.

E quem pensasse que isto era tudo, precisaria saber também que, além de suas nadadeiras terem começado a adejar para lá e para cá como se verdadeiras asas fossem e seus olhinhos miúdos começado a se movimentar nervosamente para todos os lados possíveis de se movimentarem, que *também* a sua boca enorme, de lábios cada vez mais grossos e alaranjados, havia começado a abrir e a fechar freneticamente, tal como fazem, desde sempre, as bocas de todas as tilápias existidas, existentes e por existir neste mundo – mas, por Thot, *não as de vidro*...!

Meritaton, do alto dos seus dois anos de vida, não teve medo do fato inusitado (e como poderia, sendo tudo, em sua idade, verdadeira novidade?). Na sua mente ainda não bitolada pelas enfadonhas repetições da vida, era tão admissível ver o peixe de vidro alçar voo quanto uma gata, uma vaca, uma zebra, ou as avós de todas elas porem-se a nadar e a respirar debaixo d'água (o que não quer dizer, em absoluto, que diante de um voo mais rasante do enorme peixe bojudo ela não chegasse a encolher-se ligeiramente, escondendo a boca e o nariz sob as cobertas (porém, mesmo isto não passava de mero ato reflexo, já que seus olhos corajosos permaneciam sempre fixos no peixe, que continuava a adejar suas nadadeiras etc. etc. etc.).

Mas voltemos à tilápia voadora, que já é novidade bastante.

Nilo voava com a viva desfaçatez de uma abelha. Na verdade, jamais um peixe de vidro emulara de maneira tão perfeita o gracioso voo de uma abelha. Nilo voejava por tudo, tentando estabelecer contato com a princesinha, que em momento algum chegou a perguntar-se da razão misteriosa do estranho fenômeno, já que bebês de dois anos resolvem o problema altamente filosófico de não entenderem um fato *não tentando entendê-lo*.

Entretanto, se a menina não fazia questão alguma de entender, Nilo, ao contrário, lutava desesperadamente por fazer-se entender, aproximando-se diversas vezes da bela despertada até quase engolir-lhe sua pequenina orelha, numa tentativa desesperada de segredar-lhe algo – tentativa vã, já se vê, já que o único produto de seus esforços era um mísero sopro cálido de vidro (sopro totalmente desprovido de sentido, como soam ser todos os sopros cálidos de vidro) – até que, numa destas investidas, sentiu, ou por um ruído, ou por uma luz no imenso corredor, ou pelas duas coisas juntas, que alguém se aproximava do aposento, fato brusco que teve o dom de fazê-lo experimentar, pela primeira vez em sua vida, a nobre sensação de possuir uma consciência humana, assaltado que foi pelo mais profundo remorso – ou seja, pela mais profunda culpa, ou seja, pelo mais profundo medo – de haver abusado de sua condição de mero enfeite, ao ter-se posto a voar assim tão desaforadamente pelo quarto da herdeira do faraó (audácia que, para além da mera transgressão, invadia também a esfera dos delitos de lesa-majestade – ou não era, então, delito da mais alta gravidade estar um bibelô de vidro, mero e vil ornamento, a bafejar sopros cálidos de vidro, altas horas da madrugada, no ouvido da filha do faraó?).

A ama (sim, era uma das amas), pois, entrou no quarto, enquanto Nilo foi esconder-se no alto teto. Depois, a ama curvou seu rosto feio de ama até o rosto lindo de princesa da princesa – cujos olhinhos estavam inteiramente cerrados (tornando-se, assim, por meio desta precoce dissimulação, cúmplice consciente das atividades ilícitas do peixe) – e esteve longamente a estudá-lo, até fazer seu diagnóstico.

"Nada há de errado", pensou ela, erradamente, antes de voltar sobre seus passos.

Assim que a ama deixou o quarto, Meritaton reabriu os olhos e Nilo recomeçou seus desesperados apelos, até que finalmente escutou-se algo – algo ciciado muito baixinho, mas efetivamente dito e pronunciado.

Logo em seguida, exausto de tentar reexprimir-se, Nilo retornou ao seu tamanho normal, indo ocupar o mesmo lugar que ocupara antes de começar a cometer suas loucuras de peixe de vidro irresignado.

◆◆◆

Estes foram os fatos, pelo menos tais como a jovem Meritaton contou, alguns anos depois, às suas duas irmãs Maketaton e Ankhesenapaton – que haviam nascido, para grande alegria e, ao mesmo tempo, pequena decepção do casal real – acerca dos prodigiosos eventos daquela noite antiga.

Nefertiti também conhecia a história, já que fora a primeira a escutá-la dos lábios da filha, tão logo ela tornara-se capaz de verbalizar suas ideias, lembranças e imaginações.

– Mas o que disse o peixe, afinal? – perguntara Nefertiti, fingidamente aflita.

– Nada, minha mãe – dissera Meritaton. – Já não disse que Nilo estava inteiramente mudo?

Mas para Maketaton ela prometeu, um dia, revelar a única coisa que o peixe dissera – porque, na verdade, segundo ela, Nilo chegara a dizer uma coisa, uma única coisa, *uma coisa muito terrível.*

– Uma coisa muito terrível? – perguntara a irmã, de olhos arregalados.

– Sim – dissera Meritaton, com o ar fatal dos detentores de terríveis segredos. – Pena não poder revelar-lhe agora, pois você é muito pequena – acrescentara a primogênita de Amenotep.

Nilo dissera, afinal, que uma grande mudança sobreviria, e que apenas ele e uma das filhas do faraó – porque ele teria muitas – sobreviveria a ela.

10 – A GRANDE MUDANÇA

No quarto ano de seu atribulado reinado, Amenotep IV tomou a primeira das muitas decisões surpreendentes que tomaria nos anos subsequentes. Depois de aconselhar-se longamente com Nefertiti e seu velho mentor Amenotep, o faraó decidiu antecipar a realização da sua festa "Sed", que era uma espécie de "confirmação mágica" da coroação. Nesta festa os faraós recebiam dos deuses uma espécie de "recarga espiritual" a fim de poderem continuar a dar cumprimento a todas as suas atribuições humanas e divinas.

– Mas por que tão cedo? – disse-lhe a rainha-mãe, estupefata. – Você foi coroado há apenas quatro anos, e esta festa só é celebrada pelos faraós após muitos anos de reinado.

– Minha mãe, isto é muito importante para mim – disse o faraó, angustiado. – Os sacerdotes de Amon declararam uma guerra tácita contra a reforma religiosa que pretendo levar a cabo em todo o Egito. Preciso haurir de meu pai Áton toda a força espiritual necessária para poder fazer frente aos ataques de meus inimigos.

Amenotep fez uma ligeira pausa, antes de acrescentar, num tom ainda mais sombrio:

– A verdade é que não sei até quando poderei viver em segurança nesta cidade.

Tii empertigou-se, animada por um acesso brusco de dignidade real.

– Amenotep, você é o faraó! – disse ela, com firmeza. – Ninguém ousará erguer a mão contra você.

– Minha mãe, a senhora sabe tão bem quanto eu que esses sacerdotes cúpidos não veneram outra coisa a não ser as suas bolsas recheadas – disse o faraó, num feliz momento de lucidez. – Sei perfeitamente que a partir do instante em que deixar de abarrotar seus templos de ouro – o que farei muito em breve –, estarei exposto a um ataque traiçoeiro que poderá estender-se à minha própria família.

O brilho heroico do olhar de Tii esmaeceu um pouco.

– Por que não se muda, então, para Heliópolis ou Mênfis? Lá Amon tem pouca influência.

Amenotep não pareceu extraordinariamente surpreso com a sugestão.

– Na verdade, estive conversando longamente a este respeito com o filho de Hapu, e ambos chegamos a uma conclusão muito parecida.

– E qual foi?

– Desculpe, minha mãe, mas este é um assunto sobre o qual ainda devo refletir mais um pouco. Tão logo tenha chegado a uma conclusão, tornarei a conversar com você.

Tii sentiu-se aliviada ao perceber que seu filho não parecia disposto a cometer imprudências. Mesmo assim, não deixou de lhe dar uma última recomendação.

– Lembre-se que você está metido num grande e perigoso jogo. Antes de dar um novo passo, estude antes o terreno onde pretende pisar, pois, com toda a certeza, não lhe faltarão ciladas pelo caminho.

A rainha-mãe esteve a observar longamente o rosto do filho, antes de acrescentar:

– Não esqueça que uma derrota sua poderá representar o fim seu e de nossa própria dinastia.

Amenotep pareceu profundamente incomodado com estas palavras.

– Mamãe, está em jogo algo muito maior do que eu ou a nossa dinastia – disse ele com tanta convicção que as sobrancelhas franzidas de Tii afrouxaram-se bruscamente.

– Amenotep, você não deve perder nunca de vista sua principal missão – disse ela, firmemente.

– Qual é minha principal missão? – disse ele, começando a exaltar-se.

Tii pareceu quase escandalizada.

– Ora, meu filho! Não sabe, então, que seu principal objetivo é libertar a dinastia dos Amenoteps da sujeição aos sacerdotes tebanos? Que outra coisa poderia haver de mais importante?

Então foi a vez de o faraó mostrar-se francamente escandalizado.

– O que está dizendo, minha mãe?! Mas decerto que Áton supremo não me pôs à frente do trono egípcio somente para espantar dele algumas moscas varejeiras! Antes de mais nada, fui encarregado de revelar meu pai Áton a toda a humanidade!

– A toda a humanidade?! – disse Tii, abismada com mais esta novidade. – Não lhe bastam, já, os egípcios?

– Não, minha mãe! Quero que o conhecimento do amor de Áton chegue a todos os povos!

– Os outros povos já têm seus próprios deuses.

– São falsos deuses! Deuses perversos que, a exemplo de nosso odioso Amon, promovem a guerra e o ódio em vez do amor e da concórdia. Para eles o valor supremo de tudo é a conquista!

– O Egito só é o que é graças às suas conquistas. Não fosse isto e seríamos hoje escravos de nossos inimigos.

– Se temos tantos inimigos, devemos isto à nossa política cruel de escravização dos povos vizinhos. Não nos tornamos escravos, mas bem soubemos escravizar!

– Naturalmente, pois neste mundo ou se escraviza ou se é escravizado – disse Tii, friamente. – Rendamos graças aos deuses e aos nossos antepassados por terem sabido fazer a melhor escolha.

– Mamãe, isto é de um cinismo abominável! – disse o faraó, horrorizado. – Como pode pronunciar tais palavras?

– Este é o mundo em que vivemos – disse Tii, decidida a pôr um fim nos lirismos místicos do filho. – Se a violência lhe repugna como política de vizinhança, siga o exemplo de seu pai e faça uso da astúcia diplomática – mas não permita jamais que nossa supremacia seja arranhada, pois no dia em que isto acontecer cairemos imediatamente da condição de opressores para a de oprimidos. Talvez, então, venha a sentir saudades desta época feliz que hoje temos a ventura de desfrutar.

– *Feliz...*?! – exclamou Amenotep, em franca exasperação. – Como pode ser feliz uma época onde o ressentimento e o medo convivem lado a lado? Não, minha mãe, precisamos evoluir para um estado de cooperação entre os povos, deixando para trás a época bárbara das conquistas e das pilhagens. Áton quer que todos, egípcios e não egípcios, vivam em paz e harmonia; porém isto jamais acontecerá enquanto houver um deus ambicioso e guerreiro a tutelar cada nação. Precisamos tornar universal um deus único, um deus que patrocine o amor em vez do ódio, a paz em vez da guerra – e este deus só pode ser Áton, pois foi ele quem, pela primeira vez na história, trouxe aos homens o novo e sublime decreto do amor!

Tii sentiu um arrepio de raiva ao escutar este novo rojo místico do filho.

– Basta de delírios, Amenotep! – exclamou ela, num repente. – Já é época de você pôr os pés no chão.

Mulher essencialmente prática, a rainha-mãe identificara logo nos propósitos morais do filho uma ameaça à segurança de sua prole, daí sua antipatia cada vez maior por estas "pieguices celestiais".

– Meu filho, não cometa jamais o erro fatal de misturar as coisas do céu com as coisas da terra – disse ela, com vigor. – Quando for tratar de assuntos terrenos, esqueça seus arroubos místicos: eles podem soar sublimes nas dependências do templo, mas não numa sala de deliberações. Em termos práticos, tudo quanto Áton deseja de você é que preserve os direitos de nossa dinastia, transmitindo-os intactos ao seu futuro herdeiro, garantindo, assim, ao Egito, a manutenção de sua condição de soberano inconteste do mundo.

Amenotep escutou o sucinto programa teológico de sua mãe com um olhar gélido de desprezo.

– Pois lhe asseguro, minha mãe – disse ele –, que diante dos propósitos elevados de meu pai Áton, bem pouca coisa são os interesses de nossa dinastia, ou mesmo os do próprio Egito!

Tii, então, perdendo de vez o controle, esbravejou:

– Louco! O que está dizendo?

Mãe e filho sentiram-se paralisados de espanto ao descobrirem o grande fosso aberto entre ambos.

– Quer dizer que nosso pai Áton representa para você apenas um meio cômodo de desvencilhar-se de alguns inimigos vulgares? – disse o faraó, dando às suas feições alongadas um aspecto temível de ira equina.

– Este mundo é um mundo de homens, Amenotep, e rege-se pelos seus interesses. Mesmo os deuses devem submeter-se a eles, caso desejem manter alguma influência na terra.

– Que blasfêmias horríveis está a acumular hoje, minha mãe? – disse Amenotep, outra vez horrorizado. – Crê mesmo, então, que Áton deva submeter-se aos interesses mesquinhos dos homens?

Tii teria levado muito adiante aquela discussão caso seu antagonista não fosse o seu próprio filho (já que pais, por um fado lógico e genético, não conseguem ver nunca nos filhos opositores sérios e adultos). Mas o que a tirou mesmo do curso da discussão fora uma tão inesperada quanto dolorosa constatação.

"Deus, como está feio...!", pensou ela, a observar, compungida, as feições arreganhadas de Amenotep e a sua boca beiçuda a fazer borbulhas de saliva nos cantos dos lábios (Tii sentiu mesmo um ímpeto grotesco de gritar-lhe, "Filho, basta!, um filho feio jamais será ouvido pelos pais!").

– Está bem, Amenotep, esqueçamos tudo isto – disse ela, desviando os olhos do filho inestético. – Quis dizer apenas que sem o Egito ou a nossa dinastia a patrociná-lo, nem mesmo Áton poderá triunfar em seus projetos.

Tapando os ouvidos, Amenotep começou a afastar-se da sala em rápidas passadas.

– Basta, minha mãe, não quero mais ouvi-la proferir suas abominações!

Tii descobria, agora, horrorizada, o quanto seu filho estava disposto a ser irredutível na sua demência. Numa vertigem de impotência, chegou mesmo a pensar em tomar o chicote cerimonial que estava ao lado do trono, correr até o filho e surrá-lo impiedosamente – surrá-lo, surrá-lo, surrá-lo até expulsar-lhe do corpo a sua louca imaturidade. Tii visualizou esta cena imersa no mais vívido de todos os delírios – o delírio materno –, enquanto o filho se afastava rapidamente por entre as colunas da sala hipostila (oh!, se tivesse a certeza de estar nisto a salvação, ela o teria surrado, sim, até desabar desgrenhada e arquejante sobre o corpo prostrado do filho!).

Entretanto, tudo o que fez, em verdade, foi gritar-lhe estas palavras agoniadas:

– Filho, sirva com devoção, mas jamais ame ao seu deus! Deuses são mais cruéis no amor do que os homens!

Tii ainda permaneceu algum tempo no salão, sentindo-se perdida em meio à selva das colunas imensas como gigantescos papiros. Seus olhos desolados contemplavam o grande abismo aberto a seus pés – abismo no qual, muito em breve, o Egito inteiro seria lançado pelo bom coração do seu filho feio, louco e amado.

◆◆◆

Amenotep, contudo, não era – ao menos, ainda – o louco integral que o desespero materno de Tii chegara a fantasiar. Precavido pelos acontecimentos trágicos da inauguração do templo de Áton, o faraó tomara, desta feita, todas as precauções para a realização da sua festa Sed, entregando a Horemheb, o severo chefe dos exércitos, a responsabilidade pela segurança do evento.

– Quero a padraria e a plebe bem longe do local da festa! – dissera Horemheb ao chefe do policiamento de Tebas, disposto que estava a evitar qualquer conflito durante as festividades.

– Mas, comandante, o faraó deseja confraternizar junto com o povo – disse o chefe da guarnição.

– O que o faraó deseja é conversar em paz com o seu deus – disse o comandante, ríspido. – A ralé que vá confraternizar bem longe daqui, entendeu?

Homem afeito a lidar com a malta rude dos exércitos, Horemheb desabituara-se, desde cedo, às práticas da demagogia – conceito muito particular seu que englobava qualquer tentativa de tratar o povo como algo acima de um rebanho ignaro –, preferindo tomar logo do chicote sempre que tinha de lidar com ele (e quem pensasse que isto o tornava alvo do ódio popular enganava-se redondamente: o povo o amava por isso).

No dia das festividades só foram admitidos aos templos homens grados e alguns elementos do povo, após uma rigorosa triagem. Todo o resto do povo, considerado incapaz de se portar em público, foi mantido afastado, em ruas adjacentes, o que contribuiu, decerto, para aumentar o sentimento de animosidade contra o "herege".

– Faraó amaldiçoado! – clamavam alguns carecas embuçados, misturados entre o povo.

– Que Amon santo tenha piedade do Egito!

– Ai de nós, submetidos ao herege...!

Mas antes que tais gritos pudessem proliferar, foram reprimidos à força de bastonadas aplicadas por grupos de policiais à paisana que Horemheb destacara para acompanhar e sufocar, mesmo à distância, qualquer tentativa de insurreição, de tal sorte que, excetuadas as varadas ocasionais, a festa Sed transcorreu normalmente – ou pelo menos até o instante em que um boato espantoso alcançou os excluídos, fazendo ressurgir o burburinho.

– Ouviram, só...? – disse uma voz alarmada.

– Não, o que foi? – disseram vários vozes.

– O herege mudou de nome!

– Mudou de nome?

– Sim, adotou um novo nome, em honra do seu deus amaldiçoado! – disse a voz esganiçada.

A notícia caiu como uma bomba no meio dos devotos de Amon. Imediatamente os sacerdotes carecas descobriram suas calvas suadas e puseram-se a arranhá-las e a cobri-las de tapas.

– Horror e abominação! – clamavam eles, com as faces lavadas em pranto e sangue. – Ai de ti, Tebas sagrada, porque neste dia, em teu próprio solo, macularam o nome de teu deus soberano!

De fato, Amenotep IV (cujo significado literal é "Amon está satisfeito") decidira retirar de seu nome esta menção ao deus tebano, passando a chamar-se Akhenaton ("aquele que é agradável a Áton").

Durante todo o dia ocorreram distúrbios isolados por toda a Tebas, reprimidos, porém, com rápida eficiência pela polícia e pelo exército (ainda que o faraó tivesse desautorizado expressamente a repressão).

– É natural que estejam inconformados – dissera Akhenaton a Horemheb, no dia seguinte, durante a sua audiência matinal, convertida numa espécie de reunião do alto escalão do governo. – Muito em breve, tendo compreendido todas as vantagens da adoção do novo deus, o povo estará também do nosso lado – acrescentou o faraó, absolutamente convicto e confiante.

Aye, o pai de Nefertiti e sogro do faraó, também estava presente à reunião, só que não parecia tão confiante no futuro quanto o genro.

– Um pouco de prudência é indispensável neste momento – disse ele, sentenciosamente.

– A hora é de audácia – disse Nefertiti, que estava sentada ao lado do marido. Seu tom de voz era frio e cortante, como o seu olhar, que permaneceu distante do rosto do pai (tal como prometera no aviltante dia das bofetadas).

– Prudência é tudo quanto os parasitas de Amon desejam de nós – continuou a dizer a esposa real –, pois enquanto estamos paralisados eles têm inteira liberdade para agir e sabotar nossa reforma.

Aye fez um gesto de impaciência (porém não tão ríspido quanto pedia o seu coração, já que a filha, agora, gozava na corte de uma posição evidentemente superior à sua).

– Devemos evitar, de todo modo, as desfeitas pessoais – disse ele, numa discreta censura à filha. – Amon ainda é o grande deus, não só dos tebanos, como da imensa maioria dos egípcios. Ofender seus sacerdotes é ofender o próprio povo, que os venera quase tanto quanto ao antigo deus.

– Justamente aí reside todo o mal! – ripostou Nefertiti, com veemência. – Sacerdotes não são deuses, e por isto o povo deve desacostumar-se a tratá-los como tais. Infelizmente os faraós cometeram, ao longo dos séculos, a imprudência de delegar as prerrogativas do culto a estas criaturas insidiosas, cumulando-as a tal ponto de privilégios que hoje se imaginam intermediários indispensáveis dos deuses. É preciso, o mais rápido possível, restabelecer o faraó na condição de único elo entre deus e o seu povo.

Nefertiti olhou para seu esposo significativamente.

– A grande esposa real diz a verdade, inspirada que está por Maat – disse o faraó. – Só há um deus, que é Áton, e ninguém vai a ele senão por mim, seu único profeta.

Um silêncio contrito desceu em todo o salão, pois o faraó acabara de pronunciar o dogma central do novo culto. Somente após alguns instantes foi que Amenotep, o filho de Hapu, ergueu a voz para expor a sua opinião.

– Estou de pleno acordo com tudo quanto dispôs – disse ele, em seu tom habitual de mentor privilegiado do jovem faraó. – Apenas entendo que não deve, em circunstância alguma, pôr-se a perseguir os demais deuses, nem tampouco os seus devotos, pois isto terminaria por abrir as portas do Egito à anarquia e ao caos.

– Naturalmente, grande sábio, que não forçarei ninguém a adotar o culto de Áton – disse Akhenaton, a cujo temperamento brando repugnavam as violências.

– A menos, é claro, que nossos opositores decidam fazer uso de manobras vis e subterrâneas, colocando em perigo a segurança do estado – disse Nefertiti, pondo um firme adendo de energia às palavras do faraó.

Akhenaton sorriu, e depois de tomar o rosto da esposa nas mãos, depositou-lhe um terno e sonoro beijo nos lábios.

– O povo, verão todos, saberá compreender rapidamente as vantagens de aderir ao culto de nosso magnânimo deus! – disse o faraó, com um brilho de confiança no olhar.

Todos pareceram pouco à vontade não só diante desta afirmação altamente duvidosa, como também daquela inesperada (e pouquíssimo usual) manifestação de afeto entre o casal real.

Akhenaton, contudo, não demonstrou o menor desconforto, fazendo sua mão deslizar pelo pescoço, pelo seio e pelo ventre de Nefertiti, até ir repousar mansamente numa de suas coxas firmes.

Entre as muitas personalidades da corte presentes estava, também, um certo Tetu, funcionário do Ministério dos Países Estrangeiros, que se mantinha em cerimonioso silêncio, a observar com uma fração ínfima do canto do olho a mão do faraó pousada sobre a coxa daquela mulher encantadora, que sua adoração já convertera, há muito, em deusa efetiva e entronizada.

– Estimado Tetu, o que dizem de mim os embaixadores estrangeiros em Tebas? – disse-lhe, subitamente, o faraó, fazendo com que todas as faces sisudas se voltassem para o funcionário ignorado.

Pego desprevenido, Tetu cobriu-se de rubor (num primeiro momento pelo receio pânico de ter sido pego em flagrante no ato de admirar as formas sublimes da rainha, e, num segundo, por saber-se alvo do seu olhar).

"Ela me olha!, ela me olha!", pensou ele, sem, porém, ousar a confirmação, até sentir um cutucão em suas costas, o que obrigou-o a responder atabalhoadamente:

– Grande alteza, reina entre todos os adidos grande admiração pela capacidade e firmeza do faraó!

Akhenaton pareceu satisfeito com a resposta imbecil, e já todas as atenções desviavam-se do insignificante preposto quando soou, outra vez, a voz firme de Nefertiti.

– Senhor Tetu, deixe-se de lisonjas e diga a inteira verdade.

O burocrata sentiu-se inteiramente paralisado; pela primeira vez a grande esposa real dignava-se a reconhecer-lhe a existência, chamando-o pelo próprio nome!

"Justos céus!", pensou ele, experimentando um gozo interior tão intenso que sentiu correr-lhe pelo membro algo muito próximo a uma ejaculação.

Aquilo, de fato, era inacreditável: a grande esposa real a pedir-lhe que dissesse a verdade, a *inteira verdade*! Por alguma razão demente aquela imposição trivial lhe parecera de uma eroticidade tremenda – era quase como se a rainha estivesse a lhe dizer, "Senhor Tetu, deixe-se de lisonjas e tire toda a roupa!" (pois não lhe propusera um verdadeiro desnudamento moral?). (Oh!, fosse dizer-lhe, em todos os termos, a *inteira verdade*!)

Tetu ainda estava imerso em seu delírio semiótico quando escutou novamente a voz da deusa-rainha.

– O senhor Tetu, hoje, parece não estar escutando direito – disse ela, seguida do estrugir dos risos protocolares de toda a assistência.

Tetu sentiu, desta feita, um prazer tão dilacerante – sim, pois que agora era a humilhação deliciosa, o espisotear vigoroso de uma deusa-rainha! – que a própria intensidade do abalo o trouxe de volta à realidade, retirando-o de suas loucas cogitações (para mais tarde, para mais tarde as guardaria...!).

Tetu empertigou-se e respondeu como pôde, pondo um fim definitivo àquele transe perigosíssimo:

– Alteza – disse ele, olhando para o faraó –, imploro que creia quando lhe digo que os comentários acerca da sua divina pessoa não têm sido outros senão aqueles protestos de grande admiração que anteriormente referi!

Diante desta nova reiteração da inverdade, Nefertiti desistiu de levar adiante o assunto, sem porém deixar de observar o quanto aquele sujeitinho esquivo estimava mais a lisonja do que a verdade.

– Meus senhores, tenho ainda uma outra e importantíssima comunicação a fazer – disse Akhenaton, chamando a si, outra vez, todas as atenções. – Amanhã pretendo partir em viagem com o filho de Hapu, Nilo acima, de tal sorte que deixarei Nefertiti, por algum tempo, no comando das atribuições da dupla coroa.

Outro momento de espanto paralisou o salão. Uma mulher a governar o Egito!

O espectro onipresente de Hatchepsut – a rainha-faraó que ousara, um dia, governar as duas terras – veio imediatamente à mente do sogro de Akhenaton, que, não podendo calar-se diante desta nova e temível imprudência, resolveu intervir outra vez.

– Por que não deixar tal encargo às mãos de seu pai, corregente do reino?

– Meu pai está muito debilitado, como bem podem ver – disse Akhenaton, voltando-se para Amenotep III, cuja cabeça narcotizada repousava sobre o próprio ombro. Uma corda elástica de saliva pendia-lhe balouçantemente da boca, dando ao quadro lamentável da sua velhice a nota repulsiva da senilidade.

Tetu, observando o velho, pensava consigo, horrorizado, "Ali está a verdade!, ali está a verdade!", enquanto o filho de Hapu chamava a si o encargo de tranquilizar o sogro do faraó.

– Não há motivos para preocupação – disse ele. – Nefertiti é uma mulher inteligente e perfeitamente capaz de administrar o país de Kemi enquanto o faraó realiza sua pequena expedição.

– E pode-se saber, venerável Amenotep, o motivo desta viagem? – disse o general Horemheb, acostumado mais a dar ordens aos seus soldados do que a palpitar, como reles subalterno, em reuniões administrativas.

O ancião preferiu volver os olhos para Akhenaton, que parecia já enfarado daquilo tudo.

– Quero encontrar uma casa digna para meu pai – disse ele, e como não tivesse descido a explicações, pensou-se que ia à procura, nas margens ocidentais, de um túmulo para seu velho pai.

No dia seguinte, com efeito, o faraó embarcou para a sua viagem, deixando Nefertiti à frente do governo.

◆◆◆

Depois das duas semanas que durou a viagem – que a Nefertiti e às suas três filhas pareceram dois meses de penoso exílio –, Akhenaton retornou radiante.

– Meu amor, já sei onde hei de construir a nova cidade! – disse ele, eufórico, a abraçar a esposa.

Nefertiti, livrando-se rapidamente do manto, enlaçou as pernas na cintura volumosa de Akhenaton (apesar de ter uma constituição física debilitada, ele possuía esta obesidade contraditória) e tentou receber dele aquilo pelo qual ansiara durante todo o período do afastamento.

Akhenaton, entretanto, devolveu-a intocada ao chão, já que nada neste momento podia sobrepor-se ao desejo incontido que tinha de contar-lhe tudo quanto sucedera em sua longa jornada.

– Horizonte de Áton! – exclamou o faraó. – Tal será o nome que darei à nova capital do Egito!

– Akhetaton...! – repetiu Nefertiti (na língua egípcia), pondo também um freio momentâneo ao seu desejo. – Sim, além de belo, soa como o seu próprio nome!

– A futura cidade do sol será erguida num local desértico, situado a 250 quilômetros da capital do Egito, ficando situada entre Tebas e Mênfis, como uma ligação física e espiritual entre o Alto e o Baixo Egito – acrescentou Akhenaton, animadamente. Nenhum local poderia ser mais perfeito! Um lugar absolutamente intocado, meu amor – oh!, se você tivesse visto, como eu, o grande disco a nascer naquele horizonte maravilhoso...!

– Eu o verei, meu amor, muitas e muitas vezes ao seu lado! – disse ela, procurando, outra vez, o seu prazer.

Akhenaton não pôde conter, desta vez, uma certa irritação.

– Espere, querida, deixe-me contar tudo! – disse ele, repelindo os avanços da esposa.

– Não posso mais esperar, estou muito feliz...! – disse ela, de olhos sonhadoramente cerrados.

Só então ele compreendeu – pois ainda era capaz de compreender – que o amor de Nefertiti continuava a ser mais importante do que qualquer cidade erguida em qualquer ponto do universo. Akhenaton a possuiu ali mesmo, com toda a sofreguidão de uma longa separação, deixando para o dia seguinte o início dos preparativos para a partida definitiva de Tebas.

◆◆◆

Além de uma profunda mudança espiritual, o reinado de Akhenaton caracterizou-se, também, por uma profunda reforma administrativa. Inaugurando uma nova e radical orientação, era natural que o novo faraó promovesse uma reviravolta semelhante nos quadros administrativos destinados a pô-la em prática. Deste modo, tão logo começaram a ser definidos os rumos da nova política, muitos dos antigos funcionários viram-se obrigados a deixar seus cargos, ou por não estarem de acordo com as mudanças propostas ou por temor do clero tebano, que impusera aos devotos de Amon a proibição expressa de servir às ideias heréticas do novo faraó.

Esta proibição, entretanto, não alcançava as altas figuras da corte, como o sogro do faraó, por exemplo. Graças ao seu notório ecletismo espiritual (e, segundo alguns, também moral), bem como à sua condição de pai da esposa real, Aye teve tolerada a sua permanência no governo. Na verdade, não faria mal algum ao clero tebano ter um homem discretamente simpático à sua causa instalado nas altas esferas do Estado.

Isto, porém, não significava que Aye estivesse disposto a fazer o papel reles e indigno de um espião.

– Akhenaton é o esposo de minha filha (filha que, embora tenha o mau hábito de me desfeitear, ainda assim a considero como tal) – acrescentara ele, desoladamente –, e isto, por si só, bastaria para impedir que minha mão se movesse um milímetro no sentido de prejudicá-lo. Mas o que importa, acima de tudo, é que, a despeito de qualquer divergência que eu possa ter com meu estimado genro, ele é e continuará a ser – *ao menos até o instante em que, eventualmente, venha a deixar de ser* (acrescentara, em esclarecedora ressalva) – faraó de todo o Alto e Baixo Egito, e, portanto, meu senhor absoluto, a quem sempre servirei devotada e incondicionalmente.

– Naturalmente, grande pai divino, que compreendemos a sua delicadíssima situação – dissera mansamente o emissário careca, mandando-o interiormente à cova profunda onde habita a serpente Apófis.

Mas, afora o sogro do faraó, poucos elementos da elite tebana mostraram-se dispostos a seguir Akhenaton quando este anunciou oficialmente a sua decisão de fundar a nova capital do Egito, recusa esta que provocou uma verdadeira corrida de novos pretendentes aos cargos abandonados (a imensa maioria deles provindos das classes baixas de Tebas e dos arredores). Pela primeira vez na história do Egito a ralé que mourejava na base da pirâmide social via uma real oportunidade de ascender socialmente, passando a fazer parte da alta burocracia do Estado.

Empolgado com o entusiasmo demonstrado por esta legião de "novos crentes" – a maioria dos quais, embora simulando uma piedosa adesão ao novo deus, permanecia devota secreta de Amon (e, acima de tudo, devotíssima de *Mamon*) –, Akhenaton não demorou a começar a distribuir cargos a todos quantos se mostrassem dispostos a segui-lo naquela verdadeira "corrida para o oeste" egípcia.

– O povo está aderindo em massa à nossa causa! – dissera ele, esfuziante, à sua mãe, certo de que as coisas rumavam, cada vez mais, para o triunfo total da sua revolução.

Tii, contudo, a exemplo de seu irmão Aye, preferiu permanecer em Tebas.

– Oh, mamãe, venha conosco! – dissera ele, decepcionado. – Ergueri um palácio para a senhora e meu pai!

– Amenotep irá, se quiser, mas eu e meu irmão ficaremos – disse Tii, resoluta. – Seremos mais úteis aqui, pois não é aconselhável deixarmos Tebas entregue às tramoias vingativas dos amonitas. Meu irmão Aye ainda goza de grande influência entre eles, e sua presença servirá para pôr um freio a qualquer tentativa de conspiração.

Para poder empregar toda esta gente, bem como financiar o seu projeto verdadeiramente faraônico de erguer uma nova cidade em pleno deserto, Akhenaton não hesitou em desviar as riquezas provindas dos tributos e do ouro extraído dos países vizinhos, normalmente carreadas para os templos de Amon, para um fundo destinado especialmente àquele fim, selando definitivamente a ruptura com os sacerdotes tebanos.

Ao mesmo tempo, a notícia da fundação de Akhetaton corria com a velocidade do vento por todo o Alto e o Baixo Egito, fazendo descer de Mênfis e Heliópolis legiões inteiras de sacerdotes de Áton e de outras divindades solares afins, certos de que o poderio religioso do rival Amon estava com os dias contados. Sacerdotes entusiastas acampavam nas imediações ainda ermas e desoladas da futura cidade solar, disputando piedosamente entre si o privilégio de chefiar os templos magníficos que a fé exaltada do faraó certamente faria erguer por toda a cidade, trazendo, também, nas dobras da alma, alguma inocente esperançazinha pecuniária – além, é claro, de uma vontade imensa de espalhar o amor inesgotável de Áton.

Meri-rá, o sumo sacerdote de Áton, apesar de ainda estar instalado em Tebas, preparava-se com afinco para assumir o cargo de teólogo oficial da corte, desenvolvendo, em segredo, novos e brilhantes dogmas.

– *Só há um deus, que é Áton, e Akhenaton é seu profeta* – dizia ele, em voz alta, nas dependências do templo do deus solar, a testar a sonoridade do dogma que adaptara das próprias palavras do faraó.

– Que primor de concisão e clareza! – pensava ele, a regozijar-se. – Qualquer asno pode entender!

Porém, dentro dele, remexiam-se já, inquietos, os tentáculos mentais do exegeta, este ser ávido de espichar coisas sucintas. Um mundo de comentários, escólios, corolários e outros tantos instrumentos de tortura intelectual começaram a fervilhar em seu cérebro, a ponto de provocar-lhe vertigens.

– Talvez fosse necessário, também, criar-se uma boa mitologia...! – pensou ele, ousando tudo.

Sim, algumas boas lendas de fundo heroico teriam de ser rapidamente inventadas, a fim de saciar a mentalidade infantil do povo, incapaz de abandonar as suas velhas fábulas queridas. (Pois que feitos prodigiosos obrara Áton até agora, senão aquele de dar luz e vida ao mundo? Não, para o povo isto era menos que nada, acostumado que estava às peripécias sentimentais de Ísis ou às pérfidas maquinações do deus vermelho!)

Então, subitamente, como numa iluminação, veio-lhe a certeza de que Áton, agindo por intermédio de seu filho Akhenaton, ainda viria a praticar muitos e grandes feitos, e de que a ele, Meri-rá, caberia a honra de ser o escriba oficial de todos eles (embora algo também lhe dissesse que, muito provavelmente – escolado que era nestes assuntos supranaturais –, teria de valer-se, eventualmente, do auxílio desconfortável da mentira, ou, segundo o vocabulário técnico, da "fraude pia", a fim de converter em um bom e substancioso prodígio um fato banalmente real (já que um milagre portentoso, daqueles de fazer cair o queixo, praticados nos bons dias de Horus & cia., dificilmente tornaria a acontecer).

Enfim, desde os mais eminentes teólogos, até os mais ínfimos cortadores de pedra, todos se puseram animadamente à disposição do faraó para a sua empresa gigantesca de erguer a sua nova cidade. Um clima de nervosa expectativa tomara conta das ruas convulsionadas de Tebas – expectativa que não era somente dos emigrantes, mas também dos adversários de Akhenaton, que mal podiam disfarçar o alívio de saberem que logo teriam pelas costas o grande perturbador.

"Que vá, que vá...! Que vá e nunca mais volte!", dizia-se abertamente pelas ruas, não sem uma nota indisfarçada de inveja, já que a partida do faraó significava, acima de tudo, o desprezo do soberano pelo deus e pela cidade que até então haviam desfrutado da mais absoluta hegemonia nas duas terras.

Do outro lado, porém, reinava completa euforia, pois os despossuídos acreditavam, sem dúvida, que era o milênio da fartura que chegava, à sombra generosa do novo faraó. Pela primeira vez na história a utopia de um mundo justo e feliz apresentava-se como algo iminente e perfeitamente realizável. Avizinhava-se, finalmente, a época dos sonhos possíveis de serem realizados, aquela época sagrada que, dando as costas ao cotidiano aviltante, descortinava à humanidade embrutecida o panorama maravilhoso do Novo e da Aventura – e tudo isto graças à vontade determinada daquele homem feio e desengonçado, mas dono de uma alma terna e generosa, que falava de um deus pleno de amor e bondade, que abominava toda escravidão e miséria.

Enfim, tal era o Egito daqueles dias: enquanto alguns sonhavam, outros amaldiçoavam.

◆◆◆

Então, o dia da partida finalmente chegou. Akhenaton, Nefertiti e as três filhas de crânios lindamente alongados – logo adiante se falará disto – aproximaram-se do imenso cais de Tebas, às margens do regurgitante Nilo, a fim de embarcarem para a grande aventura. (Não havia, ainda, uma única parede em pé no local destinado a ser a nova capital do Egito, mas Akhenaton queria estar lá por ocasião da fundação das suas estelas demarcatórias, de tal sorte que não só ele, mas todos os demais emigrantes – os braços destinados a transformar em realidade as casas, os palácios, os monumentos, os pilonos, as ruas, as praças, as avenidas e os jardins suspensos e não suspensos de toda a maravilhosa cidade –, deveriam ficar alojados em tendas, durante os primeiros tempos, participando, passo a passo, da construção do gigantesco sonho de pedra.)

Não houve, de ambos os lados, adeuses nem despedidas, pois aqueles que partiam o faziam na condição de autoexilados, enquanto que os que ficavam permaneciam como testemunhas mudas de uma desfeita ultrajante. Akhenaton, depois de embarcado, não quis lançar um único olhar para trás, para não ter de avistar, nem mais uma vez, a "cidade da perdição". Nefertiti e as filhas também buscaram resguardo no interior da grande barca real, com os olhos voltados unicamente para a frente.

– Aqui nos despedimos, meu amor – nós e todas as gerações do porvir! –, de um mundo esclerosado, que o ódio e a ambição tornaram um lugar indigno de se viver – disse o faraó à sua esposa. – Um mundo regido por homens cegos e inspirados por falsos deuses, que a nova era regida por Áton fará desaparecer tão rápido quanto os primeiros raios do sol dissipam os horrores de uma noite povoada por pesadelos.

Depois, voltando-se para Meri-rá, Akhenaton disse-lhe com um sorriso confiante:

– Não esqueça desta data, meu caro, pois ela haverá de ser lembrada em todas as épocas como o marco inicial de uma nova civilização – não mais a odiosa civilização de Amon, mas a civilização do *Amor*, baseada na fraternidade universal e no culto a um único deus!

Meri-rá começou a pensar imediatamente em qual nome daria àquele momento extraordinário: o Grande Exílio, a Jornada da Luz, o Périplo Sublime, A Nova Manhã, a Viagem do Sol – enfim, uma enfiada de nomes que lhe ocuparam intermitentemente o espírito, a ponto de fazê-lo esquecer-se da própria viagem.

Logo atrás da grande barca real, impelidas pela forte correnteza que tornava facílima a navegação para o norte, seguiam centenas de embarcações menores, compondo um magnífico cortejo fluvial, que fez, mais adiante, a população das povoações ribeirinhas acorrer alegremente para assisti-lo. Abraçado às filhas e à esposa, o faraó dignou-se, mais de uma vez, a surgir à testa da sua barca, lançando, além de sua bênção, joias, colares e ouro, que o povo ia recolher como se fossem a última esperança caída do céu. Bem mais atrás, numa das últimas e pequenas embarcações que fechavam o cortejo, estava aquele que poderia ser o mais discreto de todos os emigrantes, não fosse o mau odor residual – produto de sua breve passagem pela Casa da Morte – que teimava em exalar de sua pele escura, tornando-o alvo da ira dos demais embarcadiços. Exilado no extremo da popa, como uma figura de proa invertida, ele permanecia, contudo, perfeitamente impassível, pois sua velha vozinha interior dizia-lhe, outra vez, que um grande e espantoso destino o aguardava na futura Cidade de Deus.

Segunda parte
O PÔR DO SOL

1 – A CIDADE DE ÁTON

Um imenso deserto escaldante de cinco quilômetros de largura por treze de comprimento, cercado a oeste pelo Nilo e a leste por uma imensa parede rochosa. Tal foi a Akhetaton, demarcada provisoriamente por estelas fronteiriças, que os milhares de imigrantes puderam contemplar logo após o seu desembarque. Depois de transporem a vegetação luxuriante que ornava as margens do rio – verdadeiro oásis natural produzido pelas cheias regulares do Nilo –, não foi sem um sentimento muito próximo da desilusão que a maioria daquelas almas simplórias contemplou o território virgem e desolado da nova capital dos egípcios. Apesar de exaustivamente avisadas, ainda assim haviam deixado-se tomar pela ilusão secreta de que, ao cabo de tudo, iriam desembarcar num paraíso já pronto e acabado, em vez daquele vasto vazio esperando para ser preenchido.

– Ísis sagrada...! – resmungou baixinho uma velhota, que ousara meter-se também na empreitada. – Para onde nos trouxe, afinal, este doido? Bem nos avisaram os santos de Tebas!

Seu rosto – como o de milhares de outros papalvos – era o retrato agudo da decepção.

Felizmente, havia no meio daquela turba de indigentes da vontade um bom exército de homens resolutos que começou a montar em seguida, como num gigantesco bivaque, as barracas destinadas a abrigar provisoriamente toda aquela multidão, enquanto outro grupo, composto de operários, ficava encarregado de erguer as duas primeiras e mais essenciais construções: uma padaria e uma cervejaria.

Um pouco mais adiante estava um grande contingente de pedreiros, que se pôs imediatamente a caminho das pedreiras para retirar dos maciços rochosos o material de que seriam feitos os templos em honra a Áton. Quanto às demais construções – casas, abrigos, e até mesmo os palácios reais –, seriam todas feitas de tijolos de barro ressequido, cuja matéria-prima seria retirada da lama abundante do Nilo. (A razão de somente os templos serem feitos de pedras era a de que unicamente eles – além dos túmulos reais, escavados nas próprias montanhas – seriam projetados para a eternidade, de tal sorte que, se ainda hoje podemos contemplar os restos magníficos dos santuários, o mesmo não vale para os palácios faustosos da época, feitos do mesmo lodo que o passar do tempo restituiu novamente ao solo, impedindo-nos de contemplar até mesmo as suas ruínas.)

Akhenaton e sua família foram instalados na grande barraca real, local que lhes serviria de abrigo e morada durante os próximos meses, até que o palácio real estivesse concluído.

– Trabalharemos noite e dia para que o faraó permaneça o menor tempo possível exposto ao desconforto – dissera o vizir a Akhenaton, embora este parecesse perfeitamente à vontade no seu abrigo provisório.

– Não se preocupe conosco – disse o faraó, pondo-se a caminhar pelo grande descampado, acompanhado da esposa real.

– O que achou do local? – disse ele, abraçado à rainha.

Nefertiti, embora o cansaço da longa viagem, havia recobrado o ânimo tão logo pusera os pés no lugar onde pretendia ser feliz com o faraó e as suas filhas.

– É realmente maravilhoso...! – disse ela, embevecida, a admirar os imensos paredões rochosos que pareciam, ao longe, enormes muralhas naturais erguidas por Áton para proteger a sua futura cidade. – Mal consigo acreditar que em breve haverá aqui uma cidade inteira, com prédios, palácios, ruas e jardins repletos de árvores e plantas!

– Sim, muitas árvores e muitas plantas! – exclamou Akhenaton, entusiasmado. Inundarei a cidade de meu pai celestial com jardins imensos, providos de plantas e aves de todas as espécies. Mandarei fazer um grande parque natural dentro do palácio real, para que possamos desfrutar da natureza dentro de nossa própria casa!

Nefertiti, que adorava a natureza tanto quanto seu esposo, ficou encantada com a ideia.

– Será mais belo, ainda, que os jardins de Malkata? – disse ela, referindo-se à antiga residência de Tebas.

– Infinitamente mais! – exclamou Akhenaton. – Você verá, meu amor!

O casal real andou mais um pouco, sendo observado atentamente pelo povo, que mantinha os olhos grudados em ambos, o que acabou provocando um certo desconforto em Nefertiti.

– Eles esperam tudo de nós – disse ela, preocupada. – Será que conseguiremos corresponder a todas as suas expectativas?

O faraó, porém, permanecia confiante, e foi com este estado de espírito que respondeu à esposa:

– Sem dúvida, minha amada! Eles jamais terão motivos para queixas, pois estamos lhes abrindo as portas de um novo mundo – um mundo perfeito que não só eles, mas todos os seus descendentes, poderão desfrutar.

– Às vezes fico me perguntando se eles têm condições de compreender tudo quanto Aton quer lhes ensinar – disse Nefertiti, reflexiva. – Afinal, eles conviveram até hoje somente com a mentira e a cobiça. Estes dois vícios lhes foram ensinados, desde a infância, como se fossem verdadeiros valores e os únicos capazes de lhes garantir a sobrevivência. Conseguiremos mudar sua mentalidade e fazê-los acreditar que a verdade e a solidariedade possam ser suficientes para lhes garantir uma vida digna e justa?

– Nós os educaremos com a luz de Áton! – disse o faraó, com o olhar vidrado do idealismo. – Varreremos de seus corações toda a sujeira que séculos de ganância e hipocrisia acumularam, até que, limpos de todo erro, estejam aptos a compreender a sublime doutrina de Áton e a seguir os sagrados preceitos de Maat. Eles aprenderão o amor de Áton pela observação de nosso inexaurível amor, já que seremos, a partir de agora, o único retrato vivo da divindade que terão diante dos seus olhos!

Nefertiti sentiu-se tão empolgada diante destas palavras que viu crescer novamente seu desejo por seu esposo (pois ela jamais seria capaz de amar um homem que não admirasse profundamente).

– Amemo-nos...! – cochichou ela, fortemente, ao ouvido de Akhenaton. – Amemo-nos pela primeira vez no chão virgem e intocado do nosso paraíso em construção!

A primeira noite de Akhetaton anunciara-se através de um estonteante crepúsculo, que num átimo tingira as montanhas de um fulgor rubro e inebriante. O faraó estreitou ainda mais a esposa nos braços, sentindo crescer também dentro de si as brasas de um ardente desejo. (E como poderia ser diferente num lugar onde a natureza intocada, despida ainda dos ornatos artificiais que em breve a mão humana espalharia sobre ela, ainda apresentava-se em sua inteira nudez, a emitir livremente os seus poderosos e instintivos apelos?)

Akhenaton e Nefertiti realizaram, de modo improvisado, o culto do pôr do sol, antes de rumarem com indisfarçada pressa para o seu refúgio, onde amaram-se a noite toda sobre o solo virgem do seu novo lar.

◆◆◆

Mas se a primeira noite em Akhetaton fizera-se sob o signo comum da alegria e do prazer – já que não só o casal real, mas todos quantos tivessem um par haviam se entregado aos deliciosos influxos de Háthor, enchendo a noite de ruídos mais que suspeitos –, o dia seguinte surgira sob o peso de uma infausta notícia: durante a noite – que centenas de homens haviam passado a escavar nas pedreiras, sob a luz prateada do grande holofote da lua –, uma imensa laje de pedra desprendera-se de uma das paredes, esmagando sete homens e ferindo outros onze.

Os corpos dos desgraçados foram trazidos em macas, logo cedo, numa soturna procissão, que foi recebendo pelo caminho a adesão estridente dos infelizes parentes. Logo, um concerto de gritos e lamentações encheu os ares, arrancando do descanso todos quantos não haviam, ainda, tomado conhecimento da tragédia.

Akhenaton, que já estava em pé desde a alvorada para o ritual do nascer do sol, recebeu sozinho o lamentável cortejo, já que sua esposa ainda dormia, exausta das atividades noturnas – fato este que não poderia passar despercebido num momento como aquele, no qual sempre se buscam avidamente os *culpados*.

– Aí está! Enquanto a rameira dorme, desprezando seus deveres sagrados, a desgraça se abate sobre nós! – disse o pai de um dos mortos, tão inconsolável na sua dor que se tornara incapaz de medir suas palavras.

Seu destempero, contudo, recebeu uma paga imediata e cruel, já que um dos oficiais, não podendo suportar a injúria lançada à rainha, sacou rapidamente de sua espada e enterrou-a até o cabo no peito do miserável – que, ao menos assim, pôde ver-se livre de seu grande padecimento.

– Louco...!, o que fez? – disse Akhenaton, correndo até o oficial.

– E-eu... defendi a grande esposa real, meu faraó e senhor! – disse o oficial, aparvalhado.

– Louco! Mil vezes louco! – repetiu o faraó, dando uma rude bofetada no soldado.

Akhenaton teria repetido outra e muitas vezes o seu gesto caso sua mão não tivesse sido interceptada no ar por sua esposa, que, acordada pelos gritos, presenciara o desfecho da desagradável cena.

– Não, Akhenaton, pare...! – disse ela, fazendo um grande esforço para conter a ira do esposo.

Nua e calva, com os olhos inchados e a pele a recender, ainda, o aroma morno do prazer, a figura de Nefertiti era um misto de sordidez e atração, que deixou ainda mais perplexo o oficial.

– Por que matou o pobre homem? – disse-lhe ela, após acalmar o marido.

– Ele ofendeu-a, grande esposa real – disse o soldado, sentindo no rosto o hálito matinal da rainha.

– Imbecil...! Não sabe que ninguém, senão Áton, na figura do deus encarnado, tem o poder de ofender-me? – disse ela, empertigando-se.

Pela primeira vez Nefertiti ousava reivindicar para si a dignidade total do seu cargo, desprezando qualquer nuance de presunção que suas palavras pudessem trair. Com este único gesto de afirmação ela pôs fim a qualquer sentimento de animosidade que alguém pudesse, ainda, nutrir contra si, e assim, vestida de sua dignidade real e divina, deu ordem para que retirassem os corpos dali – incluindo o daquele infausto pai – e procedessem aos rituais fúnebres devidos, perdoando, ao mesmo tempo, o desatino do soldado.

Akhenaton deu ordem para que recompensassem regiamente todas as famílias dos acidentados – e duplamente a do pobre homem assassinado –, retirando-se, logo em seguida, para o interior de sua tenda, convertida agora em refúgio da sua mais profunda consternação.

– O que pode significar isto, minha amada? – disse ele à esposa, assim que ambos ficaram novamente a sós. – Ainda há pouco desfrutávamos do mais intenso prazer (Akhenaton tomou nas mãos os lençóis ainda tépidos da noite), e agora, como um mau auspício, vemo-nos diante desta horrenda tragédia!

– Não fale assim, meu amor! – disse Nefertiti, decidida a espantar o mais rápido possível aquela nuvem aziaga. – Foi uma mera fatalidade, com a qual precisamos nos conformar.

– *Fatalidade*? – disse Akhenaton, surpreso. – Meu amor, sabemos perfeitamente que os deuses não trabalham, jamais, com o acaso. Decerto que Áton quer nos transmitir algo muito importante por meio desta tragédia!

O faraó tomou o rosto da esposa em suas mãos delgadas, profundamente emocionado.

– Devemos estar sempre atentos aos desígnios de meu Pai – disse ele – e procurar sempre compreendê-los! É muito importante, meu amor, que saibamos entender tudo quanto nosso amado Pai deseja nos ensinar!

Nefertiti curvou a cabeça, em mudo assentimento, unindo-se contritamente a seu esposo, que, de mãos postas, dirigiu estas ardentes palavras diretamente ao seu amado deus:

– Permita, suave e amantíssimo Pai, que eu seja sempre capaz de escutar a Tua sublime e soberana voz! Faze com que todo ato Teu seja por mim compreendido, para que todo ato meu seja digno de Teu agrado!

Durante todo o dia o faraó e sua esposa estiveram encerrados, invocando e clamando ao seu deus, e dali não saíram antes que suas almas estivessem inteiramente plenas do amor e da inteligência de Áton.

◆◆◆

Apesar do trágico incidente do segundo dia, os trabalhos da construção de Akhetaton recomeçaram no dia seguinte com renovado vigor. Exércitos de homens entregaram-se ao trabalho com tal denodo que logo o imenso descampado ressoava o ruído ensurdecedor dos martelos e das picaretas. Ao mesmo tempo, quantidades imensas de tijolos, moldados pela mão hábil dos oleiros, surgiam por todos os lados, postos a secar sob o sol inclemente do deserto. Logo o solo áspero de Akhetaton viu-se envolto por uma imensa nuvem de poeira, como se estivesse a arder e a fumegar por dentro, obrigando todos a andarem com lenços e panos amarrados ao rosto para protegerem os olhos e a boca da areia sufocante. (De fato, no decurso do tempo que a cidade levou para ser construída, moléstias dos olhos e dos pulmões tornaram-se como que uma única e renitente epidemia, trazendo a muitos imigrantes um destes dois destinos infaustos: a cegueira ou a morte por insuficiência respiratória.)

Dentre todos aqueles envolvidos no grandioso projeto de erguer a nova capital dos egípcios, poucos, porém, podiam disputar em empolgação com Beki, o escultor-chefe que Akhenaton elegera para dar o tom da nova e revolucionária arte que pretendia ver implantada nos templos e esculturas da nova cidade (arte esta que Beki já havia ensaiado nas controvertidas estátuas dos templos de Karnak).

Instalado numa imensa "oficina-residência", Beki podia sentir-se num verdadeiro paraíso, cercado que estava pelos melhores artesãos e escultores de todo o Egito e pelas centenas de obras maravilhosas que em breve estariam enfeitando as ruas, praças e templos de Akhetaton. (A propósito: embora tenha virado costume chamar-se a cidade de Áton de *Tell-el-Amarna*, ou simplesmente de *Amarna*, é preciso salientar que esta denominação surgiu muito tempo depois, já sob o domínio árabe, quando a cidade e os próprios faraós não mais existiam, sendo, portanto, historicamente incorreto – por mais que nos sintamos atraídos por sua bela sonoridade – atribuí-la aos dias de seu apogeu.) Beki ia de escultor em escultor orientar os trabalhos, insuflando-lhes a nova estética determinada pelo faraó – uma estética admiravelmente ousada, avessa ao velho conformismo secular que, com o tempo, tornara a arte egípcia uma mera e enfadonha repetição de chavões triunfalistas. Agora, as estátuas haviam como que adquirido alma, exsudando vida e significado, não sendo mais aquela sucessão monótona de rostos e perfis amorfos, despidos de qualquer senso superior de espiritualidade.

– Atente para a verdade que se oculta no interior da pedra! – dissera Beki a um dos escultores, que, bitolado nos esquemas da velha estética, parecia não compreender, ainda, os ditames da nova arte.

– Vida, o que se quer é vida...! – gritava Beki, empolgado, transitando por entre os artistas, enquanto afastava com os pés as aparas de pedra que juncavam cada pedaço de chão.

– Uma ave tem asas; então, façam-na voar! Um peixe tem nadadeiras; façam-no, então, nadar! Um homem é capaz de compreender a divindade; façam, então, com que seu semblante reflita esta divina luz!

Beki, influído pela teologia renovadora que aprendera junto ao faraó, tornara-se um dos primeiros "artistas engajados" da história, pondo sua arte a serviço de um ideal que, a despeito de sua sinceridade, fora, também, convertido instantaneamente em ideologia de Estado (já que era proposta pelo detentor máximo do poder). Pela sua cabeça não chegara a passar a questão de saber se sua arte era, ainda, um ato de rebeldia, ou se passara a ser, já, uma nova forma de dominação. Afinal, a junção inesperada de "faraó" e "rebeldia" instalara-se no trono egípcio com tanta rapidez que a fronteira entre a liberdade e a opressão ainda não fora delimitada com precisão.

Beki circulava por entre os artistas quando deparou-se com Tutmósis, um dos mais hábeis escultores de todo o Egito. Suas mãos estavam ocupadas em esculpir um busto do faraó – um busto que, apesar de estar ainda em gestação, mostrava-se tão pleno de vida que Beki sentiu-se paralisado de admiração.

– Por Áton! – exclamou ele, sem poder conter a admiração. – Está maravilhoso!

Tutmósis agradeceu o elogio, algo desconcertado.

– Vamos, continue, continue! – disse Beki, procurando um assento para ver a que ponto de perfeição o artista seria capaz de levar a sua obra.

Durante o restante do dia Beki esteve como que hipnotizado, a observar, passo a passo, a conclusão daquela obra-prima, que prometia ser uma das mais belas coisas já saídas de mão humana. Entretanto, junto com a admiração, Beki sentia também crescer dentro de si um vago sentimento de temor – um temor muito antigo, que julgara, um dia, haver superado para sempre. Assim que Tutmósis declarou completa a sua obra – coisa que ocorreu já sob os raios prateados da lua, a adentrar pelos grandes interstícios do ateliê –, Beki explodiu num jorro incontido de elogios:

– Magnífico...! Magnífico...!

Imediatamente lhe veio à mente uma ideia, que não pôde reter para si:

– Tutmósis, você deve fazer um busto da rainha!

O escultor pareceu surpreso com a ideia, mas Beki foi enfático.

– Sim, sim...! Você fará um busto da rainha, o mais belo, tenho a certeza, de quantos já foram, ou ainda serão feitos, em qualquer tempo!

Beki despediu o escultor e esteve longamente a observar a obra-prima à luz da lua, imaginando, em comparação, que tal viria a ser o retrato de Nefertiti. Dentro de si permanecia, porém, além da sensação exultante do prazer estético, aquela sensação a um só tempo deliciosa e dolorida, que ele julgara há muito extirpada de si.

Mas, não, esta sensação, bem sabia ele, não poderia nunca mais experimentar.

Seus olhos desceram, lentamente, até o pano estreito que recobria sua virilha.

Nunca mais, disse ele, baixinho, quase reconfortado.

◆◆◆

O tempo passou e as construções da nova cidade brotavam do chão, dia após dia, como verdadeiros cogumelos de pedra e argamassa, sob nuvens espessas de areia e de cal. O palácio real, como não poderia deixar de ser, foi uma das primeiras construções a ser totalmente concluída, de tal forma que o faraó e sua família logo puderam instalar-se em seu novo e magnífico lar.

Considerado o maior palácio real do seu tempo, a morada oficial de Akhenaton era um verdadeiro dédalo de salões, quartos, áreas cobertas e descobertas, cozinhas, depósitos e jardins suntuosos, ligados por imensos corredores, nos quais era facílimo algum incauto vir a perder-se. Três enormes jardins suspensos, voltados para a brisa amena do Nilo, davam à fachada do palácio um verdadeiro aspecto de sonho. Além disso, havia na arquitetura do palácio uma novidade surpreendente para a época: uma grande passarela suspensa, destinada a ligar as alas leste e oeste do palácio. Denominada, algo impropriamente, de "Janela das Aparições", era ali que o faraó e sua família fariam suas aparições diante do povo, em ocasiões festivas ou solenes.

Assim como o profeta de Áton, o próprio Áton foi também presenteado com uma morada digna de um deus elevado à condição de divindade única: um gigantesco templo de cerca de duzentos metros de comprimento por cinquenta de largura (muito maior do que o de Karnak, em Tebas, onde pontificava, ainda, o desacreditado Amon).

O templo de Áton diferia dos templos das outras divindades num ponto muito importante: nele não havia nenhuma estátua do deus (já que, à exceção do disco solar, não era permitida qualquer outra representação figurada sua). E por que deveria haver, se Áton estava à vista de todos, bastando erguer-se os olhos para o céu para avistá-lo em sua emanação visível? Áton, ao contrário de Amon, não estava escondido num recesso – o chamado "santo dos santos" –, ao qual somente os sacerdotes mais graduados tinham acesso. Áton se ofertava à vista de todos, desde o menor de seus filhos até o faraó, seu profeta e filho dileto, encarregado de oficiar com exclusividade o seu culto. Assim, todo e qualquer contato com a divindade passava necessariamente pela figura do faraó e da família real, tal como fora nos bons tempos de antanho.

O coração administrativo da cidade recebeu o nome feérico de Ilha Exaltada nos Jubileus e ficava exatamente no centro de Akhetaton, local movimentadíssimo onde passou a trabalhar a nova e ainda inexperta burocracia estatal. A nova capital dos egípcios também contava com uma Casa da Vida, espécie de universidade onde os alunos iam aprender os segredos das artes médicas, bem como os mistérios sagrados da nova teologia.

Akhetaton, com seu porto amplo erguido às margens do estuante Nilo, logo começou a receber embarcações vindas de todas as partes do Alto e do Baixo Egito, trazendo consigo toda espécie de mercadorias e insumos, dando à cidade um dinamismo econômico que logo a alçou à condição de principal centro comercial do Egito.

A grande mudança completou-se com a inauguração oficial da cidade, quando o faraó e sua esposa, desfilando num ofuscante carro revestido de elétron (metal feito da liga do ouro e da prata), percorreram toda a grande Estrada Real – um caminho monumental de 38 metros de largura, que cortava a cidade de norte a sul –, até chegarem ao palácio real, onde, depois de receberem a aclamação popular, foram recepcionar os convidados e dignitários de todas as potências conhecidas da época.

Estes, sem dúvida, foram os dias mais felizes da curta vida da Cidade do Sol. Com o término dos festejos, começaria o rápido e inexorável ocaso da primeira grande experiência utópica da história da humanidade.

2 – TODO MUNDO É APÓSTOLO DE ALGO

Neferneferuaton *foi* a primeira filha do casal solar a nascer em Akhetaton, por volta do sétimo ano do reinado de Akhenaton. Seu nascimento provocou uma tal decepção que nem mesmo a rainha e o faraó puderam disfarçá-la, malgrado todos os seus esforços, pois já era a quarta menina que se antepunha à chegada do tão desejado herdeiro. Depois de ter sido enfaixada e de ter seu crânio alongado artificialmente – costume herdado dos países africanos e praticado por motivos religiosos ou meramente estéticos (não se sabe, ao certo) –, a pequena Neferneferuaton foi fazer companhia às suas três irmãs, na ala do palácio onde ficavam seus belos aposentos. Durante um bom tempo as três menininhas calvas estiveram a olhar o bebê, e também a entreolharem-se, porém sempre de forma desencontrada, de tal sorte que enquanto Meritaton investigava as feiçõezinhas mirradas de Neferneferuaton, Maketaton olhava para Ankhesenapaton, que mirava Meritaton, que passara a encarar Maketaton, que investigava as feiçõezinhas mirradas de Neferneferuaton – e assim seguia o notável desconcerto até que, numa feliz sincronicidade, as três pousaram, ao mesmo tempo, seus olhos sobre o pequeno e adormecido mistério.

– É tal como nós? – disse, afinal, Maketaton à sua mãe.

– Sim, é uma menininha encantadora como vocês – disse Nefertiti.

– Mais uma menina?

– Não *mais uma*. Tal como vocês, Neferneferuaton é única.

Neste instante Meritaton surgiu carregando Nilo (o peixe azul de vidro) numa das mãos, para que também conhecesse a nova companheira de brincadeiras.

– Olhe e dê seu veredicto, mais sábio dos peixes – disse ela, inclinando Nilo para dentro do berço.

Nilo esteve algum tempo inclinado até ser retirado dali e ter sua enorme boca laranja colada à orelha de Meritaton, que reproduziu, após alguns instantes, o seu vítreo veredicto.

– Nilo disse que *uma nova bela chegou* – afirmou a menina. (Nilo aludia – admitindo-se, é claro, que tilápias de vidro possam fazer alusões – ao fato de mãe e filha trazerem a palavra egípcia nefer – "bela" – em seus nomes.)

– Ela é bela! – muito bela, bela, bela! – disse Maketaton, de repente, tomando o partido aberto da criaturinha.

Ou estaria, antes, tomando o partido da mãe, enciumada do golpe baixo da irmã?

Difícil saber. O que é sabido por todos – mesmo pela mais empedernida das mães – é que crianças recém-nascidas nunca são belas, podendo, no máximo, serem vagamente parecidas com os pais, com algum parente próximo, ou até mesmo com um terceiro elemento desagradavelmente imprevisto – o que significa, em qualquer dos casos, que serão ou vagamente belas ou vagamente feias, mas nunca belas, muito belas, belas, belas. De qualquer modo, foram exatamente estas as palavras que dissera, muito séria, a menina de crânio raspado e lindamente alongado que, entre as quatro meninas de crânios raspados e lindamente alongados que ali estavam, devia ser a primeiríssima a morrer – ela, a encantadora Maketaton, "segunda flor do meu ramalhete" (conforme a afetuosa expressão de sua mãe), habitante feliz de um palácio de sonho, princesa que não nascera para rainha, menina que não nascera para jovem nem para mulher nem para velha triste, mas somente para desfrutar às pressas da delícia e da dor de ser criança antes de ver-se obrigada a largar tudo – pai, mãe, palácio, brinquedos e jardins – e ir perder-se, para sempre e demasiado cedo, no profundo mistério do Não Ser.

Enquanto isto, Ankhesenapaton – a que ia ser, de fato, rainha – já fora buscar seu próprio leito, ciente no seu inconsciente dos altos deveres que a aguardavam num futuro não muito distante.

Mas, antes de todas estas coisas, é preciso também dizer-se que as filhas do casal solar continuaram a desfrutar do afeto dos seus pais – um afeto tão imenso que ficou reproduzido nos afrescos e esculturas da época, dos quais apenas alguns poucos restaram, passado o grande vendaval da destruição. Por diversas vezes os escultores de Akhetaton foram chamados ao palácio real para retratar o faraó e sua família na intimidade, mostrando, pela primeira vez na história do Egito, o afeto entre membros da família real. As filhas de Akhenaton eram mostradas, de maneira surpreendente, ora penduradas nos braços da grande esposa real, ora a equilibrarem-se sobre os joelhos do faraó, carregando, muitas vezes, as oferendas destinadas ao deus dos seus pais.

Nefertiti, ao ver o quanto Akhenaton – em que pese a decepção pela ausência do herdeiro – não hesitava em tornar público o amor que nutria por suas filhas, passou a devotar-lhe um amor ainda maior.

– O povo deve ver na família real um modelo de amor e harmonia – dissera Akhenaton. – Somos a imagem viva de

Áton e da grande família universal na qual a humanidade, em breve, haverá de se transformar.

Nefertiti concordara, embora tivesse dúvidas em relação à "grande família universal".

– Por que duvida, meu amor? – disse o faraó, com um grande sorriso. – O mundo, sem dúvida, marcha para a união. Num futuro não muito distante as fronteiras entre os países serão abolidas – meu pai celestial assegurou-me isto, em todas as visitas que me fez. Disse-me ele que, então, haverá sobre a terra um só reino e um só povo, a adorar um único e perfeito deus.

– *Um só reino*...? – disse Nefertiti, algo assustada. – M-mas... o que será do nosso Egito?

– O Egito deixará de existir, como deixarão de existir todas as outras nações, convertidas em uma única e imensa Akhetaton! Porque um dia – esteja certa disto, meu amor! – todos os horizontes serão de Áton!

– E quem governará esta Akhetaton universal?

– Nós, está claro! Como profetas de Áton, governaremos segundo a sua santa vontade.

Nefertiti escutava esta profecia magnífica com um misto de fervor e temor, pois sabia que o imperialismo que seu marido pretendia inaugurar deveria ser diferente de qualquer outro já existido – um imperialismo fundado apenas no frágil poder da palavra. (Entretanto, como estaria muito mais segura se Akhenaton, em vez de um pacifista, fosse um conquistador duro e implacável, tal como seus antepassados! Porque o plano parecia verdadeiramente sedutor: converter todos os povos do mundo ao culto de um deus único egípcio, tornando-os súditos perpétuos de Akhenaton e de sua dinastia!)

– Mas crê mesmo que os rudes hititas se deixarão convencer apenas por palavras? – disse ela ao esposo.

– O convencimento moral é a mais poderosa de todas as armas – disse ele, com serena convicção. – Vamos repetir-lhes incansavelmente a grande mensagem do amor até que compreendam a vantagem de vivermos todos como irmãos, num mundo de paz e concórdia. Não esqueça, minha adorada, que nós trazemos nas mãos uma luz nova e irresistível! À medida que ela for iluminando os corações com seu invencível poder de sedução, muitos outros se juntarão a nós, deixando os pregadores do ódio a gritarem sozinhos nas trevas. E sabe por quê? Porque eles serão parte de um passado irremediavelmente morto! E ninguém que viva no passado pode deter o futuro, ainda mais um futuro projetado pelo próprio Deus! Ou acha que meu pai Áton – este deus tão maravilhoso e verdadeiro, capaz de arrebatar-me em todas as fibras do meu corpo – me faria arauto universal de uma mentira?

– Akhenaton, meu amor... *não será tudo isto apenas um sonho*? – disse ela, querendo desesperadamente crer.

– Não, não é um sonho, pois vivemos ainda no pesadelo do mundo real. Mas pense bem: se o pesadelo pôde tornar-se realidade, por que não pode ocorrer o mesmo com o sonho – um sonho superior, inspirado pela própria divindade? – disse o faraó, mostrando nos olhos radiantes todo o fulgor irresistível da sua convicção.

Nefertiti, contagiada finalmente pelo mesmo arrebatamento que empolgava o marido, acabou convencida também de que um sonho tão grandioso deveria, sim, ser tentado. Diante dela abria-se a perspectiva de um mundo novo, livre das ambições guerreiras que impediam os povos de viverem em paz. Sim, ela devia, junto com Akhenaton, lançar-se a este fascinante desafio, na esperança de legar um dia às suas filhas – e ao herdeiro que ainda haveria de vir – um império poderoso, seguro e pacífico (pois Nefertiti, tal como sua sogra Tii, estava, na verdade, muito mais preocupada com a segurança de sua prole do que com o Egito ou o universo).

– Nós conseguiremos! – disse ela, por fim. – Sim, meu grande amor, *nós conseguiremos*!

◆◆◆

Horemheb teve a certeza de que o Egito marchava para o desastre no dia em que, ainda antes da ascensão de Akhenaton ao poder, vira, em Tebas, esta coisa aparentemente singela: o povo a subir e a descer pachorrentamente pelas escadarias de um dos templos de Amon. Todas aquelas pessoas, embora satisfeitas materialmente – já que o Egito, sob o reinado de

Amenotep III, vivia em notável abundância –, ostentavam, porém, em seus rostos, as feições descaídas do tédio.

Mas o que dera mesmo ao comandante supremo dos exércitos egípcios a convicção de seu sombrio prognóstico fora perceber que a maioria das pessoas descia os degraus com um desânimo ainda maior do que aquele com que subia. (Que ele tivesse feito esta observação nas escadarias de um templo não tinha importância alguma; o que importava era o fato de aquelas pessoas mostrarem-se menos aborrecidas com o esforço da subida do que com o fastio da descida.) Esta constatação aparentemente banal demonstrava, porém, com perfeita exatidão o clima moral da época – uma época, antes de tudo, desprovida de valores e ideais. Alçado, há muito tempo, à condição de superpotência, o Egito tornara-se um modelo de fartura – mas também de tédio. Com um corpo social enfaixado como uma múmia e imune a qualquer tipo de mobilidade, todos sabiam, desde o nascimento – desde o mais miserável até o mais afortunado dos súditos do faraó –, que lugar deveriam ocupar nesta sociedade rigidamente hierarquizada. Sem perspectiva alguma de ascensão social, os pobres mourejavam como bestas, enquanto as castas favorecidas consumiam o tempo na faina imbecil dos seus negócios e das suas taras. Uma época de tremendo cinismo. A religião oficial, solidamente estabelecida, tornara-se um mero negócio, tendo convertido o seu culto numa experiência tão despida de real espiritualidade quanto o ato de descascar batatas ou de espremer um furúnculo. Frequentado apenas pelas beatas estúpidas da época, este culto hipócrita e enfadonho tinha a única função de servir como meio prático de subornar Osíris, o deus manso e libertário que a teologia astuta convertera em carrancudo juiz dos mortos. Os sacerdotes, por sua vez, quando não eram venais e devassos, contentavam-se em ser medíocres burocratas da fé, muito mais preocupados em reproduzir com exatidão as minúcias de uma liturgia imbecil do que em promover a elevação moral do seu rebanho.

Tédio e cinismo – eis, em resumo, o Egito da era pré-Akhenaton.

O general supremo ainda observava o subir e o descer mecânico daquelas alimárias humanas quando formulou o pensamento inesperado de que todo mundo, querendo ou não, era apóstolo de algo neste mundo. Sim, mesmo em silêncio e de olhos postos nos degraus, todos aqueles autômatos de carne e osso que ali iam eram apóstolos inconscientes, porém ativíssimos, da estupidez humana.

Horemheb, como sempre acontecia quando punha-se a pensar no destino humano, sentira naquele instante subir-lhe até o esôfago uma maré escaldante de bílis que o obrigara a deixar rapidamente o local.

Isto acontecera ainda antes da ascensão de Akhenaton ao poder. Agora, de volta a Tebas, para conversar com Aye, o sogro do faraó, Horemheb constatava que sua funesta previsão estava muito próxima de virar realidade, pois Akhenaton, ao que tudo indicava, não passava mesmo de um homem doente (era esta a sua mais sincera opinião, embora preferisse guardá-la para si, ao contrário de muitos de seus companheiros, que não hesitavam mais em externá-la, principalmente depois que o faraó relaxara a pressão sobre os povos vizinhos).

– A pretalhada do Kush não quer mais saber de trabalhar! – dizia a Horemheb um velho militar, fazendo coro com dezenas de outros oficiais. – Por que diabos o faraó resolveu afrouxar-lhes as rédeas?

Horemheb, como cortesão discreto que era, limitou-se a reproduzir as razões do soberano.

– O faraó deseja estabelecer novas e mais harmônicas formas de convívio com nossos vizinhos – disse ele, sereno, porém sem qualquer traço de convicção.

– Que raio de "convívio harmônico" é este?! – disse o general inconformado. – Até agora o único resultado prático desta bobagem foi o de deixarmos de receber corretamente os tributos!

De fato, desde que Akhenaton dera início à nova política externa de abrandamento sobre os países tributários – ou seja, os países conquistados que tinham a obrigação de pagar tributos ao seu opressor (prática comum em todo o mundo antigo) – que havia começado, da parte destes, uma verdadeira onda de inadimplência.

– Mas o calote da negrada – continuou a dizer o oficial – não é nada perto do estrago que a imagem tíbia do faraó está fazendo nos países que representam verdadeira ameaça para o Egito – como os hititas, por exemplo.

– O que dizem esses cães? – disse Horemheb, ávido por saber o que tramavam os arqui-inimigos do Egito.

– Tive a informação, por meio de nossos espiões no país de Hatti, de que Supiluliuma não cessa de esfregar as suas mãos torpes desde a posse de Akhenaton, além de debochar impudentemente da sua figura.

– Por Horus, dê-me logo os detalhes! – disse Horemheb, quase esbravejando, pois sentia ferver o sangue todas as vezes que alguém pronunciava o nome asqueroso do rei dos hititas.

– Você sabia que Akhenaton mandou a cada um dos dirigentes de todas as potências vizinhas, junto com uma fraterna correspondência oficial, um exemplar da nossa cruz ankh, em sinal de concórdia?

– Sim, claro que sei.

– Você não pode imaginar o que Supiluliuma fez com a sua!

O velho oficial levou a mão à boca antes de repetir ao ouvido de Horemheb o boato sórdido que corria.

Um fluxo violentamente escarlate tingiu as faces do general.

– Cão sarnento! – disse ele, brandindo o chicote de comando sobre as pedras como se vergastasse o próprio rosto do soberano de Hatti.

– E há mais, muito mais! – disse o oficial.

Horemheb passou a tarde escutando os boatos e procurando destrinçar a verdade daquele emaranhado onde o exagero, por certo, era o fio dominante, até ir, pela noite, conversar com Aye, o sogro do faraó.

– Os sacerdotes de Amon estão furiosos com as últimas medidas do faraó – disse Aye, pesaroso.

– Mas o que, exatamente, você acha que eles possam estar tramando? – disse Horemheb.

– Quase tudo, à exceção, é claro, de um atentado contra a pessoa divina do faraó. Depois que Akhenaton mexeu nos tributos e mesmo nas terras de Amon, chegando ao ponto de distribuir parte delas aos lavradores paupérrimos, podemos esperar, de fato, quase tudo da ira amonita.

Horemheb fez uma pausa antes de sugerir uma intervenção direta do próprio Pai Divino.

– Talvez o faraó esteja necessitando de alguns conselhos ditados pela sua experiência.

– Oh, sim, estarei embarcando logo em seguida para Akhetaton, junto com a rainha-mãe, a fim de verificarmos pessoalmente o que se passa na nova corte. Uma coisa, entretanto, é certa: devemos evitar a todo custo que se pratiquem novas desfeitas aos sectários de Amon, tal como este ato realmente inconsiderado de se distribuir terras sacerdotais entre a escumalha do povo. Isto foi, de fato, uma desfeita quase intolerável!

Horemheb despediu-se do sogro do faraó com grande apreensão na alma, cada vez mais convicto de que o Egito descia, em largas passadas, os degraus da sua inexorável ruína.

◆◆◆

Por esta época, numa noite de intensa e majestosa luminosidade, na qual as embarcações egípcias navegavam alegremente acima e abaixo as águas do estuante Nilo, assim também fazia – apenas que em uma única direção – um cadáver desfigurado pela ação do tempo e da umidade, a rodar de braços abertos sob a imensa abóbada estrelada como uma outra estrela, decaída e putrefata. Retirado da Casa da Morte, em Tebas, e lançado secretamente ao curso vertiginoso do rio, seguia esta pobre carcaça desprovida de vontade o rumo ditado pelo acaso ou pelos deuses, deixando em cada trecho do caminho, como um Osíris anônimo e desprezado pelo mito, um pedaço corrompido de si próprio. Era este um dos tantos corpos que seres esquivos, na calada da noite, iam lançar no grande leito do rio, junto com os corpos de animais igualmente putrefatos, com o propósito altamente piedoso de semear a peste por todo o país. Uma vez que se estava na época das cheias, muito fácil era também a estes insensíveis navegadores adentrarem os limites das grandes extensões de terras ribeirinhas inundadas, ajudando, destarte, a espalhar ainda mais a peste por todo o Egito – e tudo isto se fazendo porque era preciso, a todo custo, provar ao Grande Herege, bem como aos seus perversos seguidores (e, sobretudo, à ralé estulta, que tão facilmente lhes escutava as impiedades), que o deus deposto, farto já de tanta ofensa e ingratidão, começara finalmente a levar a cabo a sua grande obra de vingança.

Já foi dito, em algum lugar, que os vibrantes dias de Horus & cia. há muito haviam se acabado – dias tão gloriosos quanto saudosos, nos quais os deuses, agindo eles mesmos à luz do dia, dispensavam a necessidade dos frágeis relatos humanos para tornar conhecidos seus divinos prodígios (relatos estes que, a despeito de todos os esforços de seus redatores, ficavam sempre a meio do caminho do convencimento (quando, em verdade e bem pensadamente, não deveriam, pois que outra coisa haveriam de obrar deuses, senão prodígios?)). Entretanto, uma coisa era ver-se um deus portentoso tomar de uma montanha e dizer, muito solene e cavernosamente, "Eis que vou tirá-la daqui e passá-la para lá!", e cumprir com o dito diante dos olhos atônitos de uma multidão embasbacada, e outra coisa era ouvir um velhote de cabeça raspada enrolado numa pele sovada de leopardo afiançar por sua própria palavra (mesmo que estribada num tão antiquíssimo quanto venerável papiro) que a portentosa divindade, tendo afirmado que tiraria a montanha dali e a passaria para lá, o tenha *efetivamente* feito. Este tormentoso dilema, naturalmente, era bem do conhecimento dos sacerdotes de Amon, que muitas e mais vezes haviam confabulado secretamente entre si destas razões, mais ou menos nestes termos, com o primeiro deles a dizer "Ai!, até quando aguardaremos que nosso santo Amon erga sua destra para defender a si e aos seus fidelíssimos devotos da humilhação que a heresia veio lançar impudentemente sobre todos?", enquanto o outro respondia, muito contritamente, "Irmão de fé e de dor, que hei de dizer-lhe senão que os belos dias passados jamais tornarão a ser, e que cumpre a nós, penetrados dos propósitos da nossa santa divindade, sermos o seu braço e sua perna, e até mesmo, sendo o caso, o seu divino membro, eis que, por qualquer motivo que nos foi ocultado, estamos todos fadados a viver agora e doravante numa época cinzenta, em que não se veem mais nem andar nem combater nem altercar e nem mesmo sussurrar pela terra os deuses que antigamente não se furtavam em fazer tão abertamente estas e muitas outras magníficas coisas". "Mas veja", também, dizendo ainda o outro, "que se disse época cinzenta e não negra, o disse de razão pensada, porque ainda umas tintas de luz divina nos ficaram daquela era de ouro, de tal forma que, não tendo se escurecido totalmente de nosso mundo os vestígios da presença dos deuses, temos nós, na condição de canais terrenos das divindades, a ventura de podermos reproduzir, ainda, seus gloriosos feitos!"

– Porém, atente, agora e ainda mais, para isto – continuou a dizer o outro: – além de intérpretes de coisas antigamente obradas, estamos também encarregados doravante (e isto me parece mais que evidente) de realizar os novos feitos que os deuses, por algum motivo ignoto e só deles conhecido, não mais obrarão por si mesmos – e estando, portanto, Amon impedido, por íntimas e indevassáveis razões, de agir materialmente, claro está que cabe a nós, seus santos na terra, a tarefa de sermos os artífices físicos da sua vontade sobrenatural.

Com todo este aranzel, afinal, quis apenas dizer o douto sacerdote que chegara a hora deles, sacerdotes de Amon, provocarem a ruína do herege, antes que os arruinados terminassem sendo eles próprios.

Cogitou-se santamente de tudo para pôr um freio ao faraó, e quase tudo quanto foi cogitado santamente terminou sendo aprovado nestes tão aflitivos quanto deliciosos conciliábulos (deliciosos, sim, já que se revestiam da vibrante emoção que cerca toda e verdadeira conjura).

– Não tenhamos vergonha, caríssimos irmãos, de nos intitularmos Conjurados de Amon – dissera um dos cabeças da conspiração, numa destas palpitantes reuniões –, eis que não é vergonha alguma a um justo opor-se, aberta ou escondidamente, aos ditames de um faraó que se desviou deliberadamente dos caminhos de Maat.

E tamanho era o fervor de alguns destes justos em ver restaurada a verdade divina no Alto e no Baixo Egito que houve mesmo quem resolvesse pôr em prática, à revelia do

Grande Conselho da Conjura, a mais grave daquelas santas cogitações, que era a de antecipar o encontro do ímpio faraó com o grande e celestial juiz.

De posse de uma adaga – nem tão longa que se denunciasse por si própria, nem tão curta que pusesse em risco o sucesso do bote – e sem gozar do apoio de nenhum de seus confrades – já que o Grande Conselho havia reprovado a santa cogitação que agora ele se propunha a levar solitariamente a cabo –, assim partiu o zelosíssimo filho de Amon no rumo da cidade da perdição, disposto a pôr um fim à impiedade ou à própria vida, já que não era mais vida o ter de assistir, inerte, à contínua profanação do seu muito amado deus.

◆◆◆

Enquanto estas coisas nebulosas se passavam em Tebas, Akhenaton, instalado em sua cidade paradisíaca, ocupava os dias ensolarados em limar os versos de um poema que compusera em honra ao seu adorado deus – tarefa tão importante que resolvera desligar-se totalmente dos assuntos mundanos, delegando a Nefertiti o comando prático do país, enquanto ele, auxiliado pelo sumo sacerdote de Áton, procurava incluir em cada linha do poema uma nova verdade teológica, de tal sorte que, completo e acabado, pudesse seu *Grande Hino a Áton* ser entendido, também, como uma súmula teológica do seu adorado deus.

– Grande faraó, creio que falta muito pouco para que possamos fazê-lo recitar, com o mais absoluto sucesso, em toda parte! – disse Meri-rá, eufórico com o talento poético do faraó e também com a perspectiva de tornar-se o exegeta oficial do Grande Hino (Meri-rá pretendia, assim que estivesse concluído o hino, debruçar-se sobre ele com todo o ardor de um verdadeiro exegeta, extraindo dele um calhamaço de comentários pelo menos quinze vezes maior, nos quais seu saber teológico, iluminado pelos raios de Áton, esplenderia majestosamente).

Akhenaton tinha decidido fazer a primeira leitura oficial do seu poema no alto da Janela das Aparições, numa grande cerimônia pública que contaria com a presença de sua família e de altos dignitários do seu país, além de embaixadores e até mesmo de soberanos vizinhos que estivessem dispostos a conhecer melhor a sua divindade.

– Vamos distribuir cópias a todos quantos estiverem presentes! – disse o faraó, no último grau do entusiasmo. – Quero que as pessoas andem sempre com ele, onde quer que estejam, para que possam continuamente lê-lo e penetrarem-se das verdades supremas que Áton, por meio do seu profeta, deseja lhes revelar.

– Magnífico! Magnífico! – dizia Meri-rá, entusiasmado com a ideia do faraó.

– Precisamos difundir, com a maior rapidez possível, as novas ideias – disse o faraó, observando Nefertiti, que chegava ao espaçoso terraço do palácio real, local onde Akhenaton estava instalado, acompanhado das três filhas.

– Veja, meu amor! – disse o faraó, chamando a grande esposa real. – Meu grande hino está quase terminado!

Akhenaton entreabriu seus lábios para receber o beijo de Nefertiti, que jamais excluía a introdução de sua língua pequena, firme e úmida. Desta vez ele estava tão entusiasmado e naturalmente excitado que decidiu dilatar aquele delicioso instante prendendo com os dentes a ponta da língua de Nefertiti.

Nefertiti deu um pequeno riso nasal, expirando um jato suave de ar na face do esposo, enquanto tentava, delicadamente, liberar sua língua da prisão em que ele a colocara.

– Ó, ó, ó...! – disse ela, distendendo os lábios num sorriso provocante, que fez o faraó atingir o auge da sua excitação, exagerando na pressão dos dentes.

– Ai! – disse ela, obrigando Akhenaton a liberá-la imediatamente.

Nefertiti pressionou uma das unhas no queixo pronunciado do esposo, porém com tal deleite que ele, antes de sentir dor, sentiu um grande prazer – prazer este quadruplicado com o contato balsâmico das quatro boquinhas de suas filhas, que imediatamente se lançaram sobre ele.

Como a manhã estivesse intensamente quente, apesar da brisa ocasional do Nilo, Nefertiti optou por desnudar-se inteiramente, desta vez sem qualquer traço de lascívia, no que foi acompanhada por seu esposo e pelo sumo sacerdote (um hábito comum daqueles dias, mesmo nas dependências dos palácios). O casal real esteve, assim, confortavelmente instalado, a desfrutar da visão esplendorosa do Nilo a brilhar por entre a vegetação luxuriante de suas margens, até que um criado anunciou a chegada de Tetu, o funcionário do Ministério dos Países Estrangeiros.

– Oh, justo agora! – disse Nefertiti, dando uma palmada em sua coxa bronzeada.

Akhenaton, no entanto, pareceu gostar da notícia.

– Fale com ele, minha esposa, e trate de tudo o que concerne à grande solenidade da leitura do poema. Veja o que ele pode fazer para conseguir atrair o máximo de dignitários estrangeiros para a cerimônia.

– Diga que aguarde no salão de audiências – disse Nefertiti ao criado, rumando tão aborrecidamente para a audiência que nem lembrou-se de vestir novamente o seu traje.

Quando ela adentrou o salão viu o funcionário tornar-se subitamente escarlate.

– Grande rainha...! – disse ele, prostrando-se.

Nefertiti foi sentar-se na cadeira real, enquanto Tetu mantinha-se em pé, sentindo o terror apoderar-se de si, tentando prestar atenção somente nas palavras daquela mulher enfeitiçante.

Nunca, nem em seus mais delirante sonhos, ele pudera imaginar que um dia estaria a sós com aquela deusa-mulher inteiramente nua. Totalmente atrapalhado, ele fez todo o possível para impedir que sua excitação se tornasse evidente, anotando tudo quanto Nefertiti dizia – mas de pouco adiantava, pois toda vez que ela lhe dirigia a palavra, fosse por qual assunto fosse, ele só conseguia pensar que ela estava inteiramente nua, e que mesmo neste estado dignava-se a falar com ele. (Nem por um segundo passou-lhe pela cabeça que aquela poderia ser, também, a maior manifestação possível do seu desprezo, já que ela sequer dera-se conta do fato.)

A certa altura Tetu recebeu autorização para aproximar-se um pouco dela, a fim de estender-lhe alguns relatórios, podendo, assim, examinar, com espantosa proximidade, os detalhes deslumbrantes daquela nudez.

"Toth sagrado... *os mamilos*!", pensou ele, observando, deliciado, aquelas duas moedas de bronze placidamente pousadas no centro dos dois seios firmes e lustrosos. (Tetu chegou a perceber, alucinadamente, um pequeno córrego de suor a fluir lindamente por entre a intersecção das duas mamas.)

– E a situação do país do Mitanni? – disse ela, de repente, voltando para Tetu os seus olhos espichados lateralmente pelo kohl esverdeado.

Pego de surpresa, Tetu mentiu como pôde.

– Houve alguns problemas de fronteira, grande senhora, mas Dushratta já tem o país sob controle.

– Os hititas não representam mais nenhuma ameaça? – insistiu ela, sabedora que estava de que o rei hitita tinha planos de se apoderar do país dos mitanianos, a fim de aumentar a sua influência na região.

– Nenhuma, grande alteza – respondeu o funcionário, feliz por ver que a rainha voltara a embrenhar-se no estudo atento dos documentos, enquanto ele retornava também ao estudo delirante das suas formas nuas.

"Por Thot, quantas coisas a admirar!", pensava ele, até que vislumbrou, a descer sinuosamente do longo pescoço da rainha, uma gota cristalina de suor. Com grande aflição, Tetu viu a pequena gota desmilinguir-se por diversas vezes, deixando pelo caminho parte de sua substância, até parecer inteiramente exaurida e incapaz de seguir seu périplo natural pela vastidão daquele caminho aveludado. Mas logo, para seu grande prazer, viu a minúscula gota encorpar-se outra vez, ao juntar-se a outras zonas de umidade, além de receber do alto um novo acréscimo de substância. Então a gota recomeçou sua descida segura, embora agoniantemente lenta, até optar por um dos amplos caminhos que se ofertavam. Deslizando pelo seio direito, ela tomou o caminho exato do bico, a um passo de alcançar-lhe a orla, momento este em que Tetu viu-se obrigado a desviar sua atenção da cena enlouquecedora, pois Nefertiti havia acabado de fazer sua leitura dos documentos, estendendo-os em sua direção.

– Mantenha o faraó a par de qualquer novidade, se quiser que sua situação na corte permaneça sendo das mais favoráveis – disse ela, sem dar às suas feições qualquer conotação de simpatia.

Então, aconteceu: ao ver Tetu à distância, Nefertiti percebeu uma protuberância mais que suspeita sob a sua túnica. Na absoluta inconsciência de tudo quanto se passara, ela disse-lhe, num repente, suspeitando uma grave ameaça à sua segurança:

– Espere! Que objeto traz oculto sob o manto?

Tetu, tornado escarlate, balbuciou, aterrado:

– Desculpe, grande esposa real, m-mas não posso...!

– Vamos, mostre imediatamente o que traz oculto aí! – disse ela, num tom tão impositivo que Tetu, numa vertigem enlouquecedora de pavor e prazer, descobriu inteiramente a parte inferior do manto.

– Perdão, grande rainha...! – disse ele, abaixando a cabeça, mas, ao mesmo tempo, sentindo uma sensação tão identicamente deliciosa à dos sonhos que encarou com absoluto desdém a possibilidade da morte.

Durante alguns segundos Nefertiti esteve estática, a decidir se mandava cortar no mesmo instante a cabeça do insolente, como único meio de pôr um fecho digno a este episódio ridiculamente constrangedor. Porém, ao dar-se conta de que fora ela, afinal, a única responsável pela cena extravagante, preferiu esquecer o assunto.

– O que está esperando para recompor-se? – disse ela, enraivecida muito mais do seu ingênuo descuido do que do presumível atrevimento do funcionário. – Volte já aos seus afazeres, e se ousar comentar, com quem quer que seja, este incidente idiota, esteja certo de que mandarei desmembrá-lo pedaço por pedaço.

– Oh, não, grande alteza, n-não se preocupe... não se preocupe! – disse Tetu, ostentando no rosto uma felicidade tão evidente que Nefertiti sentiu vontade de mandar cumprir a ameaça naquele mesmo instante. Antes, porém, que o fizesse, Tetu já havia desaparecido, levando consigo a sua pilha de papiros e tabuletas, bem como a certeza de que aquela cena involuntariamente lúbrica o ligava para sempre à mais bela de todas as mulheres.

3 – O GRANDE HINO

A cerimônia oficial de leitura do *Grande Hino a Áton* foi o último suspiro de beleza e harmonia do reinado de Akhenaton. Outras solenidades magnificentes ainda haveriam de ocorrer na bela cidade, mas todas elas estariam maculadas, a partir daí, pelo selo da mais terrível apreensão. Como uma espécie enganosa de portal dourado, a cerimônia deste dia abria-se, de maneira absolutamente imprevista, para uma paisagem de morte e desolação, que nem mesmo os espíritos mais argutos poderiam prever em toda a sua terrível extensão.

Uma verdadeira multidão afluíra de todas as partes da nova e esplendorosa cidade para assistir à cerimônia. Desde os subúrbios do Sul (onde se concentrava a parte pobre da população), passando pelas áreas comerciais e administrativas, até as abastadas residências da parte norte, levas imensas de pessoas dirigiam-se alegremente em direção ao Palácio Real para confraternizar com o faraó e desfrutar da comida e da bebida gratuitas que haveria em grande profusão. Todos os elementos da corte comprometidos com a reforma religiosa do faraó também estavam lá, dispostos a renovar seu compromisso diante de um novo poder que – ao menos nos limites da nova e luxuriante capital – parecia consolidado de maneira irremediável.

Suspensa majestosamente sobre a Avenida Real, a Janela das Aparições – na verdade, como já foi dito, uma imensa passarela que ligava o palácio real à ala residencial – podia ser avistada de muito longe, toda engalanada de festões e bandeirolas. Espalhados sobre a espaçosa passarela, estavam já acomodados os membros da família real: tanto a mãe do faraó quanto seu irmão Aye ali estavam (o pai de Akhenaton, contudo, não pudera comparecer, devido ao estado adiantado de sua enfermidade), bem como Tey, esposa de Aye e madrasta de Nefertiti. Quanto ao faraó e sua esposa, estavam no interior do palácio, fazendo os últimos preparativos para sua aparição. Akhenaton conversava secretamente com sua esposa, anunciando-lhe a sua intenção de, assim que seu pai viesse a falecer, elevá-la ao posto de corregente do Egito.

– Akhenaton, meu amor, você não teme que esta atitude possa contrariar ainda mais os conservadores? – disse Nefertiti, surpresa com a perspectiva de vir a tornar-se faraó virtual do Egito.

– Espero que os contrarie *definitivamente* – disse ele, com um profundo desdém –, pois só assim os terei bem longe do meu trono.

– Receio, meu amor, que nossos inimigos venham a associar meu nome ao de Hatshepsut – disse ela, referindo-se à mulher-faraó que governara o Egito durante vinte anos, nos primeiros tempos da XVIII dinastia, antes de ser deposta e, presumivelmente, assassinada pelos seus inimigos.

Nefertiti temia, mais que tudo, ter seu nome e imagem vilipendiados depois de morta – o que, segundo a crença, impossibilitaria sua vida pós-morte –, tal como acontecera com a desafortunada rainha. (Sempre que ouvia falar em Hatshepsut vinham-lhe imediatamente à mente seu nome e suas imagens riscados nos templos e, acima de tudo, uma caricatura indecente feita por seus adversários numa das grutas vizinhas ao seu imenso templo mortuário, onde ela aparecia numa posição sexual considerada indecorosa – ao menos para uma rainha.)

– Temo que façam comigo o mesmo que fizeram a Hatshepsut, disse Nefertiti, apreensiva

– Meu amor, não compreendo o seu medo – disse Akhenaton, ligeiramente decepcionado. – Este é um risco que ambos corremos, na medida em que estamos empenhados numa luta para transformar o mundo! Não acredito que uma mulher corajosa como você possa temer os rabiscos sujos de alguma alma torpe.

– Estes rabiscos sujos poderão ser tudo quanto restará de mim após a minha morte – retrucou Nefertiti, numa indignação premonitória. – Não quero que, num futuro próximo, a única imagem que minhas filhas ou netos possam ter de mim seja a de uma mulher sendo possuída publicamente.

– Não se preocupe, minha querida; Áton vela por você, como vela por mim e por todos aqueles que se lhe submetem – disse ele, selando os lábios da inquieta rainha com seus próprios lábios. Suas bocas não haviam, ainda, se descolado, quando ele balbuciou:

– Mas, e se fosse agora... *e privadamente*?

Nefertiti corou violentamente.

– Akhenaton...! Não brinque com isto! – disse ela, a um passo da fúria.

Nefertiti já se desvencilhara dos braços de Akhenaton quando as amas surgiram providencialmente, trazendo as filhas do casal solar, o que bastou para arrefecer tanto o desejo do faraó quanto a ira da sua esposa.

– Vamos logo – disse ela, tomando as meninas e obrigando Akhenaton a segui-las, muito contra a sua vontade.

Demorou apenas mais alguns instantes para que a família real surgisse, finalmente, na grande passarela, sob a aclamação intensa do povo e dos cortesãos (ávidos, estes, por granjear, da melhor maneira possível, a simpatia de um faraó não menos ávido de cercar-se de um exército fiel de seguidores).

Cumpridas todas as enfadonhas formalidades e cerimônias oficiais, Akhenaton começou, então, a ler para o povo e todos os nobres e dignitários do reino o seu *Grande Hino a Áton*. Sua voz, normalmente tíbia, tornou-se firme e inflamada, como sempre acontecia quando sentia-se visitado pela sua divindade:

Quando surges na perfeição de tua beleza,
No amplo horizonte do céu,
Disco vivo e criador da vida,
Ergues-te no horizonte, a oriente,
E espalhas tua perfeição por toda parte!
Tu és belo, imenso e ofuscante,
A pairar acima do universo inteiro;
Teus raios se estendem até o horizonte
De todas as terras que criaste.
Tu és o princípio solar,
E governas todas as terras, até os seus limites,
Unindo-as através de teu filho amado.

"Sim, Áton é o criador de tudo", pensa o sumo sacerdote Meri-rá, a fazer uma exegese mental do *Grande Hino*. E que inovação teológica revelam os três últimos versos! Neles está expressa, de maneira perfeita e lapidar, a maravilhosa boa-nova: Áton é o deus de *todos os povos* – portanto, não só dos egípcios – e o faraó a *única ligação* entre Áton e eles –, devendo, portanto, ser elevado à condição de soberano universal!"

Tu te afastas, e ainda assim,
teus raios tocam a terra.
Estás diante de nossos olhos,
Mas, aos poucos, tua órbita torna-se ignota.
Basta que te deites no horizonte, a ocidente,
Para que a terra mergulhe nas trevas, como um morto.
Os homens, em seus quartos, cobrem a cabeça,
E ninguém reconhece o próprio irmão.
Que lhe furtem os bens debaixo da cabeça,
Ele de nada se apercebe.
Os leões todos deixam seus covis,
Enquanto as cobras livremente atacam.
O mundo inteiro gira em silêncio,
Imerso na mais profunda treva,
Enquanto o criador repousa no horizonte.

"Que quadro terrível – e, ao mesmo tempo, poeticamente belo – o faraó nos apresenta dos efeitos da ausência da divindade!", pensa Meri-rá, emocionado. "Pois assim como a ausência do sol espalha toda espécie de terrores noturnos sobre a terra, assim a ausência da divindade provoca igual desolação nas almas dos incrédulos. Neste trecho do poema podemos ver também que o mal é apenas a ausência do bem, bastando que Áton retorne com seus raios vivificantes para que as trevas desapareçam, dando lugar, outra vez, à mais plena harmonia."

Então, na primeira hora do dia, tu retornas,
A brilhar, disco solar, no horizonte,
Dissipando as trevas com o espalhar dos teus raios!
As duas terras estão, outra vez, em festa,
Os homens acordam, pondo-se em pé,

– Pois é tu quem os faz se levantarem –
E depois de lavarem-se, eles se vestem,
E, braços erguidos, vão louvar teu despertar!
O universo inteiro retoma a sua faina,
Os rebanhos estão felizes com sua pastagem,
As árvores e os prados reverdejam,
As aves, de asas abertas, saem dos ninhos,
E põem-se, nos céus, a adorar o teu poder vital!
Os animais todos saltam sobre suas patas,
Tudo quanto voa e tudo quanto anda,
Revive ao teu despertar!
Os barcos estendem suas velas,
Subindo e descendo pela correnteza,
O dia já vai alto,
Porque tu apareceste!
No rio os peixes saltam em tua direção,
E teus raios penetram no esverdeado mar!

"Aí está!", pensa Meri-rá, deliciadamente. "Ao retornar de seu sono, a divindade devolve a vida e restaura a alegria a todo o universo, enquanto os homens, despertos outra vez, reerguem-se para um novo dia de trabalho, com os corpos lavados e as vestes limpas (pois que, também eles, estão renovados espiritualmente). Mas, cuidado! As duas terras aqui citadas devem ser entendidas não mais como o Egito, simplesmente, mas como ele e todas as demais terras, irmanadas sob a luz da mesma divindade. (Com que prazer pretendia esmiuçar, mais adiante, esta aparente contradição!) De que miríades de argumentos e comparações se valeria para explicar detidamente aos inimigos da universalização esta passagem aparentemente discordante, provando, com base nos versos que se seguem – nos quais o poeta esclarece o sentido de suas palavras, ao fazer menção ao 'universo inteiro' – que Áton é, sim, o deus das duas terras, agora entendidas como a terra do Egito e todas as demais!"

Tu fazes com que o embrião brote dentro das mulheres,
E produzes a semente no interior do homem,

Tu dás a vida ao filho que a mãe amamenta,
E dá-lhe, também, o consolo,
Que faz cessar seu copioso pranto.
Tu és a ama do bebê de colo,
Tu lanças o teu sopro vital
Para fazer viver todas as criaturas.
No instante em que o novo ser vem à luz,
És tu quem lhe abre a boca,
Dando-lhe todo o necessário.
A pequena ave ainda está no ovo,
A pipilar no interior da casca,
E já tu lhe concedes teu sopro,
Prodigalizando-lhe a vida.
Tu preparaste para ele
Um tempo preciso de gestação,
Até que ele se torne completo,
Até que, partindo a casca por dentro,
Ele saia do ovo, pipilando.
Apenas e no momento certo,
É que ele sai a andar sobre as próprias patas.
Como são infinitos os elementos da criação,
Ocultos a nossos olhos!
Deus único e sem igual,
Segundo os ditames de teu coração,
Assim criaste o universo em tua sabedoria!

"Eis o Criador em sua majestosa onipotência – 'deus único e sem igual' –, a distribuir generosamente a vida a todos os seres, desde os maiores até aos menores, como a pequena ave oculta dentro do ovo", pensa o sumo sacerdote de Áton, embevecido pelas divinas palavras do faraó-profeta – que assim, a fazer a sua récita inspirada, parece transportado a uma esfera muito distante, alheio a tudo e a todos (mesmo à esposa e às filhas, que acompanham em silêncio o grande momento de adoração ao deus), ciente, apenas, de que há de tornar-se, um dia, deus de todos os homens, tal como está expresso no poema.

Homens, rebanhos e feras dos campos,
Tudo quanto vive sobre a terra,
Movendo-se sobre os próprios pés,
Tudo quanto voa nas alturas,
Com suas amplas asas estendidas,
As terras da Síria e do Núbia,
E as terras do Egito,
Tu pões cada homem no seu lugar,
Dando-lhes o que lhes convém.
Várias são as línguas,
No seu jeito vário de se exprimirem,
Sua escrita é diferente,
Assim como a cor de suas peles.
Tu tornaste diferentes as nações estrangeiras,
Pois deste aos egípcios um Nilo terrestre,
Segundo os ditames de tua vontade,
Fizeste-o para lhes dar vida abundante,
E fizeste-o, também, para Ti mesmo.
Tu és o seu Senhor,
Tu te preocupa com eles,
Senhor de todos os lugares,
Tu te ergues para todos eles.
Disco do dia, imenso em dignidade,
Dando vida, também, mesmo aos países distantes,
Colocando também para eles um Nilo sobre o céu,
Que lhes desce do alto, estuante,
A fim de regar seus campos e suas cidades.
Como são perfeitos teus desígnios,
Ó Senhor da eternidade!
O Nilo do céu é um dom teu aos estrangeiros,
E para todos os animais do deserto.
Para o Egito de teus amados filhos, porém,
O Nilo vem das profundezas da terra.

"Aqui vemos expresso, de maneira soberba, o grande projeto universalista da divindade!", pensa Meri-rá, extasiado tanto da verdade quanto da beleza dos versos que a proclamam. "Áton é deus de todos os povos e de todas as raças; egípcios –

mas também sírios, núbios e todas as demais nações do mundo – são aquinhoados pelas mesmas benesses divinas, espargidas de diferentes maneiras. Assim, por exemplo, o Nilo, bênção maior dada aos egípcios, por ser a terra de sua revelação: se os filhos amados de Kemi desfrutam dele, vindo 'das profundezas da terra', também os estrangeiros desfrutam de um outro Nilo, posto nos céus sob a forma de nuvens, que ocasionalmente lhes deitam suas águas revigorantes 'a fim de regar seus campos e suas cidades'. Áton é, assim, o primeiro deus a preocupar-se com o bem-estar de todos os povos!"

Teus raios dão vida a todos os campos,
Tu te ergues, e eles vivem e brotam para Ti.
Tu regulas, com perfeição, as estações,
E desenvolves toda a criação.
O inverno traz consigo o frescor,
E teu calor faz com que os homens te apreciem.
Tu crias o sol na distância,
E ergues-te nele,
Abraçando toda a criação,
Sem perderes Tua unidade!
Ergues-te em tua forma de disco vivo,
Que surge e esplende,
Estando perto, estando longe.
Tu extrais eternamente
Milhões de seres a partir de tua essência,
E ainda assim permaneces Uno!
Cidades, regiões, campos e rios,
Todos os olhos te veem ,
Tu és o disco diurno,
Pousado acima do universo.
E quando tu te afastas,
Nenhuma de tuas criaturas subsiste,
Uma vez que não podem contemplar-Te!

"Sem Áton no céu, não pode haver verdadeira vida na terra", pensa Meri-rá, junto com o faraó. "O grande e harmônico mecanismo da vida repousa sobre este postulado básico:

a sujeição absoluta das criaturas em relação ao seu Criador. Onde há este conhecimento, há felicidade, expressa pela luz do soberano Disco; onde falta este conhecimento – ou onde ele é deliberadamente esquecido –, passa a reinar a treva mais absoluta. Mas se tudo provém de Áton, este tudo não é Áton, pois Áton é e permanece sempre Uno. Por mais que retire de sua própria essência o material de que se serve para criar as coisas e os seres, Áton permanece dissociado da sua criação, assim como o oleiro dos vasos que cria – pois Áton não é a Natureza ou o Universo, mas *Ele-Mesmo*."

Nenhum dos seres que criaste pode ver-te,
Pois tu moras somente em mim.
Não existe ninguém que te conheça,
A não ser teu filho Akhenaton,
A quem revelas teu saber e teu poder.
O universo vê o mundo sobre tua mão,
Tal como o criaste.
Assim ergues-te,
Assim ele vive.
Assim deitas-te,
Assim ele morre.
Tu és a extensão eterna da vida,
Todos nós vivemos de Ti.
Nossos olhos fixam, sem cessar, a tua perfeição,
Até o instante em que, deitando-te a ocidente,
Cessa sobre a terra toda a faina.
Mas, ao te acordares, outra vez,
Fazes tudo renascer para o faraó,
Todo membro recebe, de novo, seu movimento,
Devolves a ordem ao universo,
Fazes ressurgi-lo para o teu filho,
Que provém de teu próprio Ser,
O rei do Alto e do Baixo Egito,
Que vive de Maat,
O senhor das duas terras,
Filho de Rá,
Que vive de Maat,

Senhor da dupla coroa,
Akhenaton,
Longa vida tenha ele!
Que também a sua esposa, tão amada,
Senhora das duas terras,
Nefertiti,
Viva e rejuvenesça,
Para sempre, eternamente!

"Eis o fecho sublime do *Grande Hino*!", pensa Meri-rá, extasiado, a escutar os aplausos e gritos de alegria do povo, a estrugirem por toda parte. "Que todos tenham compreendido que só há um deus e que Akhenaton, faraó de todo o Egito, é o canal exclusivo de acesso à divindade, é seu único e grande desejo. Ninguém vai a Áton senão por meio do faraó, filho de Rá (entendido aqui como uma das manifestações da divindade una), e também por sua grande esposa real, Nefertiti. No dia em que o povo do Egito e o de todas as terras do universo abandonarem toda idolatria politeísta, aceitando a submissão total ao Deus Único – que, no plano terreno, haverá de expressar-se pela sujeição ao seu Filho Dileto, Akhenaton –, a Criação haverá de reverter ao propósito inicial do seu Criador, que é o de ver espalhada pela terra a mais absoluta felicidade."

◆◆◆

Akhenaton levou um bom tempo para recobrar-se do grande esforço físico que despendera para conseguir recitar, em alto e bom som, o seu hino. Discretamente apoiado ao braço de Nefertiti – e também aos bracinhos de suas filhas –, Akhenaton observava, em estado de graça, o grande passo que dera no sentido de revelar ao povo, por palavras, o alcance e a sublimidade do seu deus. Desde a inauguração da cidade que ele tivera a ideia de alfabetizar o povo, para que este pudesse ter acesso, sempre que quisesse, à palavra da própria divindade.

– Ler a palavra de Áton é o mesmo que ouvi-la pelos olhos! – dissera ele aos encarregados de disseminar a instrução não só por toda a Akhetaton, mas também por todo o país.

Akhenaton ordenou que seu hino fosse distribuído fartamente à população, sob a forma de lindos papiros e placas de argila artisticamente trabalhados. Todos, doravante, teriam em suas casas uma réplica do hino, para o lerem e relerem nos instantes de adoração a Áton.

Tomando sua esposa, o faraó resolveu descer até onde estava o povo, para confraternizar junto dele.

– Grande faraó, não são arriscados demais estes contatos diretos com a plebe? – disse Horemheb, que, apesar de saber-se na cidade de Áton, ainda assim temia pela segurança do faraó.

– Se o povo só pode ir a Áton por meu intermédio, justo é que lhe facilitemos o acesso – disse Akhenaton, com um sorriso confiante, antes de seguir em direção às escadarias que o levariam ao povo.

Que as pessoas comuns tivessem a possibilidade não só de estarem próximas ao faraó, mas também de conversarem diretamente com ele – e até mesmo de tocá-lo –, era algo revolucionário, já que até ali os faraós eram tidos como seres divinos e intangíveis (nos velhos dias, qualquer homem que ousasse tocar na pessoa do faraó era punido com a morte). Akhenaton, contudo, desde o começo do seu reinado, rompera com mais esta "obsoleta tradição", certo de ganhar, com isto, a confiança do povo.

Akhenaton e Nefertiti surgiram, assim, diante da multidão eufórica, no meio da qual um deus desgostoso havia plantado um homem decidido a mudar para sempre a história do Egito. O que este não sabia, porém, é que o outro deus havia plantado, também, muito próximo de si, um segundo homem, que iria ajudá-lo a cumprir – mas à sua maneira – aquele mesmo e elevado propósito.

4 – UM NOVO SOAR DOS MARTELOS

Os templos, as feiras e especialmente as tabernas regurgitavam de gente no dia seguinte à leitura do hino. Vindos de todas as partes de Akhetaton, como córregos que afluem avidamente em busca do seu estuário, assim eram os grupos que, dispersos energicamente pelo policiamento, procuravam locais seguros onde pudessem reagrupar-se a fim de comentar o ato abominável (embora um edito oficial houvesse proibido o funcionamento de tais locais). Porém, mesmo nestes lugares aparentemente seguros, reinava a mais profunda desconfiança, já que qualquer homem sofria neles o desconforto de ser visto ora como um conspirador, ora como um espião do faraó. (Antes de abrir seus estabelecimentos, os ilustres taverneiros também haviam sido vítimas de um dilema atroz: acatar a proibição da autoridade ou retirar um belo lucro daquele fato extraordinário, capaz de despertar, em último grau, a curiosidade popular (especialmente a de certos cidadãos, que adorariam saciá-la junto com um belo caneco transbordante). Por fim, haviam chegado a uma feliz solução, mercê deste poderoso argumento: não sendo a curiosidade mais que o desejo altamente louvável de *querer saber*, pensaram eles, nada haveria de criminoso em abrir-se – ou antes, entreabrir-se – as portas de seus estabelecimentos, a fim de prestar ao povo este inegável serviço de *instrução pública* – atitude esta mil vezes mais útil do que a de sujeitarem-se a uma reles e servil obediência, que ninguém aproveitava.)

"Mas que resposta, afinal, daria o faraó a uma tal abominação?", perguntavam-se todos, atonitamente, enquanto os donos das espeluncas mantinham alguém à porta para anunciar a chegada de algum oficial do faraó.

Esta mesma indagação fazia um velhote a um arquivelho (um tipo extravagante, conhecido por Caramujo) no interior de um destes antros. Ambos estavam sentados numa mesa estreitíssima, colada à parede, a roçarem os narizes enquanto ocultavam com as canecas espumantes o lado descoberto das faces.

– Acabaram-se os belos dias de Akhetaton...! – dissera, sinistramente, o Caramujo, porém num tom tão enfático que seria impossível dizer onde terminava a indignação e onde começava uma estranha empolgação.

– Você acha que...? – disse o primeiro, sem concluir.

– Oh, shim, shim, shim! Isto é apenas o começo! Veremos ainda muitas outras coisas hórridas, não duvide! – disse o arquivelho, arregalando tanto o olho que sua pálpebra inferior, naturalmente caída, deixou inteiramente à mostra a sua mucosa interior, intensamente escarlate.

De longe, escutava-se apenas o chiar incessante daquelas duas bocas em bico, como duas áspides, face a face, a cuspirem-se reciprocamente (o que não era peculiaridade exclusiva deles, já que a taberna fervilhava de pequenos grupos, onde os mesmos sibilos soavam intermitentemente).

Apesar de conhecer os dois velhos – bem como a maioria dos outros atrevidos que ousavam, de maneira tão despudorada, afrontar a lei apenas para saciar a sua sede hidrópica de curiosidade –, o taberneiro aflito roía a polpa dos dedos com os tocos remanescentes dos seus últimos dentes.

– Ê, moscões!, que assobiam com tanta força, aí? –, disse ele, afinal, exigindo dos cochichadores uma postura mínima de insuspeitabilidade.

– Vá à merda; não é pra sua orelha! – disse o Caramujo, descobrindo abruptamente uma carantonha vermelha de ira. – Trate de cozinhar melhor a sua cerveja, isso é que é!

O silêncio que se fez da parte dos outros frequentadores revelou-se tão inquietante que o taberneiro, pressentindo, de repente, o estouro denunciador de uma baderna, resolveu também silenciar.

– Não, que pra desfeitas já passei da idade...! – disse o arquivelho, todo trêmulo, lutando miseravelmente para controlar as emoções, numa idade em que a menor delas era ainda como que um potro novo e insubmisso – embora as presilhas e os freios já estivessem todos comidos pelo tempo. O resultado, porém, ali estava: sua mão, coberta de placas marrons e sacudida por tremores, sem conseguir segurar mais a caneca quase vazia!

– Mais cerveja! – disse ele, minando pelo canal lacrimal um líquido graxo que foi dar à vermelhidão de suas pálpebras pendidas uma tonalidade ainda mais repulsiva. No mesmo instante, sentindo uma umidade estranha melar-lhe os pés, deu-se conta da ocorrência de outro velho achaque: a "soltura de bexiga".

– Demônios, tenho de me desobrigar! – disse ele, rumando aos trambolhões para a porta dos fundos.

– Cuidado, não vá se denunciar lá fora – disse o taverneiro, temeroso de tudo.

– Vá à merda...! – disse o arquivelho, deixando, como os caramujos, um rastro líquido pelo chão.

Ao retornar trazia nas pernas a maior parte do produto da "desobrigação", fato que passou despercebido de todos, já que em tais ambientes costuma-se ignorar estas singularíssimas coisas.

Tal como nesta e em todas as demais tabernas, nos templos e nas feiras também cochichava-se abundantemente, sob um clima de profunda apreensão – eis que o Medo desembarcara, pela primeira vez, na amena e pacífica Akhetaton.

Entretanto, quem sabia *realmente* o que se passara?

Das cerca de trinta pessoas que haviam presenciado o ato indizível, haviam-se originado trinta relatos razoavelmente fidedignos (ainda que bastante discordantes nos detalhes). Destes trinta relatos razoavelmente fidedignos, porém, haviam brotado instantaneamente outros trezentos subprodutos pouco fidedignos que, multiplicando-se vertiginosamente em outros trezentos mil totalmente infidedignos, haviam conseguido embaralhar, de maneira perfeitamente lamentável, a Verdade.

O problema todo, portanto, estava em descobrir-se os trinta privilegiados que haviam visto tudo com os olhos e não com as orelhas – tarefa aparentemente fácil, já que quase todos quantos tinham algo a cochichar sobre o assunto apresentavam-se, de maneira categórica, como sendo um dos trinta. Contudo, bastava raciocinar-se um pouco para ver que tal não era possível.

"Se em apenas meia hora de cochichos já ouvi doze dos eleitos, que há aqui?", conjeturava-se.

Em todos os relatos, porém, havia um ponto absolutamente pacífico: houvera um atentado contra a vida do faraó, e este atentado falhara. Que alguém evitara a consumação do ato abominável, isto também era ponto quase pacífico. (Com efeito, sabia-se que um homem no meio da multidão dera o brado de alerta, evitando o pior.) Mas quando tentava-se descrever a figura deste salvador anônimo, as contradições recomeçavam: ora espichado para cima e para os lados, ora atarracado até quase atingir o chão, parecia ele mais um personagem de nossas modernas animações do que um ser de carne e osso. Porém, nem todos participavam da confusão.

– Era um estrangeiro, um quase anão – dissera um dos trinta fidedignos, com a brevidade seca da Verdade.

– Mas o que resultara, afinal, deste maravilhoso gesto? – queria-se, ainda, saber.

Nova coleção de boatos, o que nos obriga a continuarmos com um dos trinta.

– O faraó escapou ileso, mas não a rainha.

– Morta, ela?!!!

– Não, ferida. Uma punhalada no antebraço.

– Direito ou esquerdo?

– Ora, vá pro inferno...!

Adoráveis e sinceríssimos trinta!

◆◆◆

Mas se em Akhetaton as coisas estavam relativamente calmas, o mesmo não acontecia em Tebas, que se tornara, com a chegada das primeiras notícias, palco de uma verdadeira sedição.

"O herege morreu...!", bradava-se pelas ruas, já às primeiras luzes do dia.

Como acontece tantas vezes, o desejo sobrepusera-se ao fato, fazendo com que os adeptos de Amon, insuflados pelos sacerdotes, saíssem precipitadamente às ruas para a hora tão esperada da desforra.

"A espada de Amon finalmente desceu sobre o Grande Ímpio!", bradavam os carecas, histericamente.

Logo os adeptos de Áton – identificados pela cruz *ankh*, que traziam afixadas ao peito – começaram a ser caçados pelas ruas como ratazanas, muitos deles sendo surrados até a morte. Os templos do novo deus também foram apedrejados pelos arruaceiros, que os sacerdotes amonitas açulavam como aos cães.

"Arrasem com tudo! Ponham um fim à impiedade!", bradavam os amonitas, deliciando-se com o terror estampado nas faces dos sacerdotes rivais, acuados no interior dos santuários.

Todos os apetrechos do culto a Áton começaram a ser virados, pisoteados, cuspidos e escarrados, enquanto seus sacerdotes eram mortos e lançados sobre eles, passando a ser tão vilipendiados quanto seus instrumentos de culto (a ira chegara a tal ponto que um sacerdote de Amon fora visto de cócoras, a evacuar positivamente sobre a face desfigurada de um desafeto abatido).

As forças leais ao faraó haviam custado tanto a sair em defesa da ordem – já que a maior parte das autoridades estava ainda em Akhetaton, tomando parte nos festejos – que até mesmo a residência oficial da rainha-mãe havia sido alvo de ataques por parte de loucos encapuzados (detalhe este que empanara um pouco o brilho original da sua loucura, já que não era hábito desta andar acompanhada de sua rival, a prudência).

"Morte à marafona negra...! Morte à mãe do bastardo...!", bradavam os encapuzados, dispostos a tudo.

O tumulto amainara por alguns instantes, assim que novas e equivocadas notícias chegaram da capital, dando conta de que Akhenaton não morrera, mas sim sua esposa, criatura tão odiada quanto ele próprio.

Esta reviravolta, contudo, só servira para encolerizar ainda mais os revoltosos. Inconformados com o fato de o herege ainda viver, os arruaceiros haviam decidido levar aquilo até o fim.

– Exterminemos com todos os hereges e marchemos, em seguida, à cidade dos ímpios! – clamara um dos líderes da arruaça, convicto de que não era mais possível desfazerem-se as mortes e profanações.

– Isto, concluamos o que começamos! – bradara outro, partidário enérgico da persistência.

Neste meio-tempo, porém, a reação oficial já principiara. Bigas velozes, a conduzirem grupos compactos de lanceiros, disparavam velozes pelas ruas de Tebas, começando a pôr em ação um plano improvisado de repressão aos distúrbios. O primeiro ponto a ser defendido fora, naturalmente, a residência oficial da rainha-mãe, que ainda estava cercada pela turba de loucos encapuzados. Com um estrugir semelhante ao dos trovões, cerca de quinze carros velozes surgiram do nada, indo cair em cheio sobre a turba. Ao mesmo tempo em que as lanças cumpriam seu velho ofício de espetar, dezenas de corpos rebolavam debaixo das rodas dos carros, espirrando sangue em tamanha profusão que as pernas dos cavalos pareciam ter ganhado dois vistosos pares de meias escarlates.

Estabeleceu-se, então, a correria – epílogo certo de toda arruaça. Os sediciosos que ainda insistiam em reagir recebiam em seus peitos o golpe impiedoso das espadas, num sangrento corpo a corpo.

Tii, da janela do seu palácio, assistia ao primeiro massacre da revolução atoniana, enquanto seu coração padecia dos horríveis tormentos da apreensão.

– Áton supremo, salva a vida do meu filho! – bradava ela, a olhar para o céu, mas algo lhe dizia que ainda não era o bastante, razão pela qual, lançando mão de outro e muito mais poderoso argumento, lhe tornou a dizer: – Do *teu* filho, Senhor, do *teu* filho amado!

Tii sentia dentro do peito um misto de temor e arrependimento. Maldita a hora em que decidira desafiar o poder secular dos sacerdotes de Amon, e mil vezes mais maldita a hora em que decidira pôr nas mãos de seu filho mentalmente incapaz a condução desta reforma (sim, vencido seu orgulho, ela estava pronta a admitir que seu filho não era mesmo normal). Mas como reagiria Akhenaton diante desta agressão? Oh, deuses, se ao menos ele tivesse a natureza fria e sanguinária de um déspota, capaz de fazer pleno uso da espada e do fogo, haveria, sim, muitas chances de triunfar sobre a canalha dos carecas!

– Áton supremo, dá-lhe a espada e o fogo...! – clamou Tii aos céus, num transporte de desespero.

Tii só teve alguma esperança no instante em que soube – erradamente – que sua nora havia morrido no atentado. Akhenaton jamais poderia deixar impune um atentado contra Nefertiti, sua esposa adorada e mãe de suas filhas, pois há um ponto inevitável em que a tolerância extrema limita com a indignidade.

– Sim, ele dará uma resposta – pensou Tii, certa de que aquele confronto era um caminho sem volta.

◆◆◆

Nefertiti, de fato, não morrera; descansando em seus aposentos reais, ela recuperava-se mais lentamente do nervosismo do que do ferimento, que se revelara quase superficial.

Pentu, o médico oficial da corte – na verdade, um alto sacerdote versado nas artes da cura –, permanecia a postos, enquanto o faraó, com os olhos cheios de lágrimas, não saía do lado da esposa real.

– Minha adorada, por que fizeram isto? – dizia Akhenaton, tomando a mão sadia entre as suas. – Como pôde alguém ousar erguer a mão contra a deusa-rainha?

– Não era a mim que buscavam, mas a você – disse Nefertiti, com os lábios descorados.

Akhenaton estava perplexo; jamais imaginara que seus inimigos pudessem chegar a um tal ponto de perversidade – uma perversidade verdadeiramente blasfema!

– Mataram-no...? – disse Nefertiti, vagamente curiosa.

– Não, foi preso – disse o médico. – A guarda palaciana aguarda, apenas, a ordem de execução.

Nefertiti, contudo, não estava interessada em execuções. Na verdade, fora tudo tão rápido – a multidão, o grito, o empurrão, o impacto no braço e mil mãos a agarrarem – que ela sequer pudera mirar nos olhos o homem que desejara a sua morte. Como poderia odiar um louco sem rosto, a quem jamais vira em sua vida? Mais valia, afinal, conhecer o seu salvador – ou antes, o salvador do faraó.

"Onde está ele? Foi identificado?", quis saber, sendo logo informada de que ele passara a noite numa nas dependências do palácio, ao abrigo de qualquer represália por parte de algum conspirador extraviado.

– É um sujeitinho engraçado, todo retinto – disse o médico, que chegara a cruzar com ele no salão do faraó.

As filhas do faraó haviam simpatizado imediatamente com o homenzinho, que se apresentara, de maneira muito compenetrada, com o nome de um velho deus.

– Um velho deus...? – disse Nefertiti, suspendendo um pouco a cabeça.

– Bes – disse o médico, a sorrir. – De fato, parece o próprio.

Nefertiti pediu que o trouxessem até ela, mas o médico aconselhou-a a deixar para mais tarde.

– Vossa alteza precisa repousar – disse ele, preparando um novo emplastro.

– Então não me atice mais a curiosidade, senhor médico – disse ela, numa censura amável.

Neste instante um servo do palácio veio avisar que Horemheb havia chegado ao palácio.

– Vá conversar com ele – disse Nefertiti ao faraó, que parecia resolvido a não abandonar a esposa de maneira alguma. – Este acontecimento certamente haverá de ter alguma repercussão nefasta, especialmente em Tebas.

De fato, as notícias que o comandante supremo do exército trazia não eram nada agradáveis.

– Os amonitas aproveitaram-se da confusão para promover uma revolta – disse o general.

– Revolta? – disse Akhenaton, surpreso.

– Na verdade, foi mais uma arruaça, já que as guarnições do exército permaneceram fiéis ao faraó. Contudo, ainda assim, houve muitas mortes.

– Mortes?! – bradou Akhenaton, tornando-se extraordinariamente perplexo. – Como assim, mortes?

Horemheb esteve mudo durante alguns instantes, sem saber exatamente o que responder.

– Houve uma revolta popular – disse ele, afinal –, e muitos templos de Áton foram atacados.

– Não, não acredito nisto! – disse o faraó, a abanar sua cabeça equina. – O povo deve ter sido insuflado pelos sacerdotes, que não conseguem se conformar com a perda de suas prerrogativas.

– Vossa alteza fala com exatidão – disse Horemheb, aproveitando-se deste lampejo de lucidez. – É de se esperar que tais ações venham a repetir-se ainda muitas vezes.

Akhenaton entendeu que as ações a que seu general fazia menção viessem a ser todas uma repetição infame do atentado que quase lhe roubara a coisa mais preciosa de sua vida. E isto ele não poderia tolerar.

– Quanto à rainha-mãe, não há com o que se preocupar; ela está inteiramente a salvo.

Akhenaton também ficara horrorizado diante da agressão cometida contra a sua mãe.

– Ela chegará a Akhetaton nos próximos dias para conferenciar com o faraó.

De fato, ainda naquela mesma semana, Akhenaton recebeu a visita de sua mãe.

– Akhenaton, não há mais como evitar – disse a rainha-mãe, franzindo totalmente as suas sobrancelhas. – Ou você lhes dá uma resposta à altura ou terá sepultando de vez a sua honra. Áton é testemunha de que tanto eu quanto seu pai tínhamos idealizado a coisa toda de maneira muito diferente: acreditávamos que bastaria um pouco de astúcia para fazer a reforma religiosa, mas agora percebemos que nem eles estão dispostos a tolerar a perda de seus privilégios, e nem você tem malícia bastante para ludibriá-los.

– Um faraó governa com Maat e não com a mentira, minha mãe – disse Akhenaton.

– Ótimo. Governe como um parvo e jamais chegará ao fim do seu reinado – disse Tii, secamente.

– Não vamos recomeçar as nossas disputas éticas, minha mãe.

– Estou falando de uma disputa pela vida – disse Tii, subindo o tom de voz. – Entenda que a partir de agora a vida sua e a de sua família estão sob risco permanente. Mostre a estes patifes o que eles têm a perder caso voltem a praticar um ato parecido e verá seu nome respeitado outra vez em todo o Egito.

– Minha ética despreza a violência, minha mãe.

Tii aproximou-se de Akhenaton com o semblante tão carregado que ele chegou a temer por uma agressão.

– Preste bem atenção às minhas palavras – disse a rainha-mãe, expondo inteiras as suas escleróticas amarelas. – Se você ousar deixar impune esta afronta à família real eu jamais tornarei a vê-lo outra vez!

– Não posso fazer o jogo dos violentos – disse Akhenaton, sustentando o olhar da mãe.

– Não disse para matar ninguém; quero apenas que quebre as pernas de vez a esta corja maldita, que em mau momento resolvemos desafiar. Deveríamos saber que ninguém abre mão, de uma hora para a outra, de uma soma tão grande de privilégios. O desmonte do culto a Amon deveria ser uma coisa lenta e gradual, uma obra para décadas – ou mesmo séculos! Mas você é impaciente, e quer ver logo Áton esplender sem rivais nem oposição. Só que não tem a firmeza de um verdadeiro intolerante. Eu o aplaudiria sinceramente se decidisse matar todos eles, acabando de uma vez com esta pendenga, mas sei que não o fará. A única coisa que espero e exijo de você, meu filho, é que puna exemplarmente os homens que quase mataram a mãe de suas filhas.

– Não posso matar homens só por estarem imersos nas trevas.

– Então elimine a própria treva: Amon é a treva. Liquide com o culto dele e dos demais deuses e imponha de uma vez o culto exclusivo a Áton.

– Mas o povo ainda preza os seus antigos deuses...

– O povo é uma besta. Quem adora gatos, chacais e crocodilos irá adorar também o nosso deus. Entupa-o de procissões e amuletos e logo estará feliz.

– Ele precisa ser antes instruído nos elevados propósitos de Áton.

Tii sentiu uma onda de náusea subir-lhe pela garganta.

– O povo abomina elevados propósitos! Até quando vai insistir nisto?

Akhenaton fez uma breve pausa antes de render-se, finalmente, às imposições da velha mãe.

– Está bem – disse ele. – Nos próximos dias desencadearei uma grande operação para pôr um fim definitivo, nas duas terras, ao culto de Amon.

– Ótimo – disse Tii, satisfeita, embora com um travo amargo na boca. Ela sabia que a partir dali a disputa entre Áton e Amon se tornaria um jogo cruel, no qual até mesmo os inocentes pagariam um altíssimo preço.

◆◆◆

Horemheb, apesar de devoto de Horus, deu sua plena aprovação ao expurgo dos deuses (pois, como bom militar, sempre fora devoto amantíssimo da ordem). No mais breve período de tempo possível, deu-se a ordem real para que as guarnições militares de todo o Egito procedessem ao desmantelamento do culto a Amon. Após receber um reforço extra de homens vindo de Akhetaton, começou-se aquela que seria a parte mais difícil da operação: a implementação da medida em Tebas, berço do deus decaído.

Assim que os sacerdotes amonitas tiveram notícia do que se preparava, acorreram muitos aos templos, para salvar o que ainda restava das expropriações feitas anteriormente. Tomando as estátuas de Amon, que jaziam na parte mais escura dos santuários, conseguiram retirá-las a tempo, antes da chegada das forças do faraó.

Akhenaton havia ordenado que se fizesse tudo sem derramamento de sangue, mas Horemheb era experiente o bastante para saber que isto seria impossível. Assim, entregara o comando da tropa encarregada do assalto a um oficial inferior, limitando-se a coordenar a parte intelectual do plano.

– Tudo deve ser feito o mais rápido possível – dissera ele ao oficial encarregado. – Isto significa que toda e qualquer tentativa de reação deve ser abortada imediatamente. Algumas cabeças cortadas com firmeza e decisão deverão bastar para que os recalcitrantes entendam que nenhuma reação poderá sair vitoriosa.

E assim se fez. Num assalto sincronizado, as tropas avançaram sobre os templos amonitas de Tebas, Karnak e de todo o Egito, destruindo tudo quanto viam – num processo que hoje chamaríamos de "limpeza de área" –, para que logo atrás surgissem os pedreiros, munidos de martelos e picões, encarregados de apagar o nome do deus onde quer que estivesse inscrito. Gritos de dor e inconformidade atroavam os ares enquanto os martelos desciam com fúria sobre as cartelas nas quais estivera inscrito, até então, o sagrado nome de Amon.

Desta feita fora a vez dos partidários de Áton saírem para a desforra. Apesar de serem minoria em Tebas, não foram poucos os que, escudados pelo grande aparato militar do faraó, haviam aproveitado a ocasião para buscarem a desforra, fazendo correr outra vez o sangue – desta vez dos amonitas – pelas ruas de Tebas.

Akhenaton acabava de inaugurar, no melhor estilo, a era do fundamentalismo religioso. Na verdade, havia-se chegado a um epílogo previsível e inevitável, já que ao criar um modelo de fé ideal, baseado na crença em um deus absolutamente bom e perfeito, bem como na obrigação imposta aos seus devotos de se tornarem espelhos vivos da sua perfeição, o faraó havia excluído tacitamente a necessidade de qualquer outra crença.

Este modelo, para o bem ou para o mal, ainda hoje perdura, sob três denominações diferentes.

5 – O BUSTO E O PAROXISMO

O décimo ano do reinado de Akhenaton, apesar do clima de apreensão instalado após a supressão do culto a Amon, trouxe ainda alguns momentos de alegria à família real. Superados os incidentes do traumático episódio, as coisas pareciam haver retomado uma ordem aparente, já que os amonitas haviam optado por agir na clandestinidade, tecendo a teia de sua conspiração de maneira lenta, metódica e silenciosa.

– Como nosso santo Amon, ora eclipsado, exilemo-nos também para a sombra – dissera o líder dos Conjurados de Amon, numa assembleia secreta realizada no recesso oculto de um dos seus templos abandonados.

Nestas assembleias podiam-se ver não só efígies portáteis do deus decaído, mas também outras do faraó, crivado de setas e espinhos, fruto das artes negras perpetradas pelos magos e sacerdotes de Amon.

– A magia negra nos é, a partir de agora, inteiramente lícita – dissera o líder dos carneiros tresmalhados –, uma vez que fomos lançados à mais profunda treva. Toda forma de combate ao Herege está, pois, santificada, eis que vem em socorro e valimento da sagrada luz de Amon, que em breve haverá de ressurgir nos céus de Tebas e de todo o Egito, expulsando para sempre a treva imposta pelo falso deus e seu falsíssimo profeta.

Em Akhetaton, contudo, não se percebiam os efeitos da conspiração, já que ali ninguém ousava proclamar abertamente a sua fé no deus suprimido. Akhenaton e Nefertiti, embora resguardados por um sólido aparato militar, podiam desfrutar, assim, da mesma placidez dos primeiros dias de seu reinado.

Nefertiti, certo dia, tendo deixado os limites do palácio real, fora até o bairro dos artesãos, onde estavam instaladas as oficinas de Beki e Tutmés, os dois maiores artistas de Akhetaton e de todo o Egito.

Tutmés recebera a esposa real com grande humildade e deferência.

– É uma honra tê-la em meu ateliê, grande senhora – disse o artesão, fazendo uma profunda mesura.

– Vamos começar, finalmente, aquele busto? – disse ela, adentrando a grande casa-oficina.

Nefertiti começou a desnudar-se inteiramente, o que obrigou Tutmés a dizer-lhe que tal não era necessário, uma vez que iria trabalhar apenas sobre a sua cabeça.

– Tutmés, quero que este busto seja o melhor de todos quantos saíram um dia de suas mãos – disse a rainha, com sólida determinação. – Quero que Akhenaton o veja e reconheça nele imediatamente o que se passava em minha mente no exato instante em que suas mãos o plasmavam. Quero que seja o mais fiel de meus retratos, expondo, de maneira cristalina, minhas virtudes e meus defeitos – e até mesmo meus mistérios mais secretos de mulher.

– Perdão, gloriosa rainha, mas sua natureza de esposa-divina não me permite enxergar-lhe defeitos.

– Retrate tudo, repito, pois quero que esteja em conformidade com aquele lado que a natureza privilegiou em mim, que é meu lado de mulher.

Nefertiti adotou um tom ligeiramente intimista.

– Desde o instante em que senti aquela adaga penetrar meu braço que descobri o quão profundamente estamos ligados a nossos corpos. Vi o quão delicado e belo é o revestimento que recobre nossos kas imortais. Por isto estou nua: para que meu semblante ostente a aparência de uma verdadeira nudez, física e espiritual. Vou despir-me de todas as máscaras oficiais, de tal sorte que você terá diante de si o rosto verdadeiramente nu de uma rainha, e mais que isto, o de uma mulher, eis que este busto será ofertado a meu esposo amado. Quero, acima de tudo, que, quando ele o veja, reconheça imediatamente aquela expressão que somente ele, na condição de meu marido, poderia reconhecer. Está entendendo o que quero dizer?

– Perfeitamente, alteza.

– Faça, então, o seu trabalho.

Tutmés começou a tomar as medidas da cabeça e das partes do rosto com um instrumento semelhante a um compasso. A medida que ia da testa até as sobrancelhas, a distância exata que mediava dos olhos ao nariz, e da base deste até os lábios, tudo, enfim, ele registrou atentamente, dando, enfim, início à sua obra de modelador.

– Faça-me, antes, um esboço num papiro, para que vejamos se acertou o tom.

Tutmés obedeceu e lhe entregou a primeira tentativa.

Nefertiti agradou-se de quase tudo, mas sentiu, ainda, que não era quanto queria.

Por mais quatro vezes repetiram-se os esboços; Nefertiti concentrava-se ainda mais em seus pensamentos para ver se conseguia torná-los vívidos como desejava, porém nunca com inteiro sucesso.

– Que lástima...! – disse ela, observando o quinto e malfadado esboço. – Está quase perfeito, embora lhe falte, ainda – como direi? –, aquele ápice do êxtase que confina com o transcendente...

– Seria o paroxismo, alteza? – disse o escultor, evitando o uso de um termo mais exato, porém inconveniente.

– Isto, exatamente: o *paroxismo*...! Quero ver expresso em meu busto, a um só tempo, a austeridade serena do meu caráter e o paroxismo extremo do meu sentimento!

A bela mulher esteve algum tempo em silêncio, parecendo indecisa sobre algo.

– Tutmés, você é um artista verdadeiro, não é? – disse ela, num tom intrigante.

– Como assim, alteza? – disse o escultor.

– Você é um artista verdadeiro? – repetiu ela.

– Sim, alteza, creio que sou.

– Então deve saber que um artista verdadeiro não se permite, nunca, distração alguma.

Bom entendedor, Tutmés pôs-se imediatamente a trabalhar, decidido a observar única e exclusivamente o rosto da rainha e todas as reverberações que dele emanassem.

"O rosto, tão somente o belo rosto!", pensava ele, a repetir mentalmente uma espécie de mantra estético enquanto reproduzia tudo quanto seus olhos viam – um rosto esplendorosamente belo, de olhos ora abertos, ora fechados, mas que miravam sempre seu amado Akhenaton, adquirindo, com o passar do tempo, um fulgor ainda mais ofuscante; um nariz, também, de asas firmes como duas meias-luas de carne incrustadas, a fremirem em brevíssimos espasmos (mas expressivos o bastante para denunciarem a proximidade daquele instante supremo tão desejado), os lábios úmidos e túmidos, nos quais um dedo fugaz às vezes se introduzia, para desaparecer logo, sutil e reluzente – não, não!, nada de dedos imprevistos, mas o rosto, tão somente o belo rosto, com seu queixo magnificamente cinzelado, os lóbulos macios das orelhas, a harmonia do traçado facial e a desarmonia bela dos espasmos repetidos, produto de um evento paralelo que seu olho artístico não poderia nunca e jamais investigar, eis que, em momento algum, lhe fora dito: Vamos, artista, pinta-me agora e também o restante de minhas formas desnudas, a começar pelo busto – o busto enquanto busto, com todas as suas excelências, firmezas e suavidades –, passando depois para o ventre, com seus coleios e concavidades, e ainda as coxas e o púbis regiamente escanhoados, nem tampouco e muito menos que devesse registrar o que ali estivesse a se passar de imprevisto e arrebatador – não, *absolutamente não*!, lhe fora dito, apenas, que pintasse o rosto e o paroxismo nele estampado, que por si só seria a denúncia mais expressa e evidente de tudo quanto pudesse estar a passar-se naquelas outras partes desprezadas pela arte, e que, alçando-se numa maré montante de delícia, terminaria (como realmente terminou) por esplender inevitável e majestosamente no seu rosto – tão somente no seu belo rosto...!

O esboço, afinal, agradou poderosamente a rainha.

– Exatamente isto! – disse ela, próxima da euforia. – Trabalhe-o bem, nos próximos meses.

Nefertiti retornou ainda muitas vezes, para fazer outros bustos e retratos de corpo inteiro. Mas aquele, ideal, do qual tanto gostara, nem ela nem Akhenaton jamais chegariam a possuir.

◆◆◆

Beki, passando certo dia pelo ateliê de Tutmés, lembrou-se de saber do busto de Nefertiti.

– Onde está a obra-prima? – disse ele, sorridente, ao adentrar a oficina.

– Oh, está apenas em esboço – respondeu Tutmés, distraidamente.

– Não se preocupe; quero vê-lo assim mesmo.

– Desculpe, mestre, mas não costumo mostrar meus esboços sem antes tê-los concluídos.

Beki viu na negativa inesperada do aprendiz o prelúdio de uma verdadeira desfeita.

– Deixe de asneiras – disse ele, friamente. – As paredes estão recobertas de esboços

– Desculpe, mas não posso mostrá-lo – disse o outro. – Ainda está em estudos.

– Dê-me já o esboço! – gritou Beki, extraordinariamente alterado. – Fui eu quem o encomendou!

– Não o darei! – revidou Tutmés, terminativo.

– Patife! – exclamou Beki, espalmando-lhe uma bofetada na cara.

– Por que fez isto?! – disse Tutmés, horrorizado, antes de juntar sua dignidade enxovalhada.

– Saiba que sou tão ou mais artista que você! – disse ele, deixando Beki a sós em seu próprio ateliê.

"Aí está!", pensou Beki, mordendo furiosamente a mão. "Já começa a querer me suplantar!"

Imediatamente o escultor-chefe começou a vasculhar, sem nenhum pudor, as prateleiras do artista. Às vezes encontrava algum busto em andamento da rainha, ou um desenho que parecia ser o que tão ardentemente procurava, mas logo se desiludia. Eram belos, mas o outro devia ser incomparável, eis que o aprendiz-canalha recusava-se tão obstinadamente a revelá-lo.

– Filho da porca! – rosnou ele, enterrando outra vez os dentes na mão.

Beki recomeçou suas buscas, desta vez sem demonstrar qualquer respeito com as obras e os instrumentos de Tutmés. Esboços em gesso e restos de material eram arrojados ao chão, sem dó nem piedade, o que fez com que o pobre aprendiz, que estava no lado de fora, se visse obrigado a retornar às pressas.

– Louco! O que está fazendo? – esbravejou ele.

– Quero o esboço! – disse Beki, ainda a revirar tudo.

– Jamais o encontrará! – disse Tutmés, tentando impedir a destruição de seu ateliê.

– Onde o escondeu, miserável? – disse Beki, colando, num gesto velocíssimo, um estilete à garganta do rival.

– Jamais lhe direi! – balbuciou Tutmés, com um filete de sangue a escorrer-lhe pelo pescoço.

Beki o teria efetivamente degolado, caso Nefertiti não tivesse chegado, no mesmo instante.

– Áton sagrado, o que vejo aqui? – exclamou ela, horrorizada.

Imediatamente membros da guarda real foram apartar os dois contendores.

– Beki, estou realmente espantada! – disse a rainha, revoltada diante daquele ato que lhe recordava tão vividamente o seu próprio atentado.

– Desculpe, grande alteza – disse o artista-eunuco, afinal.

– Por que brigavam? – disse ela.

– Não era uma briga, grande alteza, mas uma agressão covarde! – disse Tutmés. – Eu apenas me defendia.

– E então, Beki, o que tem a dizer?

– Uma mera questão de estética – rosnou ele, com um meio sorriso grotesco.

– Oh!, mata-se, agora, também, por estética? – disse Nefertiti, incrédula.

– Não tornará a acontecer, grande rainha – disse Beki, curvando-se, antes de retirar-se.

– Assim espero! – disse ela, deixando claro que não toleraria a repetição de um tal ato.

Instado, mais tarde, a dizer o real motivo da briga, também Tutmés não quis fazê-lo, razão pela qual Nefertiti resolveu dar por encerrado o incidente.

– Vamos ao trabalho – disse ela, deixando cair, outra e gloriosa vez, o seu manto.

Na rua, Beki, vesgo de ira, afastava-se em largas passadas, a mastigar furiosamente a mão.

◆◆◆

– Beki não é mais o mesmo homem – lamentava-se Taheret, um dia, às suas confidentes.

Talvez, mas se a esposa de Beki tivesse presenciado a crise moral que o levara a cometer, em sua juventude, o ato tresloucado que o reduzira à condição de eunuco, talvez tivesse dito, mais acertadamente:

– Beki está voltando a ser o mesmo homem.

Desde o começo da mudança que as mãos divinamente hábeis do escultor haviam renunciado a trabalhar não só a pedra, em que fazia suas obras maravilhosas, mas também o corpo da esposa. De fato, nunca mais Ta-heret sentira aquelas mãos sublimes deslizarem pela sua pele, a extraírem delicadamente de suas fendas e reentrâncias mais secretas a pérola oculta do seu prazer. Agora, elas mantinham-se invariavelmente imóveis, trazendo no dorso duas marcas inchadas e vermelhas, que iam convertendo-se, rapidamente, em feias calosidades.

– Por que deu para morder as mãos, feito um doido? – dissera ela, um dia, ao esposo.

– Porque elas não recendem a alho, como as suas! – dissera ele, numa explosão imprevista.

Ta-heret chorara um dia inteiro por conta desta afronta miserável, mas nem isto bastara para fazer Beki retratar-se de suas más palavras (que ele, na tentativa de aplacar a sua consciência, convertera em filosofia, ao afirmar que o amor e o alho eram totalmente excludentes).

– Ou se ama ou se come alho! – dissera ele, meio delirante. – É escolher...!

Ta-heret, atônita, proibira imediatamente o alho em sua casa, tendo chegado mesmo a chicotear brutalmente sua velha cozinheira após encontrar um dente de alho perdido num canto da despensa.

– Vaca velha! – gritava ela, assoviando o laço. – Quer acabar com meu casamento, vaca velha?

A vaca velha bem que tentara explicar-se, mas abandonara decididamente o projeto depois que uma lapada certeira lhe arrancara fora um pedaço do lábio inferior.

Beki, agora, passava os dias – e mesmo as noites – a errar por entre os corredores do seu imenso ateliê.

– Está voltando...! Está voltando...! – dizia ele, com os dedos enterrados nos cabelos.

Beki não sabia como, embora suspeitasse o porquê de tal desastre.

– É o maldito busto! É ele, sim! – pensou ele, certa noite, ao tentar encontrar a razão do ressurgimento do seu antigo mal. – Por que o miserável o esconde tão obstinadamente de mim?

Sim, o canalha do Tutmés era o culpado. Desde o dia em que o aprendiz fizera o esboço que seus olhos haviam ganhado um brilho quase sobrenatural. Beki tinha a certeza de que Tutmés havia feito algo de incomparavelmente belo, uma obra de arte superior, que ele próprio, Beki, jamais seria capaz de igualar. Aquele busto apenas entrevisto nos olhos do rival fora o bastante para fazer ressurgir o velho desejo escravizante do qual ele julgara-se, um dia, liberto para sempre.

Ao sentir uma ligeira comichão, o escultor levou instintivamente as mãos à região proibida.

– Não, não é possível! – exclamou ele, sem, porém, completar o gesto, abrindo os braços tão largamente quanto pôde, a fim de manter suas mãos o mais afastadas possíveis da região amaldiçoada.

No mesmo instante seus olhos foram pousar sobre uma estátua quase concluída – um nu magnífico da rainha que ele próprio havia esculpido. Beki aproximou-se, arrastando os pés nus sobre o chão recoberto de lascas de pedra e madeira, com os dois braços ainda totalmente estendidos, até estar frente a frente com a rainha de pedra, pousada serenamente sobre um pequeno pedestal.

– Não, não!, o meu antigo mal não pode retornar...! – disse ele, baixinho.

Bem à sua frente, a dois palmos de sua face, estavam os dois peitos nus e pétreos da rainha.

Beki lutou vivamente contra uma onda que sentia crescer avassaladoramente dentro de si – uma onda exatamente igual àquela que um dia lhe impossibilitara manter um convívio sadio com a arte. Sua mão direita aproximou-se lentamente do seio esquerdo da estátua, até seus dedos tocarem a delicada protuberância de pedra, começando lenta e metodicamente a fazer-lhe o suave contorno. Aos poucos Beki foi sentindo o granito tornar-se cálido do seu próprio calor – ou seria a pedra que começava a irradiar, como nos velhos e terríveis dias, o seu próprio calor? –, até que, num gesto brusco da mão livre, arrancou seu próprio saiote de linho, tornando-se igual à mulher de pedra. Frente a frente, a nudez da carne e a nudez da pedra estiveram a mirar-se longamente à luz da lua, que filtrava em jorros prateados para o interior do ateliê. Totalmente livre e desenvolta, a mão direita do escultor alisava agora todos os traços e contornos da nova amante, sentindo-os ganharem, a cada novo toque, maciez e calor verdadeiros, enquanto sua mão esquerda, indefesamente pendida, mantinha-se presa de minúsculos espasmos, retardando de maneira exasperantemente agônica o momento de buscar em seu próprio corpo a confirmação da sua mais terrível dúvida.

Este momento prolongou-se, ainda, por um tempo indefinido, até que, em novo e impulsivo gesto, Beki descobriu, horrorizado, que à sua frágil natureza carnal voltara a misturar-se a rigidez viril das estátuas.

Assaltado por um pavor intenso, Beki colou a boca escancarada contra o seio escaldante de granito, abafando nele um grito lancinante que era puro estertor e desespero.

◆◆◆

Quando a luz de um novo dia começou a clarear o interior do ateliê, Beki ainda estava de pé, abraçado à estátua, embora com os joelhos quase inteiramente vergados. Seus lábios tornados insensíveis permaneciam colados ao seio de granito, a minar pelos cantos um fio intermitente de saliva estriada de sangue (já que seus dentes, espremidos a noite toda contra os lábios, haviam-nos ferido profundamente).

Quando, porém, conseguiu finalmente descolar a boca dormente do seio de pedra, seus braços afrouxaram-se misericordiosamente, fazendo-o resvalar sobre as formas rijas e inertes daquela que, por algumas horas, lhe fora verdadeira mulher. O torso ofegante do artista raspou lentamente pelas asperezas da pedra até seu corpo inteiro ir embolar-se, como uma veste que se despe, aos pés da estátua.

Da sua boca escapavam-se, como num paroxismo exausto, estas únicas e obsessivas palavras:

– O busto... o busto... preciso encontrar o maravilhoso busto...!

6 – UMA NOVA ESPOSA REAL

Bes, o novo e extravagante herói do Egito, aclimatara-se tão bem no palácio real que passara a residir ali, na condição de favorito do faraó. Raras eram as pessoas no palácio que haviam antipatizado com aquela presença a um só tempo extravagante e enfeitiçante. Akhenaton, por exemplo, o havia apreciado tão logo pusera os olhos em sua pequena pessoa. Aquela face maravilhosa, com seus dois olhos amendoados a luzirem numa moldura escura de piche, tinha um apelo tão evidentemente "amarniano" que apaixonou imediatamente o faraó. À esposa real também não desagradara, em absoluto, o aspecto original do seu pequeno salvador.

– Tal como o deus, ele tem um ar perfeito de gênio protetor! – dissera ela, dando logo um grande beijo na testa do semianão, que, para espanto de todos, fora cair duro como um pau no chão do salão real.

Todos assustaram-se diante de sua reação, mas ele, ainda estendido no solo e abrindo um largo sorriso, desfizera logo todos os temores.

– Vejam só! O canadinho é um bufão! – exclamara a rainha, a aplaudir entusiasticamente a performance.

No mesmo instante Nefertiti mandara chamar, às pressas, as suas seis filhas (seis, sim, já que mais duas tinham vindo engrossar, neste meio-tempo, o seu "perfumado ramalhete").

– Vejam, minhas queridas, como é divinamente engraçado! – dissera ela, entre os frouxos de riso, às seis meninas carecas (que postas assim, lado a lado, pareciam uma verdadeira e luzente escadinha).

Bes pusera-se rapidamente em pé, sem saber exatamente o que fazer.

– Vamos, faça algo! – dissera o médico da corte, colocando-o em tal estado de atrapalhação que a mímica do seu desconcerto acabou por revelar-se mais engraçada do que qualquer coisa que pudesse ter engendrado.

Nos dias seguintes, porém, Bes foi sentindo-se cada vez mais à vontade, à medida que ia tomando maior familiaridade com todos, especialmente com as seis princesinhas. Com elas ele já se permitia até executar algumas performances dignas de um verdadeiro bufão, como girar cambalhotas e executar os passos desengonçados de uma estranha dança, trazida de sua distante terra.

É verdade, porém, que ainda haviam alguns recalcitrantes, como as assustadas amas das princesinhas, além de um certo felino de estimação, que as meninas haviam adotado depois que ele se introduzira, por conta própria, nos jardins luxuriantes do palácio.

– Mimi, venha brincar conosco! – disse Maketaton, a segunda flor do ramalhete.

Com o passo altivo de um verdadeiro membro da estirpe de Bastet – a deusa felina que, apesar de relegada ao ostracismo pela reforma de Akhenaton, ainda estava vivíssima na alma do povo –, Mimi aproximou-se com seu passo caracteristicamente distinto, nem tão ágil que parecesse servil, nem tão lento que parecesse afetado.

Porém, assim que avistou a figura de Bes, o felino suspendeu imediatamente o movimento admiravelmente harmonioso de suas quatro patas alvas e macias, tornando-se inequivocamente arredio.

– Vamos, Mimi, venha...! – disse Meritaton, a primogênita do palácio.

A princesa disse "venha", mas nem por isto Mimi foi. Por mais nobres que todas elas fossem – e por mais divino que aquele tição grotesco pretendesse ser –, Mimi I e Único sabia-se, também, um eleito dos deuses, com direito a todas as suscetibilidades divinas. Contudo, era sensível o bastante para saber também que o convite estava feito, e que ele, educado nos melhores muros, não podia deixá-lo sem resposta. Mimi escolheu na palheta variegada dos seus ronronares um ronronar curto e muito sutilmente ofendido, seguido de um estreitar ligeiro de suas pupilas verticais – e isto foi tudo. Ainda que pudesse soar algo deselegante, ele tinha de fazê-las entender, de uma vez por todas, que não estava disposto a dividir atenções ou afetos. Assim, depois de emitir sua lacônica resposta, voltou-lhes decididamente as costas, deixando à mostra apenas o seu ereto rabo cinza, que foi desaparecendo cada vez mais na distância, a abanar de lá para cá como um grande e desdenhoso dedo de lã.

O faraó, contudo, parecia tornar-se cada vez mais interessado na figura de Bes, a ponto de entreter com ele muitas e reservadas conversas. Quem efetivamente era ele, de onde viera, como chegara ali e que coisas almejava no Egito – todas estas e muitas outras questões intrigavam o esposo de Nefertiti, que farejara logo na figura extravagante do semianão o *ser diferente*, objeto constante do amor ou do ódio dos deuses – porém, jamais, da sua indiferença. Este relacionamento, decerto, contribuiu para aumentar a crença entre o povo – e até entre alguns membros da família real, como a mãe do faraó e o seu irmão Aye – de que Akhenaton começava, cada vez mais, a desligar-se do mundo real e dos seres ditos normais, para adotar a companhia de seres grotescos e vagamente aparentados ao mundo da fábula.

Akhenaton – era também voz corrente, dentro e fora do palácio – desiludira-se quanto à possibilidade de ter um herdeiro masculino. Depois do nascimento das suas duas últimas filhas – Neferneferurá e Setepenrá, respectivamente –, ele dera mostras, pela primeira vez, de uma certa frustração com sua esposa.

– Lástima verdadeira que não possa conseguir! – dissera-lhe ele, alguns dias apenas após o nascimento da última das seis meninas (agora, seis pares de pequenos olhos a entreolharem-se constrangidamente).

Nefertiti, que já havia sido recriminada, de maneira bem mais explícita, por sua sogra, perdeu a paciência.

– Somos dois a tentar, Akhenaton, não esqueça disto! – dissera ela, terrivelmente ofendida.

– Uma esposa real deve necessariamente prover o herdeiro ao faraó – dissera ele, lançando explicitamente sobre ela o encargo do fracasso.

Uma discussão amarga seguira-se às palavras desastradas de Akhenaton, a tal ponto severa que ambos, ao término dela, haviam derramado muitas e sentidas lágrimas.

Tii chegara a abalar-se de Tebas até Akhetaton para tentar alcançar uma solução – uma solução que se tornava dia a dia mais urgente e imperiosa, já que a nora falhara em sua missão de engendrar o herdeiro.

– Akhenaton, você não pode permitir que nossa estirpe se extinga desta maneira! – dissera ela, inconformada.

– Tenho seis filhas – disse ele, sem a menor convicção.

– Seis filhas é o mesmo que nada – disse gelidamente a rainha-mãe. – O que pretende fazer?

– Prosseguir tentando, minha mãe.

– Vai gerar uma sétima, e depois uma oitava, até montar um harém de duzentas e inúteis princesas?

– Minhas filhas não são inúteis – disse ele, saindo em defesa das suas "carequinhas".

– Para o propósito de manutenção da coroa, são perfeitamente inúteis – insistiu Tii, sem ousar recriminar abertamente a esposa do filho. – Tome uma das mulheres do seu harém e gere um menino, não há outra solução.

– Isto seria uma desfeita intolerável praticada contra Nefertiti.

– Tolice, ela sabe tão bem quanto você que o faraó não está obrigado a ter uma única esposa – disse Tii, com absoluta frieza. – Ou você acha que seu pai só conheceu a mim durante o seu longo reinado?

– Talvez ele não a amasse como eu amo Nefertiti – disse Akhenaton, beirando a crueldade.

Tii, contudo, habituada a administrar golpes certeiros, mostrou-se perfeitamente impassível.

– Uma verdadeira esposa real sabe que os interesses do Estado devem prevalecer sempre sobre suas tolas vaidades. Seu pai casou-se com várias filhas de príncipes estrangeiros, garantindo, assim, a fidelidade de nossos aliados. O seu caso, porém, é ainda mais grave, pois trata-se de dar à nossa casa real um herdeiro.

– O amor que devoto a Nefertiti está acima de qualquer assunto de Estado – disse Akhenaton, emocionado.

– Já vem você com suas pieguices – respondeu ela, com um gesto de enfado. – Vamos, leve-me agora ao seu harém, acrescentou, impositivamente.

Um mau pressentimento a assaltou ao ver um ricto de desagrado desenhar-se no perfil equino do filho.

– Não quer que os eunucos sejam os únicos a desfrutarem dele, não é? – disse ela, sardonicamente.

– Não há mais harém nenhum – disse ele, baixando os olhos.

– Ora, bravos...! – exclamou Tii, quase divertida. – Mais uma de suas brilhantes inovações: um faraó sem harém!

Depois, retomando a seriedade, disse que com ou sem harém, mulheres não faltariam na corte.

– Dê-me um dia e arranjarei a mulher ideal para dar ao Egito o herdeiro que ele tanto reclama.

Akhenaton, tomado por uma crise de birra, não disse mais nada, mergulhando num mutismo ranzinza.

Tii resolveu ser o mais ágil possível na sua embaixada, pois começara a crescer-lhe a certeza de que seu filho, obcecado pelas loucuras do espírito, estava a um passo de contrair a mesma moléstia paterna que tornara a sua vida, nos últimos vinte anos, um deserto total de prazer.

◆◆◆

Uma jovem miúda e linda, chamada Kiya, terminou sendo a escolhida. De olhos baixos, ela foi levada às pressas até o faraó.

– Ela fazia parte do seu harém – disse Tii, satisfeita. – Garanto que não havia posto, ainda, os olhos nesta pequena beldade, não é mesmo?

Num gesto tão destro quanto veloz, Tii despiu inteiramente a jovem, sem dar-lhe qualquer chance de reação.

– Eis o ventre que abrigará, nos próximos meses, o futuro herdeiro – disse ela, regozijante.

Akhenaton, porém, não olhou uma única vez para a jovem, mas diretamente para a mãe.

– De onde tirou a ideia de que pretendo deitar-me com esta jovem, sem antes consultar minha esposa?

– Nefertiti, antes de tudo, é uma mulher extremamente sagaz – disse Tii, incapaz de imaginar uma criatura do seu sexo sem este poderoso atributo. – Abrirá mão, como já disse, de sua tola vaidade diante dos interesses supremos do Egito.

Tii fez sinal a um dos lacaios.

– Diga à grande esposa real que venha com a máxima urgência até nós.

Num gesto aflito, a jovem tentou retomar as suas vestes (movida não exatamente pela vergonha de sua nudez, já que a maioria das criadas andavam inteiramente despidas no interior dos palácios, mas pelo que ela implicava, naquele momento, de afrontoso à rainha)

– Nada disto, mocinha – disse a rainha-mãe, colando os bracinhos dela nos quadris. – A grande esposa real precisa ver, em todos os detalhes, que tal será a mãe do futuro herdeiro.

Kiya, apesar dos membros delgados e do ventre magérrimo, tinha ancas largas e seios enormes, o que influíra poderosamente na escolha.

Dali a instantes Nefertiti adentrava, a largas passadas, o salão real.

– O que está acontecendo aqui? – disse ela, olhando imediatamente para a jovem.

– Estou apresentando ao faraó – e agora também a você, minha querida – a mãe de seu futuro filho – disse Tii, com a mais perfeita naturalidade.

Kiya mantinha-se de olhos colados ao chão, sem ousar mover um único músculo.

Nefertiti olhou para o faraó, e depois para a jovem, percebendo-os inteiramente desnorteados.

– Poderia fazer a gentileza de explicar-se melhor? – disse, voltando-se para a sogra.

– Por favor, minha mãe, acabe logo com esta brincadeira de mau gosto! – exclamou o faraó.

– Acalme-se, meu filho; deixe que nós mulheres resolvemos este importantíssimo assunto – (e quando disse mulheres, claro estava que se referia apenas às duas mulheres vestidas).

– Veja isto – disse a rainha-mãe, suspendendo na cova da mão uma das tetas fartas e firmes da jovem: – bem vê que não faltará alimento abundante ao herdeiro! – Depois, fazendo com os dedos o contorno das ancas largas, deixou claro que ali estava um refúgio seguro, onde o herdeiro poderia desenvolver-se em perfeita segurança.

– Afaste as pernas, menina – disse a rainha-mãe, com firmeza.

Kiya, desta feita, relutou um pouco, embora ainda sem ousar erguer os olhos.

Tii, fazendo de suas mãos um fórceps improvisado, separou ela própria as coxas firmes da jovem.

– Nenhum empecilho, como vê, para o herdeiro fazer sua entrada livre e desimpedida no mundo! – disse ela, sem o menor traço de escárnio ou lascívia.

– Basta, basta! – disse Akhenaton, escarlate dos pés à cabeça. – Isto é absolutamente sórdido!

– Sórdido seria entregar-se a dupla coroa a um arrivista qualquer – disse Tii, muito mais à nora do que ao filho desmiolado e desarmonioso.

– Que tal achou, minha querida? – acrescentou ela, no tom mais sedutor que pôde encontrar.

Nefertiti, porém, mergulhara num mutismo estranhamente sereno. Depois da humilhação inicial – na qual sofrera uma espécie de desfeita genética, ao ver suas formas algo cansadas de mãe de seis filhas comparadas de forma covarde com as formas exuberantemente férteis de uma adolescente –, sentira crescer dentro de si a certeza de que sua vaidade feminina deveria passar necessariamente pelo ordálio desta humilhação. Alheia às vacilações do esposo e à hipocrisia da sogra, Nefertiti concentrara seu olhar sobre o rosto daquela jovem, perscrutando tão ávida quanto disfarçadamente que espécie de caráter se ocultaria ali.

– Como se chama, menina nua? – disse Nefertiti, dando a entonação mais firme possível à sua voz.

– Kiya! – disse a sogra, com a voz embargada da vitória entrevista.

– Perguntei à menina nua – disse Nefertiti, sem mover a cabeça.

Tii não se permitiu acusar o golpe.

– Vamos, tolinha, responda! – disse ela, como se a jovem houvesse desrespeitado a nora.

– Meu nome é Kiya, grande esposa real – disse a jovem, num fio de voz.

Akhenaton observava tudo, estupefato.

Nefertiti estendeu um dedo em gancho até tocar suavemente o queixo da jovem, alçando-o lentamente até ter-lhe os olhos na linha exata dos seus.

– Gostaria, menina nua, de ser a mãe do herdeiro real? – perguntou ela, friamente.

A jovem, extraordinariamente atrapalhada, desviou, por alguns segundos, os olhos do rosto da rainha.

Nefertiti, porém, obrigou-a a mirá-la outra vez, com um gesto mais firme de seu dedo em gancho.

Kiya fixou novamente os olhos de Nefertiti, expondo em suas negras pupilas o véu espesso do seu medo.

Nefertiti, porém, era sagaz o bastante para, numa fração de segundo, afastá-lo e ir buscar rapidamente a natureza verdadeira daquela jovem. O que ela vislumbrasse por trás deste véu ditaria o destino de ambas.

– Responda sem medo – disse Nefertiti, tentando quebrar-lhe, por meio da confiança, qualquer artifício.

– S-sim, grande esposa real... – disse a jovem, por fim, deixando transparecer, por uma fração de segundos – não nas palavras, mas no brilho involuntário do olhar –, aquilo que Nefertiti desejara, com todas as suas forças, não ter visto jamais.

No mesmo instante, sentindo evaporar-se de dentro de si qualquer vestígio de raiva que ainda pudesse nutrir por aquela jovem, Nefertiti viu-se tomada apenas por uma profunda dor e piedade.

"Linda Kiya, terás de morrer", pensou a rainha, secretamente.

Nefertiti manteve o rosto da jovem escorado sobre o seu dedo ainda um bom tempo, movendo-o de um lado para o outro, como a lhe estudar as feições. Isto, porém, não passava de mera protelação, destinada a dar tempo à razão para desfazer do seu próprio rosto os contornos cruéis impressos pela mão implacável do instinto.

◆◆◆

Importa muito saber-se, neste passo, que esta sentença drástica – que, num primeiro momento, poderá parecer exagerada e até mesmo despropositada – não fora decretada pela mulher, mas pela rainha, guardiã de uma prole e de seus privilégios. Numa época em que a legitimidade para o poder estava fundada apenas na hereditariedade, eram corriqueiras, em toda parte, sangrentas disputas dinásticas que, via de regra, terminavam com a morte ou o banimento de um dos pretendentes (inclusive daqueles que pudessem representar uma ameaça futura aos detentores do poder, como mulheres e filhos do inimigo vencido).

Ora, Nefertiti, no instante exato em que estudara as profundezas do olhar da jovem – por meio de uma perspicácia atávica, herdada de incontáveis gerações de reis e rainhas temerosos de perderem a um só tempo o poder e a vida –, entrevira imediatamente, sob o véu espesso do medo, a brasa dormida da ambição. À sua frente vira postas, pois, duas mulheres: a jovem ingênua e inofensiva que até ali fora, mas também uma outra perigosíssima, que via entreabrir-se, de repente, a possibilidade concreta de vir a tornar-se, um dia, uma poderosa mulher – eis que estava a um passo de tornar-se mãe natural do herdeiro de todo o Egito.

"Bela jovem, você é como eu", pensou Nefertiti, enquanto a observava. "Terá, sim, o seu filho, e num primeiro momento o cederá a mim. Mas virá o dia – e isto lhe parecera tão certo quanto a sucessão inevitável dos dias – em que exigirá os seus direitos de mãe, reivindicando para a sua descendência o direito dinástico."

Nefertiti já tinha sua prole – seis filhas que amava enlouquecidamente, mais que ao esposo, mais que ao deus de sua adoração, mais até que ao ar que respirava –, as quais não poderia expor, jamais, a uma disputa que o tempo tornaria inevitavelmente sangrenta. Kiya, tornada poderosa e reivindicante, não hesitaria em tentar eliminar as adversárias de sua futura prole (Nefertiti não podia enganar-se a este respeito, pois tinha suficiente franqueza para admitir que, no lugar dela, faria exatamente o mesmo).

Nefertiti sentiu uma piedade tão grande pela jovem – produto também da culpa inevitável que já sentia arder em seu peito – que quase chegou a depositar-lhe um beijo puro e materno no rosto. Porém, avessa à ideia de praticar um gesto hipócrita que a igualaria à idealizadora da sua desonra, preferiu manter-se fria e impassível.

– Vou conversar a respeito com o faraó – disse ela, dando as costas às duas.

Akhenaton retirou-se furioso, nos passos da esposa, enquanto Tii, procurando disfarçar a sua euforia, lançava um olhar de esguelha para a jovem despida.

– O que está esperando para cobrir-se, menina? – disse a rainha-mãe àquela que os deuses haviam eleito para ser a primeira de uma série de vítimas expiatórias da verdadeira tragédia que só agora se iniciava.

◆◆◆

– Jamais me deitarei com outra mulher! – exclamou Akhenaton, a sós com Nefertiti.

– Não precisa necessariamente deitar-se – disse ela, num cinismo absolutamente desajeitado.

Akhenaton, num repente enciumado, tomou Nefertiti rudemente pelos ombros.

– Por favor, não imite o tom vil de minha mãe! Não admito a ideia de uma traição!

Chacoalhada pelas mãos que tanto adorava, Nefertiti explodiu, finalmente, numa crise de nervos.

– Seu tolo desgraçado...! Não vê que só estou tentando tornar as coisas mais fáceis para você?

Akhenaton afrouxou as mãos ao perceber o quanto sua esposa realmente sofria.

– Não tente usurpar-me a única dignidade que ainda me resta! – disse ela, apropriando-se avidamente do ciúme, único e amargo bálsamo capaz de minorar a dor da sua humilhação.

Liberta das mãos de Akhenaton, Nefertiti pôde dar largas ao seu desgosto.

– Como acha que me senti ao ver-me comparada com aquela adolescente assustada? – disse ela, relembrando com amargura a verdadeira violação moral que sofrera às mãos da sogra implacável. – Oh, Akhenaton, se havia alguma mulher miseravelmente nua naquele salão, esta mulher era eu – *apenas eu*!

Akhenaton parecia ter um nó molhado dentro da cabeça. Deixando pender os braços, gritou, inconformado:

– Então por que deu ouvidos à minha mãe? Por que não a cobriu de ofensas?

– Porque sua mãe, a quem amaldiçoarei para sempre, está certa – disse ela, desabando os ombros.

– Está louca, também? Como pode dar razão a uma louca?

– Você tem de ter o seu herdeiro, e o único jeito disto acontecer é ir deitar-se com aquela menina.

– Eu não posso fazer isto... *simplesmente não posso*!

Nefertiti lutou poderosamente contra si mesma até conseguir recompor-se.

– É preciso – disse ela. – Na verdade, estamos bancando os tolos, pois o costume há muito sacralizou o que nossos corações insistem em tomar como uma infâmia.

– Ao inferno com o costume! – esbravejou o faraó.

Nefertiti afastou-se um pouco, antes de voltar-se para o esposo e dizer-lhe, já com absoluto controle:

– Entenda, Akhenaton, que é o destino da própria revolução que está em jogo. Áton precisa de um herdeiro que dê continuidade ao seu projeto de tornar-se um deus universal.

– Ele nos dará um herdeiro, meu amor! Confie em Áton!

– Não há mais tempo – disse ela, resignada. – Nossos inimigos espreitam avidamente para nos tirar do poder. Quanto mais cedo você tiver o seu herdeiro, menos tempo eles terão para tramar a queda de sua dinastia.

– *Nossa* dinastia ..! – exclamou o faraó.

– Não posso dar-lhe o herdeiro desejado, nem tenho o direito de ficar tentando algo que já se mostrou seis vezes impossível. Oh, meu querido, o tempo urge...!

Akhenaton sentou-se num divã, cobrindo o rosto com as mãos, em mais uma manifestação de tibieza, que terminou por exasperar a sua esposa.

– Basta, Akhenaton! O que mais quer? Que lhe implore para que me traia com outra mulher?

– É claro que não...!

– Então me tire, de uma vez, desta maldita situação!

Acossado, Akhenaton decidiu ceder muito sutilmente.

– Mesmo que tivesse de fazê-lo, jamais o faria com o espírito da traição.

Num impulso velocíssimo, Nefertiti aproveitou para reapropriar-se dignamente de sua desonra.

– Irá trair-me, sim – disse ela. – Uma traição necessária nem por isto deixa de ser uma traição.

Akhenaton lançou-lhe um olhar arrasado, mas ela prosseguiu, implacável.

– Você a terá em seus braços. Você terá, junto dela, o seu prazer. Você irá, pois, trair-me.

– Mas é você quem exige isto! – disse o faraó, sentindo um segundo nó torcer-lhe ainda mais as ideias.

– Não eu, mas as circunstâncias – disse ela.

Só depois de ter colocado as coisas no seu devido lugar foi que Nefertiti permitiu-se envergar, pela última vez, o traje odioso da complacência.

– Já chega – disse ela, enfarada. – Você irá procurá-la e tratará de desvencilhar-se do seu ato infame o mais rápido possível.

Só então, lançando longe os aviltantes farrapos, reassumiu outra vez o seu tom firme e digno:

– Uma coisa, apenas, eu exijo: que seja *o mais rápido possível*.

– Não entende, meu amor, que sou incapaz de desejar outra mulher? – disse ele, numa aflição exausta

Nefertiti, vendo tudo recomeçar, decidiu buscar uma solução intermediária.

– E se a tocasse somente no último instante...?

Akhenaton tornou-se escarlate como uma vestal.

– Ora, deixe de tolices...!

– Eu o ajudarei! – disse ela, sentando-se sobre os seus joelhos, num gesto animado.

Akhenaton abanava resolutamente a cabeça, mas Nefertiti prosseguiu do mesmo jeito.

– Ouça-me – disse ela. – Você terá a mim em seus braços, como sempre tem sido, até o instante em que, sentindo aproximar-se o momento do seu prazer, cerrará os olhos para que eu e a prostitutazinha procedamos à troca.

Nefertiti não pôde evitar o epíteto cruel, que lhe brotou instintivamente dos lábios.

Akhenaton gemeu, desorientado:

– Isto é absolutamente grotesco...!

– Não há outro jeito – atalhou ela. – Será tudo tão rápido que você sequer notará a diferença.

– Perceberei, sim! – disse Akhenaton, num amuo infantil. – Bem sabe que perceberei!

Nefertiti, então, num gesto lento que sugeria uma grande mortificação – mas que podia esconder um outro, de ousada reafirmação –, descobriu inteiramente o seu peito.

– Decerto que perceberá, sim, uma notável diferença – disse ela, quase a recriminá-lo.

Assaltado por uma onda impetuosa de ternura e desejo, o faraó desprezador de haréns lançou-se agoniadamente sobre a esposa, cobrindo de beijos o busto menor e infinitamente superior da mulher amada.

◆◆◆

E foi assim, amando, que Nefertiti convenceu o ser amado da necessidade de amar outra mulher.

◆◆◆

O dia passou e a noite do prazer infeliz finalmente chegou. De mãos dadas, o casal real encaminhou-se lentamente para o cadafalso acolchoado do seu leito, local onde deveria ser sacrificada a fidelidade mais absoluta já existida entre um homem e uma mulher. Mergulhado em quase inteira treva, assim estava o aposento. Como quase sempre acontecia, as mãos de Akhenaton despiram Nefertiti e as mãos de Nefertiti despiram Akhenaton. Ao mesmo tempo, inteiramente oculta atrás de um reposteiro, Kiya, despida por suas próprias mãos, observava as primícias de um amor que não era o seu. Akhenaton disse algumas palavras, como que em amarga relutância. Nefertiti abafou-as rapidamente com seus lábios. Em pé, as sombras nuas de ambos preparavam-se para fundir-se em uma única, até que Nefertiti, como adorava sempre fazer, encurtou a agonia da espera enlaçando suas pernas, num salto elegante, ao redor dos quadris do faraó. Porém, quase que no mesmo instante, viu-se obrigada a desfazer o deleitoso nó, temerosa de ver precipitar-se já e ali o primeiro paroxismo (para usarmos, ainda, o termo pedante e evasivo do escultor).

– Não, meu amor, hoje não há de ser assim! – sussurrou ela.

– Quero que o primeiro prazer seja seu! – retorquiu ele, resoluto.

– Não, hoje não há de ser assim! – repetiu ela, temerosa de ver-se esgotada, naquele primeiro ímpeto, a virtude geradora do esposo.

– Hoje e sempre há de ser assim! – teimou ele.

– Não, somente hoje não há de ser assim! – disse ela, arrastando o esposo para o leito amargo de sua desonra.

Ali estendidos, começaram juntos a escalada mais singular de quantas já haviam feito, uma escalada de prazer e de angústia destinada a levá-los ao ápice da maior infelicidade de suas vidas.

– Ainda sou eu, ainda sou eu – rouquejava desnecessariamente ela, eis que ele sabia perfeitamente que ainda era ela, e só por isto ainda lhe prodigalizava as suas mil carícias. Enquanto isto, a jovem oculta, sentindo seus joelhos nus entrechocarem-se violentamente, via aproximar-se o momento do terrível chamado. Mas e se não o percebesse a tempo? E se, no ardor do instante, não a chamassem? O que deveria fazer e o que não deveria fazer? O tempo passava e o sangue da menina subia e descia, oscilando entre o terror mais absoluto e a excitação mais rarefeita.

Um braço erguido seria a senha, "mas qual dos quatro, se não cessavam nunca de esbater-se?", pensou ela, até, finalmente, discernir o gesto inequívoco da grande esposa real. Abandonando o reposteiro, com as mãos espalmadas a cobrirem, na escuridão dos aposentos, o pudor das suas partes – eis que agora, não precisando nem devendo, queria, ainda assim, resgatar o seu primeiro e aviltante desnudamento –, Kiya, veloz e silente, aproximou-se do leito onde Nefertiti ainda ultimava a sua tarefa, deitando-se mansamente ao lado dela, sem nunca e jamais roçar-lhe a pele, tal como lhe fora raivosamente prescrito. Kiya mirou o teto balouçante durante um breve tempo, que lhe pareceu a contagem exasperante do infinito, até que, subitamente, viu uma sombra velocíssima e incorpórea passar sobre o seu próprio corpo, dando-lhe a certeza de que chegara o momento de estreitar seu corpo ao daquele homem que, de olhos absolutamente cerrados, estertorava, incapaz de perceber o vácuo abissal da ausência. Kiya, como o lótus frágil e fechado que o vórtice do redemoinho arrebata em sua gigantesca mão, abrindo-lhe as pétalas num único e poderoso golpe, deixou-se também levar e carregar e rodopiar e abrir-se em todas as suas intocadas pétalas, até que, num repente, tudo cessou, restando apenas dentro de si o latejar dolorido da sua carne quase violada. Kiya, inteiramente atordoada, deixou-se ali ficar por um bom tempo, até compreender, talvez um pouco tarde, que deveria abandonar imediatamente o seu posto. Num pulo, abandonou o leito, porém o fez de maneira tão veloz e atabalhoada que foi chocar-se violentamente contra aquela que já retornava, sendo ambas lançadas em direções opostas, culminando tudo num estalar humilhante de nádegas ao solo. Durante uma fração mínima do brevíssimo instante no qual ambas estiveram ao desamparo total de suas poses ridículas e desenxabidas, brotou-lhes, como num relâmpago fugaz de simpatia, o ímpeto infantil de erguerem-se e irem lançar-se, perdidas em riso, uma nos braços da outra, sentindo vibrar nos seios comprimidos o riso fraterno que haveria de reconciliá-las para todo o sempre. Porém, o que houve única e tão somente foi que Nefertiti, escarlate de ira e vergonha, tendo se reerguido num salto veloz, reintroduziu-se novamente em seus direitos de grande esposa real, enquanto Kiya, voltando a ser a intrusa indesejável, deixou os aposentos por uma saída oculta, tendo a certeza de carregar em suas entranhas o fruto bendito que um dia haveria de lhe resgatar, com sobras, a primeira e desastrada noite da sua carne.

7 – O HERDEIRO CHEGOU!

Kiya tornara-se a segunda esposa de Akhenaton tão logo confirmara-se o seu estado efetivo de gravidez. Instalada numa das alas do imenso palácio real, passou a desfrutar do status de esposa real, embora jamais tenha voltado a receber a visita do faraó. Ao que tudo indicava, ela somente tornaria a vê-lo no dia em que seu ventre expelisse gloriosamente o futuro herdeiro do Alto e do Baixo Egito.

Mas se para a jovem segunda esposa estes meses de espera foram repletos de apreensões (e se fosse uma menina a brotar do seu ventre?, torturava-se ela, a cada minuto do dia e da noite), para Nefertiti este mesmo período revelou-se um verdadeiro tempo de provação. Apesar de ter firmado um pacto com seu esposo para que nenhum deles voltasse jamais a mencionar a noite da sua desonra, em momento algum pôde levar a cabo a parte que lhe cabia no acordo. Assim, desde aquela noite, não pudera impedir-se de fazer menções contínuas e mais ou menos veladas ao episódio, como que desejosa de arrancar ao esposo a confissão explícita do prazer que extraíra daquela amaldiçoada experiência.

– Um homem deveria nascer capaz de amar uma única mulher – dizia ela ao esposo, inconformada com a promiscuidade natural a que Áton sujeitara os homens.

– Não profira blasfêmias em nosso leito, minha adorada – respondia ele, lacrando os lábios dela com os seus.

Tudo, porém, era em vão, pois tão logo via seus lábios libertos, Nefertiti retomava o seu estranho discurso.

– O membro de um homem deveria estar ajustado de tal forma a somente poder encaixar-se em um único receptáculo feminino, assim como este deveria estar apto a receber apenas um único membro. Desta forma, Áton teria tornado eterno e inviolável todo pacto de amor.

– Pretende, então, corrigir os desígnios do criador, adorada? – disse Akhenaton, levemente aborrecido.

– Pense bem, meu amor – disse Nefertiti, apoiando a cabeça, de maneira indolente, na palma da mão, como uma criança a parafusar disparates. – Isto tornaria totalmente impraticável qualquer traição. Veja o nosso caso: ambos sabemos que nenhum outro corpo, fora dos nossos, nos poderá dar aquilo que tanto nos apraz. Mas para aqueles que ainda não têm esta certeza, torna-se, muitas vezes, impossível saber se já estão partilhando do verdadeiro amor, ou se não estão sendo, apenas, joguetes de uma mera lascívia.

– Como poderão descobrir, senão experimentando? – disse o faraó, tentando desarmá-la.

– Mas isto é de uma vil promiscuidade! – exclamou ela, incapaz de aceitar o sexo sem amor. – É revoltante, e mesmo asqueroso, que tenha de ser assim...!

Akhenaton, farto daqueles rodeios, mirou a esposa diretamente nos olhos.

– Está bem, você quer saber se eu tive prazer com ela, não é? – disse ele, aborrecido.

– Não, porque isto eu já sei – disse ela, chegando aonde queria. – Quero apenas que tenha a dignidade de me confessar.

– Oh, meu deus! – exclamou o faraó. – Não tínhamos decidido nunca mais tocar no assunto?

– Foi uma posse intensa, eis o que foi...! – disse ela, terrivelmente amuada. – Fiz um esforço tremendo para não observar aquele instante horrível, mas não pude – *simplesmente não pude*!

Akhenaton tornou-se rubro de vergonha e, ao mesmo tempo, de ira.

– Por que fez isto?! – explodiu ele. – E por que me atormenta por algo que você mesma me obrigou a fazer?

Dentro de Nefertiti crescia a compulsão de buscar, a qualquer preço, uma reparação.

– Não adianta negar! O mesmo prazer que vi desenhar-se no rosto da rameirazinha, vi também brilhar no seu!

– Pelo amor de Áton, pare de dizer asneiras! – disse Akhenaton, quase esbravejando.

– Diga-me, ao menos, que espécie de prazer inédito ela lhe deu. Quem sabe, assim, eu possa aprender, também, alguma das técnicas lúbricas ensinadas nos haréns!

– Basta, basta...! – exclamou o faraó, virando-lhe as costas.

Diante das esquivanças dele, Nefertiti decidiu ousar tudo, num passo temerário.

– Se ela não lhe der um filho, quero ter o direito de impor-lhe, também, a mesma humilhação.

– O que disse?! – exclamou o faraó, virando-se tão furiosamente que ela deu um ligeiro pulo de susto.

– Por que a fúria...? – balbuciou ela, antes de ver-se suspensa pelas mãos enfurecidas do esposo.

– Jamais permitiria isto, compreendeu? – esbravejou ele, transtornado.

– Nem que fosse pelos interesses supremos do Estado, como diz sua mamãezinha? – disse ela, sardônica.

Akhenaton, enlouquecido, jogou-a brutalmente sobre o leito, e já alçava velozmente a sua mão quando teve o gesto interrompido por estas tão firmes quanto irredutíveis palavras:

– Não ouse bater-me, Akhenaton! Em nome de Áton, *não ouse...*!

Pela cabeça de Nefertiti passara a cena horrenda e antiga do seu espancamento às mãos do pai encolerizado. Ela não podia suportar que o homem amado fosse repetir aquele gesto para sempre abominado.

– Não o perdoarei jamais, compreendeu? – disse ela, a mirar com firmeza os olhos estrábicos de ira do faraó, bem como seu braço erguido, pronto a desferir-lhe o golpe que poria um fim definitivo ao seu amor.

Akhenaton, senhor novamente dos seus nervos, deitou-se outra vez.

– Não toque nunca mais neste maldito assunto, entendeu? – disse ele, voltando-lhe as costas nuas e iradas..

Nefertiti cerrou os olhos e permaneceu em silêncio o tempo suficiente para ter certeza de que Akhenaton não tornaria a procurá-la aquela noite (a menos, é claro, que ela lhe pedisse um perdão mudo, por meio de um único gesto). Desta vez, porém, ela decidiu que não seria assim. Tendo descoberto, a um altíssimo preço, que as humilhações necessárias doíam como qualquer outra, decidiu permanecer imóvel como uma múmia o restante da noite, deixando, apenas, que as lágrimas silentes lhe escapassem, uma a uma, de suas pálpebras cerradas.

◆◆◆

Desde a noite seguinte à da posse de Kiya pelo faraó (que ela chamava de "violação", dando ao evento um tom mórbido de martírio) que as noites dela haviam sido povoadas pelos mais horríveis pesadelos.

De fato, a apreensão tomara conta de tal modo do espírito da segunda esposa real que, mesmo nos intervalos dos pesadelos, ela não encontrava um instante de sossego, temendo a todo instante ver-lhe surgir pela frente a rainha enfurecida, acompanhada de alguns esbirros, para tirar dela uma sangrenta desforra. Mil vezes, em sonhos ou em delírios acordados, Kiya vira-se sendo arrancada do leito no meio da noite, violada selvagemente pelos brutos e depois surrada até a morte. Noutras vezes, uma Nefertiti sorridente e triunfadora adentrava o quarto a largas passadas, trazendo nos braços um bebê imenso e nutrido.

– Seu bastardinho não é mais necessário! – dizia ela, a exibir com um sorriso sádico a virilidade desproporcional do herdeiro gerado por suas próprias entranhas.

Voltando os olhos para a criança, Kiya via, então, em vez da face rechonchuda do bebê, a face minúscula de um cavalo, a relinchar um riso equino de deboche.

Mas foi só ao completar os nove meses de gestação que seus sonhos começaram a tornar-se terrivelmente idênticos. O princípio era uma variação dos outros: surgida do nada, aparecia à sua frente uma criada de aspecto desleixado, a trazer nos braços um bebê envolto em faixas alvas de linho, como uma pequena múmia. Kiya olhava, perplexa, para aquele embrulho, ao qual tinha vivo receio de tocar.

– Engraçado, não lembro de ter tido esta criança! – dizia ela, a alisar seu ventre plano.

– É sua, sim, vilãzinha! – respondia rudemente a criada.

Kiya, intimidada, sentia-se, então, tomada por horrível apreensão.

– É menino ou menina? Por favor, diga logo!

Retirando, uma a uma, as faixas do rosto da criança, a criada deixava entrever um rostinho vermelho e enrugado, mas que nada dizia a respeito do seu sexo (não havendo, tampouco, joia ou amuleto algum entre as faixas que ajudasse a decifrar o mistério). Kiya, então, no último grau da ansiedade, estendia as mãos para tocar a criança, mas neste momento a serva afastava-se num movimento brusco, levando consigo o pequeno embrulho.

Kiya tentava pôr-se em pé, mas o corpo, exausto e dolorido, se recusava a mover-se.

– Pelo amor de Áton, traga-o até mim! – dizia ela, observando o rosto da criada, que havia assumido agora o aspecto vago das feições da deusa Ísis – só que uma Ísis decadente e repulsiva.

Kiya implorava várias vezes, mas a deusa, irredutível, ignorava os apelos, limitando-se a ajeitar com frígido descaso as faixas desgrenhadas do bebê (que estavam agora tintas de sangue, como se a criança tivesse sido enfaixada sem ter sido lavada).

De repente, porém, sem que o bebê tivesse emitido qualquer ruído, Ísis começava a embalá-lo, num vaivém brusco e irritado, que enchia Kiya de novo terror.

– Não o sacuda deste jeito! – gritava ela, ao ver o bebê ameaçado.

Ísis virava, então, o bebê de ponta-cabeça e sacudia-o novamente.

– Que tal deste jeito...? – dizia, sardônica, sem perceber que suas tetas flácidas chacoalhavam de maneira ainda mais lamentável.

– Perversa! Traga-o já até mim! – exclamava Kiya, enfurecida.

– Não, não e não!

– Sou uma esposa real e você me deve obediência!

– Sou uma deusa e não devo obediência a esposa real alguma – muito menos à *segunda*!

Ísis-demônia despedia, neste instante, uma gargalhada insana, enquanto Kiya, impotente para reagir, tapava os ouvidos de puro terror. Porém, o pior momento do pesadelo começava realmente quando, cessado o riso, a deusa rumava seus passos até a janela e deixava cair simplesmente a criança no abismo.

Liberta de sua paralisia, Kiya erguia-se de um pulo e corria nua e frenética até a janela. Debruçada sobre o caixilho, ela espichava ao máximo o braço na tentativa pânica de agarrar a criança, ficando por alguns instantes a tatear desesperadamente o abismo, até finalmente conseguir agarrar a ponta esvoaçante da faixa.

Pela primeira vez a criança chorava, fazendo Kiya empinar ainda mais as suas nádegas nuas – a ponto de quase cair, ela também, no abismo – e puxar com toda a velocidade aquela tira que nunca acabava (tão longa que já havia no chão pano suficiente para enrolar todas as múmias do Vale dos Reis). Mas era tudo em vão: o choro da criança tornava-se cada vez menos audível, sendo substituído por um coro de risos debochados, a deleitar-se no fundo do abismo com o espetáculo da horrenda queda. Ao mesmo tempo, um guincho estridente – que parecia, também, uma outra e mais vil gargalhada – começava a soar às suas costas, obrigando-a a voltar a cabeça e descobrir, num relance, que a Ísis infernal transformara-se agora no perverso deus Seth, postado bem atrás de si, com suas feições lupinas arreganhadas por um esgar muito mais que hilário.

"Era disto, então, que todos se riam...!", pensava Kiya, escarlate, porém sem nunca parar de puxar o cordel interminável das faixas, até que, num esforço sobre-humano, conseguia, finalmente, trazer de volta a criança.

Durante um curto período de alívio ela permanecia abraçada ao filho, inteiramente esquecida de verificar-lhe o sexo, como se este detalhe houvesse perdido toda e qualquer importância, até que, ao voltar-se, avistava Akhenaton postado do outro lado, na entrada do quarto. Sua pose era a pose clássica do tirano que aguarda uma resposta – braços solidamente cruzados e um rosto duro e implacável.

Kiya, abraçada ao bebê, rumava seus passos até o faraó, mas quando estava bem próxima dele, via-o transmutar-se, repentinamente, em sua mãe, de olhos amarelos a despedirem chispas de ira.

– Por que tornou a cobrir-se? – bradava ela, colérica. – Quero-a sempre nua!

Kiya, neste passo, tornava-se abjetamente servil.

– Mas estou nua, grande senhora, veja! – dizia ela, mostrando, para seu próprio espanto, seu corpo velado até os pés por um grande e impenetrável manto escarlate.

Um ricto de ferocidade tornava a carranca da rainha-mãe ainda mais temível, provocando um vento impetuoso que arrancava, como por mão, as vestes de Kiya, deixando-lhe apenas, nos braços, o bebê.

Submetida, outra vez, ao seu fado humilhante, Kiya afastava ligeiramente o filho do peito para descobrir, afinal, se tinha nos braços um menino ou uma menina.

Então, na hora exata de ver o sexo da criança, Kiya acordava.

◆◆◆

E assim foi até que, na derradeira repetição deste pesadelo, Kiya acordou para uma realidade ainda pior.

A hora do parto finalmente chegara. Tomada por dores lancinantes, a jovem descera do leito e pusera-se a andar desengonçadamente de um canto ao outro dos aposentos, como uma leoa prenhe e enjaulada, até a bolsa d'água romper-se, lançando ao chão um jorro líquido e escaldante. Logo em seguida, vira-se agarrada por um ser monstruoso de oito mãos e levada quase à força até a cadeira de parir (pois era assim, naqueles dias, que se introduzia no mundo um novo ser), onde deveria principiar a ronda dos seus padecimentos.

"Háthor sagrada! Que dores atrozes são estas?", pensava ela, de cócoras sobre o móvel hediondo, a morder, com todas as suas forças, uma tira dobrada de lençol.

Deformada e aturdida, Kiya era o retrato perfeito do martírio materno.

– Malditas! Malditas! – estertorava ela, enquanto seus dedos em gancho estalavam as juntas, como se tivessem entre eles a garganta de todos quantos lhe haviam prometido para aquele momento a mais bela e sublime de todas as sensações humanas.

Uma revolução cruel e implacável operava-se em seu ventre, contrariando todas as previsões otimistas da rainha-mãe. As portas da natureza, que deveriam ter-se aberto como dois batentes, teimavam em manter-se cerradas, dificultando o ingresso no mundo do herdeiro das duas coroas.

– Relaxe, senhora! É preciso relaxar! – dizia a parideira, uma antiga devota de Taweret – a deusa do parto com feições de hipopótamo –, trazendo oculto numa das mãos um pequeno amuleto com a efígie da divindade.

Áton, a despeito de todo o seu poder, nada entendia de partos, pensava ela, com a fé escassa de uma devota recente e muito mal conversa. Aquela pobrezinha que ali estava a provar do seu martírio precisava mesmo era da mão forte e amiga de uma deusa, mulher como ela, em vez das miríades de mãos de um disco solar inteiramente alheio às peripécias de um evento exclusivamente feminino.

Junto da parteira estava Pentu, o médico oficial da corte, acompanhando tudo com suas três rugas frontais unidas em uma única. "Morreria ela, ao cabo de tudo?", indagava-se ele, a torcer com todas as suas forças para que assim fosse, única e possível maneira de poupá-lo de um tão secreto quanto desonroso encargo.

Kiya, segura firmemente pelas servas, começara a pular freneticamente no seu banco, na tentativa desesperada de expulsar do seu ventre uma vida que podia ser também a sua morte (contradição terrível e suprema que chegava a tornar belo o chacoalhar desencontrado dos seus seios, transformados em duas bolas imensas e suadas a minarem pelos bicos o excesso de leite).

– Segurem-na com mais força, idiotas! – esbravejava a parteira às criadas, aturdidas pela força inesperada da jovem e também pelos golpes violentos desferidos em suas faces pelas mamas imensas e sacolejantes.

– Do que está rindo, imbecil?! – esbravejou a parteira, dando um croque na cabeça de uma das servas, que, em meio ao quadro aflitivo, estava visivelmente a reprimir um surto de riso.

A pobre mordeu os beiços até tirar-lhes sangue, lutando arduamente para conter a enferma e o riso blasfemo.

"Ai, meu deus...! *Esbofeteada por uma teta...!*", pensava ela, tentando a todo custo esquecer algo que, passada a gravidade do instante, iria tornar-se o triunfo certo dos seus cochichos de corredor.

De repente, a barriga de Kiya, redonda e lustrosa, cessou momentaneamente o ciclo tormentoso dos seus espasmos, dando à jovem um instante de pausa na sua agonia.

Kiya sacudiu a cabeça aflitivamente, tentando livrar-se da mordaça opressiva.

– Tirem, vamos! – disse a parteira, vendo o pano encharcado descolar-se da boca da jovem.

– Como está, minha menina...? – acrescentou, dando à sua voz um tom sereno de confiança.

– Cortem o meu ventre! Cortem o meu ventre! – explodiu ela, num jorro arfante.

– Calma, minha menina, tenha calma! – disse a parteira, alisando a face reluzente da jovem.

– Não suportarei... de novo... esta dor! – disse Kiya, caindo num abandono abençoado de todas as forças.

No mesmo instante, porém, teve obstada a sua fuga com o recomeço cruel dos espasmos.

– *Cortem, malditas*! – ganiu ela, antes de ter um pano novo atarrachado entre as mandíbulas exaustas.

Então, num ímpeto extraordinário de desespero e ira, Kiya pôs-se em pé, retesando todos os músculos do seu corpo, disposta a expulsar a carga dilacerante do seu ventre ou a perecer de uma vez numa explosão selvagem de todas as suas vísceras. Kiya – é a verdade inteira do fato – desejou exatamente isto: livrar-se, a qualquer preço, da carga que a dilacerava (se tivesse um punhal nas mãos, teria aberto o próprio ventre, e mesmo – admitiu ela, na vertigem suprema do desespero – enterrado a lâmina no ser inocente e indefeso que a matava por dentro).

Um turbilhão de dor e de ira torceu-a dos pés à cabeça no infinito instante além do tempo em que esteve assim em pé, rija como uma estaca, a despejar de dentro de si tudo quanto trazia de despejável – sangue, suor, urina e fezes –, tudo, menos o rebento que, agarrado às suas entranhas, recusava-se terminantemente a ingressar num mundo onde as mães padeciam tão horrivelmente para conceder aos filhos o prêmio duvidoso da vida.

Enquanto durou o grande transe as servas mantiveram-se admiravelmente firmes, a patinharem descalças no pequeno lago de excreções que se formara aos pés de Kiya, até que tudo finalmente cessou, permitindo que os olhos ansiosos de todos pudessem ir pousar sobre as mãos da velha parteira, a surgirem miseravelmente vazias e gotejantes do meio das coxas abertas da jovem.

Foi só então que Kiya, inteiramente vencida, começou a chorar.

◆◆◆

Kiya não buscava nada com o seu choro. Não sendo um novo empenho, suas lágrimas eram tão somente um desabafo e uma desistência declarada de tudo – de si, do filho e de qualquer futuro que pudesse haver para ambos. Tornada quase insensível à dor – que ela, com seu último esforço, redistribuíra por cada músculo do seu corpo – e tendo abdicado de toda esperança, Kiya pôde, assim, entregar-se livremente às suas lamentações.

– Chore, pobre menina, chore...! – dizia a parteira, a limpar das pálpebras inchadas da jovem o suor abundante que teimava em misturar-se às lágrimas.

Neste instante Kiya soube que não seria jamais a mãe do faraó, que a noite da sua desonra não seria jamais remida e que a sua vida terminaria naquela última e atroz exposição da sua nudez. Nefertiti se tornaria, de fato, a mãe do seu filho, preservando-o até o instante em que chegasse a ter o seu próprio varão (sem a pressão do resultado, Nefertiti conseguiria, cedo ou tarde, ter o seu próprio herdeiro). Então viria para aquele o ódio, a perseguição e finalmente a morte, por algum meio cruel e insidioso.

Kiya queria falar com a rainha, mas esta dera ordens expressas para não ser incomodada, mesmo num caso extremo como aquele. Morresse ou vivesse, Nefertiti não queria nunca mais pôr os olhos na mulher com a qual tivera de repartir o leito real.

Pentu, o médico, aproximou-se da jovem, sentada agora sobre a pequena armação.

– Ela viverá? – perguntou-lhe a parteira, à queima-roupa.

Escolado nas artimanhas do ofício, Pentu lançou-lhe um olhar de desdém, que o isentava de toda resposta.

– Vamos lutar mais um pouco, minha menina? – disse ele, com fria bonomia.

Não, Kiya não queria mais lutar, e talvez por isto mesmo foi que sentiu, pela primeira vez, que algo começara como que a encaixar-se dentro de si, anúncio de um provável e feliz desencaixar.

– Recomeçaram as contrações...! – gritou uma das servas.

Kiya, quase desmaiada aos braços dos seus anjos algozes, deixou pender para trás a cabeça, enquanto era posta novamente de cócoras sobre a cadeira amaldiçoada.

E então as coisas começaram a dar certo. Todos viram quando da fenda extraordinariamente alargada da jovem começou a surgir um pedaço escuro da cabeça do novo ser.

Um grito de júbilo partiu da boca da parteira, iluminando o rosto exausto das servas.

– Misericórdia, está nascendo! – bradou ela, a esfregar o amuleto da deusa-hipopótamo na cabeça escura e molhada que continuava a brotar valentemente do portal imundo e sagrado da vida.

Todos os olhos estavam postos avidamente sobre o corpinho sujo de sangue, a brotar mais e mais do corpo da mãe, na expectativa de descobrir-lhe o sexo, até que uma das criadas, na agonia de ser a primeira a descobrir o que todos queriam descobrir, bradou com todas as suas forças:

– É um menino, sim!, um menino, um menino!

– Onde? Onde? – perguntavam as outras, sem ter a comprovação, até que o sexo do garoto – pois que era, de fato, um garoto – surgisse, afinal, em toda a sua glória, pondo um fim abençoado a todas as dúvidas.

– Não disse?, é um menino! – bradou de novo a serva, lavada em sangue, suor e triunfo.

Com um novo e último esforço de Kiya, completou-se o nascimento do herdeiro do faraó, a quem foi dado o nome de Tutankhaton (“A Imagem Viva de Áton”).

Cumprida a sua missão, Kiya foi devolvida ao seu leito, totalmente exaurida. Possuída por uma febre cerebral, a jovem ingressara na derradeira etapa do seu suplício. Junto dela permaneceu apenas o médico oficial da corte, com seu par de olhos argutos a perscrutar avidamente a marcha da moléstia que – contradição horrenda para si! – o obrigava a desejá-la fatal e definitiva. Tendo expulso do quarto a parteira e as servas, Pentu ordenara-lhes que fossem levar ao faraó o produto das entranhas dilaceradas de sua segunda esposa real.

– Vão e mostrem – dissera ele, laconicamente, a franzir autoritariamente as pregas laterais dos seus olhos.

Enquanto observava o evoluir da moléstia, Pentu relembrava o encontro recente com a grande esposa real, no qual ela deixara evidente o seu desejo de não tornar a ver nunca mais a pobre criatura que os supremos interesses do Egito haviam tornado para sempre sua rival. Nefertiti, contudo, não fora em momento algum explícita com relação à solução que ele deveria dar ao caso, o que tornara a conversa (admitira ele) realmente fascinante.

– Notavelmente fascinante! – sussurrou Pentu, a franzir ainda mais os pés de galinha do seu velho rosto.

Detentor de um segredo tão terrível quanto fascinante, que ligaria para sempre o seu destino ao daquela mulher incomparável – votada, por força da revolução religiosa, a tornar-se um dia senhora de todo o universo –, Pentu nem por isto podia sentir-se feliz com o seu tremendo encargo.

– Tudo passado, Tutankhaton há de ser meu filho e eu hei de ser sua mãe – dissera Nefertiti, secamente, excluindo peremptoriamente do panorama futuro a figura da segunda esposa.

Tudo passado, dissera ela. Porém, nem tudo ainda havia se passado.

Kiya, num dos intervalos mínimos da febre, lançara um olhar sobre a face do sacerdote-médico.

– Água, água... – balbuciara ela, com os lábios secos e rachados pela febre.

Pentu lançou um olhar sobre a poção adrede preparada – um líquido rosado a boiar no interior de um delicado cálice com o formato de lótus –, mas em vez desta, tomou outra taça, encostando-a nos lábios ressequidos de Kiya, que mal pôde engolir alguns goles, exaurida que estava até para deglutir.

"A febre não cederá", pensou o médico-sacerdote, serenamente.

Convicto de que ninguém mais viria saber da inconveniente mãe do herdeiro (nem mesmo o faraó, pouco desejoso de afrontar novamente a ira de Nefertiti), Pentu conduziu a jovem moribunda com segurança para dentro do grande mistério da noite, onde a ajudou, prestimosamente, a deixar este mundo.

◆◆◆

E foi assim que Kiya, em má hora nascida, voltou a não ser.

8 – INTERLÚDIO ESPECTRAL (OU BREVE EXPEDIÇÃO AO PAÍS DOS MORTOS)

Pelo pouco que se sabe acerca das crenças de Akhenaton numa vida além-túmulo, podemos crer que Kiya, uma vez morta, tenha passado a desfrutar da mesma existência errática das sombras. Após vagar noturnamente, como verdadeiro espectro, seu ká deveria ressurgir, a cada novo dia, com os primeiros raios de Áton, passando a flutuar pelos céus com a mesma inconsciência feliz das aves e dos insetos.

E é só.

Akhenaton, de fato, não parecia muito preocupado com os eventos de uma vida pós-morte, como pode-se depreender do estudo das criptas e dos sarcófagos de sua época, desertos de qualquer referência a Osíris e aos complicados trâmites do seu tribunal soturno, montado às portas da Eternidade.

Entretanto, as peripécias do após-morte haviam sido, desde tempos imemoriais, parte fundamental das crenças religiosas dos egípcios, sendo a resistência do povo em abandoná-las uma das causas mais importantes do fracasso da revolução atoniana. Sem meios, portanto, de sabermos, em detalhes, que espécie de existência Áton teria reservado a Kiya, vemo-nos obrigados a nos socorrer daquele antiquíssimo conjunto de relatos escatológicos que a tradição batizou de *Livro Egípcio dos Mortos* para sabermos o que, exatamente, ela terá feito, após o seu trespasse, nas regiões obscuras do País dos Mortos. Para além de qualquer significado místico ou esotérico, porém, o que nos interessará aqui serão unicamente as peripécias que o espírito de Kiya deverá ter sofrido nos estranhos caminhos do Além (e observadas pelos olhos do sonho mais que da razão).

Presume-se, pois, que Kiya, como todo morto recente, deva ter sido levada primeiramente à chamada Sala do Duplo Maat (ou Sala do Julgamento), local soturno onde Osíris a aguardava a fim de julgar todos os atos de sua vida pregressa. Tomada de temor e tremor, Kiya via-se finalmente diante do juiz supremo, instalado numa espécie de santuário com o formato sugestivo de um ataúde.

Sentado num trono, com o corpo todo enfaixado e a portar as suas insígnias mágicas, Osíris é a imagem mais impressionante do juiz severo e implacável; postadas ao lado estão sua irmã e esposa Ísis e sua outra irmã Néftis, além de uma trupe de 42 juízes encarregados de ajudar o deus na tarefa de julgar a imensidão de mortos que acorrem diariamente às barras deste tribunal. Um pouco mais ao centro está erguida uma grande balança, a Balança de Maat, com seus dois pratos colocados em rigorosa simetria, na direção da qual Anúbis, deus e embalsamador emérito, avança, levando consigo a pena de Maat, símbolo da justiça e da verdade.

Kiya, compreensivelmente, acompanha os movimentos do deus-chacal com a morte na alma, pois vê aproximar-se o momento em que seu coração será pesado ao lado da pena fatídica (que Anúbis, com extrema diligência, já tomou e coloca sobre o prato, fazendo a balança pender suavemente). Logo em seguida, afastando delicadamente o seio volumoso de Kiya e retirando de maneira absolutamente indolor o coração do interior do seu peito, Anúbis leva-o até o outro prato (porém, sem ainda depositá-lo), enquanto Toth, o deus-escriba, de papiro e tálamo em punho, mostra-se pronto a fazer o registro da temível pesagem.

Não sabemos se os mortos suam, mas queremos crer que Kiya tenha vertido grande quantidade do líquido que os poetas chamam de sumo da aflição, não só por terem-lhe acabado de arrebatar do peito o órgão mais importante do seu corpo (ainda que, repetimos, de maneira absolutamente indolor), como também por ter avistado um pouco além, sentada e atenta, a Besta Comedora de Mortos. Kiya sabe que esta criatura – cujo corpo é uma mistura bizarra de crocodilo, leão e hipopótamo – ali está postada por um único e sinistro motivo: engoli-la inteira assim que o prato do seu coração penda minimamente para o lado errado. (Na verdade, não deve pender para lado nenhum, devendo apenas permanecer em rigorosa simetria com o outro.)

Antes, porém, que se proceda à pesagem, é necessário averiguar se Kiya possui, de fato, um passado sem mácula – ou, pelo menos, uma boa memória verbal. Para tanto, vê-se ela impelida a recitar, de um só fôlego, uma extensa confissão negativa, na qual afiançará (se não com inteira convicção, ao menos com o máximo empenho) não haver cometido jamais em sua curta vida nenhum destes pecados mortais: não ter feito mal a ninguém, não ter prejudicado a sua família, não ter profanado os lugares sagrados, não ter andado em más companhias, não ter causado nenhum dano, não ter sobrecarregado de trabalho os seus servos, não ter buscado honrarias, não ter maltratado os criados, não ter menosprezado os deuses, não ter se apoderado de propriedades alheias, não ter feito o que é abominável aos deuses, não ter falado mal de um criado ao seu amo, não ter causado sofrimento a ninguém, não ter deixado com fome homem nenhum, não ter feito ninguém chorar, não ter matado, não ter sido causa de homicídio, não ter infligido dor, não ter furtado as oferendas dos templos, não ter fornicado, não ter se poluído no santuário do deus da cidade, não ter roubado no peso nem na medida, não ter se apropriado injustamente de terras, não ter fraudado os vendedores ou os compradores, não ter tirado o leite das crianças, não ter roubado gado, não ter aprisionado em armadilhas pássaros sagrados, não ter pegado peixes com iscas da mesma espécie, não ter interrompido um curso d'água ou a margem de nenhum canal, não ter apagado o fogo que deveria arder, não ter subtraído aos deuses as suas oferendas sagradas, não ter roubado gado sagrado e, finalmente, não ter desprezado nenhuma determinação divina.

Imaginemos, agora, que nossa jovem examinanda, tendo levado a vida inteira a decorar esta pequena lista, a tenha reproduzido com razoável sucesso – descontado algum pequeno tropeço, fruto de um nervosismo mais que natural (*et pourtant*, perdoável) –, ficando, ainda, porém, no aguardo ansioso da fatídica pesagem.

Anúbis, pois, ainda tem em suas mãos o coração palpitante de Kiya; a um sinal de Osíris, ele finalmente deposita o órgão no seu respectivo prato, enquanto todos observam atentamente o oscilar muito diáfano dos dois braços que compõem a libra divina – em especial, Toth, que deve anotar o resultado, a Besta Devoradora, no aguardo de uma bela refeição, e Anúbis, que espera poder recolocar o coração justificado no seu lugar de origem (além de poder tocar uma segunda e deleitosa vez naquele seio rijo, onde um mamilo perfeito pontifica de maneira absolutamente encantadora).

É Anúbis, finalmente, quem avança e examina atentamente o fiel da balança, percebendo que ele se encontra exatamente no meio – constatação judiciosa que põe um termo final e feliz às apreensões de Kiya.

Depois de vencida esta etapa, Kiya está pronta para enfrentar outras peripécias, se não mais importantes, pelo menos muito mais perigosas, como veremos a seguir.

◆◆◆

A primeira das muitas peripécias temíveis que marcaram a jornada subterrânea de Kiya foi a de livrar-se de alguns vermes nojentos que viviam de alimentar-se desabusadamente do sangue de homens e mulheres (Kiya fez uma oração a um certo Senhor da Luz para que a livrasse destes seres vampirescos, tendo conquistado, assim, o direito de ingressar na barca de Rá). Depois disto – seguindo-se a ordem pouco lógica dos papiros mortuários –, Kiya, aparentemente esquecida da barca, seguiu solitariamente em sua marcha, até avistar Horus e Seth, os dois deuses turrões, ainda a porfiarem em sua eterna luta pela dupla coroa. Kiya, neste passo, recebeu – não nos é dito de quem, nem de que maneira – o importantíssimo dom de conceder a vida aos *ushabtiu*, figuras de madeira, pedra ou faiança que, colocadas dentro dos sarcófagos, deveriam ganhar vida no outro mundo apenas para servirem de lacaios eternos aos seus donos – já que um morto de gabarito não deveria jamais executar qualquer serviço braçal no Além (Set I, por exemplo, foi enterrado com cerca de setecentas destas pobres figuras, votadas perpetuamente à escravidão).

Seguindo adiante, Kiya terá se deparado com nova e temível maçaroca de serpentes, decididas todas a obstruírem-lhe implacavelmente o caminho. Apófis, a mais abjeta de todas, era a líder desta trupe escamosa, a qual Kiya deveria subjugar por meio da recitação de um encantamento poderoso, capaz de transformar o corpo da serpente na própria estrada que seus pés deveriam trilhar ("Sou forte!, sou forte!", terá exclamado ela, ao final do embate, conforme o fecho triunfante do maravilhoso esconjuro).

Vencida esta temível etapa, podemos ver Kiya diante do Amentet (isto depois de ter avistado novamente Osíris e dado uma valente punhalada no coração de seu arqui-inimigo Seth). "Tornei-me um corpo espiritual, tornei-me uma alma imortal", diz ela, saindo à luz do dia, em obediência aos ditames rigorosos da recitação (Kiya, como todo bom morto, deveria saber de cor este e dezenas de outros trechos do *Livro Egípcio dos Mortos*, a fim de garantir para si um trânsito seguro pelas veredas do Além). Tomada por uma certa e inominada Alma Imortal, Kiya conquista, em seguida, o direito de atravessar os céus e de voltar a comer como se viva fosse ("Como com minha boca, esmago a comida com meus dentes!", diz, faceira, a gulosa defunta).

No momento seguinte de sua jornada – seguindo sempre a linha tortuosa dos papiros mortuários –, Kiya, talvez ainda sob a influência da mesma entidade, torna-se presa de um surto incontrolável de grandeza, declarando-se o próprio Rá e pronta a enfrentar quaisquer de seus inimigos. Poderosa como Horus, Ptah e Toth, Kiya torna-se indestrutível ("Andarei em busca de meu inimigo, e tendo-o alcançado, não me escapará!", brada a jovem, avessa a vãs piedades). Logo depois recebe o dom de entrar e sair do Outro Mundo, de tal sorte que as portas secretas que lhe impediam o livre trânsito para nada mais servem senão para serem livremente transpostas. Adquire também o poder estranho de estender sua nova vida até a velhice – como se lá também devessem os mortos provar do declínio –, além de desfrutar de amenas caçadas nos bosques verdejantes de Horus.

Kiya, a esta altura, talvez cansada de tantas peripécias, decide fazer uma pausa para cuidar de sua alma atormentada, recitando uma oração destinada "a pôr um fim à vergonha que possa habitar seu coração". ("Sejam minhas faltas lavadas e caiam elas sobre as mãos do deus da Justiça e da Verdade", diz, contritamente, o texto da recitação). Segue-se uma pequena litania endereçada a Osíris, sob a forma de petições e respostas (a resposta, como sói acontecer neste gênero sacro de importunação divina, é sempre a mesma, uma proclamação extrema de retidão e pureza) e um hino a Rá absurdamente longo e enfadonho, impossível de ser reproduzido aqui.

Pulando-se, pois, valentemente, este entreato louvacional, chegamos ao próximo evento, no qual Kiya é apresentada aos deuses das grandes cidades do Egito por dois prestimosos sacerdotes, os quais dividem seu tempo em pedir àquelas divindades água, ar e uma bela propriedade no Campo da Paz para a sua protegida. Estes mesmos sacerdotes, ornados com vistosas peles de leopardo, dirigem em seguida a Toth, deus da sabedoria, uma sequência de louvações tão espichadas e enfadonhas quanto as anteriores, nas quais pedem ao deus que conceda à rediviva a mesma vitória que ele, certa feita, concedera a Osíris. (Tudo isto pode soar um tanto aborrecido ao leitor moderno, mas é o preço que nos cabe se queremos ter uma noção, por mínima que seja, do conteúdo de um livro que, em seu tempo, foi tão crido pelos devotos quanto hoje o são a Bíblia ou o Alcorão.)

Neste ponto Kiya é brindada com duas fórmulas mágicas de espantoso poder: no primeiro, toma posse da mesma fórmula que, repetida quatro vezes, permitira a Horus, certa feita, fazer com que seus inimigos fossem lançados de ponta-cabeça e retalhados, enquanto a segunda fórmula, corretamente recitada, permitia que um morto banhado em uma solução de água e natrão pudesse assumir qualquer forma que quisesse, além de tornar-se, como o amianto e as salamandras, inteiramente imune ao fogo.

Seguindo, pois, sempre e religiosamente, o roteiro confuso prescrito pelo LEM, iremos encontrar, agora, depois de tantas louvaminhas e encantamentos, a nossa bela morta prestes a executar um dos mais importantes atos do pós-morte – a Cerimônia da Abertura da Boca. A julgar-se pelos textos que explicam este curioso ritual, Kiya terá se postado diante de um espírito beatificado, enquanto este, apontando para os seus lábios o *ur-hekau* (espécie de bastão cerimonial, ligeiramente recurvo), terá procedido à abertura da sua boca.

Mas o que seria isto de abrir-se a um morto a sua boca?

Segundo o antiquíssimo ritual, todo morto precisava ter desobstruída a sua boca, selada que estava pelas artes necromânticas do maléfico Set. (Diz a lenda que Osíris, estando enfaixado, suplicara a Toth para que desenfaixasse sua boca, abrindo-a com uma faca de ferro (o tal *ur-hekau*), originando-se daí o costume de repetir-se o gesto com todos os mortos.) Kiya, de boca aberta, outra vez, recebe, então, o dom mágico de proferir palavras de poder capazes de realizarem todos os seus desejos e suprirem todas as suas necessidades. Logo em seguida, um sacerdote terá aproximado-se de si e mostrado seu rosto refletido num espelho. Neste momento Kiya estava obrigada a lembrar-se da fórmula mágica que lhe traria à memória a lembrança de seu próprio nome, miseravelmente esquecido (pois acreditava-se, então, que era muito mais fácil a um desmemoriado recordar os termos de uma longa fórmula do que o seu próprio nome). Caso Kiya não fosse capaz de relembrá-lo, teria sua individualidade irremediavelmente perdida, perdendo para sempre sua própria existência, a pior coisa que poderia acontecer a um vivo ou a um morto (de fato, não havia desgraça maior no Egito daquele tempo do que alguém ter seu nome apagado dos registros dos vivos ou da sua tumba.)

Restaurada a sua memória, por meio da recitação da fórmula mágica, Kiya terá recebido, então, o seu coração (ou “alma-coração”, ente espiritual capaz de alimentar-se das oferendas mortuárias), passo importante para readquirir a posse dos seus movimentos. (“Alcancei o domínio do meu coração, das minhas mãos, das minhas pernas e de poder fazer o que agrada ao meu duplo!”, terá dito ela, com o feliz resultado do novo encantamento.) (Os egípcios não acreditavam na existência de uma única alma, mas na de uma série delas a habitarem um mesmo corpo, o que torna sua anatomia espiritual tão confusa que o mais sensato é ignorá-la completamente.)

◆◆◆

Pena que o fato de receber um coração no outro mundo não tornasse o morto, de modo algum, isento de vê-lo furtado. Por esta razão, Kiya terá sido impelida a recitar um novo encantamento, destinado a afastar os ladrões de corações, antes de deparar-se com uma nova e surpreendente monstruosidade, que atende pelo nome de *Sui*. Trata-se (ou tratam-se) de três crocodilos que simulam ser um único (ou, talvez, de um único crocodilo que pretende se fazer passar por três). (Às vezes surgem nas ilustrações dos papiros não três, mas já *quatro* crocodilos, o que para nós, ignaros totais e confessos da matemática esotérica, vem a dar tudo na mesma.)

Mas o que pretenderá de Kiya, afinal, este crocodilo trino?

Sui pretende arrancar da jovem o amuleto em forma de coração, onde estão inscritas as palavras de poder, diz-nos o LEM. Kiya, porém, recitará mais um esconjuro, capaz de repelir a besta (ou as bestas) e também de tornar seus próprios dentes incisivos "iguais às pedras". ("Retrocede, recua, retrocede, ó demônio-crocodilo *Sui*!", diz Kiya, confiante. "Não avançarás sobre mim, pois estou ao abrigo das palavras mágicas que trago comigo!")

Mortos os crocodilos, Kiya terá de haver-se, agora, com a serpente *Rerec*, que veio postar-se em pé, à sua frente, numa atitude verdadeiramente desafiadora. Kiya, porém, lhe lança estas tão estranhas quanto poderosas palavras: "Fica imóvel, agora, e comerás o rato, ser abjeto para Rá, e mastigarás os ossos do gato imundo!"

Depois desta vitória, Kiya torna-se semelhante ao lince, ser habilíssimo em destruir serpentes, único meio de poder enfrentar *Secsec*, novo e atrevido ofídio que ousa, imprudentemente, testar os poderes da supermorta.

Abatida *Secsec* por meio de nova e poderosa fórmula mágica (pois, como já deveremos ter percebido, tal é a arma de que se valem os mortos para derrotar seus desafetos), é chegada a hora, pois, de assistirmos ao duelo estupendo de Kiya com um besouro. Este inseto chamado *Apshait*, segundo os egiptólogos, seria uma espécie de besouro ou escaravelho muitas vezes encontrado entre as bandagens das múmias, ali inserido pela mão do mumificador como uma espécie de amuleto, ou intrometido por conta própria, em busca de saboroso repasto (como, aliás, ainda hoje fazem nos jazigos ultravedados nossas hábeis e inludibriáveis baratas). "Arreda-te de mim, ó tu cujos lábios corroem!", terá dito nossa heroína, ao ver-se diante do inseto insidioso, lanceando-o com invejável pontaria (nota deliciosa: houve um ilustrador tardio destes papiros mortuários que, mal compreendendo o hieróglifo do texto original, entendeu tratar-se não de um besouro, mas de um porco o inimigo que o morto deveria abater, desenhando-o desta forma, para grande espanto – ou diversão – dos seus contemporâneos).

Morto o besouro (ou o porco), Kiya deverá ter-se defrontado novamente com nova classe de ofídios – desta feita duas terríveis serpentes-irmãs, chamadas *Merti*, que ela derrotou pelo mesmo expediente das anteriores – antes de conseguir obter ar para respirar, já que o próximo passo na sua marcha espectral é descrito nos papiros mortuários com o seguinte e curiosíssimo título: *DE COMO VIVER DE AR NO MUNDO INFERIOR*.

Cheia de ar e coragem, Kiya torna-se, pois, capacitada a derrotar (outra vez?) a serpente *Rerec* ("Jamais gozarás das delícias do amor!", terá dito Kiya, cruelmente, à inimiga abatida) e outra, de delicioso nome, a Serpente Comedora do Burro (aos doentes de exegese: o burro era associado ao deus-sol, daí o desejo da serpente noturna em fazê-lo desaparecer nas trevas profundas do seu ventre).

Abatidas mais estas serpentes, Kiya terá de escapar agora de um tão terrível quanto inusitado "massacre de mortos" (sim, pois que no além é perfeitamente possível matar-se um morto, como se depreende dos capítulos XLI e XLII do LEM). Para escapar a este genocídio fúnebre, entretanto, terá bastado a Kiya identificar cada membro do seu corpo com o nome de um deus, adquirindo, assim, um corpo divinamente invulnerável. (Havia uma tabela de correspondência entre os membros do corpo e as respectivas divindades, muito popular naqueles dias de fé esclarecida, que todo vivo previdente tratava de ir decorando nas suas horas de lazer, a fim de poupar-se, no outro mundo, aos dissabores de uma segunda morte.)

Kiya, também, como todo morto recente, devia precaver-se contra a possibilidade de ter sua cabeça cortada no outro mundo, razão pela qual tinha de recitar um pequeno esconjuro, cujo mote central dizia que, não tendo sido tirada a cabeça de Osíris, também a do morto não poderia jamais ser arrancada.

Na etapa seguinte, Kiya terá de valer-se da fórmula mágica prescrita pelo papiro para triunfar (novamente) de uma segunda morte e poder proclamar, em aliviado regozijo, que não tornará a morrer no mundo inferior. Isto, contudo, não tornará Kiya menos morta, permanecendo sujeita, portanto, a sofrer os males odiosos da putrefação, desgraça que só poderá evitar recitando as palavras de outro tão poderoso quanto infalível esconjuro, endereçado a Anúbis, o abençoado inventor da mumificação. (Todo morto que conhecer este capítulo, diz uma rubrica solene do LEM, nunca experimentará corrupção no mundo inferior.)

Kiya, liberta da corrupção – embora, suspeitemos, não em definitivo (porque também no além as barreiras derrubadas parecem reerguer-se a cada instante) –, está pronta, agora, a ver-se confrontada com o temido "cepo da matança" de Osíris, cuja natureza apavorante de ser descobriremos imediatamente a seguir.

◆◆◆

Certos deuses, segundo a escatologia egípcia, tinham permissão de Osíris para destruir e consumir os corpos dos mortos reprovados na pesagem do coração por meio da água escaldante e do fogo devorador. Para tal fim, valiam-se dos préstimos de um carrasco de Osíris, chamado *Shesmu*, encarregado de dirigir todos os passos da grande matança dos réprobos. Entretanto, havia um encantamento que parecia ter o dom de afastar o malefício e impedir que o desgraçado fosse parar no cepo de algum destes deuses, sedentos de ira ("Fazei-me forte contra o matador do meu divino pai!", diz o texto a ser recitado dramaticamente).

Tendo escapado à matança, Kiya deverá recitar, agora, uma pequena prece, por meio da qual se verá livre de comer porcarias e imundícies no lugar dos bolos sepulcrais ofertados à sua alma (ou duplo espiritual). Logo depois, Kiya, por algum encanto qualquer, estará identificada com "o chacal dos chacais" e com Shu, o deus do ar, o que lhe permitirá encetar saudáveis correrias pelo céu "até alcançar os limites mais extremos do voo do pássaro *Nebe*", seja ele quem for. (Algumas passagens do LEM são tão obscuras que o melhor mesmo é ignorá-las, como esta e aquela em que se faz menção ao encontro com o Grande Cacarejador e seu enigmático ovo.)

Sempre imersa neste mesmo clima onírico, Kiya tenta ingressar, logo em seguida, em outra província do além, sendo impedida, porém, por um ser inominado, que parece ser o dono da barca destinada a levá-la até lá. Depois de fazer algumas perguntas meramente protocolares – quem-és-tu-o-que-queres-e-para-onde-vais –, o barqueiro-fantasma revela a Kiya que o único meio de ela ingressar na barca é saber o nome de cada uma das suas partes (o nome dos remos, por exemplo, é Eriçando o Cabelo; o porão se chama Aguilhão; e Indo Direto ao Meio é o nome gracioso, ainda que algo redundante, do leme).

Logo depois, e sem mais explicações – terá feito, enfim, a travessia? –, somos confrontados com a visão de Kiya postada em frente ao sicômoro da deusa Nut, a quem ela pede, humildemente, um pouco de ar e de água (sem esquecer de mencionar, outra vez, como penhor do seu pedido, o tal ovo do Grande Cacarejador).

Saciada de ar, mas não de água, nossa jovem aventureira dirige-se, então, ao deus Hapi (ou Nilo), pedindo-lhe ingresso na Terra da Água Fria, onde espera fartar-se do líquido abundante. Contudo, como a sede no outro mundo parece ser algo também perigoso, há um esconjuro eficaz, chamado *DE COMO NÃO SER ESCALDADO*, que impede os mortos de beberem da água de um certo lago fervente, que, sendo para os deuses deleite e frescor, para os maus é ardência e danação.

Neste passo, segundo o LEM, Kiya terá feito uma pausa em suas andanças para dar-se conta do quanto sua nova condição de morta é abençoada e feliz. É senhora do ar, da terra e da água, pode mover seus membros livremente e tem escravos que lhe fazem tudo quanto ela própria não deseja fazer. Tem pão branco e abundante, cerveja feita de grãos vermelhos, pode refestelar-se sob a sombra acolhedora da tamareira de Háthor, ficar onde bem entende ou "sair à luz" e andar livremente pelos mesmos caminhos dos vivos ("As portas do céu e da terra estão abertas para mim!", exclama ela, de posse deste miraculoso salvo-conduto). Graças a esta faculdade suprema de ir e vir, Kiya torna-se também capaz de agarrar os ventos do norte e do leste pelos cabelos, o vento do oeste pelo corpo e o vento do sul pelos olhos, e de cavalgá-los a seu bel-prazer pelos quatro cantos dos céus.

Passado, porém, o curto idílio de liberdade, Kiya vê seu sonho retomar o padrão anterior do pesadelo. Desta feita ela deverá dirigir um respeitoso pedido a sete deuses cruéis e poderosos se quiser escapar a uma nova matança de mortos, a ser realizada por eles num certo Lago de Fogo, com direito a quebras de pescoços e esmagamentos de crânios. De fundamental importância é que ela saiba de cor os nomes simplíssimos de simples destas sete temíveis entidades: Netcheh-netcheh, Aatquetquet, Anertanef-besfquentihehf, Aq-her-ami-unnut-f, Teshenmaatiamihetanes, Ubashraperemquetquet e Maaemquerhanefemhru.

Apaziguadas estas divindades, Kiya, depois de ter se servido dos préstimos de um inseto muito parecido com o louva-a-deus para poder continuar a realizar suas andanças pelo país dos mortos, terá se metamorfoseado nele próprio (o louva-a-deus era considerado um excelente guia de viajantes extraviados).

Esta proeza terá ensejado tamanho gosto em nossa heroína que em seguida ela terá evoluído do singelo louva-a-deus para um garboso falcão dourado de quatro côvados. ("Elevei-me, elevei-me como o poderoso falcão dourado que sai de seu ovo!", terá exclamado ela, a adejar alegremente as suas asas da cor do feldspato.)

Porém, transformar-se em um garboso falcão dourado de quatro côvados ainda não terá sido o bastante para nossa engenhosa morta, razão pela qual ela irá operar ainda em si uma terceira metamorfose, transformando-se agora na própria Luz, ou *NO DEUS QUE EMITE LUZ NA ESCURIDÃO* (Nut, personificação da abóbada celeste).

Mais adiante, contudo, vemos a ambição de Kiya retornar a parâmetros mais discretos, ao assumir as formas singelas de uma andorinha e da serpente *Sata*, capaz de renascer todos os dias e de deslizar incólume pelas partes mais remotas da terra. (Neste ponto do papiro somos presenteados pelo ilustrador anônimo com nova e extravagante ilustração, na qual vemos a serpente caminhar com um belo par de pernas humanas – parecidas, talvez, com as que devia possuir, antes da punição, a sua colega da mitologia hebraica.) Da sinuosa serpente Kiya poderá evoluir ainda para as formas ásperas de um crocodilo ("o divino crocodilo que mora em seu terror", como diz a poética viril do papiro), tornando-se capaz de cruzar de ponta a ponta o majestoso Nilo.

Depois de todas estas peripécias zoomórficas, Kiya terá tido a chance de reencontrar os seus entes queridos no além e também de cuspir de sua boca a lembrança dos atos maus praticados em vida.

Dentre as diversas almas que o morto possuía, uma havia chamada *khaibit*, que era a sombra do morto, representada nos hieróglifos sob a forma curiosa de uma sombrinha (apesar da tentação de vermos aqui um trocadilho verbal evidente, há poucas chances de existir tal intenção no texto original). Kiya, tendo decorado o encantamento descrito no LEM, teria tornado-se capaz de impedir que sua sombra ficasse aprisionada no túmulo ou em qualquer recanto do além. Por intermédio de outra fórmula mágica, Kiya terá tido a maravilhosa oportunidade de transformar-se em Tot, o escriba de Osíris, tornando-se apta a compreender todos os mistérios do *Livro de Deus* (o título do capítulo é graciosamente sugestivo: *DE COMO PEDIR UM TINTEIRO E UMA PALETA*).

◆◆◆

Se este negócio de vira-isto-e-vira-aquilo ainda não cansou, convém acrescentar ainda que, dentre as dezenas de fórmulas, encantamentos e esconjuros *post-mortem* ainda não citados, um havia que tinha o dom de conferir a Kiya o fabuloso poder de aplacar tempestades, bem como o de pôr fim às querelas ininterruptas dos deuses; e também um outro que facultava à morta o livre uso da barca de Rá (desde, é claro, que fosse capaz de dizer corretamente o nome de cada uma de suas partes etc. etc. etc.); e outro, ainda, que permitia a Kiya conhecer as Almas do Oeste, felizes habitantes da gigantesca Montanha do Nascente, onde habitava uma serpente de trinta côvados de comprimento, cujos primeiros oito estavam recobertos de pederneiras e chapas brilhantes de metal. Kiya podia, caso quisesse, ver ainda as almas do Este, um local encantador onde vicejavam espigas de trigo e cevada de até três côvados de altura (já seus habitantes podiam medir até nove côvados de altura).

Mas o grande lugar de delícias do além – local que poderíamos chamar de paraíso egípcio – estava localizado num lugar chamado *Sequet-hetepet*, ou "Campos da Paz". Cercados por canais e regatos, estes campos eram o local de felicidade perpétua, onde as almas eleitas, além de comer, beber e amar livremente, também podiam plantar e colher à vontade ("Como ali, semeio ali, aro ali, faço amor ali, ali estou em paz com o deus Hetep!", diz o papiro). (O único senão estranho é o fato de Kiya poder ter adquirido ali alguns chifres no lugar dos dentes.)

Daqui em diante, porém, o LEM começa a tornar-se tão repetitivo e obscuro que o melhor será pingarmos aqui um ponto final às pernadas fúnebres de Kiya, dando à sua alma o descanso que ela certamente merece.

9 – O MUNDO SEM O FARAÓ

A morte da segunda esposa real foi apenas a primeira de uma série que, dali em diante, lançaria no luto a família real egípcia. O próximo a ser atingido por esta verdadeira ciranda da morte foi o faraó-pai, que depois de uma longa e massacrante enfermidade parecia prestes, finalmente, a partir para as terras do Ocidente.

De fato, Amenotep III, um dos maiores faraós de todos os tempos, não era mais nem sombra daquele soberano viril que as pinturas ainda mostravam a conduzir, de maneira altiva, a sua vistosa biga de caça. De um homem robusto e bronzeado que fora, o faraó tornara-se, dia a dia, cada vez mais mirrado e desbotado, sofrendo um processo evidente de espectralização (dependendo da luz, parecia estar ficando até meio transparente). Suas mãos rijas, que um dia haviam empunhado o arco e arremessado o bumerangue com invejável destreza, agora eram incapazes de empunhar um simples talher ou de arremessar ao prato uma migalha de pão. (Isto não o impedia, contudo, de, num resquício áspero de altivez, recusar-se a se deixar alimentar pelo seu exército de criados, teimando em fazê-lo com as próprias mãos; o resultado, porém, era o mais lamentável possível, com o faraó a ostentar à mesa um cavanhaque permanente de arroz e outros detritos, como que numa paródia grotesca do velho cavanhaque cerimonial.) Com as pernas dava-se a mesma calamidade – dois cambitos pelados que o peso pequeno do corpo bastaria para fazer partir, ao mesmo tempo, em quatro ou cinco pedaços. As costas, por sua vez, dobradas em arco, haviam se amoldado inteiramente aos contornos da cadeira real, de tal forma que era ainda sentado em seu trono invisível que o velho faraó era depositado todas as noites no leito real, onde, sob o efeito de um poderoso narcótico, podia ir visitar, por alguns instantes, os jardins escuros do Pesadelo.

Em resumo: o antigo faraó e exterminador de 102 leões não passava agora de um caco.

Akhenaton, contudo, apesar de ter-se afastado do pai num primeiro momento, incapaz de assistir à sua degradação física, sentia-se sempre impelido a procurá-lo outra vez, na esperança de arrancar desta figura mítica uma manifestação sincera de apreço ou de reconhecimento (Akhenaton, a exemplo de quase toda criança, mendigara desde o berço a admiração dos pais, que são os primeiros e verdadeiros deuses do homem, sendo todos os demais meras ampliações fantásticas destas divindades reais, de carne e osso).

Infelizmente, Akhenaton não recebera de nenhum deles o alimento que seu espírito clamava para poder sentir-se verdadeiramente seguro e confiante no mundo. Criado na frieza dos hábitos austeros da corte, raras vezes tivera a liberdade de expressar o afeto e a admiração que devotava a seus pais – sentimentos estes que eles, ai!, seriam sempre incapazes de retribuir. Sua mãe, mulher de temperamento frio e egocêntrico, por exemplo, não tendo percebido na figura do filho nenhuma das suas próprias e melhores qualidades, preferira ignorar-lhe todas as outras. Amenotep III, por sua vez, como a maioria dos pais, via no filho, antes de tudo, a figura de um possível rival, que convinha não fortalecer com manifestações de apreço ou admiração. Quando percebeu, todavia, que o filho destinado a sucedê-lo no trono teria de ser mesmo este, de temperamento nervoso e algo insubmisso – e não o outro, o previsível Tutmés, em tudo idêntico a si (e apto, portanto, a tornar-se menos um rival que uma inofensiva extensão de si mesmo) –, foi que o faraó redobrou a vigilância sobre suas palavras, vendo em qualquer manifestação de apreço a Akhenaton uma ameaça a sua soberania paterna.

Akhenaton cresceu, assim, na condição de mero indigente filial, transformando-se, com o passar dos anos, num verdadeiro aleijão moral, dotado de extraordinária perspicácia para reconhecer os proprios defeitos, mas de quase nenhuma para identificar as qualidades que ele, como qualquer ser humano, devia também possuir. Apesar de faraó virtual de todo o Egito, Akhenaton continuava, às vésperas da morte do pai, a mendigar-lhe de maneira aviltante, e mesmo ridícula, uma única palavra de reconhecimento por tudo quanto já havia realizado em seu curto reinado (afinal, em poucos anos colocara abaixo uma religião milenar, criando outra em seu lugar, além de ter erguido das areias do deserto uma nova e esplendorosa cidade!).

Amenotep III, contudo, ainda que à beira da total senilidade, permanecia perfeitamente lúcido e irredutível a este respeito. As únicas manifestações de aplauso que se dignara a fazer haviam sido sempre feitas a terceiros, e às escondidas, que Akhenaton colhera avidamente, aqui e ali, em conversas com cortesãos. Mas mesmo estes elogios indiretos haviam-se aluído inteiramente quando Akhenaton descobrira que o pai não os fizera exatamente a ele, mas ao *filho dele* – o que, positivamente, era transferir para si próprio o elogio!

– Amenotep, decerto, teve a quem puxar! – dizia o velho, enrolado despudoradamente no manto da vaidade usurpada. (Amenotep III, por motivos óbvios, preferia continuar a chamar o filho pelo nome antigo.)

Akhenaton gastou a vida inteira tentando entender a razão do desprezo paterno, chegando, porém, somente a conclusões aproximadas. A mais consistente delas, segundo seu entendimento, estava no fato de ele, Akhenaton, ser uma criatura escandalosamente feia. Que sua feiura contribuíra decisivamente para criar no espírito de seus pais uma aversão natural, dando-lhes a certeza de que ele jamais viria a ser um adulto capaz de qualidades e atributos, era algo que lhe parecia absolutamente incontestável.

Porque a verdade é a verdade: um filho feio é a desonra biológica de um pai – ainda mais quando este pai é um faraó, criatura necessariamente vaidosa, e não somente de si, mas de toda a sua estirpe.

Amenotep III e sua esposa real, de fato, nunca haviam conseguido ocultar o profundo desconforto que lhes causava a figura bisonha do filho. Quantas vezes, por exemplo, ainda criança, Akhenaton, tomado por um acesso qualquer de hilaridade, vira seu pai lançar-lhe um olhar constrangido, no qual errava um traço indisfarçado de raiva, e mesmo de nojo – *sim, de nojo*! –, e que geralmente culminava nesta censura áspera e cruel:

– Feche a boca...! Amon do céu, não sei de onde tirou estes dentões de cavalo!

Ora, tolices!, dirão os idealistas. *Um mero defeito físico jamais levaria um pai ao extremo do desprezo*!

Infelizmente, um idealista é, antes de tudo, um ignorante da forma. Sendo o mundo real um misto de forma e substância, não está ele apto, portanto, a compreender que no universo da matéria sensível um simples dente torto, dependendo dos caracteres envolvidos, pode, de fato, decretar a incompatibilidade total e irremediável entre duas pessoas – mesmo entre um pai e um filho.

"Eu poderia amá-la, não fosse aquele canino preto e acavalado!", terá dito, mais de uma vez, desde o começo da observação humana, algum amante sincero (e nem por isto menos compungido).

Um nariz de tromba – digam o que disserem – pode, sim, fazer abortar um amor!

Esta convicção radical habitou durante muito tempo a alma de Akhenaton, até que o amor da bela Nefertiti viesse atenuar-lhe bastante o rigor. Afinal, ela não o amara incondicionalmente, a despeito de toda a sua feiura?

Mas, nem por isto, Akhenaton chegara a alcançar as verdadeiras razões do desprezo paterno, razão pela qual foi ainda atônito e mendicante que se apresentou diante do leito de morte do pai, naquela noite escaldante de verão do décimo segundo ano do seu reinado.

Cercado pelos familiares e pelos sacerdotes-médicos da corte – entre os quais pontificava Pentu, com as pregas laterais dos olhinhos de furão intensamente franzidas –, Amenotep III, alternando breves lampejos de lucidez à modorra contínua da inconsciência, ia avançando, aos tropeços, pela estrada escura e sem volta que conduz à Pátria dos Mortos. Embora fizesse calor, o velho faraó suava de frio. Não por outra razão é que todos os seus hiatos de lucidez eram ocupados quase que unicamente em reclamar da existência de alguma solerte corrente de ar (o abominável "vento encanado", que só a sensibilidade extrema da velhice – apurada ao longo dos anos, a ponto de requintar em verdadeira arte – é capaz de captar).

Tii, a grande esposa real, ali estava, também, ao lado do esposo moribundo. Não sofria, porque os últimos resquícios de afeto haviam sido totalmente consumidos na fervura lenta e implacável da moléstia que ao cabo dos anos reduzira o faraó a uma caricatura de si mesmo. Mais que isto, Tii parecia mesmo irritada, pois, como todos os fortes, sentia-se revoltada diante do triunfo paradoxal da fraqueza, bem como pelo fato de que também ela, apesar de toda a sua energia, estava no caminho de ser derrotada por esta inimiga tão desprezível quanto imbatível. ("Forte sou eu!", parecia estar a dizer-lhe a Fraqueza, postada ao lado do leito, com os fios prateados e ralos da cabeleira a escorrerem-lhe sobre o sorriso asqueroso.)

Nefertiti, colocada em segundo plano – pois que não admitia mais, em circunstância alguma, estar ao lado da sogra depois da desonra que esta engendrara para ela, ao torná-la mãe-postiça do herdeiro real –, observava tudo de maneira quase impassível, preocupada unicamente com a reação nervosa que pudesse sobrevir a seu amado esposo (sim, ela ainda o amava poderosamente!).

No outro lado do leito estava postado Aye, pai de Nefertiti e irmão da rainha-mãe. Decidido a evitar conflitos familiares que pudessem degenerar em novas e odiosas desfeitas – vindas especialmente da filha, que ali estava, outra vez, a agredi-lo silenciosamente com seu desprezo (o que não fazia um gênio obstinadamente ruim!) –, o Pai Divino limitava-se a lançar olhares pendularmente assustados para a figura do cunhado real (a agonizar medonhamente, a apenas três passos de si) e para as sinistras manchas marrons das suas próprias mãos.

Quanto às seis crianças – incluindo o pequeno herdeiro –, haviam sido naturalmente exiladas daquela peça onde a Morte, farta de tantas protelações, mostrava-se decidida a não sair sem levar consigo alguma presa.

Então, de repente, Amenotep III resmungou algo – algo absolutamente ininteligível, que um tropel sussurrante de vozes traduziu de mil maneiras discordantes.

– Ele pede água! – ciciou alguém, alarmado.

– Ele chama a rainha-mãe! – cochichou outro, agoniado.

– Ajeitem-lhe a cabeça! – sussurrou um terceiro, imperioso.

– É o fim de tudo...! – suspirou um quarto, esperançoso.

Mas, não – ainda não era. Imediatamente a figura paramentada de Pentu avançou sobre o moribundo, pondo-se a recitar as fórmulas sagradas destinadas a garantir ao ka do faraó um seguro e feliz ingresso no Amenti.

Parecendo mais irritado do que aliviado com a pantomima ritual do sacerdote, Amenotep III reabriu os olhos, decidido a contemplar, mais uma vez, este lado tão dolorido quanto amado da Dupla Existência (Áton sagrado, o que não daria para estar de posse, outra vez, da sua antiga e rija saúde!).

Akhenaton, sem poder mais conter-se, lançou-se então sobre o pai, e, liberto de quaisquer pudor ou cerimônias, pôs-se a acariciar-lhe a cabeça calva e enrugada.

– Meu pai, meu pai...! Eu o amo tanto, meu pai! – balbuciou ele, antes de a dor liquefazer suas palavras.

Emoção e constrangimento apossaram-se de todos os presentes, pois que era lindo e ridículo ver um filho chorar daquele jeito, enquanto acariciava a calva murcha do pai agonizante.

Amenotep III fechara os olhos outra vez, arfando miseravelmente.

(Estaria comovido, ou simplesmente – ai de Akhenaton! – mortalmente aborrecido?)

Uma careta de dor e desagrado agitou outra vez as feições congestas do moribundo, fazendo-o balbuciar algo que, desta feita, Akhenaton, devido à proximidade, pôde perfeitamente entender.

Um estupor de embaraço tingiu as faces de todos quando, depois de um breve momento de indecisão, o detentor da dupla coroa suspendeu devagar a parte superior das cobertas do pai e pôs-se, com a candidez de uma criança, a coçar-lhe delicadamente as costas.

Apesar do clima de inevitável constrangimento que se criara com esta cena tão singela quanto inusitada – Tii, por exemplo, tomada por um sentimento muito próximo da náusea, desviara instintivamente os olhos, fixando-os às pressas no primeiro objeto imóvel e despido de sentimentos que vira, encontrando ali um refúgio seguro contra a pieguice que ameaçava engolfar a todos naquele aposento –, apesar deste verdadeiro mal-estar moral que se criara, Akhenaton, inteiramente alheio à fria opinião do mundo, continuou a cumprir, dedicada e amorosamente, aquele que talvez fosse o último pedido terreno de seu pai. (Ele teria se sentido ainda mais feliz e confiante caso tivesse visto o sorriso terno de sua adorada esposa, que, mais que ninguém, sabia o quanto lhe era importante alcançar, num último e desesperado gesto, a estima de um pai prestes a partir para sempre.)

Akhenaton esteve, assim, a coçar suavemente as costas do faraó durante alguns minutos, sob o silêncio opressivo, enquanto o odor sufocante da morte – engrossado pelas emanações dos corpos e dos hálitos adensados – pairava em toda a peça como uma névoa amarela num pântano.

Então, quando Akhenaton finalmente cessou, pondo um alívio à aflição do pai, viu brotar no rosto dele um sorriso quase deliciado, que, sendo de alívio, era também de uma inequívoca e sincera gratidão.

Aos olhos exaltados de Akhenaton, seu pai, com este simples gesto, parecia tentar resgatar toda uma vida de estúpida frieza e indiferença, e foi com esta certeza que deu livre curso à sua emoção, deixando que seu corpo inteiro fosse sacudido por soluços desabridos de felicidade. Porém, era no seu rosto que esta revolução sentimental tornava-se mais expressiva: suas pupilas amendoadas como que se dissolviam por detrás de uma verdadeira cortina de lágrimas, enquanto seus lábios grossos e inchados abriam-se de par em par, deixando entrever no seu sorriso equino de dor e alegria a consciência de ter alcançado algo há muito tempo buscado (e que, desgraçadamente, estava também a um passo de perder para sempre!).

A verdade é que, graças a este transporte, Akhenaton nunca estivera tão absurdamente feio – a ponto de sua mãe retirar-se às pressas do aposento, sufocada de vergonha e de cólera (não tanto pela aparência do filho quanto por aquela reação ridiculamente infantil), e convicta, de uma vez por todas, de que em tais mãos a dinastia dos Amenotep estava fadada, de fato, à mais completa extinção.

– Feio, mas forte...! Feio, *mas mau*...! – dizia ela, meio delirante, a lamentar a união desastrada que se fizera em seu pobre filho da feiura com a fraqueza.

Akhenaton esteve a chorar longamente, como uma criança, ao pé do leito, sem perceber a transformação que se operara rapidamente nas feições do pai – uma transformação em tudo diversa da sua, já que, em vez de entregar-se à emoção, o velho retomara sua postura habitual de frio desagrado, demonstrando que, em momento algum, pretendera enveredar pelos caminhos embaraçosos do sentimento. (O máximo que pretendera – e lástima, mais uma vez, que Akhenaton, com sua louca teimosia em querer mudar a natureza do pai, não tivesse sido capaz de entender! – fora tentar encerrar, de maneira mais ou menos descontraída, um convívio que uma incompatibilidade total de temperamentos havia tornado não tanto conflituoso quanto *desencontrado*.) (No fundo, Amenotep sempre soubera que o filho vivia num universo psicológico totalmente diverso do seu – um universo místico e efeminado, onde o Sentimento, degenerado em Pieguice, devia ser sempre parceiro obrigatória da Alegria e da Dor, cobrindo-as, a cada passo, de adereços melosos e histriônicos – e que tanto ele quanto Tii verdadeiramente abominavam.)

Amenotep III, a um passo da morte, observou com profundo desgosto o rosto convulso e inchado do filho. Mas o que verdadeiramente irritou-o foi a gota de lágrima pendida do nariz do filho – uma pequenina e exasperante gota que, apesar dos soluços de Akhenaton, recusava-se tragicomicamente a cair. O faraó cerrou os olhos com sombria determinação, decidido a não mais contemplar a visão grotesca e de mau agouro do seu sucessor a choramingar feito um bebê idiota, com aquela gota ridícula pendida na ponta do nariz.

Infelizmente, não escapou a Akhenaton este último olhar que seu pai lhe dirigiu antes de ser arrebatado pela morte – um olhar-testamento de desgosto, irritação, e mesmo de asco, que sepultou para sempre seu desejo pueril de ver o velho turrão, rendido finalmente ao Sentimento, retribuir-lhe o amor de uma maneira que, para o bem ou para o mal, jamais poderia ser a sua.

– *Alas, poor Akhenaton...!*

◆◆◆

Akhenaton, sob o impacto da dor, fora assaltado durante a noite por um de seus estados místicos e febris.

– Oh, minha amada, nunca mais veremos nosso pai Áton iluminar o céu com sua divina luz! – dissera ele à esposa real, certo de que o desaparecimento do faraó faria o mundo imergir numa treva perene.

Embora tais palavras tivessem sido dirigidas a Nefertiti, Meri-rá, o teólogo oficial da corte, não pudera deixar de escutá-las com grande e deleitoso espanto.

– O primeiro prodígio está prestes, então, a se realizar!, pensou ele, aproximando-se mais do faraó para confirmar aquele que poderia vir a ser o primeiro feito sobrenatural do profeta de Áton.

Meri-rá, estando intimamente ligado ao faraó, vinha anotando sistematicamente todas as palavras de Akhenaton desde que passara a desfrutar da condição de seu confidente particular. Ora, uma nova religião estava sendo forjada, e nada melhor do que um prodígio cósmico para maravilhar o povo e convencer todos quantos ainda teimavam em descrer do novo deus e de seu infinito poder.

– Que chance para Áton demonstrar a potência suprema dos seus dons! – pensou Meri-rá, convicto de que o deus não deixaria de obrar algo que já anunciara pela boca de sua própria encarnação terrena.

Antes, porém, o teólogo tratou de obter, junto ao faraó, a confirmação desta grandiosa profecia.

– Disseste, grande profeta, que Áton supremo deixará de lançar *hoje* os seus poderosos raios sobre as Duas Terras? – disse ele, reduzindo prudentemente o período do prodígio.

Akhenaton, numa espécie de transe, olhou para o seu confidente e repetiu sombriamente:

– Ninguém mais verá Áton brilhar sobre os céus do Egito *– nem hoje, nem nunca mais*!

Havia um tom tão extraordinariamente convicto nestas palavras que o sumo sacerdote decidiu ignorar, por conta própria, o exagero final – mero adereço da ênfase, comum nas profecias, que todo grande exegeta sabia identificar como descartável –, e foi procurar, às pressas, uma das janelas do palácio para assistir ao momento em que Áton iria fazer também o dia experimentar o terror da sua Grande Ausência.

Enquanto isto, por todo o palácio real reinava um silêncio soturno, quebrado apenas pelos cochichos dos remanescentes. Tii, a rainha-mãe, chamara a si a condução dos atos fúnebres, que deveriam estender-se pelos próximos setenta dias, como mandava a tradição.

Nefertiti levou o esposo até seus aposentos, onde pôde melhor consolá-lo, juntamente com as filhas. Meritaton, a mais velha, já estava uma menina, e de todas as irmãs foi a que mais ajudou a consolá-lo por sua grande perda (o pequeno Tutankhaton, bebê que ainda era, é claro que nada pôde fazer neste sentido).

Akhenaton, de fato, ao ver-se tão carinhosamente confortado, foi ganhando aos poucos novo e contraditório ânimo, como se a tristeza pela perda do pai viesse acompanhada também de uma espécie de alívio – o alívio de saber-se desobrigado de apresentar a uma corte distante e indiferente as provas reiteradas de sua maturidade.

Aos poucos Akhenaton descobria que num mundo fugaz e transitório, onde somente Áton perdurava para sempre, eram as perdas que tornavam um homem verdadeiramente adulto.

◆◆◆

Era hora, já, de a noite deixar de ser noite. Duas pessoas, postadas em locais diferentes do palácio real, contemplavam a grande abóbada estrelada dos céus. Uma era a imagem do desconsolo; a outra, da expectativa. Uma pretendia ver nos céus a confirmação da sua dor; a outra, das suas crenças.

Akhenaton observava o céu sem muita atenção, pois tinha certeza de que seu pai Áton, tomado de luto pela morte do velho faraó, deixaria o mundo, dali em diante, mergulhado na mais perene treva.

Meri-rá, por sua vez, não desgrudava os olhos do céu, desejoso de verem confirmar-se as palavras do profeta, que eram também as palavras do seu deus – o deus único do Egito e de todo o universo.

– Não haverá luz neste dia! – dissera o filho de Áton, com a autoridade de profeta e Filho de Deus.

"Três coisas, portanto: Áton decidira, seu profeta anunciara, e seu sumo sacerdote assim crera. Que mais faltava, pois, para que assim fosse?", pensava Meri-rá, confiante no triunfo destas três vontades coligadas.

No mesmo instante, porém, teve sua atenção atraída pelo ruído semelhante a um piado.

O piado de uma ave, sim.

"E daí?", pensou ele, espichando o beiço. Coisa mais comum era uma ave piar no escuro. Bastava um raio de lua extemporâneo, e pronto – lá vinha alguma ave idiota a tomar a prata pelo ouro.

Coisa mais comum.

– Tolo! Não vê, então, que já parti há muito tempo? – arfou-lhe, de muito longe, uma voz argêntea e cansada.

– Que seja! – insistiu Meri-rá. – Sendo hora do dia nascer, nada mais normal que uma ave qualquer – ou mesmo que *todas* elas, escravas do hábito que são – se ponham logo a piar. Qualquer idiota sabe disto!

Outra coisa que qualquer idiota também sabia é que no deserto, local onde estava erguida a Cidade de Áton, praticamente inexistiam alvoradas.

Ou seja: quando o dia vinha, vinha logo e de uma vez.

De fato, naquele dia o Disco não se atrasou um minuto sequer, riscando de fogo o horizonte com tal intensidade que ninguém podia duvidar de que brilharia também naquele dia, por mais funesto que fosse.

Meri-rá, imbuído do mais autêntico espírito religioso, pôs-se, então, a observar o renascimento de sua divindade com o mesmo estupor incrédulo de seus remotos ancestrais.

Akhenaton, por sua vez, foi tomado por um sentimento muito próximo do acabrunhamento, ao perceber que o desaparecimento de seu pai terreno, por algum motivo oculto, não mereceria o luto explícito da natureza.

O verdadeiro milagre, porém, deu-se logo em seguida, quando Akhenaton experimentou a sensação mística de estar sendo alçado fisicamente aos céus, junto com seu deus solar. Num estupor de calor e vertigem, Akhenaton continuou a subir até descobrir-se montado metafisicamente sobre o dorso escaldante de Áton.

– Vais contemplar agora, Filho meu e muito amado, o primeiro dia do universo sem o faraó – disse-lhe uma voz interior, que ele imediatamente reconheceu como sendo a de seu adorado Pai Solar.

Do mais privilegiado dos lugares, Akhenaton entreviu o vasto cenário da criação, tentando observar em cada uma das criaturas que o habitavam o vazio desesperador que a morte do deus terreno haveria de lhes inspirar.

Akhenaton lançou um olhar ávido sobre todos os animais que povoam a manhã, mas só conseguiu perceber a velha e anárquica luta de sempre na busca do primeiro alimento – uma luta feita basicamente de assassinatos e de pequenos e descarados furtos, que todos os animais cumpriam com a mesma impassibilidade de sempre.

Não havia o menor sinal de luto em toda aquela balbúrdia.

Tão claro estava isto que Akhenaton viu-se obrigado a admitir, para seu grande desconcerto, que a morte do faraó permanecia totalmente ignorada pela parte bruta da criação.

– Uma grande decepção ensombrece minha alma, meu pai! – gemeu ele ao seu pai celestial.

Como este, entretanto, permanecesse tão insensível ao seu lamento quanto as criaturas ao triste evento, Akhenaton decidiu debruçar-se ainda mais para observar que tal estariam os homens, súditos conscientes do soberano morto, certo de que ali encontraria reações espontâneas de pesar.

Akhenaton, totalmente imerso em seu delírio (pois que outro nome não se poderia emprestar ao seu estranho estado), acompanhou com avidez o aparecimento dos primeiros homens sobre a terra. Viu homens e mulheres a rumarem para seus afazeres – seja nos campos férteis às margens do Nilo, nas pedreiras que contornavam Akhetaton, ou ainda dentro dos limites da grande cidade –, mas também ali, ai!, nada viu que revelasse verdadeira dor ou inconsolável pesar.

Alguns, melhor observado, até se riam (teve Akhenaton, a certa altura, de reconhecer) (embora, a princípio, julgasse tratar-se de verdadeiro pranto) (tão semelhantes podem ser, às vezes, as máscaras do riso e do pranto) (a ponto das lágrimas umedecerem uma e outra) (pois tal é este vale de lágrimas que mesmo no riso elas brotam) (sem falar-se também de uma terceira e bastarda espécie) (a das lágrimas fingidas) (ditas também "de crocodilo") (ainda que mais próprias do homem) (e que, nem por serem fingidas, deixam de ser úmidas e verdadeiras lágrimas) (ao menos, quimicamente falando) (embora seja raríssimo ver-se um riso falso chegar ao extremo falsíssimo das lágrimas) (sendo, a propósito, muito de refletir-se acerca disto) (ou seja, da razão das lágrimas da dor serem mais fáceis de simular do que as lágrimas do riso) (ou alguém já viu por aí algum hipócrita da hilaridade rir-se até às lágrimas de uma anedota sem graça?) (embora possam existir cretinos *realmente* capazes de rirem-se até as lágrimas de uma anedota sem graça) (riso sinceríssimo, dada a sua natural estupidez) (e, de forma alguma, provocado por uma premeditada malícia) (coisa que, por sua própria e simplória reação, o risonho estulto demonstra não possuir) (nem tampouco Akhenaton, capaz de confundir o verdadeiro e o falso riso) (e, mais ainda, de tomar, como tomou, o riso verdadeiro pelo verdadeiro pranto) (coisa, como vimos, perfeitamente possível de acontecer) (como ficou exaustivamente provado ao longo deste breve e penetrante excurso).

– Então é possível que o mundo inteiro nada sinta diante da morte do grande faraó? – perguntou, perplexo, o filho de Amenotep III ao seu pai celestial.

O deus, porém, permaneceu em silêncio, deixando que o próprio mundo demonstrasse a Akhenaton que somente Áton, supremo faraó do universo, era digno das lágrimas, tristes ou alegres, de toda a criação.

◆◆◆

Antes de morrer, Amenotep III havia mandado construir, na entrada do seu templo funerário, duas imensas estátuas de si mesmo, conhecidas hoje como Colossos de Mêmnon. Dizia-se que uma delas gemia duas vezes ao dia, ao amanhecer e no crepúsculo (gemidos provocados, acredita-se, pelas bruscas oscilações de temperatura).

No reinado de Sétimo Severo, porém, já sob o jugo romano, uma reforma na estátua fez calar para sempre as últimas manifestações do poderoso faraó de outrora – que o mundo, hoje, esquecido de suas glórias, prefere chamar pelo nome de um herói grego de menor estatura.

10 – A PROFECIA DE TII

Akhenaton havia esperado apenas a morte de seu pai para retomar o plano de tornar sua esposa faraó virtual de todo o Egito.

– Minha querida, é chegada a hora de você assumir as funções régias da dupla coroa –, dissera ele a Nefertiti, tão logo encerrara-se a cerimônia fúnebre da "abertura da boca" de seu pai.

Nefertiti, pega de surpresa, não compreendeu direito o que escutara.

– O que está dizendo, meu esposo? Faraó, *eu* – uma mulher...?

Akhenaton tomou a esposa real pelas mãos e explicou-lhe, em poucas palavras, o que pretendia.

– A partir de agora, quero dedicar-me exclusivamente às incumbências religiosas de profeta de Áton. Descobri, minha amada, que o povo está muito longe de ter compreendido todos os maravilhosos desígnios de nosso deus, mantendo-se num estado de vergonhoso atraso espiritual.

O faraó parecia, na verdade, envergonhado de si próprio.

– Preciso dedicar-me exclusivamente à tarefa para a qual Áton me pôs neste mundo, que é a de proclamar a todos os povos os princípios da grande revolução espiritual de nosso deus.

– Mas e suas tarefas profanas? – disse Nefertiti, ainda aturdida. – Você é o faraó das duas terras e deve governar seu povo, como todos os seus antecessores o fizeram.

– Oh, tudo isto não passa de uma monótona sucessão de trivialidades, minha adorada! – exclamou Akhenaton, num gesto impaciente de mão. – Como profeta de Áton, não tenho mais tempo a perder com tais ninharias. Por isto, pretendo transferir a você, o quanto antes, a condução de todos os assuntos do Estado.

– Não, não, Akhenaton! Você é quem deve governar!

– Procure entender, minha adorada! Meu governo não é deste mundo!

Akhenaton ingressara definitivamente em seu universo mental particular, do qual nem mesmo sua esposa tinha poder bastante para retirá-lo.

– Nos últimos dias não tenho feito outra coisa senão penitenciar-me! – disse ele, exaltado.

– Meu deus, meu amor! Penitenciar-se do quê?

– De ter colocado o desfrute régio acima de minha missão primordial!

Akhenaton fitou sua esposa firmemente nos olhos.

– Minha missão neste mundo é muito maior do que conceder audiências e cumprir estúpidos protocolos oficiais. Sou um instrumento de Deus para a revelação da verdade!

Akhenaton curvou um pouco a cabeça, antes de acrescentar:

– Infelizmente, tenho sido um péssimo instrumento!

Nefertiti sabia que este era apenas o começo de um longo discurso, e deixou que seu esposo devaneasse livremente. Ela precisava de tempo para organizar as ideias e ver que espécie de consequências isto traria à sua vida – e, mais que tudo, à vida de seus filhos (em especial, à do pequeno herdeiro).

"Tutankhaton não pode ficar sujeito a uma querela sucessória", pensou ela, temerosa das consequências futuras desta abdicação tácita que Akhenaton pretendia levar a cabo.

Nefertiti nutria por Tutankhaton um verdadeiro amor materno, esquecida inteiramente do fato de que era sua mãe postiça. Tutankhaton era agora o *seu* filho e o *seu* herdeiro, a despeito do ato fatal que a levara até isto.

– A minha audácia, a minha grande audácia...

Era com estas palavras que Nefertiti se referia secretamente àquele ato que lhe possibilitara tornar-se mãe efetiva do filho de Kiya – ato este a que o murmúrio das ruas poderia dar um nome muito mais terrível, mas que ela, valendo-se de um duvidoso jargão político, preferia chamar de "uma alta providência de Estado", uma garantia definitiva que ela, como verdadeira mãe e rainha, tivera a coragem de tomar ao destino em nome da segurança de sua família (o que a tornava, também, por mais que lhe repugnasse a comparação, espelho vivo de sua sogra, demônia maternal única e doentiamente obcecada pelo futuro de sua dinastia).

Antes que Akhenaton tivesse concluído sua fala, Nefertiti viu-se interrompendo-o, num repente de decisão.

– Está bem, meu amado, farei como quer: portarei a dupla coroa, para honra sua e de nosso amado Áton!

Akhenaton pôs fim à sua arenga e correu a abraçá-la.

– Obrigado, minha adorada! – disse ele, eufórico, cobrindo a esposa real de beijos. – O povo irá amá-la fervorosamente, esteja certa, como jamais amou soberano algum!

"Amada fervorosamente pelo povo!", pensou ela, atônita.

Esta ideia provocou-lhe um tal impacto que sentiu faltar-lhe o fôlego.

Nefertiti adorava ser amada por seu esposo e por seus filhos – mas... *pelo povo*?

– Precisamos que o povo nos ame ainda mais, muito mais! – disse o faraó, tornando-se tão excitado como se tivesse se tornado, ele próprio, este povo sedento de amor.

Doeu a Nefertiti saber que ela – que após o nascimento de sua primeira filha passara a amar unicamente aos seus filhos e marido – deveria, a partir de agora, cativar esta monstruosa criatura de mil rostos, a fim de vencer o mesmo preconceito que provocara um dia a ruína daquela outra mulher-faraó, a respeito da qual a História falava de maneira tão reticente.

Imediatamente lhe voltou à mente, enquanto era possuída ardentemente pelo esposo, o desenho torpe que algum crápula borrara nas paredes do templo funerário da rainha morta. Tão vívida e repentina fora esta lembrança que, em meio ao seu maior prazer, Nefertiti imaginou ver ruírem as paredes do palácio, deixando-a, tal como Hatshepsut na caricatura, exposta, em pleno coito, aos olhos debochados do povo.

Nefertiti cumpriu o restante do ato de olhos cerrados, orando a Áton com todas as suas forças para que tal indignidade jamais viesse a macular as paredes de sua tumba e os infinitos dias de sua ausência sobre a terra.

◆◆◆

Nefertiti iria tornar-se faraó em uma suntuosa cerimônia, que contaria com a presença de todas as altas autoridades do Egito – a maioria delas ainda surpresa daquela novidade.

– Minha filha *faraó*? – dissera o velho Aye, num estupor de incredulidade e indignação.

A mãe de Akhenaton, entretanto, fora a única a mostrar-se serena diante do fato inusitado.

– Nefertiti reúne, no momento, mais condições de governar o Egito do que meu filho – dissera ela ao irmão.

– O que está dizendo?! – exclamou Aye. – Isto é uma grandessíssima loucura, eis o que é!

– Loucura é termos um homem tíbio no governo do Egito – respondeu Tii, com toda a frieza.

– Não sabia que fazia tal conceito do seu próprio filho! – disse Aye, entre cínico e pasmo.

A rainha-mãe tomou um grande fôlego antes de explicar-se.

– Akhenaton parece ignorar tudo que se passa ao seu redor. Nada sabe, por exemplo, dos conflitos armados que têm ocorrido nos países vizinhos, patrocinados pelos hititas. Ou então – como quero crer – finge ignorar.

– Por que o faria?

– Ele acha que o seu deus não gosta de guerras – nem mesmo as feitas em sua própria defesa.

– E, por causa disto, você acha que a melhor solução é colocarmos uma mulher no trono do Egito? – disse Aye, num tom franco de deboche. – Imagine só o que Supiluliuma deve estar achando da ideia!

Um espasmo violento contraiu a sobrancelha direita da rainha-mãe, como acontecia sempre que ouvia alguém mencionar o nome do rei dos hititas, arquirrivais do Egito.

– Nefertiti me disse que a correspondência oficial dos soberanos aliados não faz referência alguma a tais conflitos – disse Tii, preocupada. – Isto significa que pode estar havendo sabotagem dentro do próprio governo.

– Sabotagem...?

– Sim, alguém, em altos postos dos ministérios, deve estar ocultando fatos muito importantes do faraó.

Aye coçou furiosamente uma de suas orelhas de abano, puxando, repetidas vezes, o lóbulo imenso e elástico.

Tii desviou o olhar, extraordinariamente irritada.

– Isto é grave... poderosamente grave...! – disse ele, espichando ao máximo o lóbulo enorme e engordurado.

Não demorou muito para que a irritação de Tii alcançasse a ira.

– Meu deus, pare com isto! Vai limpar o queixo com a orelha?

Aye demonstrou sua profunda solicitude trocando de pavilhão.

– Poderosamente grave...! – continuou a dizer.

Tii anunciou, então, que havia decidido tornar-se conselheira direta de Nefertiti, uma vez que era profunda conhecedora, desde os tempos do reinado de seu falecido esposo, das intrigas diplomáticas.

– Oh, teremos, então, duas mulheres no comando do Egito! – disse Aye, sardônico. – Deixe só o pobre Supiluliuma saber disto! Já posso vê-lo indo enfiar-se, todo borrado, debaixo da cama!

– Posso garantir-lhe que terá motivos de sobra para isto, caso minha nora siga religiosamente meus conselhos! – disse Tii, arregalando seus olhos amarelos de ictérica. (Sim, se dependesse dela o país de Hatti seria invadido e arrasado naquele mesmo dia, com o seu rei sendo empalado vivo numa estaca fervente. Pela sua mente chegou a passar a imagem vibrante de uma Nefertiti de espada em punho, em pleno campo de batalha, a chacoalhar os peitos sobre um cavalo branco todo sarapintado do sangue de milhares de hititas pisoteados.)

Tii esperava que o episódio desagradável da segunda esposa de Akhenaton estivesse totalmente superado, e que ela e a nora pudessem voltar logo aos tempos felizes do seu antigo relacionamento – época em que, segundo ela, haviam sido "amicíssimas" –, colocando os interesses do Egito acima de quaisquer rusgas do passado.

"Ela é como eu – exatamente como eu!", pensou, confiante, a rainha-mãe, antes de deixar o palácio real para ir assistir à cerimônia que iria tornar Nefertiti corregente e faraó virtual do Egito.

Na pressa, Tii havia esquecido de mencionar também o surto recente e violento de peste, oriundo dos campos inundados às margens do Nilo, que tomara conta de toda a parte pobre de Akhetaton. Centenas de pessoas já haviam morrido, podendo a coisa evoluir rapidamente para uma devastadora epidemia.

Com efeito, ao dirigir-se para o local onde seria realizada a grande cerimônia, Tii recebeu de passagem, vinda dos subúrbios miseráveis, uma lufada de vento podre na cara – e este foi o começo do seu fim.

◆◆◆

Durante a cerimônia oficial que elevou Nefertiti à condição virtual de faraó, foi ela brindada com o novo e sagrado nome real de "Semenkhare" (que significa, aproximadamente, "o ká de Rá está solidamente firmado").

Durante muito tempo este nome foi alvo da mais profunda controvérsia entre os egiptólogos, havendo quem acreditasse tratar-se de um misterioso "sucessor" de Akhenaton – talvez um seu parente masculino (irmão legítimo ou filho de seu pai com outra esposa real) –, embora não haja menção alguma nos textos da época sobre a identidade concreta de um tal personagem, senão o seu nome, envolto no cartucho característico da realeza.

Algumas vozes mais audaciosas chegaram a propor a tese de que este ser misterioso pudesse ser, na verdade, um "amante masculino" do faraó, colocado a seu lado para governar "como verdadeira rainha" (Nefertiti teria sido repudiada pelo faraó após a súbita conversão deste pai de sete filhos ao homossexualismo).

Tudo isto, porém, não passa da mais desvairada tolice. Hoje em dia, a maioria quase unânime dos estudiosos rejeita de maneira categórica esta fantasia homoerótica extravagante, postulando, de modo muito mais sensato, que Semenkhare não passava, na verdade, da própria Nefertiti, investida na condição de corregente do Egito. (Basta observar-se a evolução extraordinária que a sua imagem sofreu, ao longo dos anos, na arte amarniana: de um começo apenas modesto, no qual aparecia retratada em discreto segundo plano, a figura de Nefertiti evoluiu até tornar-se protagonista da maioria destas representações, chegando ao ponto de, na mais impressionante delas, aparecer abatendo os inimigos do Egito com a clava real – pose, até então, exclusiva dos faraós.)

A partir da sua elevação ao cargo de corregente do Egito, Nefertiti tornou-se, pois, verdadeira mulher-faraó – fato que, excetuado o seu esposo, agradou a pouquíssimos membros da corte e do próprio povo, viciados que estavam no formalismo rígido da tradição. (Formalismo este verdadeiramente afrontado no instante em que Nefertiti, após ter recebido as insígnias do poder real, recebeu também o cavanhaque postiço, símbolo da autoridade máscula e régia dos faraós).

– Mas isto é um escândalo! – exclamou Aye ao ver sua filha barbada feito um homem.

– Chhh! – disse Tii, com o bodum da morte ainda pegado às narinas.

A verdade é que este episódio dera a Aye a certeza definitiva da fraqueza mental do genro.

– Este tal de Akhenaton é um boboca, mesmo! – disse ele, antes de ser golpeado pelo cotovelo ossudo da irmã.

Akhenaton, entretanto, observava tudo com o ar sereno e deliciado do soberano que vê cumprir-se regiamente a sua vontade. Com uma esposa maravilhosa, seis filhos saudáveis e inteiramente livre para dedicar-se à sua tarefa primordial de profeta de Áton, Akhenaton era o retrato perfeito da realização humana.

– Aproxima-se a hora, meu pai, em que todos os povos da terra rejubilarão, irmanados sob os raios exclusivos da tua divindade! – disse ele, exultante, ao tomar a palavra.

Ignorando o ódio, a inveja e o pasmo daqueles que o rodeavam, Akhenaton só tinha olhos para a esposa adorada e seu pai celestial, a dardejar os raios generosos sobre a maravilhosa cena.

– Finalmente, adorado pai, o mundo conhecerá a tua paz! Nunca mais os povos terão de escutar o retinir cruel das armas, fomentado pelas divindades sanguinárias e seus pérfidos sacerdotes!

Não havia um único sacerdote do velho Amon guerreiro presente à cerimônia – eis que o seu culto havia sido totalmente extinto –, razão pela qual ninguém ousou contestar a afirmação peremptória do faraó.

Tii, por sua vez, embora estivesse presa já de uma febre ardente (produto do bafo podre apanhado a caminho da cerimônia), extraiu das palavras proféticas do filho um poderoso alívio, ainda que por motivos muito diversos. No seu espírito marcial de anjo tutelar da dinastia dos Amenotep pairava a certeza de que Nefertiti, à revelia dos delírios pacifistas do esposo, trataria logo de impor a nova divindade, a ferro e fogo, a toda a malta dos povos vizinhos (menos, é claro, aos súditos do rei-diabo, que seriam passados todos, preventivamente, a fio de espada).

– Sim, filho feio e amado, mortos os inimigos de Áton, ingressaremos todos no Reino da Paz!!! – exclamou a rainha-mãe, em franco delírio, antes de desmaiar e ser carregada às pressas para o palácio real de Akhetaton.

◆◆◆

Tii foi instalada num dos muitos quartos do palácio real. Assistida pelo médico oficial da corte, esteve acamada durante dois dias – prazo estabelecido pelos deuses para o desfrute da sua agonia.

Apesar de devota sincera da vida, a rainha-mãe assumira a postura de uma moribunda convicta assim que intuíra a inevitabilidade da morte. Descrente, interiormente, da farsa religiosa, ignorou completamente todos os rebolados e abracadabras rituais do sacerdote, além de cuspir longe as chapoeiradas inócuas que o charlatão tentara fazê-la beber.

Não, nenhum mercador de ilusões a enganaria: a sua vez chegara.

Tii expulsou o taumaturgo do quarto e proibiu o ingresso nele de qualquer outra pessoa.

– Morte não se reparte! – disse ela, estoicamente, solicitando a presença do filho e da nora apenas quando sentiu que iria perder, em definitivo, o governo das ideias.

– Que entre, primeiro, a minha nora – *e somente ela* – disse a rainha-mãe, com os olhos subitamente acesos.

Assim que viu Nefertiti adentrar a peça, Tii transfigurou-se, possuída pelo gênio da raça.

– Oh, aí está você, amada! – disse ela, estendendo, cansadamente, um dos braços para a mulher que, a partir de agora, teria nas mãos o destino da dinastia egípcia.

Nefertiti, porém, permaneceu onde estava, incapaz de demonstrar afeto à sogra (embora, também, incapaz de expressar o seu ódio).

Tii havia decidido pôr um fim a uma dúvida que a atormentava – uma dúvida excruciante, que ela não admitiria, de modo algum, levar para o túmulo. Por isto, pediu à nora que se aproximasse.

Nefertiti, algo contrariada, deu alguns passos na sua direção.

– Aí está bem – aí está bem, adorada! – disse Tii, temerosa de contaminar a mãe do pequeno herdeiro.

– Como está nosso Tutankhaton? – disse ela, subitamente lembrada.

Nefertiti respondeu, laconicamente, que ele estava bem e dormindo.

Tii deu um sorriso satisfeito, porém, logo em seguida, tornou-se séria outra vez.

– Não deixe que durma demais, minha cara! – disse ela, retomando, num surto súbito, a sua amada impertinência, enquanto um véu de preocupação escurecia ainda mais os seus traços de velha símia.

– Sonhos são nefastos... falam das coisas do céu como se fossem da terra... – disse ela, antes de balançar molemente o dedo recurvo, num tom intimista de alerta: – Não permita nunca, menina, que o meu filho durma demais...!

Tii parecia tresvariar, confundindo o neto com o filho.

Mergulhando num silêncio nervoso, Tii esteve a observar longamente o rosto da nora, até finalmente reunir forças para fazer a pergunta fatal, num tom muito baixo.

– Diga, minha nora: *você fez*...?

No mesmo instante Nefertiti soube do que a velha falava. Uma voz ríspida e interior lhe disse para não desviar o olhar – não desviá-lo em hipótese alguma! –, pois isto equivaleria a uma confissão.

– Do que está falando... esposa real? – disse Nefertiti, sustentando bravamente o olhar.

Tii espichou os lábios, num esgar de quase doçura.

– Não, minha querida, a esposa real agora é você. Só há, a partir de agora, uma esposa real em todo o Egito.

Tii fez uma pausa, antes de acrescentar, terrível e inesperadamente sarcástica:

– Na verdade, bem sabemos, poderia haver duas...!

Nefertiti, num esforço sobre-humano, conseguiu ocultar habilmente o seu mal-estar, a ponto de a rainha-mãe parecer francamente desconcertada.

– Então... *não fez*? – disse ela, com um esmorecimento evidente da voz.

Nefertiti, julgando-se vitoriosa, fez menção de rumar para a porta.

– Vou deixá-la agora, minha sogra. A senhora precisa descansar.

Então, Tii, lançando longe as cobertas, pareceu prestes a arremessar-se sobre a nora.

– Pelo amor de Áton, diga-me a verdade... *diga-me a inteira verdade*! – gritou ela.

– Chh! O que está fazendo? – disse Nefertiti, apavorada, correndo até a velha para tentar silenciar os seus gritos.

– Não posso morrer...! Não posso morrer sem saber! – ciciou a sogra ao ouvido da nora.

Nefertiti sentiu arder na orelha o hálito escaldante da moribunda.

– Deixe-me, bruxa! Não sei do que está falando! – disse ela, recolocando, à força, a sogra sobre o leito.

– Sabe, sim! – sibilou violentamente a velha. – Nem mesmo a Morte me levará antes que eu tenha esta certeza!

Tii tomou a face da nora entre as mãos e pôs-se, como uma amante enciumada, a estudar-lhe sofregamente os olhos.

– Solte-me, solte-me! – disse Nefertiti, baixinho, tentando, a todo custo, evitar um escândalo.

– Diga-me, diga-me! – respondeu a sogra, desvairada, porém no mesmo tom abafado.

Travou-se, assim, durante alguns segundos, uma tão intensa quanto silenciosa luta – quase, diria-se, uma luta de duas serpentes, tal a sonoridade sibilina dos sussurros –, até que Nefertiti, temerosa de provocar a morte da mãe de seu esposo, rendeu-se aos estertores desesperados da agonizante.

Nefertiti não moveu mais um único músculo, nem proferiu qualquer outra palavra – apenas permaneceu inerte, passando a dialogar silenciosamente com os olhos amarelos e perfurantes da sogra.

Eram os olhos de duas mães e mulheres a se entenderem – e está dito tudo.

Se ambas tivessem trocado palavras, como duas mulheres idiotamente normais, teria sido preciso um dia inteiro para que pudessem transmitir, uma à outra, tudo quanto disseram naquele curto espaço de tempo aqueles dois pares de olhos frios e serenos (macabramente serenos, como só podem ser, nesta terra, os olhos da Natureza e de duas mães determinadas a tudo para protegerem a sua prole).

Assim que o tremendo diálogo mental se encerrou, Nefertiti deu as costas para sempre à sua sogra, abandonando, a passos firmes, o amaldiçoado aposento.

– Deus seja louvado...! – exclamou Tii, desabando, feliz, em seu leito de morte. – Deus seja louvado...!

Tii tinha agora a certeza de que o herdeiro dos Amenotep estava em seguríssimas mãos.

◆◆◆

Logo após a saída de Nefertiti, Akhenaton entrou no aposento. Junto com ele vinha Bes, que, nos últimos tempos, passara a ocupar o posto oficioso de sombra minúscula do faraó.

Tii, imersa num semidelírio, não deu, a princípio, pela presença do símile de anão.

– Akhenaton... – disse a moribunda, arquejante e arregalando um pouco os olhos.

Prevenido pela experiência decepcionante da morte do pai, o filho de Tii viera já precavido contra as falsas expectativas.

– Como está... minha mãe? – disse ele, sem saber exatamente o que dizer àquela mulher que, nas primícias da morte, devia fazer-se ainda mais fria e austera.

– Quase morta, como vê... – disse ela, pervagando o olhar para outra direção que não as feições do filho, até enxergar, por acaso, o pequeno anão negro.

– Quem é este? – disse ela, cerzindo as pálpebras. – O que faz aqui?

Akhenaton olhou para Bes e pareceu quase tão espantado quanto a mãe diante daquela presença.

– É Bes, minha mãe! – disse ele, após uma breve pausa.

– Oh, trouxe-me o deus da saúde – disse Tii, num sarcasmo azedo. – Que espécie de maroteira é esta, menino?

– Não, não, você já o conhece! – exclamou Akhenaton, vexado. – Foi ele quem salvou a vida de Nefertiti no atentado, está lembrada?

– O que faz aqui? – repetiu Tii.

– Achei que poderia ser útil... Ele diz trazer um grande conhecimento da sua terra...

– Pois diga ao seu deus de araque que guarde para si os seus grandes conhecimentos.

Bes, sem qualquer sombra de mágoa, repuxou os lábios, descobrindo uma dentadura alvíssima, que a mãe de Akhenaton esteve a observar com o ar alheado dos moribundos. Devia haver algo, entretanto, muito poderoso neste sorriso, pois foi quanto bastou para que Tii pusesse um fim às suas impertinências.

– Meu filho, ouça o que tenho a lhe dizer – disse ela, encarando-o de repente. – Estou morrendo, como bem pode ver. Queria imensamente poder viver mais, a fim de ajudá-lo nos tempos terríveis que estão por vir...

Tii fez uma pausa, com o fôlego exaurido.

– Não haverá tempo terrível algum, minha mãe – disse Akhenaton, aproveitando a pausa. – O tempo mais belo é o que está para chegar, o tempo em que Áton espalhará seus raios benfazejos sobre todos os povos.

Tii fechou os olhos, como se tivesse sentido uma pontada aguda de dor. Quando os reabriu, Akhenaton descobriu neles aquele mesmo brilho de impaciência que se habituara a observar nas antigas discussões.

– Cale a boca – disse ela, numa irritação cansada. – Não fale enquanto eu estiver tomando fôlego...

Akhenaton, magoado mais uma vez diante da incompreensão materna, começou também a se exaltar.

– Um mundo novo e maravilhoso está para nascer, minha mãe! – disse ele, procurando, desesperadamente, levar a luz de Áton ao coração daquela pobre réproba. Como queria fazê-la entender isto!

– Seu tolo – disse Tii, depois de algum tempo, num sussurro quase inaudível.

Ela dissera isto sem rancor algum, como quem faz uma amarga e definitiva constatação:

Akhenaton ficou paralisado, como ficam sempre os filhos diante de uma agressão inesperada dos pais.

– Não pode, então, amar-me uma única vez? – disse ele, com os olhos inundados de lágrimas.

Tii, diante disto, resolveu, finalmente, abrir uma brecha em sua gélida armadura.

– Se não o amasse não estaria tentando, até o último instante, salvá-lo do abismo.

Akhenaton fez menção de lançar-se nos braços da mãe, mas ela repeliu prontamente a pieguice com estas palavras viris:

– Entenda isto de uma vez por todas, meu filho: *o mundo é dos maus*!

– Não, minha mãe, o mundo é de Áton – disse ele, voltando desconsoladamente ao conflito.

– Não, não!O mundo é dos maus!

– Não são maus, são cegos.

– O mundo é dos cegos!

– Áton lhes dará a luz.

– Eles não querem luz alguma, pateta! Querem, apenas, os seus interesses!

– Áton lhes ensinará que seu verdadeiro interesse é o Supremo Bem.

– Quantas vezes já lhe disse que este rebotalho não quer saber de bens supremos nem de seu deus idiota?

Akhenaton cobriu o rosto, horrorizado.

– Por favor, minha mãe, não blasfeme – *não neste momento*!

Tii, entretanto, voltou à carga, extraordinariamente alterada.

– Pelo amor de deus, pare de delirar e proteja a sua família! Proteja-os, Akhenaton, proteja-os a qualquer custo, porque os lobos já estão prontos para se lançarem de todos os lados sobre você, sua esposa e seus filhos e – *meu deus, meu deus, posso já antever!* – dilacerá-los um a um!

Tii pôs-se a arquejar de maneira tão violenta que o filho começou a bradar por auxílio.

– Criança! – disse ela, recaindo outra vez sobre o travesseiro. – Por que todo este alarde? Estou apenas morrendo... – E repetiu, depois, quase serena: – Estou só morrendo, meu filho... estou só morrendo...

Tii lamentou amargamente não poder encontrar, neste momento tão decisivo, um argumento melhor para demover o filho da sua torva ingenuidade. Um novo semidelírio tomou-a, outra vez, fazendo-a rogar ao deus idiota que lhe inspirasse um argumento irretorquível capaz de retirar o filho da ponta do precipício.

Infelizmente, a moléstia recrudesceu de tal forma que acabou por privá-la definitivamente da fala, obrigando-a a gastar as poucas horas restantes de vida em arquejos agoniantes e desmaios profundos que eram verdadeiros ensaios da morte. Nas poucas vezes, porém, que recobrou a consciência, pôde ver sempre ao seu lado o filho inconsolável – visão esta que, em vez de acalmá-la, mais a atormentava, privada que estava de dizer-lhe algo (uma única palavra que fosse!) que pudesse, ainda, livrá-lo do fim miserável.

Seu último desmaio teve uma longa duração, de tal sorte que ela só voltou a recobrar a consciência quando o dia já começara a raiar. Seus olhos inquietos pousaram mais uma vez sobre o filho, que permanecia estático ao seu lado, e depois voltaram-se, instintivamente, para a grande janela do quarto. Uma forte luminosidade começava a ingressar, provinda do sol que, aos poucos, ia preenchendo a enorme moldura do vão.

Então, subitamente, os olhos de Tii começaram a arregalar-se extraordinariamente. Voltados para a janela, e iluminados pelo astro que se erguia majestosamente, eles pareciam querer dizer algo – algo absolutamente vital!

Tii descobriu o braço descarnado e, apontando-o tremulamente na direção da janela, parecia indicar ao filho que ali – *exatamente ali*! – estava toda a sua salvação. O filho leu isto em seus olhos – e leu certo, pois era exatamente isto que eles queriam desesperadamente dizer: "Olhe, filho, olhe! – *ali, e só ali, está a sua salvação*!!!"

Quando teve finalmente esta certeza, Akhenaton começou a soluçar convulsamente.

"Deus, ela estava salva!", pensou, num êxtase de ventura. Áton misericordioso dignara-se a iluminar, no último instante, o entendimento obtuso de sua mãe, abrindo-lhe o coração para a Luz e a Verdade!

Akhenaton cobriu o rosto e chorou de dor, alegria, desespero e regozijo quando viu a mão descarnada da mãe – mãe adorada e finalmente redimida! – cair de volta sobre o leito, abandonada de todo pela vida.

Cegado, porém, pelo seu júbilo, Akhenaton não fora capaz de perceber que Tii havia apontado não para o sol, mas para a minúscula figura negra que se mantivera, o tempo todo, postada à janela.

11 – A GRANDE TRIBULAÇÃO

Correspondência oficial de Supiluliuma, Rei dos Hititas, endereçada a Akhenaton, faraó das Duas Terras, no ano 12 do reinado de Akhenaton:

(As lacunas do texto – trata-se de um fragmento cuneiforme – referem-se a trechos perdidos.)

"Eu Supiluliuma sob o título divino de Resplendor do Sol detentor perpétuo da coroa e guardião supremo dos portões de Hattusa capital deste meu vasto império e descanso eterno do meu trono onde esplendo como filho dileto de Teshub diretor do céu e alongador dos meus dias eis que venho perante ti grande soberano falar-te como falava a teu pai Amenotep III rei que foi de muito minha estima pois não há que possa esquecer-me dos dias felizes em que me vi cumulado por ele de valiosos presentes e de joias e de ouros e de tudo quanto esplende e reluz sobre a terra em muitas e faustosas quantidades para dizer-te do muito meu desejo que tenho de dobrar uma vez mais os nós dos laços de amizade que me unem a ti parelha de mim como ligaram até ontem a vosso liberalíssimo pai doador contumaz de coisas belas. Somos eu e tu como bem havemos de recordar todas as manhãs a cada novo levante do Senhor do Céu e prodigalizador de nosso alento soberanos incontestes desta grande parte fértil e ameníssima do mundo eis que nossos deuses generosos decretaram desde o início de todas as coisas em amável e soberano concílio que nossos reinos devessem estar perpetuamente emparelhados em riqueza e prestígio de tal sorte que a rivalidade viesse a mudar-se no empilhar dos anos em deleitosa amizade inda que a língua pestilenta dos intrigantes ávidos de verem ruir nossos tronos e de empalmarem nossos reluzentes cetros esteja como sempre esteve disposta a espalhar de maneira soez as mil mentiras e invenções acerca de minhas e de tuas intenções maculando-as com o nome de vis e traiçoeiras quando bem sabemos que nossos peitos amantíssimos da concórdia jamais as vieram vêm ou virão de abrigar (...) consultar o teu harém, repleto que há de estar de tuas muitas filhas e de jovens belas e estrangeiras vindas de todos os recantos da terra (...) tornando nossas coroas inda mais unas e fraternas (...) indissolúvel (...) por toda a eternidade de nossa feliz descendência sobre a terra. Eu O Sol quisera pois muito de minh alma que me fosse concedida a altíssima honra de receber em meu incomparável harém uma de tuas filhas de belos traços e rijos mamilos para que possa fazer praça e vaidade a todos quantos venham a pisar o solo sagrado de Hattusa desta minha nova esposa a qual com justíssimo deleite hei de passar a proclamar e alardear e apregoar por toda a eternidade de meus dias sobre a terra como sendo o ornamento maior de meu leito e de minha faustosíssima corte (...) À parte deste assunto que é alma e substância de tudo quanto possa constar desta elevada missiva (...) ciente que estou de que estás a empreender uma nunca vista reforma religiosa em tua terra (...) substituindo a multidão de teus deuses neles incluído o deus principal de teus pais por um deus único ao qual chamas Áton o qual quero crer na minha ignorância das coisas tuas divinas esteja muito próximo da grandeza de meu Teshub trovejador invencível e de todos os deuses que pululam em minha terra a tal ponto ser dita ela terra dos mil deuses (...) e quase chegara a dizer-te não fosse o receio de tomares tal como pilhéria que mandasses para cá os deuses que te sobejam para aí pois que isto de deuses nunca é coisa que exceda sendo tantos os trabalhos e aflições a descerem continuamente sobre a multidão de nossos povos e que nem mesmo nossa grande sabedoria e diligência é capaz de pôr remendo que não despegue (...) admirando grandemente teu empenho e tua fé (...) ainda que não chegue a advertir da vantagem duma tal troca pois doutro modo nós que temos tantos deuses não estaríamos a gozar tão alto favor e defesa dos céus (...) manda-me pois uma de tuas filhas de rígidos bicos e ainda outros tantos presentes valiosos quantos mo costumava enviar em generosa cópia o teu saudoso pai, rei amantíssimo que era da paz e de presentear os amigos que o tempo provara serem dignos da sua alta estima (...) pois que outra guerra temos travado nestes anos todos senão alguma escaramuça de fronteira que comandantes e soldados enfadados inventam por puro desfastio e que uma única palavra conjunta emanada de nossas altas soberanias tem bastado para fazer reverter em nada e coisa nenhuma? (...)" (*O restante do texto se perdeu*).

◆◆◆

Supiluliuma, rei dos hititas, ao contrário do que se poderia crer no Egito, era um rei tão estimado e temido pelo seu povo quanto qualquer outro daqueles dias de severa autocracia. Fazendo exatamente o mesmo tipo de política que se poderia esperar do rival mais poderoso de uma nação hegemônica, como era, então, o Egito de Akhenaton, o rei hitita vivia dos deslizes e falhas do poderoso rival. Graças a informações obtidas por sua eficiente rede de espionagem, espalhada pelos países vizinhos, e mesmo dentro das fronteiras do Egito, o rei hitita estava na posição confortável do predador que espreita um eventual descuido do rival muito mais forte.

Supiluliuma sabia que poderia, no máximo, emparelhar com as forças do faraó num possível confronto; por isto, resolvera apelar para uma política insidiosa de intriga e violência traiçoeira sobre os aliados mais fracos do inimigo, a fim de minar o poder dos egípcios na região.

Desde a morte do pai de Akhenaton que o rei dos hititas tinha motivos de sobra para esfregar as mãos. Ciente das ideias extravagantes do novo faraó, Supiluliuma pudera traçar, com base nelas, os primeiros passos da sua política expansionista na região.

"Akhenaton é inimigo da guerra!", haviam lhe dito espiões entusiasmados.

Supiluliuma, porém, conteve seu próprio entusiasmo. Ele era sensato o bastante para saber que somente duas coisas, em qualquer tempo, podiam manter a hegemonia de um império: a força e a astúcia. Se o novo faraó abria mão da força, convinha saber desde logo que espécie de astúcia pretendia empregar para dispensar aquele outro meio muito mais direto e eficiente de resguardar os seus interesses.

Aos poucos, porém, o rei hitita foi se inteirando das coisas que se passavam no Egito.

"O novo faraó não passa de um demente", continuavam a dizer-lhes os espiões, cada vez mais eufóricos.

Muito em breve, segundo estas mesmas e seguríssimas vozes, o Egito inteiro estaria mergulhado numa sangrenta guerra civil, pois o novo faraó resolvera afrontar toda a antiga casta sacerdotal, extinguindo o culto do deus tebano tradicional em favor de uma nova divindade, da qual ainda muito pouco se sabia.

– Descubram imediatamente que tal deus será este – ordenara o rei hitita, curiosíssimo para saber que espécie de divindade poderia sobrepujar aquela outra, que se mostrara até ali tão eficiente e poderosa.

"Tal deus, tal faraó", pensava o rei, a alisar a barba.

Porém, quando teve a certeza do caráter do novo deus, Supiluliuma caiu verdadeiramente das nuvens.

– Um deus amante da paz?! – disse ele, inteiramente aturdido.

O rei hitita sentiu um suor frio correr-lhe pela espinha aderida ao espaldar do trono. A ideia era tão absurda que, decerto, devia esconder-se ali, como uma solerte serpente, uma perigosíssima astúcia!

Mas as informações continuaram a vir, até que a primeira correspondência oficial enviada pelo novo faraó lhe deu a certeza de que, de fato, Akhenaton não batia bem das ideias.

Supiluliuma rira um dia inteiro por conta da engraçadíssima carta.

– Um deus pacifista! Um deus que só falava em amor, em campos e montes e pássaros e homens e bichos ternos e inocentes como esquilos, iluminados todos pela luz benfazeja de uma divindade inimiga da guerra!

Supiluliuma repetia todas estas coisas enquanto acondicionava, deliciadamente, o riso em seu ventre.

– Que tal lhes parece? – disse ele, aos seus conselheiros, que pareciam, contudo, ainda receosos.

– Talvez devêssemos, grande Resplendor do Sol, fazer um teste – disse o conselheiro mais precavido.

Supiluliuma não achou despropositada a prevenção, e acatou imediatamente o conselho. No mesmo dia, ordenou que suas tropas começassem a praticar algumas incursões sangrentas no país do Mitani, pequeno país limítrofe do Egito e leal ao faraó, a fim de testar a reação deste diante da provocação.

O tempo passou, porém, e nada aconteceu.

– É preciso dar tempo ao rei mitaniano para que faça suas queixas ao faraó – disse o conselheiro.

Supiluliuma, então, juntando a astúcia à prevenção, decidiu ousar um novo lance.

– Subornem algum egípcio do ministério dos assuntos estrangeiros para que intercepte tais queixas.

– Devo adverti-lo, grande monarca, de que isto terá um alto custo – disse o tesoureiro real.

– Imbecil! – exclamou o rei, todo alterado. – Quanto pensa que custa tornar-me senhor do universo?

E foi assim que começaram a desaparecer, antes de chegarem às mãos do faraó, os pedidos de socorro cada vez mais reiterados e desesperados dos seus aliados, submetidos à insidiosa agressão hitita.

Naturalmente que tais eventos não poderiam permanecer ignorados de todos os egípcios. Horemheb, o comandante supremo dos exércitos egípcios, logo ficou sabendo de tudo quanto se passava nas fronteiras do Egito e resolveu alertar, pessoalmente, o faraó.

– Supiluliuma está fomentando rebeliões e invasões por toda parte – disse ele a Akhenaton. – Que espécie de providencias o faraó pretende tomar?

– Nada sei de rebeliões, disse o faraó, com o ar vagamente ausente. – Trata-se, com certeza, de um boato, coisa que sempre haverá enquanto continuarmos a alimentar nossos corações com o ódio e a desconfiança.

Horemheb, que também desconhecia o sumiço da correspondência oficial, mostrou-se pasmo.

– Como pode ser isto, grande faraó? Todos em Tebas já comentam o caso, e só aqui, na capital, é que todos parecem desconhecer a gravidade da situação. Devemos, com toda a rapidez, cortar as garras ao cão hitita.

– Por que usa tais termos? – disse o faraó, incomodado com a linguagem do comandante. – Supiluliuma não é um cão, mas o soberano de Hatti, a quem desejo converter, o mais breve possível, em aliado e irmão.

– Perdão, grande faraó, mas não vejo como um egípcio possa vir a tornar-se irmão de um hitita, nem tampouco que hititas possam deixar de ser os cães traiçoeiros de sempre – disse Horemheb, intransigente.

– Enquanto persistirmos em tratá-los de cães não haverá paz possível nesta parte do mundo – disse o faraó.

Horemheb, habituado muito mais a ordenar do que a argumentar, preferiu silenciar diante da retórica extravagante do seu faraó e senhor. No mesmo dia, foi consultar Aye e outras personalidades influentes da corte, a fim de descobrir a razão da pasmaceira reinante na capital egípcia.

– Suspeito que haja espiões infiltrados nos ministérios – disse o general ao pai de Nefertiti. – Proceda imediatamente a uma investigação no ministério dos Assuntos Estrangeiros, antes que um grave dano seja feito ao Egito – respondeu o general, dando adeus ao sogro do faraó, pois ainda tinha muito a fazer em Akhetaton.

A verdade é que a nova capital egípcia estava entregue a uma súcia de funcionários e administradores corruptos e ineptos, pois a imensa maioria dos integrantes da antiga corte tebana havia deixado o serviço do faraó, desgostosa com os rumos da sua política reformista, ou, simplesmente, por ver-se proibida de servir o novo faraó pela antiga e desprestigiada casta sacerdotal. O resultado era um serviço público ineficiente, corrupto e quase caótico. Akhenaton, na verdade, só conseguia manter a fidelidade de seus novos e incapazes servidores distribuindo-lhes perdulariamente, do alto da passarela das aparições, mil presentes e condecorações, que eles, ávidos de vantagens, disputavam acirradamente entre si ao preço baratíssimo de uma fingida devoção à causa do novo deus.

Havia, porém, um outro e muito mais grave motivo pelo qual os habitantes da capital egípcia mostravam-se, nos últimos meses, indiferentes aos rumores da guerra: Akhetaton estava inteiramente tomada pela peste.

◆◆◆

Já não são uma, nem duas, mas milhares de pessoas mortas na cidade de Áton, neste décimo quarto ano do reinado de Akhenaton, vitimadas por esta terrível epidemia.

Em pânico e privada dos seus deuses, a população tenta obter do novo deus a salvação para os seus familiares – crianças, velhos e adultos –, que a doença implacável arranca, um a um, dos lares egípcios.

Vendo na figura do faraó e de sua esposa o único elo entre o povo e a divindade suprema – já que os sacerdotes, mesmo os de Áton, haviam perdido a condição de intermediários válidos perante a divindade –, torna-se cada vez maior o número de pessoas desesperadas que vem amontoar-se sob a passarela das aparições, no palácio real de Akhetaton, em busca de uma palavra mágica do faraó-deus e de sua esposa divina.

"Dá-nos a cura, filho de Áton!", clama o povo, de braços alçados para a passarela.

São mães desesperadas a carregarem nos braços crianças febris e, muitas vezes, já mortas.

Fora-lhes dito que Áton era um deus da vida, e não da morte; da luz, e não das trevas. Então por que, de uma hora para a outra, a treva apagava a luz? Por que a morte, de maneira tão impiedosa, triunfava sobre a vida?

"Dá-nos a luz, rei divino! Dá-nos a vida de Áton!", clamam as vozes, desencontradas.

Nefertiti, compungida diante de tanta aflição, escuta, dia e noite, o clamor desesperado do povo, como se fosse verdadeira mãe de todas aquelas pessoas. Não por amá-las verdadeiramente, mas por saber-se a sua última esperança, em cujas mãos está o poder de, ao menos, minorar-lhes o sofrimento.

Sem pestanejar, Nefertiti ordena, com a autoridade que lhe dá o cargo de corregente do Egito, a abertura total dos cofres do reino, para que toda espécie de conforto material chegue a estes lares visitados pela desgraça.

– Akhenaton, meu amor, que mais podemos fazer numa tal situação? – diz ela, no último grau de aflição, no dia em que descobre a sua humana impotência para pôr um fim a tamanha calamidade.

O faraó, ensimesmado, parece não escutar a esposa. Seu olhar vítreo parece indicar que ele tenta, de uma maneira intensa, estabelecer um contato com seu pai divino.

– Por que, meu amor – por que tamanho mal desce sobre nossas cabeças? – diz ela, aturdida.

Akhenaton, neste instante, volta os olhos mansos para a esposa.

– Devemos buscar nosso pai – diz ele, com uma estranha serenidade.

Nefertiti sente-se bruscamente segura, como se uma mão forte e salvadora tivesse pegado com firmeza o seu pulso no último instante de uma queda mortal. Uma onda de deleitosa gratidão invade sua alma. "Como é bom", pensa ela, "ver a firmeza e a serenidade de seu esposo num momento de tamanha aflição! Áton sagrado, como é bom sentir reverdecer dentro de si a força de uma fé capaz de arrostar o pior dos flagelos!"

Akhenaton tem o olhar sereno e puro das gazelas, um olhar pleno de certeza que faz com que Nefertiti supere seu desânimo (e mesmo uma pontada herética de descrença) e una-se ao marido para ir conversar com o seu deus – um deus que, sente ela, não há de lhes faltar neste instante supremo. Pois Nefertiti crê verdadeiramente em Áton. Aprendeu, muito cedo, a amá-lo e a reverenciá-lo para que, diante da primeira adversidade, veja ruir a sua fé. Talvez tudo isto se trate mesmo de uma prova – sim, de uma prova divina, destinada a testar a fé do casal eleito, bem como a do povo que Áton escolheu como primeiro depositário de sua revelação!

E é assim que, num único e sincero momento de entrega absoluta, Nefertiti descobre que nada mais será capaz de abalar-lhe a fortaleza da sua fé. Sim, ela também é capaz de conversar com o seu deus.

– Convoquemos o povo, meu adorado! – diz ela, tomada pelo mais ardente entusiasmo. – Vamos até o templo sagrado de Áton, como filhos amantíssimos e plenos de fé, testemunhar-lhe nossa total entrega!

Os olhos de Akhenaton refletem o brilho extraordinário dos olhos de sua esposa.

– Minha adorada! – diz ele, cobrindo-lhe o rosto de beijos, antes de tomar-lhe as duas mãos e rumarem ambos para o templo, onde Áton deverá manifestar-se em toda a sua glória.

À hora aprazada, estão todos reunidos no maravilhoso templo do sol – lugar sagrado lavado de luz e de ar, onde os raios de Áton penetram livremente, iluminando, por igual, a todos os devotos.

Akhenaton, junto da esposa, dá início, então, a uma grande cerimônia expiatória.

Surgidas das escadarias, as filhas do casal carregam as oferendas, como pequenas sacerdotisas, depositando-as nas mesas propiciatórias, enquanto Akhenaton e sua esposa real transformam-se, diante dos olhos do povo, em canais vivos da divindade, trazendo do céu para a terra a luz benfazeja da divindade.

Prosternado, o povo acompanha a cerimônia imerso no transe supremo dos desesperados. Gritos, choros, arreganhos e espasmos convulsos assaltam a massa ululante dos devotos. Velhos falam em línguas estranhas, enquanto homens e mulheres rojam-se de joelhos ao chão, com os rostos lavados em pranto, sob o olhar aterrado das crianças, pequenas demais para compreenderem o tremendo mistério da revelação divina.

Neste momento, Nefertiti, sentindo-se invadida por uma força superior, compreende verdadeiramente que Áton, atendendo aos apelos de seu esposo, finalmente se manifesta em toda a sua majestade, e que os raios poderosos de sua representação visível estão a afastar, como uma gigantesca e poderosa mão, para muito longe do Egito e daqueles pobres infelizes, o mal terrível que os atormenta e dilacera.

Súbito, mulheres transfiguradas pela fé lançam brados aos céus, anunciando o milagre. Vozes estridentes, a um passo da histeria, proclamam a cura salvadora. Olhos vidrados fixam em extática gratidão o grande disco no céu, sem receio algum de verem-se cegados pela luz ofuscante do grande deus – o deus todo-poderoso que decidira finalmente revelar-se em todo o seu poder, atendendo o clamor do seu povo fiel.

Akhenaton tem os olhos inundados de lágrimas – lágrimas abundantes de quem viu uma súplica fervorosa atendida por um pai generoso. Nefertiti, tomando nas suas as mãozinhas das filhas, entoa com voz embargada os cânticos de gratidão que o povo repete alucinadamente.

– Obrigada, pai misericordioso! Graças a ti, o mal foi expulso para sempre do corpo daqueles que souberam invocar-te na hora da sua maior aflição! – diz Nefertiti, baixinho, acrescentando à letra sagrada do hino as suas próprias palavras, repassadas da mais piedosa e sincera gratidão.

◆◆◆

Naquela mesma noite a peste declarou-se em Maketaton, a segunda filha do casal real.

Nefertiti, ainda tomada pelo júbilo da grande cerimônia expiatória, fazia amor com seu esposo nos aposentos reais. Por alguma razão estranha e mesmo sobrenatural, sentiam-se ambos irresistivelmente atraídos sempre que os propósitos de seu deus pareciam estar sendo cumpridos na terra. Desta vez, porém, sentiam-se assaltados por uma vontade tão intensa e desesperada de possuírem-se, que seu ato parecia prenunciar uma despedida inconsciente (o que, de fato, era, pois nunca mais ambos voltariam a estar nos braços um do outro).

Temerosos de interromper o ato do casal real, os servos do palácio tiveram de aguardar, imersos em aflição, a oportunidade de lhes levar a mais angustiante das notícias.

Nefertiti, ao saber do fato, lançou-se no rumo do quarto onde padecia a filha.

– Filha, filha, o que você tem?! – disse ela, tomando nas mãos o seu rosto escaldante.

Foi com indizível espanto que, após um rápido estudo, Nefertiti descobriu que feridas vívidas e sangrentas brotavam por todo o corpo da pequena jovem.

– *NÃO, NÃO...*! – exclamou a rainha, ao perceber a verdade.

Num minuto Nefertiti viu-se arremessada do céu mais luminoso para as trevas mais negras da terra.

Não, a peste não só não se acabara como agora lançava-se, também, como uma pantera herética e esfaimada, sobre a descendência do próprio filho de deus!

Maketaton tinha cerca de doze anos de idade – uma moça, para os padrões da época –, o que podia dar, ainda, à sua mãe, alguma esperança fugaz de recuperação.

Nefertiti acompanhou, sem arredar pé, toda a agonia da filha, enquanto Akhenaton, imerso numa espécie de transe soturno, fixava o vazio no rosto suado da filha. Dentro de si germinava já a certeza de que seu pai celestial lhe preparava uma grande e terrível prova, e que cabia a ele submeter-se a ela incondicionalmente.

Quando Nefertiti finalmente compreendeu o que se passava na alma do esposo, sentiu crescer dentro de si uma onda contraditória, misto de ira e incredulidade.

– Não, não!, *isto não posso aceitar...*! – dizia ela, fixando o rosto enigmático do esposo.

Akhenaton, como quem antevê o desfecho amargo, mas inevitável, convidou-a com o olhar a aceitar.

– Não! Pelo amor de deus – *isto não*! – repetiu ela, aferrando-se ainda mais ao corpo quase morto da filha.

Pela primeira vez o cérebro atormentado de Nefertiti estava sofrendo o assalto implacável da mais pura e negra verdade – a Verdade deste Mundo, a verdade que falava da dor, da doença, da morte e da inevitabilidade de todas estas coisas, as quais podiam surgir de repente, fazendo ruir, num único e pavoroso instante, toda uma vida que parecia votada apenas à felicidade. Começava a compreender, da maneira mais dolorosa possível, que tanto ela quanto Akhenaton não passavam, afinal, de dois seres humanos normais, em tudo iguais àqueles milhões de outros que, a exemplo deles, estavam sujeitos às mesmas inconstâncias da vida. Quando voltava os olhos para a filha jovem e agonizante, via apenas o que ela era, afinal: um ser vivo e frágil, sujeito à morte.

– Mas, deus misericordioso, *era a sua filha*! – pensou ela, tomada por um novo espasmo de inconformidade.

Neste instante o sacerdote-médico anunciou-lhe que o fim estava próximo.

Para Nefertiti foi como se tivessem lhe tirado o chão dos pés.

Maketaton, a sua doce Maketaton, lhe seria tirada agora – *agora*! –, naquele exato instante!

Abraçada desesperadamente ao corpo exaurido da filha, Nefertiti sentiu-se tomada por uma vertigem de loucura ao divisar naquele rosto adorado as feições quase pétreas dos mortos. Considerações e consolações, tudo isto se esfumou como o vapor de uma chaleira no instante preciso em que Nefertiti viu a goela da Morte escancarar-se para engolir a sua adorada filha.

Um clarão alaranjado, muito próximo do vermelho, deixava-se entrever pela janela. Era a hora do crepúsculo, e Áton todo-poderoso preparava-se para abandonar sua filha à própria sorte.

"Por que Áton parte quando precisamos dele tão desesperadamente?", perguntou-se Nefertiti.

Então, num impulso repentino e tumultuário de desespero, de raiva, de inconformidade e de todos os sentimentos de revolta que possam haver neste mundo, Nefertiti viu-se tomando a filha nos braços e arremessando-se em uma louca corrida para o outro extremo do palácio, uma imensa janela voltada para o local onde Áton, todos os dias, desaparecia no horizonte, banhando tudo com os últimos e intensos raios de sua luz.

Possuída por uma força sobrenatural que nada neste mundo poderia obstar, Nefertiti, com a filha agonizante nos braços, disparou alucinadamente na direção do deus que partia – não, não, ele não poderia recusar um tal apelo, ela a levaria até ele! –, ele teria de vê-la e ouvi-la e atendê-la (deus, deus, ele tinha o poder e a majestade para impedir a morte da inocente!), ela haveria, sim, de arrancar dele, à força da mais poderosa e desesperada súplica já lançada por um ser humano a qualquer divindade já existida, a salvação de sua filha!

Descalça, Nefertiti percorre, em sua corrida frenética, o imenso corredor que leva às escadarias, as escadarias que a conduzirão à imensa janela que dá para o horizonte de Áton, trazendo na mente o seu único propósito de, expulsa de sua alma toda a dúvida, realizar a prova de fogo da sua crença, suplicando a deus como nunca antes um ser vivo suplicara! – corre numa velocidade de turbilhão, os pés nus estalando no assoalho de pedra, o vento arrancando-lhe, uma a uma, todas as lágrimas dos olhos, a respiração um rugido de ira e desespero, mesmo que o coração lhe exploda, ainda assim chegará onde deve – *deus todo-poderoso, ela chegará onde deve*! – "não, filha amada, você não morrerá, não morrerá, eu a levarei até o nosso deus, o deus da vida, que não há de nos faltar!, Nefertiti afiança, sentindo ainda o calor da vida no corpo da filha, a pele adorada colada à sua, enquanto começa a subida agoniante da escadaria que a levará até deus – o deus de misericórdia, o deus de amor, o deus que não pune o bom nem castiga o justo, pondo-se a galgar os longos degraus – tão longos, tão espaçados degraus (por que, loucos, os haviam feito assim tão longos, duas passadas para vencer um único degrau?) – as pernas de pedra, a pesarem como o mármore gelado que pisam – mas, ainda assim, sobe, sobe a mãe com a filha moribunda nos braços, sobe para a salvação, para o deus que não lhe faltará, pois trata-se, sim, de uma prova (deus não queria prová-la?, pois ela também quer prová-lo! – oh, deus amantíssimo, não é o desafio de uma herege, mas a súplica ardente de uma mãe no último grau da aflição!) – Nefertiti acaba de vencer o último lance da escada, a filha solidamente presa aos braços, até lhe sobrevir o desastre, o resvalão, um arrojar-se com o corpo ao solo, com a carga preciosa nos braços, a pele do braço raspada e arrancada, o sangue a verter, a patinhar enfurecida sobre a pedra, numa luta raivosa para pôr-se novamente em pé, até estar novamente erguida, a filha nos braços, a bufar e arfar e aspirar e expirar – tudo, agora, a um só tempo, enquanto os pés a arremessam na direção da imensa janela – *deus!, lá está ela!*, a verter um halo intenso e escarlate, é Áton salvador a esperar, a retardar sua partida para o momento em que o deus e a mãe haverão de encontrar-se para a grande súplica e o grande favor – diminui agora o passo, avança tropegamente, as faces encovadas, o braço em chaga, os pulmões incendiados, até estar diante do deus e finalmente elevar, num esforço supremo de todo o seu ser, o corpo da filha, ofertando-o aos últimos raios da divindade (últimos, sim, mas ainda poderosos o bastante para realizar o grande milagre da salvação!) – pai de amor e justiça, restitui esta vida, a vida desta inocente, menina inocente de todo o meu crime, de toda a minha mácula, de toda a minha maldade, de toda a perversidade atroz deste mundo – vem, deus meu, e toma a minha vida, pune a culpada no lugar da inocente, mas salva salva salva, deus todo-poderoso – *salva a minha menina...*!!!

Alçado aos céus, o corpo de Maketaton recebe os últimos raios do sol – raios cálidos e rubros que, por alguns instantes fugazes, devolvem aos membros pendidos da jovem a cor dos que ainda vivem.

12 – AS NOVAS ESPADAS DO FARAÓ

Perdidas a filha e a fé, Nefertiti tornou-se indiferente a tudo que não fosse a salvação das demais filhas e do pequeno herdeiro. Encerrada no palácio real, esteve muitos meses afastada do mundo, entregue apenas à dor e à mais profunda perplexidade.

Não, Áton não era mais o seu deus. Como poderia continuar a venerar uma divindade que nada fizera para salvar a vida de sua filha inocente? Doravante, todos os seus atos públicos de adoração iriam se revestir da mais estrita formalidade, recusando um louvor espontâneo ao deus que se fizera surdo às suas súplicas.

– Ele a puniu por seu crime secreto – dizia-lhe, porém, uma vaga voz interior.

– Não, puniu uma inocente – dizia ela, desafiando abertamente a voz.

– Fez-se a justiça divina.

– Não, fez-se a injustiça divina – injustiça sobre injustiça.

Enquanto Nefertiti disputava com seus fantasmas, Akhenaton, alheio também aos assuntos do Estado, errava pelos corredores do palácio, tentando avistar-se com a esposa.

Quero ficar só, dizia, porém, o gesto peremptório de sua mão espalmada.

Akhenaton, enlouquecido pelo desprezo do ser que mais amava sobre a terra, ia buscar consolo em seu deus, o mesmo deus que agora o expunha a uma tão rude prova!

(A uma distância segura, Bes, o pequeno servo do faraó, acompanhava tudo como verdadeira sombra silente. Sábio-segundo-o-mundo, sabia muito bem que a hora não era para palavras.)

E era assim que, praticamente paralisado, como um grande paquiderme apático e doente, o Egito tornava-se, dia a dia, a presa perfeita para as dentadas traiçoeiras dos chacais hititas.

– A filha do faraó foi arrebatada pela morte – disse um dos espiões ao soberano de Hatti.

O Egito pesteado e com um faraó apalermado pela dor – o que mais um hitita poderia querer?

No mesmo dia Supiluliuma mandou realizar um grande ato de gratidão aos deuses por esta inequívoca demonstração de apreço celestial. (Em algum recanto do céu, podia agora perceber, Teshub e os outros 999 deuses hititas preparavam celeremente a ruína do Egito, abrindo caminho para a sua ascensão como soberano inconteste do mundo.)

– Aí está o preço da arrogância! – pensou o rei, ofendidíssimo que ainda estava pela recusa do faraó em mandar-lhe uma das filhas de duríssimos bicos para abrilhantar o seu harém.

Sim, fora, sem dúvida, uma bela desfeita! Menos mal que ainda havia outras cinco princesas!

"Que tais seriam seus bicos?", pensou ele, acomodando-se melhor no trono para refletir sobre o seu assunto mais amado. Não, porque nisto de mamilos todos sabiam muito bem da sua predileção! Nefertiti, por exemplo, os tinha pronunciadíssimos, assim lhe haviam afiançado seus diplomatas e espiões (sempre indiscerníveis uns dos outros). Ora, com suas cinco filhas remanescentes devia passar-se o mesmo! (Lástima saber que jamais poderia vir a inspecionar os botões juvenis daquela que a morte levara consigo!)

O rei fez uma ligeira pausa, antes de ser assaltado por uma nova e sublime ideia.

"Mas, *e por que não tomar para si a própria Nefertiti...?*"

Supiluliuma sentiu-se possuído de tamanha euforia que julgou escutar o eco do seu pensamento reverberar nas largas paredes do salão imperial.

Claro! Conquistado o Egito e morto o faraó, poderia unir os dois países, tornando-se, assim, esposo e senhor da mulher mais bela do mundo! (Além, é claro, de levar de quebra as cinco princesinhas!)

Supiluliuma, num ímpeto feliz de generosidade, decidiu, ainda, que iria mandar pintar de ouro os mamilos de todas elas, tornando-as especialíssimas em seu maravilhoso harém.

– Ninguém dirá que sou um destes principelhos de negros, incapazes de honrar como se deve uma rainha e suas filhas de nobilíssima estirpe! – disse ele, surpreendido por seu surto imprevisto de nobreza.

Tomado de uma ternura imensa por si próprio, Supiluliuma ordenou, com a voz embargada dos eufóricos que veem tudo correr a contento, o adiamento imediato da execução de 58 prisioneiros (entre ladrões, assassinos, parricidas e suspeitos de conspiração) que deveria ocorrer dali a pouco para a manhã do dia seguinte, concedendo-lhes, assim, o prêmio magnânimo de um dia a mais sobre a terra.

Enquanto isto, em Akhetaton, a alta cúpula egípcia estava imersa na mais negra apreensão.

Horemheb debatia acesamente com o sogro do faraó e com as demais figuras de proa do Egito.

– Akhenaton recusa-se a reagir diante dos ataques da canalha hitita – disse ele, com um aspecto de frustrada impotência – a mais exasperante sensação que um homem de armas pode provar.

– O que, exatamente, está acontecendo ao nosso redor? – disse Nakht, o novo vizir (ele assumira o posto em substituição a Ramose, falecido recentemente, por obra da peste). Trazendo sobre o peito o colar simbólico de Maat, Nakht procurava agir como a representação viva da deusa da ordem e da harmonia cósmica.

– Um verdadeiro garrote está se fechando sobre o Egito – disse Horemheb, sombriamente. – Não se passa um único dia sem que nos cheguem novas notícias sobre o ataque das tropas hititas aos nossos aliados.

– Noticias verdadeiras ou meros boatos, senhor general? Não queremos saber mais de boatos, *mas de fatos*! – disse Aye, rispidamente, pois ainda alimentava com o comandante uma surda rivalidade.

Horemheb lançou ao pai de Nefertiti um olhar frio, misto de cortesia e afronta, antes de responder:

– Um militar não trabalha com boatos, pai divino. São fatos os que pretendo relatar.

Ahmose, escriba real e favorito do faraó, tentou serenar os ânimos.

– Diga logo, meu caro, o que está se passando.

Horemheb contou, então, em sucintas palavras, que Dushratta, rei do país aliado do Mitani, estava por um fio no comando do seu país. Assediado de todos os lados por assírios, hurritas e, acima de tudo, pelos hititas, seu reino estava a um passo de sair da órbita da influência egípcia. A Síria do norte já estava ocupada, há bom tempo, pelas tropas de Supiluliuma. Ao mesmo tempo, revoltas arquitetadas em Hattusa espocavam na Núbia, enquanto a Fenícia clamava desesperadamente por uma ajuda que nunca chegava. A coisa chegara a tal ponto, disse ainda o comandante, que o perverso Aziru, rei de Amurru e aliado feroz dos hititas, mandara assassinar o governador egípcio da cidade de Simira, saqueando-a logo em seguida, sem qualquer represália do faraó.

– O lacaio vil dos hititas não só mandou assassinar o governador – disse Horemheb, escarlate de ira –, como ainda mandou matar friamente os embaixadores que o faraó mandou para entrevistarem-se com ele.

Aye esfregou as pelancas murchas da face, como quem acabou de receber uma bofetada hedionda.

– Mau, mau – poderosamente grave! – exclamou ele, começando a extrair, com os dedos em pinça, enormes fios brancos das suas narinas de cratera.

– Mas há mais – disse Horemheb. – O rei de Biblos, velho aliado dos tempos de Amenotep III, encontra-se, neste momento, sitiado pelos hititas em sua cidade, convertida agora em praça de guerra.

– Ribbadi sitiado! – exclamou Ahmose, enquanto Aye, ao seu lado, valendo-se dos dedos como de um fórceps, alargava ainda mais a fossa monstruosa de sua narina.

– Akhenaton autorizou-me a enviar-lhe, apenas, alguns arqueiros e meia dúzia de condutores, os quais, a esta altura, já devem estar todos mortos – disse Horemheb, sinceramente pesaroso pelo desperdício de carros e flechas.

– Quanto ao exterior era isto – disse o comandante, antes de anunciar que pretendia passar, agora, a um assunto ainda mais delicado.

– *Mais delicado*? – disse Aye, suspendendo sua paranoica higiene nasal.

– Decerto que sim, pois estou falando de sedições internas.

– Por favor, fale mais claro – disse o vizir, sinceramente alarmado.

– Tenho todos os motivos para crer que há uma conspiração em curso para pôr um fim ao reinado de Akhenaton e de sua esposa real.

– Horemheb e suas lorotas...! – exclamou Aye, rebolando violentamente no assento.

Farto dos ataques do rival, o comandante atirou-lhe uma farpa mais afiada.

– Custa a crer que, vivendo em Tebas, nada saiba a este respeito – disse ele, num tom manso e frio.

– O q-que quer dizer com isto...? – tartamudeou Aye.

– Senhores! Por quem sois! – disse o vizir, intervindo.

– Eu insisto: o que quer dizer exatamente com isto, *soldado*? – repetiu Aye, com os lábios trêmulos.

Horemheb ignorando o desafeto, começou o relato da segunda parte das desditas egípcias.

– Os sacerdotes de Amon conspiram abertamente pelas ruas de Tebas. Distúrbios acontecem diariamente, com enfrentamentos violentos entre as duas facções, pró e contra o faraó.

Horemheb, fez uma breve pausa, antes de acrescentar, sinistramente:

– Senhores, para encurtar o assunto: estamos a um passo da guerra civil.

Todos murcharam, pois sabiam o quanto isto tornaria o Egito um alvo fácil para uma invasão externa.

Então, foi a vez de o vizir tomar a palavra, a fim de relatar a situação na capital egípcia.

– Akhetaton está um verdadeiro caos: a administração está paralisada e os mercados, desabastecidos. Nenhuma embarcação sobe ou desce o Nilo há várias semanas. Centenas de pessoas adoecem ou morrem por dia, com seus padecimentos agravados pela fome e pela mais absoluta penúria. Muitas delas, no último grau da desesperação, começam a abandonar a cidade, embora a maioria ainda prefira permanecer em seus lares, na companhia da doença, da fome e da morte.

– Basta! – disse Aye, interrompendo o rosário sinistro. – Devemos falar imediatamente com o faraó e cobrar dele a solução para todos estes problemas!

– O faraó ainda está enlutado – disse o escriba.

– A Apófis com seu luto! – disse Aye, grosseiramente, porém logo se retratando de suas palavras. – Quero dizer, devemos persuadi-lo a superar sua dor, reassumindo imediatamente o comando do país, antes que o caos absoluto leve o Egito à ruína.

– E Nefertiti, que é feito dela? – quis saber Horemheb.

– Recolheu-se no interior do palácio – disse o vizir. – Sumiu desde a morte da filha.

Nakht esperou alguns instantes, antes de acrescentar, compungidamente:

– Receio que não venha a sair de lá tão cedo.

◆◆◆

Enquanto a crise se agravava, amonitas disfarçados, vindos de Tebas, infiltravam-se nos subúrbios da capital egípcia, a fim de insuflar a revolta no povo, afligido por toda sorte de desgraças.

– Aí está o que ganhamos com o novo deus! – diziam eles, simulando um arrependimento amargo.

Outras vozes, contudo, muito mais raivosas e sedentas de vingança, adotavam um outro tom.

– Só há dois culpados: o herege bastardo e a grande meretriz! – bradava-se abertamente pelas tabernas.

Boatos abjetos espocavam por toda parte, engordando a revolta popular. Dizia-se, por exemplo, que a prostituta entregava-se todas as noites a quatro lacaios do palácio, enquanto o marido assistia a tudo, gozando o espetáculo até desabar ao chão com a boca a espumar! Mesmo agora, castigada pelo luto, a rainha não conseguia refrear a sua natureza promíscua, dando vil prosseguimento às suas orgias!

As histórias iam num crescendo de sordidez, até chegar-se ao ponto de alguém afirmar que Nefertiti, demente de luxúria, aboletara-se com o médico oficial da corte enquanto a filha, ao lado, ainda agonizava!

A pobre não morrera de peste, garantira outro, ousando tudo. Fora, na verdade, sacrificada ao deus-demônio do faraó. Uma serva vira – *vira positivamente!* – a rainha-diaba fazer a oferta da filha numa das janelas do palácio, antes de enterrar-lhe um punhal agudo no peito, repastando-se, em seguida, do seu coração!

Não demorou muito, assim, para que começassem as arruaças – começando pelos bairros miseráveis, para depois espalharem-se rapidamente para o centro da capital.

Akhenaton, contudo, informado de tais sedições, proibiu terminantemente qualquer forma de repressão.

– Reprimir é chancelar a violência – disse o faraó, inimigo inflexível de represálias. – São apenas crianças, e precisam ser tratadas como tais.

– *Crianças*?! – exclamou Horemheb, atônito. – Informaram-me, faraó, que uma destas "crianças" aproveitou-se do tumulto para violar e matar uma velha – uma velha de cabelos brancos!

Akhenaton fuzilou o comandante com seu mais temível olhar, como se este tivesse acabado de lhe dizer a mais perversa e obscena das mentiras.

Amante da hierarquia, tanto quanto da ordem, Horemheb resolveu acatar a ordem do faraó – porém, à sua maneira, mandando passar o rebenque em todas aquelas crianças, amantes precoces de violações e homicídios.

– Não podemos agir à revelia do faraó – disse, porém, o consciencioso vizir de Akhenaton. – Cedo ou tarde rebentará uma revolta armada de verdade, e não uma simples arruaça da plebe, e nada poderemos fazer sem a anuência do nosso faraó e senhor.

– Akhenaton, pesa-me dizê-lo, talvez não esteja mais em condições de decidir coisa alguma – disse Horemheb, soturnamente.

Por mais que lhe repugnasse a hipótese da quebra da ordem, o comandante sabia que Akhenaton não reunia mais as condições para governar o Egito. Horemheb colocava todas as suas esperanças de um desfecho rápido e incruento para a revolta que já estava sendo urdida em Tebas na negativa absoluta de defesa do faraó. Urgia saber, porém, qual era, diante de todos estes fatos, a posição da esposa real, pois, dependendo do que ela dissesse, talvez ainda se pudesse salvar a dinastia dos Amenoteps da sua completa extinção.

– Sim, afastado Akhenaton e Nefertiti rendida a Tebas – disse Nakhet, esperançoso –, teremos Tutankhaton coroado e submetido à regência da rainha. Falemos imediatamente com Aye!

Instado a conversar com a filha, Aye, contudo, recusara-se a isto terminantemente.

– Obrigado, mas não estou para destratos! – disse ele, temeroso, na verdade, de assumir uma posição clara contra o faraó (vai que o doido, afinal, viesse a triunfar da situação?).

Mas, na condição de sogro do faraó, talvez pudesse levar a filha a convencê-lo a abdicar, insistiu-se ainda.

– *Até loguinho pra vocês*! – arrematou Aye, fazendo um gesto cínico de continência.

Em meio a tais idas e vindas, a ideia de pôr um fim definitivo à experiência atoniana parecia ganhar cada vez mais força, inclusive dentro na própria capital egípcia, reduto natural de Áton.

Isto, no entanto, sabiam todos, equivaleria a restabelecer-se o antigo regime, com o retorno ao poder de Amon e de toda a sua choldra sacerdotal – o que, com certeza, o faraó sectário jamais admitiria.

Não tinha mais jeito – a cidade de Áton, muito em breve, nadaria em sangue.

◆◆◆

A morte, desgraçadamente, continuou a frequentar o palácio real tanto quanto as choças dos miseráveis. Em menos de dois meses o casal solar perdeu mais duas filhas (as duas mais jovens), restando-lhes, além do herdeiro real, apenas três flores do antigo e vistoso "ramalhete" – Meritaton, Ankhesenapaton e Neferneferuaton.

A dor e a perplexidade das crianças diante da morte das irmãs só serviu para aumentar ainda mais o sentimento de sombria impotência de Nefertiti.

– Nada sei dos propósitos divinos – dizia, apenas, a desconsolada mãe todas as vezes que as meninas queriam saber das razões do sumiço das outras três, arrebatadas pelo deus.

Por esta época, Nefertiti começou a escutar, também, uma nova e persistente ladainha.

– Retorna a Amon! – diziam-lhe, ao pé da orelha, algumas amigas sinceramente penalizadas (sua madrasta, que poderia ter-lhe sido de melhor valia, já havia falecido há alguns anos).

Nefertiti, porém, estupidificada pela dor, mal compreendia os sussurros daqueles rostos sem-nome.

Então, foi-lhe enviada, em troca do pai, uma certa dama da corte, hábil em retórica e companheira de Nefertiti desde os primeiros dias do reinado, com a missão de chamar à razão a grande esposa real.

– Querida, bem sabe que antes de súdita, sou sua melhor amiga! – disse ela, apossando-se logo do título.

Autoproclamada, também, "mártir da amizade", a amicíssima-mais-que-tudo-neste-mundo vinha para dizer-lhe, com a franqueza e a liberdade da melhor das amigas, que era hora já de a esposa do faraó reerguer a cabeça e repensar com calma a situação.

– Sim, minha querida, é preciso refletir muito sobre tudo o que aconteceu e o que poderá ainda acontecer!

Como a maioria dos egípcios, a cortesã ostentava apenas uma devoção exterior ao deus do faraó ("deus de merda", dizia às ocultas), permanecendo fidelíssima a Amon e à bela Ísis, verdadeira deusa e amiga.

O motivo de sua visita, pois, era um só: convencer a rainha, como imensíssima amiga que era, da necessidade de fazer as coisas retroagirem à época feliz em que tudo ia pelo melhor. E por que, de uma hora para a outra, tudo desandara? Cabia aqui, decerto, uma justíssima reflexão! Que a rainha pensasse e descobriria logo a causa e raiz de todos os males: o estabelecimento do novo culto e a proibição dos antigos deuses!

Certa de que Nefertiti, diante de tantas desgraças, passara já a odiar o novo deus, resolveu, então, deixar bem claro o que ela própria pensava desta divindade funesta.

– Um deus mau e insensível, eis o que é! – disse ela, com verdadeiro desprezo. – É necessaríssimo, minha amiga, repudiar imediatamente este deus arrogante, aceitando de volta Amon e sua divina família! Faça isto, querida, traga Amon e os demais deuses de volta ao Egito e verá sumirem, como por mágica, todos os seus males!

A amiga passou, então, a exaltar longamente as qualidades da turba inumerável dos antigos deuses, pondo ênfase nas deusas – mulheres divinas que haviam sido sempre tão generosas com o Egito!

– Ísis de belas formas, Háthor de feminíssimo busto – tais eram as deusas que cabia a uma rainha-deusa adorar! – disse ela, de olhos acesos.

Depois, medindo bem as palavras, como quem pisa em terreno minado, acrescentou, desolada:

– Oh, tivesse a amiga pedido pela vida das filhas a uma deusa, em vez deste deus frio e cruel! Jamais – esteja certíssima! – a doce Ísis teria permitido a morte das pequenas princesas! Como imaginar Háthor, a vaca sagrada de olhos mansos e tetas bojudas, a voltar sua face diante dos clamores de uma mãe e rainha?

Neste instante, porém, sentiu que precisava ser sinceríssima com a amiga.

– Bem sei que as más línguas já estão a dizer que ajo movida apenas por mesquinhos interesses pessoais! – disse ela, com as feições tristes de uma injustiçada.

Então, proclamando-se nua em espírito, decidiu abrir de par em par o seu coração.

Está bem, ela não negava que vivera durante muitos anos de uma polpuda fatia das rendas do deus tebano decaído, repassadas a ela (todos sabiam) por um piedosíssimo sacerdote amonita, mercê de uma ligação tão deliciosamente irresistível quanto (admitia ela própria) lamentavelmente espúria. Não negava, também, que, por força da extinção daquele culto, vira-se privada destes valiosos proventos, ingressando (quem também não sabia?) em situação material aflitiva – ou, para dizer tudo, na mais negra e absoluta miséria!

Sim, não fosse o favor da rainha amicíssima, que, além de dar-lhe uma mansão luxuosa para morar na parte nobre da nova capital, cumulara-a ainda de uma sólida renda e de uma verdadeira montanha de ouro e colares – colares como aqueles sete sobrepostos que ostentava agora, diante da benfeitora, com emocionado orgulho! –, e o que, Ísis santíssima, teria sido feito dela?

– Prostituta! Prostituta! – respondeu ela mesma, com um estranho gozo labial.

Tudo isto admitido, era justo, ainda assim, afirmar-se que ela sugeria a reconversão da rainha ao deus tebano apenas para voltar a receber as rendas polpudas do antigo culto, como propalavam as más línguas?, retomou ela, no seu discurso-ladeira-abaixo. *Oh, não, não...*! Ísis sagrada era testemunha fidelíssima de que ela pretendia apenas evitar a ruína total da família real – e, acima de tudo, da amiga que ela amava (por que não dizê-lo?) mais que a própria mãe! Urgia, pois, que a rainha fizesse, o quanto antes, o faraó abjurar do seu deus, e isto falhando (como parecia probabilíssimo), que ela se afastasse momentaneamente do esposo (acometido que estava, deus-na-terra amantíssimo, de uma terrível moléstia do espírito!), a fim de preparar, longe dali, a sucessão imediata do pequeno herdeiro, instruindo-o, desde já, nas verdades sagradas de Amon.

Era isto – e só isto! – o que ela pedia, de joelhos, à amiga-mais-que-adorada!

Nefertiti, porém, incapaz de abandonar o esposo, não escutou uma só palavra de todo este aranzel, de tal sorte que a amicíssima, já a descer as escadarias do palácio, sob o ruído cantante de seus sete colares sobrepostos, viu-se obrigada a mudar ligeiramente o conceito que até ali fizera da amiga-mais-que-adorada:

– Puta! – disse ela, rendendo-se, finalmente, à concisão.

◆◆◆

Nefertiti teria prosseguido junto com seu amado Akhenaton até a morte mais ignominiosa, não fosse uma vontade que nela brotara – vontade que acabou por revelar-se mais forte do que o próprio amor pelo esposo.

– Tutankhaton será, a qualquer custo, um faraó! – disse ela, no dia em que a morte lhe arrebatou mais uma de suas filhas (desta feita, a jovem Neferneferuaton).

Nefertiti perdera, nos dois últimos anos, quatro dos sete filhos. Passado o choque das perdas, a esposa real decidira, num súbito lampejo de desespero, poupar a vida, ao menos, dos três filhos que ainda lhe restavam.

Tutankhaton, apesar de não ser filho de suas entranhas, era como se verdadeiramente fosse. Nefertiti havia mandado apagar todos os registros que mencionavam a verdadeira origem do filho, de tal sorte que, num futuro mais ou menos distante, todos acabariam por tê-lo como seu verdadeiro filho.

Tutankhaton e suas irmãs iriam sobreviver, a qualquer preço, pensou ela. Porém, sabia que ali, naquela cidade condenada pela doença e pela guerra iminente, eles não teriam qualquer chance de salvação (todos os relatos davam conta de uma invasão iminente da capital por forças militares rebeladas, vindas de Tebas com o fim expresso de depor o faraó e pôr um fim à anarquia). Akhenaton e ela seriam inapelavelmente mortos. Quanto a seus filhos, não podia esperar para eles um fim diferente.

– Os perversos amonitas não perdoarão a nenhum de nós! – pensou ela, próxima da histeria.

Então, num impulso de desespero, decidiu preparar a ascensão de Tutankhaton ao trono egípcio. Este ato, porém, exigiria antes uma retratação – uma retratação vergonhosa, porém inevitável.

"Tutankhaton irá para Tebas convertido a Amon", pensou ela, sombriamente.

Nefertiti cobriu as faces ao pronunciar esta frase terrível. Sabia muito bem que ela representava o fim de um sonho – o sonho de toda a sua vida! –, e mais que isto, o fim provável do seu casamento.

Akhenaton jamais iria abjurar seu deus, nem aceitar que o filho fosse convertido à fé dos politeístas.

– Meu deus, como fomos loucos e precipitados! – disse ela, com a voz a escoar por entre os dedos.

Infelizmente, agora não havia mais escolha. Akhenaton teria de aceitar a derrota sua e do seu deus.

– Deus amaldiçoado – disse ela, ao mesmo tempo em que se erguia para ir falar com o esposo.

◆◆◆

– Os tumultos continuam num crescendo cada vez maior! – disse Aye, após mais um dia de violentos distúrbios na capital egípcia. – Até quando suportaremos isto?

A maioria dos prédios públicos havia sido depredados pela ira do povo, tresloucado de terror pelo assédio conjunto da peste e da fome. Como se isto não bastasse, havia ainda os boatos terrificantes de um assalto armado à cidade pelas tropas de Tebas, e que deveria culminar com o massacre de toda a população.

– Estamos praticamente sitiados – disse Horemheb, em novo conselho. – Tropas rebeladas de Tebas e de outras partes do Egito cortaram todas as vias de acesso a Akhetaton, a fim de forçar uma abdicação imediata do faraó.

Aye, escutando isto, perdeu de vez a compostura e pôs-se a bradar:

– Mas que comandante de merda é você, que não é capaz de pôr um fim à uma rebelião?

Horemheb tornou-se rubro como uma amora, perdendo, pela primeira vez, a compostura.

– Agora chega! – disse ele, sacando sua espada. – Não sabe, grande imbecil, que estamos a um passo de sermos atacados pelos cães hititas? Como quer que ataque, ao mesmo tempo, nossos próprios exércitos?

Aye tornou-se feroz como no distante dia em que esbofeteara a filha.

– *Nossos exércitos*? – exclamou. – E desde quando tropas rebeladas fazem parte do exército do faraó?

Horemheb, porém, não se intimidou, e retrucou, desafiadoramente:

– Acontece, grande cínico, que estas tropas compõem, pelo menos, a metade de todo o exército egípcio! Liquidados os revoltosos, não teremos soldados nem armas bastantes para enfrentar uma invasão de núbios, quanto mais dos poderosos exércitos de Hatti!

Nakht, o vizir do faraó, interveio, então, mais uma vez, para serenar os ânimos.

– Senhores, por quem sois! A hora é de trocarmos ideias e não agressões!

– Puá! – fizeram os dois contendores, dando a certeza a todos de que a discórdia instalara-se definitivamente até mesmo dentro das hostes leais ao faraó.

Ahmose, o escriba do faraó, tomou então a palavra.

– Ninguém mais do que eu lamenta ter de dizer isto, mas estou convicto de que chegou a hora de irmos todos até o faraó e exigir-lhe a imediata abdicação. Feito isto, negociaremos com Tebas um novo governo.

A ideia foi recebida com uma aprovação tão unânime e aliviada que o próprio autor da sugestão sentiu-se na obrigação de contestá-la.

– Ou, quem sabe, devêssemos antes sugerir-lhe uma mudança drástica de atitude...

Neste instante, porém, um ordenança de Horemheb entrou a largos passos na sala onde se efetuava a reunião, para entregar ao comandante algo comprido e envolto num pano.

No seu rosto errava, com indescritível atrevimento, um sorriso de escárnio.

Para sorte dele, porém, Horemheb não se deu ao trabalho de examinar-lhe as feições, limitando-se a tomar o objeto nas mãos.

– Senhores, tenho em mãos a prova de que devemos agir o quanto antes para salvar o faraó de si mesmo.

Horemheb retirou o objeto do embrulho e arremessou-o com estrépito sobre a mesa.

– Que brincadeira maldita é esta? – disse Aye, apalermado.

Sobre a mesa jazia deitada comicamente uma espada de madeira.

– É o protótipo das novas espadas que o faraó mandou fazer para a eventualidade de uma agressão hitita – disse, impassível, o militar. – O faraó ordenou que, em caso de defesa – porque os exércitos egípcios jamais voltarão a atacar quem quer que seja –, serão estas as espadas a serem utilizadas pelos nossos exércitos.

Um longo silêncio seguiu-se, enquanto olhos arregalados devassavam o incrível objeto.

– O faraó decidiu que nunca mais uma espada egípcia irá tirar a vida de qualquer ser humano.

13 – A SEPARAÇÃO

Assim que pôs os olhos sobre Nefertiti, Akhenaton sentiu-se tomado por uma grande ternura, porém acompanhada também de uma vaga apreensão. Assaltado pela clarividência peculiar aos apaixonados, pressentiu que Nefertiti o procurava para dizer-lhe algo que mudaria dramaticamente as suas vidas.

– Akhenaton, devemos tomar uma decisão que as circunstâncias tornaram inevitável – disse ela, inflexível.

O faraó repousava em seus aposentos, mergulhado numa penumbra tão intensa que Nefertiti teve de seguir quase às apalpadelas para chegar até onde ele estava.

Akhenaton ergueu ligeiramente a cabeça do encosto do amplo dossel onde estava acomodado.

– Venha até mim – disse ele, estendendo o braço à esposa.

Nefertiti, ao ver mais uma vez aquela mão obsedante estendida para si, voltou os olhos noutra direção. Estava decidida, desta vez, a não permitir que seu sensualismo inebriante a desviasse de seu objetivo.

Akhenaton sentou-se, pondo-se a observar a esposa com os olhos semicerrados.

Nefertiti assustou-se diante da aparência do esposo, pois não o via desde que um novo e violento acesso depressivo o prostrara como morto em seus aposentos. Seu rosto estava encovado e os olhos tão profundamente enterrados nas órbitas que as pálpebras inferiores, úmidas e vermelhas, pendiam horripilantemente para fora.

Nefertiti apropriou-se ávida e desesperadamente deste detalhe, permitindo, pela primeira vez em sua vida, que um sentimento natural de repulsa se insinuasse em seu espírito, a fim de tornar mais fácil o desenlace que, desde o primeiro momento, entrevira como inevitável.

– Aproxime-se, minha adorada – sussurrou o faraó alquebrado.

– Nós falhamos, Akhenaton – disse ela, apressadamente. – Chegou a hora de nos rendermos a nossos inimigos, se quisermos poupar nossas vidas e, acima de tudo, dos filhos que ainda nos restam.

– O que está dizendo, minha adorada? – sussurrou o faraó, suspendendo ligeiramente o corpo.

– Seremos derrotados, Akhenaton – disse ela, soturnamente. – Só nos resta tornarmos nossa derrota o menos amarga possível, salvando aquilo que nos é mais caro, que é a vida de nossos filhos. Com muita habilidade e um pouco de sorte talvez possamos, também, salvar nossa dinastia, mantendo Tutankhaton à frente do trono.

Akhenaton continuava como que alheio a tudo quanto se passava ao redor, preferindo deixar todos os assuntos da crise a cargo de Horemheb e dos demais integrantes do conselho real.

– Por que se mostra tão pessimista, minha adorada? – disse ele, francamente decepcionado. – Guerras, rebeliões, tudo isto não passam de rumores fantasiosos, cujo único fim é o de nos assustar.

– Não são rumores, Akhenaton, são fatos! – disse Nefertiti, pasma com o estado de alienação do esposo.

– Você espera que eu faça exatamente o quê? – disse o faraó, numa calma aparente que era muito mais produto da sua prostração física do que da tranquilidade de espírito.

– Akhenaton, acorde! – exclamou Nefertiti, ajoelhando-se diante do pequeno leito. – Não vê que está tudo ruindo ao nosso redor? As tropas rebeldes já descem o Nilo, e estão na iminência de desembarcar, a qualquer momento, bem diante de nossos olhos!

Nefertiti apontou na direção da janela, da qual se podia avistar o Nilo enfeitado pelo imenso ancoradouro.

Akhenaton desceu as pálpebras e balançou a cabeça, como quem ouve as bobagens de uma criança.

– Deixe de tolices, meu amor – disse ele, afinal. – Temos o comandante supremo do exército ao nosso lado. Horemheb saberá perfeitamente como devolver a sanidade a esta meia dúzia de lunáticos.

– Não são meia dúzia, Akhenaton, são milhares de homens!

– Impossível, minha amada. Pouquíssimos homens são loucos o bastante para ousar, em sã consciência, erguer a mão contra a pessoa divina do faraó.

Ao escutar isto, Nefertiti sentiu-se tomada por uma imensa piedade pelo esposo e por eles todos.

– Não, não! – nem eu nem você somos divinos, meu amor!

Akhenaton sentou-se diante da esposa, verdadeiramente escandalizado de suas palavras.

– Como pode dizer tal coisa, minha querida? Que covardia imprevista e esta que assalta, de uma hora para a outra, o seu espírito? Tanto eu como você somos filhos de nosso pai Áton, e, consequentemente, participamos de sua natureza divina! Como pode permitir que seus lábios ponham-se, repentinamente, a proferir blasfêmias?

– Nossas três filhas mortas também participavam desta natureza divina? – bradou ela, dando livre curso à sua revolta. – Vamos, diga, Akhenaton, de que lhes valeu esta amaldiçoada natureza divina?

Akhenaton tornou-se completamente aturdido, como se tivesse recebido uma violenta bofetada nas faces.

– Louca! Por que se põe a blasfemar desta forma?

Pela primeira vez em sua vida Nefertiti pôde ver o brilho do desprezo faiscar nos olhos de seu esposo.

– Que decepção, que decepção! – disse ele, desconsolado. – Jamais pensei que sua covardia fosse capaz de levá-la a tal extremo de impiedade para com o nosso deus!

– O seu deus, o seu deus! – *eu odeio o seu deus*! – disse ela, erguendo-se e apontando para uma representação de Áton pintada à parede, quase esmaecida pela penumbra. – Eu odeio este deus amaldiçoado que nada fez para salvar minhas filhas, que nada fez para pôr um fim a esta peste terrível, e que também nada fará – tenho a mais absoluta certeza! – para impedir que sejamos todos massacrados miseravelmente às mãos da corja amonita!

– Basta, basta! – exclamou Akhenaton, tapando os ouvidos com as duas mãos.

Os olhos do faraó tornaram-se ainda mais injetados, dando ao seu rosto uma aparência de máscara.

Nefertiti, num ímpeto de raiva e desespero, tomou os dois pulsos finos de Akhenaton e lutou com todas as suas forças para desobstruir as orelhas do esposo, obrigando-o a escutar a verdade.

– Acorde, Akhenaton, acorde! Áton não existe, como não existe Amon nenhum, nem Ísis alguma, nem Toth algum, nem ser milagroso algum que nos possa salvar da maldade humana!

Akhenaton cessou de lutar e encarou a esposa como quem acabou de sofrer uma nova e terrível revelação.

– Você fala como a minha mãe! – disse ele, horrorizado, revendo nas palavras da esposa o mesmo ceticismo amargo da mãe.

– Ela estava certa! – maldita seja! –, ela estava certa! – disse Nefertiti, tomada por um acesso violento de choro.

– Não, ela estava errada! – exclamou Akhenaton, revigorado. – Ela própria reconheceu isto antes de morrer! Eu já lhe contei que a vi aceitar e reverenciar, em seus últimos momentos de vida, o espírito supremo de Áton!

Nefertiti, que por não ter presenciado a cena não pôde esclarecer o marido acerca do que realmente se passara, limitou-se a dizer que ela devia delirar à beira da morte, exatamente como o filho fazia agora.

– Não, ela teve uma visão, uma visão abençoada, e declarou que a minha salvação estava nele, em nosso pai amantíssimo! Unamo-nos a ele, minha amada, não permita que o medo nos tire nossa maior defesa!

Nefertiti, tomada de um profundo receio de que a retórica inflamada do marido pudesse fazê-la retroceder, a ponto de provocar uma catástrofe definitiva para si e seus filhos, afastou-se dele violentamente.

– NÃO! NÃO! NÃO! – *não desta vez*! – disse ela, retrocedendo para longe da voz e do olhar do esposo.

Nefertiti esteve a errar pelo quarto, como uma ébria, até rumar seus passos, outra vez, para o faraó.

– Reneguemos Áton e voltemos a adorar o deus dos tebanos! – disse ela, meio enlouquecida. – Áton e Amon são um só deus – todos os deuses são um só deus, tenham o nome que tiverem!

– Estúpida! – exclamou Akhenaton, encolerizado. – Como pode comparar Áton supremo com um deus perverso, amante da riqueza e da guerra?

Nefertiti, que até pouco tempo teria sido incapaz de perdoar tal tipo de ofensa, não encontrou, desta vez, dificuldade alguma em sufocar sua tola vaidade.

– Muito bem, Akhenaton, sou estúpida! Nada sei de deuses ou teologias! Tudo o que lhe peço é que reflita sobre a necessidade de restabelecermos o quanto antes a liberdade de culto. Anunciemos já esta medida, e talvez possamos ver serenar os ânimos!

– A paz à custa da mentira – é isto que está a me propor, meu amor? – disse ele, outra vez mortificado.

Nefertiti compreendeu, então, que perdia seu tempo. Uma onda de cólera subiu-lhe pelo pescoço, a ponto de fazê-la explodir numa rajada de cólera:

– Então, ao menos, seja homem, Akhenaton! Seja homem, como um verdadeiro faraó, e mande cortar a cabeça a todos os malditos revoltosos! Reúna seus exércitos e parta à testa deles para combater os hititas, que estão a um passo de tomarem para si todas as nossas possessões! Você só tem, agora, duas coisas a fazer: ou capitular pacificamente, ou tornar-se feroz e audaz, exterminando todos os seus inimigos!

– Ou seja, minha amada – disse ele, num tom de insuportável ironia: – quer primeiro que eu mate uma boa quantidade de egípcios dentro de nosso território, e que, logo em seguida, parta para o exterior a fim de matar outra quantidade ainda maior de hititas, babilônios, sírios, núbios, e qualquer outra espécie de desgraçados que me dê na cabeça matar, até estar saciado de sangue e poder. *É nisto que você quer que eu me transforme*?

– Não há outra coisa a fazer – disse ela, abdicando de vez dos seus sonhos juvenis de um mundo de paz e fraternidade.

– Não ordenarei jamais a morte de um ser humano, seja egípcio ou não – disse ele, irredutível.

– Akhenaton, meu amor! – disse ela, abraçando-se a ele, num último e desesperado gesto. – Não vê que ao proteger amonitas, hititas e outras pessoas perversas, está condenando à morte as pessoas que mais ama?

Então, tomando nas mãos a face disforme do faraó, disse-lhe com a voz embargada pelo pranto:

– *Quer, então, que me matem*? – disse ela, por entre os soluços misturados de raiva e de medo. – Quer ver minha memória vilipendiada por toda a eternidade? O que acha que os sacerdotes de Amon farão quando puserem suas mãos ávidas de desforra sobre mim? Que espécie de morte ignominiosa terão reservada para mim? Se você verdadeiramente me ama tem de pensar nisto, e depois fazer sua escolha!

– Não me peça para escolher entre você e meu pai – disse Akhenaton, desviando o olhar.

Então, vendo que as coisas se definiriam neste caminho, Nefertiti ousou o último e dolorosíssimo passo.

– Akhenaton, se você não ceder, irei deixá-lo para sempre! – disse ela num tom tão firme que Akhenaton não pôde duvidar um único instante da veracidade de suas palavras. – Pelo amor do seu deus, restabeleça imediatamente a liberdade de culto! – insistiu ela, pondo todo o seu esforço neste último e desesperado argumento. – Prometo que me tornarei fiel a Áton, outra vez, desde que satisfaça já as exigências dos sacerdotes de Amon! Dê-lhes dinheiro! É só isto o que eles querem! Abarrote, outra vez, os seus templos do ouro amaldiçoado e os terá novamente dóceis a seus pés! Um dia mais ou menos distante este culto cúpido haverá de ruir por si mesmo, como ruem todas as coisas podres. Isto, porém, será muito mais obra do tempo do que nossa, meu amor! Se o seu deus for o deus verdadeiro, a sua verdade haverá um dia de esplender sobre todas as outras, como o sol esplende, todas as manhãs, sobre todas as trevas!

Nefertiti, pela primeira vez naquela tormentosa entrevista, sentiu que o coração de Akhenaton fizera-se sensível aos seus argumentos. Sem pudor algum, ela escorregou até estar abraçada aos seus joelhos.

– Eu lhe peço, eu lhe imploro, Akhenaton amado: faça isto – *faça isto por mim*!

Akhenaton, como uma estátua viva de si mesmo, esteve a um passo de ceder aos argumentos de sua amada, não fosse um raio ofuscante de Áton penetrar a penumbra na qual ambos estavam imersos.

No mesmo instante, como quem desperta subitamente, o filho do Deus Verdadeiro compreendeu imediatamente a mensagem que lhe descia do Alto.

– Vá – disse ele, com serena firmeza.

Nefertiti, sem poder crer no que ouvia, ergueu a cabeça para finalmente entender que nada mais havia a ser dito. Sobre a cabeça do esposo – que ela agora sabia perdido para sempre – brilhava um halo dourado e intenso, que argumento humano algum poderia suplantar.

14 – O TRIUNFO DE AMON

As forças de Tebas haviam chegado ao cais de Akhetaton após uma longa viagem Nilo acima. As poucas tropas leais ao faraó, engrossadas pela sua guarda pessoal – composta, na sua maioria, por mercenários estrangeiros –, aguardavam impacientemente os revoltosos. Nas suas mãos havia espadas de verdade, pois Horemheb não era tão louco quanto o faraó para distribuir espadas de madeira aos seus poucos homens.

Na verdade, o comandante ainda tinha uma vaga esperança de poder impedir não mais a luta, mas o morticínio, por meio de um acordo improvisado, feito à revelia do faraó. (Eis que Akhenaton, informado da chegada dos insurretos, limitara-se a enviar-lhes uma simples "repreensão fraterna", na qual os aconselhava a abandonarem imediatamente a sua "causa perdida", pois ninguém haveria tão louco neste mundo capaz de acreditar que pudesse fazer frente ao Ser Supremo – inimigo verdadeiro contra o qual, de fato, iriam combater.)

"O arquilouco a repreender os doidos!", pensou Horemheb, numa careta amarga, ao tomar conhecimento da última e tragicômica peça de oratória de Akhenaton.

Na verdade, o faraó pretendera ir ele próprio recepcionar os "pobres cegos", a fim de conduzi-los até o grande templo de Áton, onde o deus supremo, penalizado de suas trevas, lhes restituiria a visão da Verdade.

Akhenaton só não levara adiante mais este disparate sublime graças à longa jaculatória, entremeada de súplicas e lágrimas, que seu anão confidente lhe ministrou ao pé da orelha, depois de baldadas todas as tentativas dos demais de impedi-lo de cometer sua derradeira loucura. (Bes tornara-se uma espécie de mentor privilegiado do faraó desde a partida de Nefertiti, a ponto de ser chamado, agora, de "a nova esposa real".)

– O faraó enlouqueceu de vez – disse Horemheb ao vizir. – O caso, agora, é tentarmos negociar um acordo à revelia do faraó, que poupe o Egito de um banho de sangue.

Infelizmente, os comandantes tebanos traziam ordens expressas de evitarem acordos. A força estava com eles, e só havia, agora, uma ordem a ser cumprida: apear o faraó do poder e destruir a cidade maldita.

Quanto à população, a ordem seguia o mesmo rigor: a parte sã deveria ser retirada da cidade tão logo a corte fosse transferida de volta a Tebas. Quanto aos recalcitrantes, deveriam ser passados todos a fio de espada.

A pilhagem autorizada da cidade era o último artigo desta severa ordem do dia.

Assim que o primeiro comandante revoltoso desembarcou, viu-se, porém, interpelado por Horemheb.

– Sou Horemheb, seu superior hierárquico. Estou aqui, a mando do faraó, senhor supremo e perpétuo do Egito e de todos nós, para saber das razões deste desembarque não autorizado!

– A coisa é simples, muito digníssimo comandante – respondeu o rebelde, sem demonstrar o menor receio. – Queremos saber se o herege profanador de templos irá render-se, ou se, contrariando o desejo de seu falsíssimo deus, permitirá que o sangue dos egípcios corra livremente pelas ruas do seu reduto amaldiçoado!

Horemheb viu quando outro oficial rebelado, vermelho de cólera, deu um cutucão violento naquele que, ousando desobedecer as ordens expressas de Tebas, se metera a pronunciar bravatas inoportunas.

Só então o comandante compreendeu que os amonitas não tinham vindo para conversar, mas para matar.

Antes mesmo que Horemheb pudesse responder algo, escutou-se, partido do meio das hostes tebanas, o grito de ataque que desencadeou, como por mágica, o início do sangrento combate.

Uma verdadeira massa de soldados desceu das embarcações, sob uma cortina de flechas e lanças, arremessando-se sobre o tablado do magnífico cais. No mesmo instante, o chão branco foi ganhando a coloração vítrea do sangue iluminado pelos raios do resplendente sol.

A resistência atoniana fez o que pôde para rechaçar este primeiro assalto, mas logo se viu obrigada a retroceder para dentro da cidade, para regozijo intenso dos agressores.

– Morte ao herege e à grande prostituta! – bradavam os rebeldes, na maioria antigos sacerdotes de Amon, que mesmo mal sabendo empunhar uma espada haviam se engajado entusiasticamente às tropas insurretas, na esperança de reaverem os saudosos proventos.

– Por Amon, por Amon! – bradavam todos, lançando estocadas aos poucos defensores que, tão fanáticos quanto os agressores, ousavam meter-se no meio da turba invasora para também saciarem sua sede de sangue.

– Defendamos o palácio! – disse Horemheb, disposto a impedir, mesmo ao preço de sua própria vida, que uma horrível impiedade fosse cometida contra a figura divina do faraó.

– Não podemos deixar que pratiquem tal monstruosidade! – disse ele, certo de que um tal ato iria fazer ruir para sempre o respeito do povo pelos seus governantes. – Doravante estará aberto o caminho para que qualquer rato da plebe se sinta no direito de assassinar o deus-faraó!

Um apelo neste sentido foi redigido às pressas e levado até os revoltosos.

– Em nome da realeza egípcia, respeitem a pessoa sagrada do faraó! – disse o comandante no comunicado

Felizmente, o apelo surtiu efeito, pois os rebeldes não ousaram invadir o palácio real, mantendo-o, apenas, sob forte e indevassável cerco. (Nefertiti, que estava habitando outro palácio, situado na parte norte da cidade, também esteve em relativa segurança – ao menos, por algum tempo.)

No restante da cidade, porém, não houve a menor trégua, e tudo quanto foi construção viu-se tomada de assalto pelos invasores, sedentos da vida e dos bens dos habitantes da cidade maldita.

Depois de transporem o cais real, os saqueadores rumaram, numa corrida ensandecida, em busca das partes consideradas mais rentáveis da cidade. (Não havia, com efeito, nenhum homem ali que não trouxesse consigo um esquema rabiscado da capital egípcia, com os pontos valiosos assinalados em destaque.)

Nem todos, porém, tinham o mesmo objetivo, pois tais são os homens em sua maravilhosa diversidade. Os sedentos de cerveja e vinho, por exemplo, destacando-se logo do grupo ferocíssimo dos sedentos de ouro, rumaram alegremente em direção à zona do comércio, região paradisíaca da cidade onde se dizia estarem localizadas as chamadas Casas de Bebidas. De espada em punho, os assaltantes irromperam selvagemente pela rua que dava acesso ao grande retângulo, decididos não só a vingarem-se da sede torturante que os acometera na longa viagem, mas a tomarem também a grande carraspana de suas vidas.

Enfrentando pouca ou nenhuma resistência, este alegre grupo – que, apesar de entoar com vigor o nome de seu sisudo Amon, mais parecia um bando de devotos do febricitante Dioniso grego – apossou-se logo de todo o bairro, de tal modo que, num piscar de olhos, podiam-se ver dezenas de homens empinando alegremente para o céu odres inchados de vinho e cerveja, enquanto outros perfuravam as pipas e tonéis com suas lanças, estirando-se sobre o solo para, como verdadeiros cães, apararem em suas bocas o jorro espumante.

Da inocente euforia inicial, porém, passaram logo os beberrões ao extremo mais gritante da perversidade. Depois de estuprarem e matarem toda coisa viva, os soldados passaram a rojarem-se completamente nus nas verdadeiras piscinas de vinho, cerveja e sangue misturados que se formaram por toda parte, enquanto outros, avançando sobre as padarias, retornavam com os braços repletos de pilhas de pães e broas e roscas e doces e salgados de toda espécie, que enfiavam a mãos ambas para dentro das suas bocas de dentes nenhuns ou estragados. E assim, de tanto se empanzinarem de todas aquelas massas espessas, chegaram muitos a tombar sobre o pó e ali estertorar até a morte, vítimas de indigestões ou de medonhas sufocações.

Enquanto isto, um pouco mais adiante, outros começaram a saquear os bazares onde se vendiam tecidos e roupas e sandálias e cintos e presilhas e panelas e conchas e utensílios de toda sorte, pondo-se em seguida a desfilar pelas ruas trajados como doidos, a proclamarem-se verdadeiros faraós e a proclamarem-se autênticas esposas reais e a proclamarem-se deuses e deusas de todos os panteões divinos que a loucura humana pôde, em todos os tempos, engendrar – e foi, então, um desfile magnífico de deuses-feras a rastejarem e a trotarem e a escoicearem e a mugirem e a latirem e a zurrarem – zurros zurros zurros!, eia!, mil zurros sobre outros zurros mil! – e a pregarem suas verdades absolutas e seus códigos morais inflexíveis, enquanto cobriam de escarro e de vômito toda palavra que não a emanada das suas bocas babujadas de Verdade, e também da boca puríssima de seus intercessores humanos, modelos perfeitos de santidade que eles, deuses previdentes, haviam semeado como o espinhoso cardo sobre toda a extensão da terra (oh, maravilha, não haver um único pedaço de chão por onde eles não andassem com seus penduricalhos sagrados, suas perucas, suas peles de leopardo, seus fumigadores, seus bibelôs, suas continhas de orar e seus imensos báculos de conduzir manadas – *eia, boiada, pra diante*!) – sim, que vivessem para todo o sempre a cagar perpetuamente sobre a cabeça da ralé estulta dos come e dorme os oficiantes de todos os cultos existidos, existentes e ainda por existir neste mundo!

Esta, pois, a turba dos amantes da bebida. Outra turba, porém, muito mais feroz, rumara na direção da Ilha Exaltada nos Jubileus, nome de sonho que fazia imaginar uma profusão magnífica de ouro, prata e tudo o mais que pudesse reluzir na cidade amaldiçoada dos hereges. (Anéis, colares e pulseiras mil, que o faraó perdulário distribuíra em troca da devoção ao novo deus, esperavam apenas a audácia de uma mão destemida para mudarem alegremente de dono.)

Havendo, pois, muito ouro a defender, houve, também, grande empenho em combater.

Encastelados em suas mansões do bairro nobre, seus valorosos habitantes resistiram o quanto puderam na defesa abnegada da sua fé – mas qual defesa será forte o bastante quando o prêmio da conquista são as riquezas mais esplendorosas que o assaltante sabe que jamais terá uma nova chance de as ter ao alcance das mãos?

Logo, uma a uma das belas mansões foi caindo sob as mãos invasoras, e com elas não só as riquezas materiais, mas também as humanas – que eram as esposas e as filhas e as concubinas e as criadas e toda mulher cevada no luxo destes pequenos palácios, e que a fatalidade havia impedido de escaparem a tempo do assalto imprevisto da horda –, de tal sorte que logo tudo por ali era sangue nobre sobre o mais puro ouro.

E assim espalharam-se por toda a cidade os invasores, a estuprar e a estripar, passando ao largo, porém, dos bairros pobres, pois que ali só havia a peste e a miséria a pilhar ("Enfim, desta vez o povo levara a melhor!", congratulavam-se, nos seus catres melados de urina podre, os felizardos moribundos).

Um pouco a leste da cidade ficava um outro bairro – o Bairro dos Artesãos.

Mas o que haveria de buscar em tal lugar uma horda de soldados ignaros, criados no desprezo mais bovino pela arte, uma vez que nada ali havia senão a pedra bruta trabalhada pela mão hábil do artista?

Pois toca, então, a quebrar! E a golpear! E a espedaçar! E a destruir! E a pisotear! E a fazer tudo quanto esteja inteiro, ou a caminho disto, saltar em milhares de maravilhosos cacos!

Não foi preciso dizer-se mais nada para que nova horda de zelosos restauradores da ordem se lançasse imediatamente na direção do bairro onde repousavam, quer sobre as estantes, quer ao lado dos andaimes, os bustos e as estátuas incompletos, à espera, apenas, de alguns delicados retoques para entrarem, afinal, na dignidade final de toda estatuária, que é estar exposta nos jardins, nas praças e nos templos das cidades.

Os zelosos restauradores da ordem ainda não haviam chegado, mas já se sabia, nas diversas oficinas, que era questão de minutos para que também o pobre bairro sofresse um assalto furioso e devastador

Beki, o artesão-chefe do faraó – artista incomparável, a quem não vemos há bom tempo, sendo preciso, pois, trazê-lo de volta à memória, bastando para isto relembrar um certo eunuco, que em dado momento viu-se restaurado em sua força geradora (ou, pelo menos, gozadora), graças a um decreto singular da natureza –, este mesmo Beki, pois, alertado do perigo pelos gritos pavorosos que erravam pelo ar e pelo voo alucinado dos abutres, a rumarem velozmente na direção dos bairros conflagrados, era inteligente o bastante para prever que logo sua oficina também seria alvo do vandalismo.

"Tudo será destruído!", pensou, e sussurrou, e finalmente exclamou, em pânico, o artesão-chefe.

Todo o motivo do seu pânico, porém, residia numa única e magnífica peça, criada pelas mãos do rival Tutmés, o filho da porca que fizera o esboço de um busto da rainha que prometia ser a mais bela obra de arte jamais feita no Egito e em todo o mundo!

O aprendiz-canalha, contudo, a escondera, sabedor da profunda inveja que se apossara do seu superior.

Beki, sem mesmo ter visto um único traço dos esboços, sentira-se imediatamente apaixonado pela misteriosa cabeça de Nefertiti. (Fora esta mesma imagem ideal que o fizera, em certa noite mágica e aterradora, recobrar como que miraculosamente a sua força geradora – ou, pelo menos, gozadora –, entregando-se como homem aos braços de uma outra estátua da rainha amada.)

– É a minha chance de encontrar o busto! – exclamou Beki, escutando crescer os gritos da canalha.

– Perca-se tudo, perca-se tudo! – *tudo, menos o busto*! – disse ele, armando-se de um punhal e rumando para o ateliê do amaldiçoado Tutmés, que ficava instalado dentro do complexo imenso de sua oficina.

O bairro dos artesãos já estava inteiramente deserto. Todos os artistas e aprendizes haviam fugido, deixando inteiramente à sanha dos vândalos as suas obras completas ou incompletas.

– Patifes! – exclamou Beki, com o punhal enfiado na parte de trás do saiote. – É este, então, o seu amor pela arte!

Beki sacou o punhal e brandiu-o no ar, como a perfurar o espectro de todos os fujões.

Neste momento, porém, escutou um ruído – um ruído justamente no ateliê de Tutmés.

– Aí está! – pensou ele, escondendo outra vez o ferro no interior do saiote.

Pé ante pé, Beki rumou até avistar o interior da peça. Não demorou muito para que seus olhos reluzissem de prazer e de ódio.

Sim, lá estava o patife a desenterrar algo de um desvão secreto.

Neste momento, os gritos selvagens avolumaram-se extraordinariamente na rua.

A horda de arruaceiros chegara!

– Ao inferno com eles! – pensou Beki, arremessando-se ao interior do ateliê assim que viu Tutmés retirar do esconderijo a peça. – Meu deus, meu deus, o busto, o maravilhoso busto, *ali está, ali está*!

Apesar da gritaria lá fora, e do ruído pavoroso da destruição que já começara, Tutmés, provido de um sexto sentido auditivo, pôde diferenciar o ruído do galope dos doidos das passadas firmes e determinadas do rival.

Instantaneamente voltou o rosto para trás e avistou Beki, de adaga em punho, uma fração de segundos antes de senti-la profundamente enterrada em seu próprio pescoço.

Beki retirou a lâmina e assestou um segundo golpe, que, por força do reflexo do aprendiz, foi enterrar-se-lhe no ombro esquerdo. Desta vez, porém, não conseguiu retirar o punhal, pois Tutmés esquivara-se, apesar do terrível ferimento na garganta.

– Louco...! – disse ele, rouquejando, com a mão direita espremida no pescoço lavado de sangue.

Seu outro braço pendia molemente, inutilizado pela lâmina encravada ao ombro.

Beki, surdo a tudo, apossou-se imediatamente do busto.

– Maldito seja, canalha!... *ele é lindo*...!, amaldiçoado seja para sempre!... *é supremamente belo*...!

Tutmés, ainda em choque, não conseguiu esboçar qualquer reação senão observar, apalermado, o artesão-chefe, consumido por uma dor ainda maior do que a sua. Aos poucos, Tutmés sentiu sua dor física anular-se diante da dor moral do rival, e um imenso sentimento de vitória invadi-lo – pois que via, ali diante dos seus olhos, a inveja mais absoluta assomar aos olhos do maior de todos os escultores que o Egito já vira!

Tutmés compreendeu – e chegou mesmo a perdoar – a agressão violenta e covarde de que fora vítima.

"A dor dele é muito – *muito maior*!", pensou ele, esquecido da adaga enfiada no braço.

Seu peito estava escarlate de sangue. Sentindo fraquejar as forças, o aprendiz moribundo dobrou os joelhos e pôs-se a observar, em meio a uma névoa cor-de-rosa, a cena de seu triunfo final – sim, de seu primeiro e derradeiro triunfo, pois já podia escutar, cada vez mais próximos, os urros bestiais.

Em instantes a turba assassina o teria completamente indefeso em suas mãos.

– Sal.............ve-o......! – sussurrou ele, entregando a salvação da sua obra-prima ao seu próprio assassino.

Beki, numa reação de verdadeira demência, voltou os olhos enfurecidos para o rival abatido.

– Fui *eu* quem a fez! Compreendeu? Fui *eu* quem a fez!

Tutmés, diante de tamanha arrogância, sentiu voltarem-lhe as forças.

– Não, não...! Isto nunca será! Fui eu quem a fez!

Beki recuou, num misto de ira e receio.

– Está vendo o deleitoso sorriso em seu rosto? – disse Tutmés, vingativamente, a apontar para o busto.

O aprendiz fez uma pausa para recuperar o fôlego, antes de acrescentar triunfalmente:

– Eu a vi no instante do seu maior prazer! Sim, maldito, eu a vi em seu maior paroxismo!

Beki deixou escapar da garganta um uivo terrível de ira e inveja, voltando os olhos raiados de sangue para o busto, como um amante possesso – descuido fatal, pois logo em seguida sentiu uma pontada horrível na nuca, produzida pela lâmina quente e ainda úmida do sangue do rival.

No mesmo instante o artesão-chefe, num espasmo de dor, deixou cair das mãos o busto precioso, que foi tombar desgraçadamente sobre o solo.

– Não! – exclamou Tutmés, lançando-se ao chão.

Beki caiu sobre ele e pôs-se a estrangulá-lo com tanta fúria que podia sentir o polegar enterrar-se profundamente na ferida produzida pela adaga.

Tutmés escoicinhou diversas vezes, mas, sem forças mais para reagir, acabou por entregar-se à morte.

Assim que Beki reconheceu-se a si mesmo nos olhos vidrados do rival, ergueu-se, ainda com a adaga enterrada na nuca – a lâmina não atingira nenhuma veia principal –, e recolheu do solo o busto sublime, que apresentava, apenas, uma ligeira escoriação na orelha (uma das pupilas ainda não havia sido pintada, razão pela qual Nefertiti apresentava um globo ocular todo branco).

Agarrado ao prêmio maior da sua obsessão, tropeçou alguns metros para um recanto oculto, nada mais podendo fazer, pois a horda assassina já adentrara a oficina, despedaçando tudo o que encontrava pela frente.

– É o fim... – balbuciou Beki, encolhido junto à parede e abraçado, com todas as forças, ao busto.

Ao som do verdadeiro cataclismo que lhe ia ao redor, Beki sentiu crescer, pela última vez dentro de si, aquela antiga e funesta volúpia, a qual, tendo sido extirpada na mais tenra juventude, voltara a apossar-se dele por obra daquele busto, daquela imagem de suprema beleza que tinha agora estreitada firmemente ao peito.

Delirante de desejo, Beki pôs-se a beijar loucamente o rosto artificial, enquanto tentava repetir desesperadamente em si próprio o mesmo paroxismo que dera àquela máscara divina o seu aspecto de suavíssima e inigualável sensualidade. (Mas, ai! – quanta diferença entre a expressão de sereno deleite que um dia a mão do artista imprimira na máscara de Nefertiti e o esgar que contorcia agora as feições do escultor e assassino!)

Ao cabo de tudo, foi deste modo que os vândalos homicidas foram encontrá-lo, ainda vivo, a provar os últimos espasmos da sua loucura. Um rincho bestial brotou da boca da turba assim que esta deparou com o espetáculo inédito e grotesco do louco caído, a amar a cabeça de uma estátua.

Beki foi liquidado antes mesmo que os risos cessassem.

Quanto ao busto, permaneceu desprezado sobre o chão, pois ninguém houve que quisesse tomar para si a figura maldita da grande rameira, limitando-se os mais exaltados a chutá-la e a cobri-la de escarros.

E foi assim que o busto perfeito começou o seu longo sono de vários séculos – encoberto, ano após ano, pelo imenso cobertor de areia que o tempo e o vento foram atirando para cima das ruínas da cidade abandonada –, até que a mão curiosa de algum explorador futuro, quem sabe, viesse resgatá-lo do seu esconderijo quase perfeito.

◆◆◆

Akhetaton, a capital que um dia o faraó e sua esposa haviam projetado junto com seus projetistas e escultores, havia se transformado numa ruína. Incêndios lavravam por toda parte enquanto milhares de cadáveres jaziam espalhados pelas ruas, num aspecto de verdadeira praça de guerra.

Nefertiti, resguardada noutro palácio, situado na parte norte da cidade, começara a entabular negociações secretas com os membros mais serenos dos revoltosos. Ela pretendia tornar Tutankhaton o novo faraó do Egito, já que sabia ser impossível a permanência de seu esposo à testa do Egito.

Akhenaton mantinha-se irredutível, haviam lhe dito, sem dar qualquer mostra de que pretendia renunciar à dupla coroa.

– Sou o faraó do Alto e do Baixo Egito – dissera ele. – Ninguém tem poder para afastar o faraó de seu posto senão Áton, o grande pai celestial.

Em vão tentaram explicar-lhe que Áton não era mais o deus dos egípcios, e que cumpria a ele, faraó, submeter-se outra vez a Amon vitorioso, caso quisesse continuar à frente do governo das duas terras.

– O seu deus foi derrotado – dissera-lhe o sogro, deixando claro que ele próprio voltara a cultuar o deus tebano.

Nefertiti, entretanto, não conseguia mais preocupar-se somente com o drama exclusivo de Akhenaton. O faraó pensara somente em si e no seu deus, ignorando o destino dela e dos filhos restantes – que eram somente dois, agora, pois Meritaton, a sua primogênita e já uma linda jovem, havia fugido do palácio durante a noite que antecedera a chegada das tropas rebeldes.

Meritaton e a mãe haviam se desentendido profundamente quanto ao destino futuro de todos eles.

– Minha mãe, você vai trair os ideais do meu pai, e os ideais do nosso deus! – dissera ela, horrorizada com a decisão de sua mãe de reconverter-se ao deus tebano.

– É a única maneira que tenho de salvar as suas vidas! – exclamara a esposa real, em prantos. – Será que você não consegue compreender isto, minha filha? Se não nos curvarmos a Tebas seremos mortas nós três, além do herdeiro real!

– Que seja! – exclamara Meritaton, olhando desafiadoramente para a mãe.

Era a primeira vez que Nefertiti tinha uma discussão violenta com a filha, fato que a horrorizou mais que todos os acontecimentos terríveis dos últimos tempos – mesmo a sua separação do esposo amado.

– Filha, permaneçamos juntas! – dissera Nefertiti. Se você for unir-se ao seu pai será morta também!

– Ele não morrerá! – disse Meritaton. – Áton não permitirá!

– Permitirá, sim, sua tola, permitirá! – gritou a mãe, com todas as suas forças. – Não permitiu que suas irmãs morressem como moscas?

– Mamãe, por que blasfema desta maneira? – disse Meritaton, com uma expressão tão parecida com a do pai que Nefertiti sentiu uma dor profunda no coração.

– Meu deus, ela está perdida! – pensou Nefertiti, deixando pender os ombros, de puro desânimo.

– Não posso acreditar que você irá submeter-se outra vez às ordens daqueles sacerdotes nojentos! – disse Meritaton. – Não depois de tudo que o meu pai fez para bani-los do Egito!

– Eles venceram, minha filha – disse a mãe, desanimada, pois sabia que todas as suas palavras seriam inúteis.

– Fujamos, então, juntamente com nosso pai.

– Somos prisioneiros, minha filha. Ou nos rendemos a Amon ou seremos todos mortos.

– Pois morramos, então!

– Vamos viver. Regressaremos a Tebas. Tutankhaton será o novo faraó.

– Você está negociando... *com esta gente*? – exclamou Meritaton, enojada.

– Sim, minha filha. É bem possível, mesmo, que me aceitem como regente de Tutankhaton, até a sua maioridade. Continuarei sendo rainha, minha filha, aconselhando ele, você e sua irmã.

– Será rainha em Tebas?

– Sim, voltaremos a morar em Tebas, como era antes.

– Sua tola! Eles a matarão!

Nefertiti ergueu a mão para esbofetear a filha, mas suspendeu-a a meio caminho, numa súbita lembrança do dia em que o pai fizera o mesmo com ela.

– Minha filha, entenda que temos boas perspectivas de salvarmos nossa dignidade. Não seremos lançadas à sarjeta como seria de esperar após uma derrota dura como a que acabamos de sofrer. Os amonitas estão se mostrando mais tolerantes do que poderíamos imaginar, e se as coisas continuarem assim, poderemos ainda ser felizes – muito felizes! – em nossa nova vida em Tebas. Pense nisto, minha filha, pense nisto!

– Você acredita mesmo que eles irão nos perdoar depois de tudo que fizemos?

– Sim, se eu souber valer-me da astúcia de sua avó, é bem possível que os tenha sob controle.

– Oh, minha avó é agora a sua grande inspiração?

– Se eu quiser mantê-los vivos terei de agir como ela agiria, quer goste quer não dos seus métodos.

– Ela era perversa!

– Não era perversa, minha filha. Apenas conhecia a perversidade do mundo.

– *Não pode contra os perversos? Pois seja perversa, também!* É esta, minha mãe, a sua nova moral?

Desta vez a bofetada inevitável explodiu no rosto de Meritaton.

Nefertiti acabara de sofrer a maior de todas as suas perdas: a de uma filha viva.

Na manhã seguinte, ao descobrir que Meritaton havia abandonado o palácio para ir juntar-se ao pai, no palácio principal de Akhetaton, Nefertiti ordenou a um dos servos que fosse imediatamente procurar seu pai, Aye, a quem não falava desde o episódio humilhante da surra, há muitos anos.

Igualados na ignomínia, pai e filha já podiam voltar a conversar civilizadamente.

– Tudo quanto discutirmos se fará tendo em vista exclusivamente a segurança de meus filhos, bem como a do faraó – disse Nefertiti, simulando uma dignidade que sabia perdida para sempre.

– Naturalmente – disse Aye, dando à filha um sorriso discreto e protocolar, que ela devolveu com um franzir sutilíssimo do canto esquerdo do lábio (algo que ela ensaiara exaustivamente antes da audiência).

Nefertiti tornara-se, finalmente, uma verdadeira rainha.

◆◆◆

Nefertiti alinhavou um acordo provisório com Aye, transformado em porta-voz dos amonitas.

– As circunstâncias são novas – dissera o velho, ao justificar, mais uma vez, seu conhecido pragmatismo.

A principal cláusula do acordo estipulava que o filho de Akhenaton teria assegurado o direito de herdar a dupla coroa do Egito, desde que, naturalmente, trocasse de nome.

– Doravante, Tutankhaton passará a chamar-se Tutankhamon – disse Aye, com a anuência silenciosa da filha. – Com isto, estaremos comprando, por assim dizer – ainda que me repugnem estes termos francamente comerciais –, a simpatia e a condescendência dos sacerdotes tebanos.

Aye fez uma ligeira pausa para degustar o efeito das suas escolhidas palavras.

"De onde será que me vêm estes improvisos geniais?", pensou ele, fingidamente intrigado.

Nefertiti, porém, permaneceu em silêncio, a fitar friamente o rosto daquele que um dia fora seu pai.

– Quanto a você, minha filha, tenho boas razões para crer que poderá continuar a exercer parte de suas funções, na condição de regente do Egito, desde, naturalmente, que admita converter-se a Amon, restabelecendo o seu culto e o de todos os outros deuses, banidos pela reforma fracassada de seu esposo.

Um traço muito diáfano de prazer sublinhou as últimas palavras de Aye.

– Assim será – disse ela, num quase indiscernível curvar da cabeça.

Akhenaton, entretanto, ao saber de todas estas coisas, recusou-se a dar crédito a elas.

– São mentiras – disse ele. – Nefertiti não se renderia jamais às imposturas de Amon e de seus sacerdotes.

Meritaton – habitante já do palácio – tentou convencê-lo da verdade.

– Minha mãe fraquejou – disse ela ao pai, mas este não deu ouvidos nem mesmo às palavras da filha.

Enquanto isto, o pequeno conselheiro do faraó observava tudo, absolutamente silente e imóvel, limitando-se a acompanhar com os olhos todos os movimentos do seu senhor.

Neste momento Horemheb entrou no grande salão. Depois de render seus cumprimentos ao faraó – pois Akhenaton, para todos os efeitos, ainda o era –, fez-lhe o relato da atual situação.

– Akhetaton está praticamente destruída – disse ele, sem meias palavras. – Os exércitos rebelados triunfaram, e das forças leais ao faraó só restam os homens que permanecem a fazer a guarda do palácio.

Akhenaton abanou a cabeça, fazendo-o de maneira tão enigmática que Horemheb não conseguiu compreender se ele se lamentava ou mandava-o calar-se.

Foi Meritaton, afinal, quem quebrou o silêncio.

– Não aceite imposição alguma, meu pai! – disse ela, filha inequívoca do pai.

Nem bem terminara de pronunciar as palavras quando o vizir do faraó entrou no salão, indignado.

– Ninguém tem o direito de fazer isto! – disse ele, esquecido completamente das regras e dos protocolos.

Nakht tinha o semblante alterado e algumas equimoses profundas no rosto.

– O que houve com você? – disse o comandante.

Nakht explicou, em poucas palavras, que se envolvera num conflito com alguns arruaceiros amonitas, e que estes sequer haviam-lhe respeitado a dignidade do cargo, agredindo-o fisicamente.

– É este tipo de comportamento que pretendemos ver consagrado, de hoje em diante, no Egito? – disse ele, no último grau da indignação. – Então já é lícito à plebe agredir seus governantes?

Sinceramente revoltado com toda a situação, Nakht voltou-se para o faraó:

– Pelo amor de Áton, grande faraó, faça alguma coisa, tome as rédeas nas mãos!

Akhenaton ergueu os olhos exaustos para o seu vizir, meio ausente. Pela primeira vez demonstrava ter um pequeno vislumbre da realidade.

– Parece mesmo que eles não querem ouvir a voz de meu Pai – disse ele, quase desconsolado.

Nakht teve, então, uma inesperada explosão de inconformidade.

– Meu faraó, meu amigo! – disse ele, pondo-se de joelhos à frente do soberano quase deposto. – Faça alguma coisa para impedir que se consuma esta blasfema impiedade!

– Que quer que faça, meu amigo? – sussurrou Akhenaton.

– Mude o jogo! – disse Nakht, pondo-se em pé, outra vez. – Assuma, com todo o vigor, sua condição de filho de deus e governante supremo das duas terras!

Todos apuraram os ouvidos para escutar o último apelo que certamente seria feito ao faraó.

– Os sacerdotes são minoria, mesmo dentro do exército rebelde. Tome uma atitude drástica, como pede o momento, e imponha a sua autoridade.

Horemheb, inflamando-se, pôs-se também a incentivar desesperadamente o faraó.

– Isto! Isto! – disse ele, acendendo-se todo. – Esta soldadesca que está aí fora não passa de uma canalha, raça vil de marionetes! Surja diante deles, com toda as suas insígnias, e faça uma convocação geral, convoque-os a combater os hititas, por exemplo.

Nakht interrompeu o general, entusiasmado.

– Vamos lá, meu amigo, envergue seu traje de guerra e apresente-se a eles como seu comandante! Diga-lhes que irá partir imediatamente para liquidar com a corja hitita, e no mesmo instante terá toda a soldadesca a seus pés! As vinte ou trinta mil lanças que neste momento têm apontadas contra si, no mesmo instante, voltar-se-ão contra os hititas e contra qualquer sacerdote maldito que ousar contestar as ordens do faraó.

– Sim, sim! – esbravejou Horemheb. – Meu senhor ainda é o faraó! Vamos combater imediatamente o inimigo – o verdadeiro inimigo do Egito, e voltará do campo de guerra coberto de despojos e aclamado pelo povo!

Nakht e Horemheb puseram-se a esbravejar, quase alucinados, pintando o quadro do magnífico retorno, um triunfo militar como jamais haveria outro igual em toda a história do Egito.

As palavras dos dois conselheiros tornaram-se tão vibrantes que o pequeno confidente do rei começou lentamente a destacar-se das sombras e a aproximar-se cada vez mais do seu amo e senhor, até estar-lhe postado exatamente ao lado. Seus olhos escuros, envoltos pela esclerótica alvíssima, reluziam das imagens portentosas que os ministros faziam-lhe entrar pelos olhos adentro. Bes viu-se a desfilar em cima de um vistoso carro real, sob a aclamação ululante da plebe, e também da nobreza e das autoridades e dos sacerdotes (fossem de que deuses fossem!), enquanto desabava sobre si e o seu senhor uma chuva de flores e de palmas e de todos os gritos de júbilo e gratidão e euforia que a plebe ignara é capaz de regurgitar quando vê-se diante dos superiores, daqueles que o destino celeste marcara a dedo como sendo seus eleitos mais amados, aqueles que fazem a glória e a história e o progresso da humanidade, e que, como ele, não haviam hesitado em unir-se ao faraó-guerreiro para tomar parte na vitoriosa expedição militar que subjugara, de uma vez por todas, o inimigo hitita, bem como todos os reinos e reis que tivessem ousado antepor-se no seu caminho triunfal!

Bes e todos os outros – com a exceção de Meritaton – tinham ainda o aspecto completamente alucinado quando a voz do faraó ergueu-se, finalmente, pondo um fim ao delírio (pois tal era o poder da sua demência que podia comunicar-se, sob efeito inverso, nos que o rodeavam):

– Basta, basta! Que estão aí a delirar?

– O faraó contestando um delírio! Não faltava mais nada, mesmo!

– Não, não, por que falam de guerras? Áton é um deus da paz e um deus do amor! – disse ele, com os olhos injetados de lágrimas amargas. – *Então não compreenderam nada do que lhes disse*?

Horemheb foi quem primeiro conseguiu rebater as palavras do faraó.

– Creia, meu senhor, que não há outro jeito de salvar-lhe a vida!

Akhenaton olhou para o comandante com perfeita indiferença.

– Meu bom amigo, o que é a minha vida diante do que se está verdadeiramente a perder?

Ninguém entendeu o que ele quis dizer, o que o obrigou a explicar-se, muito desapontadamente.

– Estamos perdendo a chance de, pela primeira vez na história do homem, unirmos todos os povos sob o amor de um único deus, do afeto de um único e amoroso pai celestial!

Nakht, impaciente, tentou obstar o novo e patético discurso do faraó.

– Meu senhor, este é um belo ideal, mas pertence ainda – e pertencerá ainda durante muitos e milhares de anos! – ao plano do sonho! Creia-me, este é um sonho perdido para a nossa e para as próximas dez ou vinte gerações!

– Alguém tem de começar, alguém tem de pronunciar, pela primeira vez na história dos povos escravizados pelo ódio e pela ambição, a sagrada palavra, a palavra sublime que Áton supremo quer ver um dia ressoar, sob o sol e sob a lua, nas bocas e nos lábios de todos os homens – egípcios, hititas, babilônios, caldeus, núbios e de toda raça de homens que houver espalhada sobre a terra! – exclamou o faraó, irredutível em seu ideal. – Se eu não insistir em dizê-la e repeti-la e reafirmá-la até o último fôlego da minha alma, contra tudo e contra todos, creiam-me que esta palavra jamais será dita em tempo algum!

Akhenaton parecia envolto por uma aura invisível. De repente sua aparência ganhou a candura dos cordeiros e ele disse, então, no tom mais suave que algum dia já empregara:

– Então não entendem, queridos amigos, que vim apenas para pronunciá-la – E NADA MAIS?

Um silêncio pavoroso selou todas as bocas quando se compreendeu, afinal, o que esta frase significava.

Era o martírio – o inútil martírio que se anunciava pela boca do primeiro profeta de Áton.

– Se eu não teimar em pronunciar a maior das palavras, mais dez ou trinta gerações em cima daquelas que profetizaste, meu caro Nakht, terão de amargar, ainda, os frutos da cupidez, do ódio e da guerra!

Dos presentes, apenas Meritaton chorava convulsivamente.

– AMOR – disse Akhenaton, pronunciando finalmente a grande palavra da sua vida, antes de desabar em seu trono, no último grau da exaustão.

– *Amor, Amor, Amor, Amor, Amor, Amor, Amor...* – repetiu ele dezenas de vezes, como um mantra sagrado, a palavra sagrada que um dia seu deus lhe pronunciara ao ouvido, até perder completamente os sentidos.

Quando Akhenaton finalmente desmaiou, escutou-se o ruído quase surdo de uma pancada ao solo.

Era Bes, que, tendo-se deixado cair, como uma saca, de bunda ao chão, ali permaneceu estático e miserável como a mais perfeita representação da desilusão humana.

◆◆◆

Quando tudo isto aconteceu, era dia ainda e o sol brilhava a plenos raios sobre a capital egípcia.

Quando a noite chegou, porém, algo de muito raro aconteceu no Egito – *pois choveu.*

Choveu, sim, na cidade do faraó, e choveu a cântaros.

Um temporal violentíssimo desabou, já nas primeiras horas da noite, sobre a cidade convulsionada pela peste e pelos incêndios e pelos morticínios e, talvez, acima de tudo, pelas retóricas exaltadas.

Ninguém, diante disto, pareceu estranhar o novo fato, pois chover no Egito de Akhenaton não podia ser nada de anormal – dia haveria em que outras e muito mais extravagantes chuvas desceriam dos céus sobre a terra do Egito e de regiões vizinhas – chuvas de sapos, chuvas de codornas, chuvas de pão, chuvas de fogo e chuvas-de-deus-sabe-o-que-mais –, sem que isto viesse a causar espanto maior do que esta singela tempestade, eis que cronista egípcio algum daqueles dias fez menção de tais e singularíssimas precipitações (embora cronistas supremamente dotados, de uma outra raça escrava, as tenham referido em sonora tuba épica.)

No Egito de Akhenaton, entretanto, não se viu milagre algum senão o desabar normalíssimo de uma vibrante tempestade. Choveu água, simplesmente, acompanhada de todos os elementos que devem acompanhar uma boa e verdadeira tempestade – muito vento, muitos raios, e trovões em deliciosa profusão –, trazendo um sobressalto a mais à população demasiado sobressaltada.

Akhenaton, encerrado em seus aposentos, escutava, silente, aquele desabar do mundo, quando viu dele acercar-se, mais uma vez, o seu fiel confidente.

– Grande faraó e senhor da minha vida, permita que lhe faça uma pergunta – disse o quase anão, com os olhos oblíquos de um pedinte inteligente.

Akhenaton, ainda aturdido pelo esforço de sua retórica, encarou Bes como se o visse pela primeira vez – experimentado aquela mesma e insólita sensação que já o acometera uma vez.

– O que quer, fiel amigo – disse ele, com suave condescendência.

– Diga-me, senhor, *o que pensa do povo*? – disse Bes, numa voz fininha, que também parecia comprimida.

– *O povo...*? – sussurrou o faraó, meio ausente.

– Sim, grande senhor, que acha do povo?

– Não entendo onde quer chegar.

– O faraó crê que o povo seja bom, que o ame, e que lhe seja grato por todo o bem que já lhe fez?

– Decerto que sim – disse o faraó, convicto desta verdade. – Sim, decerto que me ama.

– Então, permita dizer, por que, então, não acorreu inteiro em sua defesa?

– São frágeis, são crianças – disse ele, sob o estrondear dos trovões, que mais e mais se avolumavam. – O que poderiam fazer, pobres crianças, diante das espadas e das lanças de nossos cruéis inimigos?

Neste instante Bes compreendeu que sua chance verdadeiramente chegara. Dando um pequeno salto, foi postar-se diante de seu amo, na pose audaciosa dos que não admitem recusa.

– Senhor da minha vida, apreciaria dar comigo um pequeno passeio?

15 – O PASSEIO NOTURNO DO FARAÓ

Akhenaton e Bes deixaram o palácio por uma passagem secreta, sem serem percebidos pelas sentinelas amonitas, apavoradas pelo temporal. Envoltos em mantos escuros, mergulharam na noite estriada pelas cordas da chuva como dois espectros negros e recurvos – um alto e o outro minúsculo.

Com os rostos encobertos, os dois puseram-se a perambular livremente pelas ruas da cidade devastada.

Bes, indo um pouco adiante, incentivava os passos do faraó.

– Venha, meu senhor, vamos ver o povo, o seu amado povo!

Akhenaton estava encantado com a ideia (ainda que algo maluca) do seu conselheiro. Finalmente poderia estar no meio do povo, como um deles, e saber, de viva voz, o que diziam do seu faraó.

Os dois vultos encapuzados continuaram a percorrer as ruas, sob a cortina incessante da chuva, patinhando nas poças e desviando dos corpos que o enxurro limpava rapidamente do sangue, deixando expostos, em toda a sua nudez, os talhos e os rombos terríveis que lhes haviam tirado a vida.

Enveredando pelo bairro nobre, o faraó conheceu, então, em toda a extensão, a terrível devastação que se operara em sua amada cidade.

Com as mãos livres, Akhenaton comprimiu o tecido encharcado sobre o rosto, chorando pela primeira vez.

Bes, imóvel debaixo do seu manto – que, a exemplo do manto seu senhor, lhe descia até os pés –, aguardou o fim do acesso para recomeçar a marcha rumo ao bairro miserável da devastada cidade.

Como dois mendigos, os dois encapuzados vagaram pelas aleias e ruas, cruzando por belíssimas casas de pilares ainda em pé, jardins destroçados e espelhos d'água salpicados pela chuva, totalmente desertos (à exceção de algum saqueador retardatário, ainda a errar pelos escombros, na esperança de encontrar algum anelzinho caído por entre os detritos, ou metido em alguma parte oculta das dezenas de cadáveres espalhados por toda parte).

Akhenaton reconheceu nas faces agoniadas dos mortos muitos dos cortesãos que por diversas vezes haviam tomado parte nas alegres festas palacianas do começo do reinado. Homens, mulheres e crianças que um dia haviam desfrutado das delícias do favor real agora jaziam mortos e despidos a céu aberto, à espera apenas do bico perfurante dos abutres, que já andavam a saltitar de lá para cá com suas asas negras reluzentes da chuva.

Bes apurou o passo, a fim de que o faraó não se perdesse em funestas observações.

Aos poucos foram rareando e sumindo as mansões, enquanto a paisagem tornava-se francamente sinistra.

– Veja, meu faraó, chegamos! – disse Bes, penetrando com ele os subúrbios miseráveis do Sul.

Casebres minúsculos, de paredes rachadas e rebocos caídos, começavam a multiplicar-se assustadoramente, enquanto as ruas, transformadas em estreitíssimas passagens, deixavam mal e porcamente que o faraó e seu servo pudessem percorrer este verdadeiro Dédalo da miséria.

Outros casebres, ainda mais miseráveis – feitos apenas de juncos, madeira e barro amassado –, e perto dos quais as primeiras construções pareciam verdadeiros palácios, foram surgindo, lavados pela chuva incessante.

Algumas pequenas tabernas – ou, antes, tascas ordinárias – surgiam aqui e ali, ainda repletas de pessoas a fazerem o rescaldo dos últimos dias. A única coisa que se podia entender era que tudo estava acabado, e que para eles o pior ainda estava por vir – a remoção ou o puro e simples extermínio –, e que suas casas seriam postas abaixo, como, de resto, toda a cidade amaldiçoada.

Temeroso pelo seu senhor, Bes retirou Akhenaton das proximidades do antro, procurando um outro lugar mais seguro para que pudessem ambos conversar sem risco grave de vida.

Este lugar logo apareceu na figura de um minúsculo cubículo, onde crianças nuas erravam sob a chuva torrencial em torno à estreita soleira da porta, como abelhas retardatárias à entrada de uma colmeia lotada.

– Aqui parece seguro – disse Bes, chegando à entrada.

– Boa noite – disse ele, batendo as palmas esbranquiçadas e descobrindo o capuz.

Logo um sujeito calvo, vestido apenas com um saiote imundo, surgiu à entrada.

– Que quer, tição? – disse ele, com cara de nenhum amigo.

– Poderia nos abrigar da chuva, bom irmão? – disse Bes, com seu melhor sorriso.

Antes que o sujeito o enxotasse a pontapés, Bes retirou das profundezas do manto um anel que, molhado da chuva, resplendeu magicamente na treva de toda aquela miséria.

Bes, de fato, parecia um gênio noturno, a surgir no meio da noite com um pedaço de riqueza entre os dedos.

Imediatamente o dono do cubículo permitiu que os dois andarilhos entrassem.

Bes e Akhenaton – este ainda com o capuz inteiramente descido – avançaram, sem nunca dar um passo na mesma direção, eis que montículos humanos, ora deitados, ora de cócoras, atravancavam todo o caminho. Seus pés patinhavam numa lama espessa, produto do enxurro que escorrera para dentro da casa.

Apesar da treva quase absoluta – desafiada, apenas, por uma mísera linguinha de fogo, a arder num pires de barro –, Bes viu, ainda assim, quando uma criança de colo passou rastejando na lama como uma lombriga gigante.

Não havia lugar para sentar, a não ser na própria lama, coisa que muitos ali dentro não hesitavam em fazer. (Tanto Bes quanto Akhenaton jamais chegaram a descobrir o número de pessoas que vegetavam ali, pois a todo instante podiam ver brotar novas criaturas das sombras, como espectros a se desdobrarem uns dos outros.)

Imediatamente o vilão do saiote imundo estendeu uma pequena caixa de madeira – local onde guardavam-se todos os tarecos da casa –, sólida ainda o bastante para aguentar o peso insubstancial do pequeno gênio noturno.

Bes imediatamente cedeu o assento ao faraó, sob o olhar irado do anfitrião.

– Quem é este? – rugiu ele, apontando para o faraó. – Há de ser grande malfeitor e grandessíssimo filho da puta, pois ainda mantém oculto o seu rosto!

Bes, atarantado, saiu imediatamente em defesa do seu senhor.

– É apenas meu primo, caríssimo amigo...! – disse ele, improvisando.

O anfitrião aproximou-se do faraó, a ponto de mal e mal vislumbrar a face oculta e as mãos longilíneas postas sobre o regaço.

– Um primo muito distante, decerto! – disse ele, ao notar a diferença gritante da cor.

– Oh, sim, sim, muito distante! – disse Bes, pondo-se a rir estridentemente, e a aplaudir com tanto afinco a ironia do outro que logo o pequeno aposento ressoava do riso catarroso dos ocupantes.

– Muito... muuuuito distante...! – repetia deleitosamente Bes, perdido em riso.

Coçando nervosamente a sobrancelha esquerda, o anfitrião tentava tirar uma conclusão daquilo tudo.

Ao mesmo tempo, observando melhor o anel – que mantinha, por uma saudável prudência, quase que inteiramente oculto na cova da mão –, voltou a inquirir, nestes termos, o pequeno gênio negro:

– Isto daqui.... de onde vem?

Bes, ainda com os caninos alvíssimos à mostra, embatucou.

– Não é, espero, produto do saque, ou da morte de algum figurão? – disse o sujeito, simulando uma indignação profundamente moral.

– Oh, não, não – disse Bes, pondo seu cérebro outra vez para funcionar. – Achamo-lo por estas ruas!

O homem apertou ainda mais o anel na cova da mão e deu um grito irado, chamando pelo filho mais velho.

– Ei, jumento, venha já aqui!

Imediatamente sete ou oito criaturinhas imundas, acostumadas a serem chamadas pelo mesmo nome, destacaram-se das sombras, parecendo egressas de uma outra e sinistra dimensão.

– Vão por aí e tragam outros iguais! – disse ele, acertando um violento tapa na cabeça do último a se dispersar.

Joias e ouro nadavam no lodo, por toda a cidade – por que, diabos, não pensara nisto antes?

– Quem não trouxer um que seja, já sabe! – esbravejou, ainda, pondo meio tronco para fora (pois não era preciso mais que isto para estar-se dentro ou fora de portas).

– O que tem mais aí para nós? – disse o vilão.

Bes rebuscou todo o seu manto gotejante até encontrar um colar de contas faiscantes.

– Só tenho mais este – disse ele, antes de ter o objeto arrancado das mãos.

– Muito bem, muito bem! – disse o sujeito, pondo-se de cócoras. – Podem estar aí até a chuva amainar.

Bes deu uma olhada de esguelha a Akhenaton, que permanecia imóvel.

– Não fala, o estrupício? – disse o homem.

Bes fez um sinal circular com o dedo, como a dizer que o primo era meio doido.

No mesmo instante o homem do saiote fedorento desviou os olhos, pondo-se a ruminar suas ideias.

Bes, melhor acostumado com a semitreva, viu, então, postada bem ao seu lado, uma bruxa careca e senil, tão velha que mais parecia uma tartaruga sem a casca. Bes percebeu, ainda, que os cantos dos seus lábios pendiam extraordinariamente, parecendo ter dois pesos de chumbo invisíveis pendurados em cada canto da boca.

– O que se diz por aqui de tudo isto? – disse ele, por fim.

Uma voz no meio da treva respondeu, desta vez:

– Ora, é o fim! Acabou-se a comédia!

Outra voz disparou:

– E já não era sem tempo! É o fim do faraó e do seu deusinho de merda!

– Sim!, sim! – diziam outras vozes, como num eco. – Bem deusinho de merda!

Em algum lugar do cubículo podia-se perceber que alguém morria, pois escutava-se, com muita clareza, os estertores da dor (ou seriam do amor? Ou seriam, ainda, de ambas as coisas, geração e extinção, a conviverem em abjeta promiscuidade?)

– E o que pensam do faraó? – disse Bes, arrependendo-se imediatamente das suas palavras, pois no mesmo instante viu acender-se nos olhos do dono da casa a fagulha vívida da suspeita.

– É um maldito espião, por acaso? – disse ele, pondo-se, num salto, em pé.

– Oh, não! – disse Bes, voltando a disparar o seu riso – embora, desta feita, sem sucesso algum.

Bes, diante do clamoroso revés, viu-se obrigado a tentar, em desespero, um outro expediente:

– Oh, não se preocupe! Não há mais faraó algum! – disse ele, como quem dá graças por isto.

– Morreu, então, o grande doido? – disse uma megera, num grito de deliciada surpresa.

Bes percebeu um erguer discreto da cabeça do faraó.

– Não, está vivo – balbuciou Bes –, embora não mande mais nada.

Bes, penalizado, tentou valorizar a figura do seu amo e senhor.

– Ainda assim, queria bem ao seu povo! Deu-lhes um novo deus, além de pão a varrer!

– *Pão*?! – exclamou o vilão. – Aqui não chegou pão algum, mas somente a peste!

– E isto também! – disse outro, fazendo um ruído torpe que arrancou um coro de risos de todos, menos da tartaruga pelada, que permanecia silente e de lábios profundamente pendidos.

– Maldito seja, não deixará saudades! – gritou, das trevas, uma voz fanhosa.

– Sim, já vai tarde o cara de égua! – disse o homem do saiote cagado.

– Dizem que nem homem era! – acrescentou, deliciada, a megera.

A criatura provou, então, por a + b, que as estátuas horrorosas que o faraó mandara fazer de si mesmo, com tetas e quadris imensos, nada mais eram do que a confirmação do seu gosto pervertido.

– Um pederasta nojento, eis o que era! – arrematou, dando uma cusparada para o lado (que algum felizardo, pela estreiteza do ambiente, deve ter necessariamente amparado).

Neste instante, uma ideia iluminou o rosto do anfitrião. Depois de praticamente enxotar o faraó de cima da caixa que este tomara por assento, vasculhou-a freneticamente até encontrar o que procurava.

– Aqui está! – disse ele, em triunfo, mostrando a Bes um gracioso bibelô de faiança, obra do mesmo artesão que fizera as demais imagens que o vilão também mantinha ocultas na canastra – imagens de deuses banidos que os moradores daquela e de quase todas as casas de Akhetaton continuavam a cultuar secretamente.

Bes girou nas mãos um pequeno carro puxado por macacos. O mais engraçado, porém, era que seus condutores também eram, eles próprio, macacos.

– Está vendo? – disse o vilão à cara de Bes. – São eles, o cara de égua e a grande marafona real!

Verdadeiros rinchos de riso explodiram, então, atroando todo o cubículo, até que o dono da casa, vendo que o acompanhante de Bes também sacudia-se todo, exclamou, deliciado, em meio aos urros:

– Veja, tição! Seu primo doido também parece adorar uma graça!

Por meio de violentos tapas que atirava à cabeça coberta de Akhenaton, o sujeito fez com que a gargalhada ainda mais se encorpasse, a ponto de até mesmo o bebê rastejante pôr-se miraculosamente em pé e começar também ele a rir, deixando escorrer da boca babujada um pouco do barro com o qual estivera, até ali, a regalar-se.

Somente Bes sabia que seu senhor não ria, e que eram gotas da mais profunda amargura aquelas que, lhe descendo do rosto, iam cair junto com as do seu capuz encharcado.

◆◆◆

Os preparativos para o retorno da família real estavam em pleno andamento.

Ao mesmo tempo, a capital egípcia sofria um êxodo ininterrupto de pessoas e bens, com embarcações a partirem do cais real, a todo instante, Nilo acima. Todos os que haviam abjurado ao falso deus tinham recebido uma nova chance de recomeçar suas vidas em Tebas, ou em qualquer outro lugar que não o chão amaldiçoado da cidade erguida pelo faraó herege (como já era, então, abertamente chamado).

– Não tenho a menor dúvida de que em breve esta bela cidade será desfeita pedra por pedra – disse Horemheb, pesaroso, mal sabendo que seria ele próprio – após suceder, alguns anos depois, a dois faraós como soberano supremo do Egito – o autor do desmonte definitivo da cidade.

Quanto a Akhenaton, era voz corrente que endoidecera de vez, passando os dias encerrado em seus aposentos, acompanhado apenas da filha e de seu anjo negro, arvorado definitivamente em conselheiro dileto.

(Aliás, as suspeitas acerca da sanidade de Bes também não eram menores; o vizir Nakht descobrira, por exemplo, que o anão adotara o hábito de errar feito doido, altas horas da noite, pelas ruas e becos da cidade em ruínas, fazendo também visitas despropositadas à Casa da Morte.)

– Parece que o diabinho era embalsamador em Tebas – disse Horemheb ao vizir, com indiferença.

Aye, que chegara no mesmo instante, interrompeu a conversa para trazer novidades sobre a mudança.

– Nefertiti aceitou os termos do acordo e deverá ocupar o posto de regente de Tutankhamon – disse ele.

– E o jovem herdeiro, como está? – quis saber Nakht.

– É muito criança, ainda, para entender tudo o que se passa – disse Aye –, mas assim que chegar a Tebas será levado imediatamente ao templo de Amon para ser iniciado nos seus sagrados mistérios.

Os templos de Amon, de fato, haviam sido já reabertos por todo o país, enquanto os templos de Áton estavam sendo submetidos à mais impiedosa destruição, com as imagens do deus-sol e os cartuchos da realeza atoniana sendo martelados noite e dia.

Queria-se apagar, o mais rápido possível, da lembrança do povo, o deus que quase desgraçara o Egito.

– As coisas, aos poucos, voltam ao seu curso normal – disse o sogro do faraó, aliviado por descobrir que não caíra sobre a sua cabeça nenhum destroço do desmoronamento do reinado do seu genro.

Sua autoridade de pai divino, com efeito, não sofrera o menor arranhão, de modo que Aye continuava a ser visto nas altas rodas tebanas como um exemplo de sagacidade e pragmatismo.

– Sim, porque eu tenho a visão das coisas! – disse ele, enfaticamente, olhando de lado para o rival diminuído.

– Lembro perfeitamente que, desde o início, alertei o herege da loucura – e, mais que tudo, da horrenda impiedade! – que era banir-se das duas terras o culto de Amon, o deus sublime que nos dera a nossa grandeza! – acrescentou Aye, esquecido de que cerca de um ano atrás mandara ornar seu túmulo com imagens de Áton e proclamações ardentes de fidelidade à pessoa divina do herege.

– A sua filha também fora uma grande patusca, ao dar ouvidos aos delírios do marido – disse ele, impiedoso, a lamentar, da mesma forma, o seu péssimo hábito de destratar o próprio pai.

– O que eu digo é o seguinte: uma filha que desfeiteia um pai não pode mesmo terminar bem! – sentenciou ele, finalmente vingado das impertinências de Nefertiti, certo também de que ela teria em Tebas um papel apenas protocolar, devendo as rédeas do poder permanecerem nas mãos dele, o homem certo para pôr ordem no caos.

Afinal, quem mais poderia governar o Egito, senão o homem que tinha a visão das coisas?

De repente, porém, Aye lembrou-se de que tinha de ir ao cais para dar uma "engrenada" num despachante imbecil que extraviara alguns cacarecos seus, liberando, assim, o vizir e o comandante de sua matraca opressiva.

E assim foram se passando os dias até que o mal do faraó se declarou gravíssimo.

– O Herege está a um passo da morte! – dizia-se já por toda a cidade, e não sem razão, pois não saía mais da cama, prostrado que estava por uma moléstia desconhecida, que lhe dava um aspecto decrépito e acinzentado.

– Seria a peste? – dizia-se, dentro e fora do palácio, embora nem o próprio médico oficial da corte tivesse sabido dizer realmente o que se passava.

– É deixá-lo morrer! – dizia Aye, vendo no sumiço do faraó a melhor solução para todos.

De fato, ninguém mais sabia o que fazer daquele homem que o andar dos fatos, numa rápida passada, transformara de ser divino e essencial num estorvo humano e absoluto.

Nefertiti, ao saber da moléstia do esposo, tentou vê-lo, mas foi impedida pela camarilha tebana que a mantinha prisioneira no seu palácio-prisão.

– Ele ainda é meu marido! – implorara ela, mas sem resultado, pois temia-se que a cena dramática do reencontro pudesse ensejar na alma da plebe um brusco renascer de simpatia pelo casal real.

– Rezemos juntos a Amon pela salvação de sua alma ímpia – disse-lhe, sadicamente, o sumo sacerdote tebano, levando-a para orar no templo do deus verdadeiro (que agora, naturalmente, voltara a ser o do bom Amon).

Foi com infinito deleite que o sumo sacerdote tebano, vaidoso da sua pança lustrosa de grávida e de sua peruca imensa como um arbusto, assistiu à rainha ímpia humilhar-se novamente diante do deus tebano, e de, logo em seguida, rojar-se ao chão, a implorar pela vida do herege.

"Oh, Deus Verdadeiro, que te ocultas por detrás de todos estes nomes falsos e enganadores e de todas estas pútridas escórias sacerdotais, se tu existes de verdade, Grande e Verdadeiro Deus, faze com que meu amado Akhenaton não morra, mas que viva, pois ainda o amo profundamente!", disse ela, mentalmente, enquanto repetia com os lábios as ladainhas insossas que o hipopótamo suado lhe cuspinhava à orelha.

Enquanto isto, reinava no palácio real grande apreensão, já que se temia que os partidários derrotados do herege pudessem estar, a estas horas, a costurar nas sombras um pérfido e traiçoeiro contragolpe.

– A Revolução Restauradora corre perigo! – alertou Aye, como todos os demais amonitas, chegando mesmo a informar-se com o médico oficial se não lhe seria mesmo possível, num ato de extrema e dignificante piedade, pôr um termo antecipado aos padecimentos do miserável enfermo.

Pentu, a quem não eram estranhos tais pedidos, disse, apenas, que já era certo o desenlace.

– Que é certo, sei eu, sua besta! – explodiu Aye. – Mas, para quando, exatamente, será?

– Ho-hoje, pai divino – gaguejou o médico, aterrado. – No máximo, amanhã.

– Muito bom saber que de amanhã não passa – disse Aye, cavernoso.

Aye resolveu fazer uma visita pessoal ao enfermo, mas ao entrar no quarto deparou com uma cena verdadeiramente insólita: Bes, a alguns passos do leito, apontava, num total despudor, a sua língua para o faraó!

Petrificado pelo espanto, Aye viu ainda quando, num gesto ainda mais inusitado, o demônio negro pusera-se a enrolar a língua com os dedos até tê-la inteira, de volta, no interior da sua boca de lábios grossos e róseos.

Akhenaton, deitado em seu leito, limitava-se a observar, com o interesse apalermado dos enfermos, a extraordinária pantomima do seu demônio particular.

– *Mas o que é isto aqui*?! – esbravejou Aye, finalmente, pregando um tal susto no anão que ele, num espasmo arregalado de sufocação, pareceu haver engolido a própria língua.

– Fora daqui! – disse Aye, antes de começar a estudar o aspecto do faraó.

Akhenaton, entretanto, cerrara os olhos, tendo perdido, decerto, os sentidos.

"É, pelo jeito não passa mesmo de amanhã!", pensou o sogro, satisfeito, antes de retirar-se às pressas, no receio de que o demônio da doença, oculto dentro do faraó, decidisse, de repente, trocar de morada.

No mesmo dia proibiu a entrada de Bes no quarto onde Akhenaton agonizava, mas foi o mesmo que nada, pois a filha do faraó dera outra contraordem, autorizando a sua entrada.

– Bem filha da mãe! – rosnou Aye, em segredo, pouco desejoso de inaugurar conflitos com a neta.

No dia seguinte Akhenaton perdeu a consciência. Tendo ao lado apenas Meritaton e seu cão de guarda espiritual – conforme seu desejo expresso –, passou o dia todo imerso no sono conturbado dos moribundos.

Dos dois, Bes era o que se mostrava, de longe, o mais desesperado, chorando e berrando como um terneiro, a ponto de ser escutado do lado de fora do palácio, enquanto Meritaton, apesar de ter os olhos sempre úmidos, ostentava um porte de estoica dignidade.

– O Egito deixou de ser um lugar digno da sua presença – dissera ela, dias antes, ao avô, afirmando que em breve Akhenaton voltaria a estar ao lado do deus verdadeiro, para, junto dele, governar todo o universo.

Assim que os últimos raios de Áton desapareceram no horizonte, Akhenaton deixou de respirar.

O velho e rançoso Egito, amante obcecado da ordem, estava livre para sempre do Grande Perturbador.

◆◆◆

Assim que recebeu a notícia da morte do genro, Aye ordenou que Pentu fosse fazer a confirmação oficial do óbito, temeroso de alguma ressurreição imprevista.

Pentu, contudo, após examinar o corpo de Akhenaton, declarou-o positivamente morto, dando graças a Amon – ou a Osíris, ou a Horus, ou a Thot, ou ao pai amaldiçoado de todos eles – por ter concluído a sua tarefa.

– Não há mais pulso, nem sinal vital algum – disse ele, retirando-se de cena.

Confirmada a morte, Aye deu ordens expressas para que o corpo fosse remetido diretamente para a Casa da Morte, onde embalsamadores eméritos aguardavam o momento de executarem a sua admirável arte.

Meritaton, com o auxílio de Bes e de três servos do palácio, encarregou-se de todo o traslado, impedindo que os inimigos do pai tocassem com suas mãos ímpias em seu divino corpo.

No dia seguinte, a notícia da morte do herege foi recebida nas ruas com quase absoluta indiferença. Nenhum partidário extraviado de Akhenaton ousou fazer qualquer demonstração pública de pesar, certo de que este seria o caminho mais curto para ir fazer companhia, no outro mundo, ao soberano morto.

Dois sumiços súbitos coroaram, por fim, o infeliz trespasse de Akhenaton.

Sua filha Meritaton – sabedora de que não havia mais lugar na corte para si, uma vez que se recusava a abjurar as ideias amaldiçoadas do pai – desapareceu na mesma noite em que o corpo saído do palácio foi entregue às mãos dos embalsamadores.

O segundo e quase despercebido sumiço foi o de Bes, que, tendo ocupado o cargo de conselheiro pessoal do faraó, não podia esperar outra coisa para o seu futuro que não uma corda bem amarrada no pescoço.

Jamais se soube, com certeza, que fim ambos tiveram.

◆◆◆

Nefertiti, isolada no palácio com seus dois últimos filhos, Tutankhamon e Ankhesanamon (que também havia sido obrigada a modificar o antigo nome para agradar a canalha tebana), passou o dia imersa no luto e no pranto. A seu lado estava a pequena Ankhesa, que trazia nas mãos a velha tilápia de vidro – que tantas desgraças já vira desde a má hora em que fora coagida a coabitar com faraós e famílias reais –, tentando escutar da sua grande boca laranja alguma palavra de conforto ou esperança. (Ankhesanamon ficara de posse do peixe listrado depois que Meritaton havia fugido, no meio da noite, deixando-o ao pé do seu leito, como um modesto legado.)

– O que Nilo está dizendo? – disse Tutankhamon, afinal, à irmãzinha, tentando animá-la.

– Que nosso pai não morreu – disse ela, convictamente, pois não podia suportar a ideia de nunca mais vê-lo.

Enternecida, Nefertiti abraçou-se ainda mais aos dois – ou antes, aos três –, e assim estiveram todos a tentar curar a sua dor, sob as vistas irônicas dos seus pérfidos carcereiros.

Ora, dentre os tantos vira-casacas que haviam, da noite para o dia, aderido (ou antes, readerido) à nova ordem (ou antes, à velha ordem), estava um certo Tetu, ex-funcionário do Ministério dos Países Estrangeiros que fora subornado pelos hititas para desviar as correspondências do faraó e da esposa real, a fim de manter o Egito mal-informado dos ataques dos seus inimigos.

Tetu, tendo aderido a Amon, fora rebaixado à condição de vigia da rainha e de seus filhos, apesar do relevante serviço prestado à queda do faraó (afinal de contas, os amonitas não tinham como premiar, em sã consciência, um ato que, colateralmente, redundara em alta traição ao Egito)

De longe, o leiloador-de-si-mesmo observava a rainha, sabedor já, em seus refolhos, de uma certa ordem sangrenta que todos julgaram-no por unanimidade o homem perfeito para levar a cabo.

Tetu jamais esquecera o dia em que tivera diante dos olhos atônitos a nudez da mais bela das mulheres – fora, é verdade, uma nudez absolutamente indiferente da parte dela (como era hábito inocente daqueles dias), mas ele jamais pudera esquecer este instante supremo –, e só aceitara a ordem de matar Nefertiti sob a condição de ser-lhe dado, como prêmio único do seu nefando ato, o desfrute livre e absolutamente impune do seu corpo perfeito.

Cometido o delito menor (o estupro), poderia Tetu apagá-lo, em seguida, com o delito maior (o assassinato), segundo a antiquíssima lei das estradas e dos terrenos baldios.

Lástima, apenas, que tivesse de desfrutar a maior de todas as suas delícias tomando-a à força.

"Mas de que outro modo poderia ser, afinal?", pensou, ainda, desolado.

Entretanto, à força de tanto pensar no assunto, descobriu um meio, afinal, de – quem sabe? – ter nos braços a mais bela das mulheres sem ser preciso recorrer ao uso da força, o que seria ainda mais delicioso!

– Alto lá! – gritara-lhe, porém, de dentro, uma outra e mais abjeta voz. A violação também tinha lá os seus encantos!

– Não, não! – disse Tetu, por fim, decidido a valer-se apenas da astúcia para alcançar o seu maior prazer.

Ainda assim, não conseguiu deixar de sentir um certo remorso por ter trocado um mal maior por um mal inegavelmente menor.

Pois é este – e não outro – o remorso dos maus.

16 – A BELA QUE PARTIU

— Grande Alteza, eis que venho a ti, na parte mais escura da noite, trazer-lhe a mais terrível das notícias – disse Tetu, alguns dias depois, ao entrar, no meio da noite, nos aposentos da rainha.

Nefertiti, que dormia sempre ao lado de seus filhos desde que viera habitar, na condição de prisioneira, o segundo palácio real, vira-se privada da companhia deles exatamente naquela noite.

Ninguém lhe dissera das razões, mas ela intuíra, com seu instinto aguçado de mãe, que algo de muito sinistro preparava-se para ela ou – pior ainda – para os seus filhos.

– O que fizeram com minhas crianças? – disse ela, avançando para Tetu, pois não cerrara os olhos – nem sequer deitara-se – um único instante daquela angustiosa noite.

Tetu sacou incontinenti um punhal afiado, apontando-o na direção da esposa real.

– Por favor, alteza, não chegue perto de mim – disse ele, com uma entonação tão implorativa que, a despeito da arma apontada, Nefertiti sentiu um alívio súbito descer-lhe pela espinha.

– Vim, na verdade, grande rainha, para salvá-la! – sussurrou Tetu.

– *Salvar-me*?! – exclamou a rainha, aterrada.

– Psiu! – fez Tetu, comprimindo a ponta da adaga nos lábios. – Que não nos ouçam, alteza!

Nefertiti sentiu as pernas bambas, com o pensamento fixo apenas nos filhos.

– Onde estão eles? – disse ela, com lágrimas nos olhos.

– Estão a salvo, creia-me! – disse Tetu, com a mais verossímil das vozes. – Aguardam apenas que sua alteza lhes vá ao encontro, na saída secreta do palácio!

– Saída? – balbuciou Nefertiti. – Em nome de deus, o que estão fazendo lá?

– Alteza... *não percebeu, ainda*? – disse ele, não a apontar, mas a mostrar-lhe a adaga.

– Você veio para matar-me! – exclamou ela, recuando dois ou três passos.

– Sim, mas não o farei! – disse ele, lançando, num gesto surpreendente até para si, a adaga ao chão, ficando ela totalmente fora do seu alcance.

Tetu maldisse interiormente o seu desatino, até perceber o feliz e ainda mais surpreendente resultado da sua audácia, pois Nefertiti rendera-se, no mesmo instante, à sua artimanha.

– O que devo fazer? – disse ela, confiando cegamente em seu algoz.

– Eu a levarei até eles – disse ele.

Neste instante, porém, Nefertiti reconheceu a identidade do seu salvador.

– Mas .. *você é Tetu*!!!

O visitante curvou a cabeça, em mudo assentimento.

– Sim, alteza, sou eu...

– Maldito seja! Você traiu a confiança minha e do faraó!

Tetu permaneceu em silêncio, melhor modo que encontrou de evitar um escândalo.

– Você ajudou a trazer a ruína e a morte para esta cidade!.

– Sim, alteza, fiz tudo isto. Mas também prouve aos deuses dar-me esta oportunidade de resgatar minha culpa, salvando, agora, a vida sua e a de seus filhos!

Diante da terrível situação na qual se via posta, Nefertiti viu-se obrigada a aceitar mais esta ignomínia – meu deus, quantas mais, ainda?! – para ver salvos seus filhos (preocupação infundada, afinal, já que o plano não incluía a morte deles).

Nefertiti rumou celeremente para a porta, sendo detida, porém, pela voz de Tetu.

– Grande alteza...

Nefertiti voltou-se, nervosamente.

– Não podemos sair por aqui? – disse ela, angustiada. – Por onde devemos sair?

– Não se afobe, grande rainha. Ainda temos tempo para ir até eles.

– O que está dizendo? – exclamou Nefertiti. – Quero ir já para junto deles!

Tetu, sem fazer a menor menção de reapropriar-se da adaga, ousou tudo, então.

– Alteza, a liberdade sua e de seus filhos tem um preço.

Nefertiti esteve um bom tempo parada, até compreender, num súbito estalo, a que exatamente ele se referia.

– Claro – disse ela, correndo até sua caixa de joias. Com ela nas mãos, retornou até Tetu, dizendo: – Tome, é tudo que me restou! Dou-lhe até a roupa do corpo, mas me tire imediatamente daqui!

Ao escutar estas palavras, a face de Tetu acendeu-se, numa explosão de irreprimível luxúria.

Um sopro semelhante ao do fole escapava de suas ventas largas como as de um equino.

– Não quero joias, mais bela das mulheres, mas a sua riqueza maior!

Finalmente Nefertiti compreendeu o que ele realmente queria. Seus ombros despencaram e sua cabeça encurvou-se. Num espasmo instintivo voltou-a em direção à adaga, que jazia caída ao chão, muito mais próxima de si do que do autor da infame proposta.

– Pode tomá-la, se quiser, grande alteza – disse ele, arriscando tudo. – Jamais irei forçá-la a nada.

– Então, vamos imediatamente – disse ela, friamente.

Tetu, pondo-se, então, de joelhos, como o mais humilde dos servos, começou a implorar pelo corpo daquela mulher.

– Alteza, não estou negociando! – disse ele, surpreso com as lágrimas que, num momento oportuníssimo, lhe brotavam aos pares, tão fáceis e estuantes. – Eu imploro, mais bela das mulheres, eu imploro!

Seus lábios estavam brilhosos da coriza abundante que lhe descia das crateras nasais.

Tetu ergueu as duas mãos, como um crente a implorar à sua divindade o maior de todos os favores:

– Deixe-me provar, com a mais absoluta pureza, do seu corpo de deusa!

(“Que maravilhoso tratante era o instinto!”, pensou ele, deliciado. “Pois se até a rimar já estava!”)

Nefertiti viu no gesto tresloucado daquele desgraçado a repetição daquele mesmo que ela fizera no dia da sua maior dor, e só então sentiu-se fraquejar.

Nefertiti olhou para a porta e depois olhou novamente para ele. Sabia que sem a ajuda daquele homem – fosse o que fosse, um pobre-diabo sem amor, ou um vil chantagista – ela jamais chegaria aos filhos, salvando-os da morte mais miserável.

“Já não tenho mais esposo algum a trair”, pensou ela, antes de despir as suas finas vestes.

– Acabe logo com isto e tire-me daqui – disse, laconicamente.

De ventre colado ao chão, como um verdadeiro verme, Tetu rastejou até ela.

(Oh, como ansiara e sonhara e estertorara mil vezes, nas suas horas de mais negra solidão, por este momento de deliciosa humilhação!)

Abraçando-se aos joelhos da rainha, Tetu babujou-lhe as coxas com uma mistura abundante de lágrimas e de saliva, até vê-la desvencilhar-se, abruptamente, de seus braços.

Ainda caído, Tetu viu as nádegas firmes da rainha avançarem rapidamente até o leito.

– Termine logo com isto – disse ela, deitando-se e cerrando os olhos com toda a força.

Nefertiti, alheia a tudo, concentrou-se numa única coisa: se iria matá-lo depois, com o punhal que ficara caído ao chão, ou se iria perdoá-lo como se perdoa a um pobre-diabo.

Nefertiti, nos breves e intermináveis minutos que se seguiram (ainda que sem ter plena consciência disto), experimentou, na mais absoluta treva da sua carne, as mesmas e indescritíveis sensações que um dia fizera – ainda que a profundo contragosto – uma jovem desgraçada experimentar nos braços de seu falecido marido.

O sopro irregular e escaldante de Tetu sobre o seu seio esquerdo magoado deu-lhe a certeza, séculos depois, de que chegara ao fim a sua maior ignomínia.

Num pulo, Nefertiti desvencilhou-se do peso do homem e pôs-se, velozmente, a procurar as suas vestes, que deixara caídas a alguns passos do leito. Apesar de todo o seu empenho mental, não havia decidido ainda o que fazer com o miserável, que ainda estava a estertorar dos restos do seu maior prazer.

Nefertiti, de costas para o leito, pôs-se então a procurar o local onde poderia estar a adaga – e assim esteve a fazê-lo, cada vez mais inquieta até que, tendo-se apercebido de que o ronco às suas costas subitamente cessara, voltou instintivamente a cabeça naquela direção.

No mesmo instante viu o rosto de Tetu quase colado ao seu e sentiu uma pontada aguda na região lateral do seu ventre. Tetu acabara de enterrar-lhe a adaga inteira no flanco.

Num reflexo, Nefertiti levou as mãos à região atingida, segurando entre as suas a mão do seu assassino.

Num gesto brusco, ele retirou a adaga do corpo, fazendo a lâmina deslizar inteira pelas mãos da sua vítima.

Com a consciência de ter sido miseravelmente enganada, Nefertiti tombou ao solo. Um hausto idêntico ao da exaustão, escapou-se de sua boca, enquanto seus membros estiravam-se, absolutamente indefesos.

Tetu viu quando os olhos de Nefertiti foram tornando-se cada vez mais fixos num mesmo ponto vazio.

Aliviado por não precisar valer-se de um segundo golpe, Tetu atirou a arma displicentemente sobre a cama e foi vestir o seu saiote.

A adaga melada de sangue ainda saltitava no leito quando se viu, porém, novamente apanhada.

Numa fração de segundos, quatro golpes velocíssimos desceram sobre as costas de Tetu, antes mesmo que ele pudesse sentir o sopro do vento produzido pelo arremesso de Nefertiti em busca da adaga.

Surpreso, mas ainda de pé, ele voltou-se para a sua agressora com um sorriso estranhíssimo, misto de choque e ironia. Não pudera sentir, ainda, em todos os seus devastadores efeitos, o efeito das quatro punhaladas fatais (por um momento chegara mesmo a pensar que ela o agredira apenas com o cabo da adaga).

Avançando para Nefertiti, ele disse, mansamente:

– Não queria, jamais, grande alteza, que chegasse a entender...

Nefertiti, trazendo ainda a adaga na mão, sentiu um asco profundo por aquele homem, que ainda ousava, depois de tudo, alardear-lhe seus bons propósitos.

Cerrando as duas mãos sobre o cabo da adaga, Nefertiti disse "Venha!" e esperou que ele viesse, jurando a si mesma que não iria mais cometer nenhum outro gesto tolo, que nunca mais iria cometer gestos de tola ingenuidade, e que, mesmo tendo de viver apenas mais um minuto neste desgraçado mundo, nunca mais iria confiar nas palavras dos maus e dos perversos – *nunca, nunca mais*!

Tetu estava quase ao alcance do punhal que ela, com as duas mãos, mantinha erguido sobre a cabeça, quando viu-o dar uma espécie estranha de espirro e uma pequena névoa de respingos cor-de-rosa envolver-lhe a cara.

Dobrando os joelhos, Tetu começou a cair lentamente em direção ao chão, porém, antes que o fizesse já havia recebido uma chuva de golpes na cabeça, nos ombros e nas costas.

Mesmo deitado e morto, recebeu nova remessa de golpes, que lhe cobriram as costas de mais uma dezena de fendas profundas e vermelhas. Nefertiti continuou a golpear o homem caído, virando-o de frente, a fim de desfigurar a face do seu assassino – e, simbolicamente, de todos os amonitas que deviam estar por detrás daquele perverso atentado.

Mesmo ferida mortalmente, Nefertiti ainda encontrou forças para arrastar-se até o corredor e clamar por socorro – não para si, mas para os seus filhos, que deviam, também, a estas horas, estar sendo assassinados.

Porém, logo que as amas do palácio surgiram, trouxeram-lhe a notícia abençoada de que as crianças dormiam sãs e salvas em seus aposentos, e que nada havia a temer quanto ao seu futuro.

Só então Nefertiti pôde relaxar e começar a parte terrena de sua jornada rumo ao Além.

◆◆◆

A mulher mais bela da Antiguidade ainda teve alguns momentos de lucidez antes de morrer, o que lhe permitiu profetizar aos seus filhos, no melhor estilo amarniano, um futuro sublime, em especial ao seu filho postiço, que, a acreditar-se em suas palavras, ainda viria a ser o mais famoso de todos os faraós existidos.

Nefertiti vaticinou que o reinado de seu herdeiro se estenderia, em perfeita saúde e abundância, a mais de uma centena de anos, e que neste período os reis e príncipes de toda a terra viriam lhe prestar humilde vassalagem, depondo a seus pés tributos infinitos de joias e ouro, porque doutro modo não podia ser, eis que a taça larguíssima da amargura, preparada pelos deuses pródigos de infortúnios, fora sorvida inteira, até a última gota, por seus desafortunados pais, nada restando, portanto, para ele, herdeiro inocente, senão a ventura suprema de saborear, em todos os dias de sua vida, o sumo inesgotável da felicidade.

Do delírio à verdade, chegou-se, porém, ao seguinte meio-termo: se é verdade que Tutankhamon, dos mais de cem anos de reinado profetizados por sua mãe, tenha desfrutado de apenas nove deles, tendo morrido com apenas dezessete anos de idade (provavelmente assassinado), também é verdade que terminou sendo considerado, de fato, o mais famoso de todos os faraós (muito mais, é verdade, por causa da descoberta espetacular de sua tumba, muitos séculos depois, do que por suas poucas realizações).

Enfim, morto Tutankhamon, coube a ninguém menos que Aye, seu digníssimo avô (sim, ele mesmo!), envergar a coroa dupla do Egito, para comprovação cabal aos descrentes de tudo que Maat, deusa zelosa de toda justiça e de toda verdade, jamais deixara de velar pelos destinos do Egito.

17 – UM ESTRANHO RELATO (EPÍLOGO ALTERNATIVO)

Assim que o corpo de Akhenaton foi depositado em sua tumba, no Vale dos Reis, começaram a surgir os mais estranhos boatos, como geralmente acontece após a morte de um personagem carismático.

De todas estas histórias, porém, nenhuma pareceu mais palpitante do que um certo relato, que a simplicidade popular tratou logo de batizar como “A Lenda da Montanha”.

O fato assombroso, dizia-se, teria se passado no interior de uma caverna, no sopé de uma grande montanha, nas cercanias de Akhetaton, região tão pródiga delas. (Havia, com efeito, pegada à cidade, uma imensa cadeia de montanhas, protegendo-a como uma verdadeira muralha natural.)

O autor desta lenda ou despropósito ou extravagância ou despautério – ou, concede-se, até, *deste fato* – fora um personagem muito famoso na corte, que nos dias conturbados de Akhenaton fora sumo sacerdote de Áton.

Meri-rá era o seu nome, e sem muito esforço podemos recordá-lo como aquele parteiro obcecado de teologias que ajudara o faraó-profeta a dar forma ao seu grande hino de louvor sagrado – o *Hino a Áton* – e que ansiara o tempo todo pela ocorrência de um bom e rijo milagre, capaz de firmar na alma do povo a fé absoluta no novo deus, tão carente ainda dos feitos assombrosos das verdadeiras divindades.

De fato, mil vezes o sumo sacerdote invejara os feitos portentosos de Osíris, Horus, Ísis e de toda a caterva dos deuses anteriores à reforma atoniana, que, embora falsos, gozavam do favor destes feitos maravilhosos, capazes de convencer mesmo o maior dos descrentes.

Infelizmente, tudo saíra ao revés do que ele e o faraó haviam planejado. Fracassada a reforma religiosa, ruíra junto com ela os templos de Áton e o próprio trono, ficando todos a esperar de mãos vazias pelo milagre.

Meri-rá, como tantos outros adeptos do deus derrotado, teve de fugir de Akhetaton assim que as forças rivais e inimigas do faraó haviam-na invadido e reposto as coisas no mesmo estado de antes.

Doravante, seria Amon de Tebas, outra vez, o deus supremo do Egito – e quem não gostasse que fingisse gostar ou caísse no deserto, como se dizia então.

Meri-rá caiu no deserto já no primeiro dia da invasão e por lá ficou, como verdadeiro bicho, a cozinhar o cérebro sob o sol escaldante, até reaparecer, certo dia, com a mais estranha das histórias – que ele chamou de "o primeiro grande milagre".

Akhetaton, a cidade construída pelo filho de Amenotep III para ser a sede eterna do deus único Áton, era já uma cidade-fantasma quando ele reapareceu, nu como sua mãe o parira, para contar a sua grande visão.

Meri-rá errou pela cidade em ruínas, como um verdadeiro ébrio de sol. Sua pele apresentava ainda muitas e incuráveis queimaduras, de tal sorte que por onde passasse deixava, como as cobras, um pequeno rastro de sua pele ressequida, sempre a renovar-se e a esfarelar-se e a queimar-se outra vez.

Ordenada a evacuação da cidade, restara nela apenas uma guarda de vigilantes, postos ali a fim de impedir a transformação do local em antro de malfeitores. (Ainda assim, não era raro a um sentinela deparar-se, a todo instante, com figuras esquivas e encapuzadas, embora já não houvesse mais nada a furtar – a não ser que decidissem levar nas costas casas e prédios inteiros. Por este motivo, ninguém bulia com tais criaturas, preferindo deixá-las em paz, pois ninguém estava disposto a arriscar a pele por refugos.)

Meri-rá surgira, de repente, para contar o primeiro e incomparável milagre do profeta de Áton.

◆◆◆

Fazendo uso da sintaxe arrevesada dos doidos, Meri-rá – irreconhecível em seu novo e barbissujo aspecto de errante dos desertos – deu início ao seu relato, porém o fez de maneira tão incongruente que o soldado foi obrigado a mandá-lo calar-se e a reiniciar tudo outra vez.

– De onde vem, maluco? – disse ele, cutucando a lança no peito esfolado do homem nu.

– De lá! – respondeu Meri-rá, apontando para os maciços rochosos.

– Conte direito o que viu!

Meri-rá não contou direito, mas disse que vira algo que iria mudar para sempre a história do mundo.

O soldado ficou em silêncio, indiferente a relatos que prometem mudar a história do mundo.

Meri-rá recomeçou a sua parolagem, dizendo que presenciara um milagre – um verdadeiro milagre!

– Diga logo o que viu, velho enfadonho, ou vou atravessá-lo com isto! – disse o soldado, mostrando a lança.

Um sorriso luziu nos dentes poucos e amarelados do ex-sumo-sacerdote.

– Sabe quem está la? – disse ele, apontando de novo para os paredões.

– Não, imbecil, não sei! – exclamou o soldado.

– Ele, o filho de Áton, o faraó!

O soldado esteve um segundo quieto, com a cara desconsolada de viu-só-idicta-o-que-é-dar-trela-para-loucos-no-meio-de-cidades-fantasmas?

Meri-rá – que apesar de louco, não perdera a astúcia – leu tudo isto no rosto do soldado.

– Sim, sim, o faraó anda por lá! – insistiu.

Então, como num estalo, o soldado compreendeu que o louco falava: eram eles, os malditos ladrões de tumbas! (Tendo violado a tumba do faraó, no distante Vale dos Reis, tinham, decerto, trazido até ali o esquife com o corpo do faraó morto no seu interior.)

– Malditos ladrões! – esbravejou o soldado, sentindo encrenca à vista, pois não era difícil prever para breve uma expedição destinada a recuperar, no deserto escaldante, os restos amaldiçoados do herege.

– Quantos patifes estão lá, junto do corpo? – esbravejou o soldado.

Meri-rá sorriu outra vez.

– Não há patife algum por lá, amigo. Há apenas o faraó e mais quatro pessoas.

– Quem são os quatro patifes? – insistiu o soldado.

– Todos nobilíssimas pessoas, nobilíssimas pessoas...

Perdendo de vez a paciência, o soldado descarregou um golpe violento na perna do doido, com o cabo da lança, fazendo o desgraçado rebolar sobre o chão.

– Ai, ai, ai! – ganiu o ex-sumo-sacerdote, como um vira-lata a estorcer-se no pó.

– Vai deixar de gracinhas e dizer a verdade? – disse o soldado, encostando a ponta da lança no peito do doido.

Com um abanar aflito da mão, Meri-rá declarou sua rendição.

– Vamos, levante-se! – disse o outro, implacável.

Só então o louco começou a falar – e a falar muito seriamente.

Ele não sabia precisar se já haviam se passado dias, meses ou anos após a sua partida para o exílio do deserto (Áton sagrado, se havia algo sem valor no meio daquele inferno de areia e de sol era o tempo!) quando, certa noite – pois que só perambulava à noite, para, junto com as feras, procurar seu alimento –, ao cruzar pelo sopé de um dos maciços de pedra, escutara, vindo do interior de uma das grutas naturais, o ruído de vozes humanas!

A caverna estava situada um pouco acima, e ele viu-se obrigado a escalar um caminho relativamente íngreme para poder ter acesso à sua entrada.

– Oh, sim, era um belo esconderijo! – disse Meri-rá, esfregando as mãos.

Temeroso de que fosse o refúgio de malfeitores, Meri-rá aproximara-se pé ante pé, até poder enxergar o que se passava no interior do covil.

Meri-rá parou um instante para tomar ar, e após expeli-lo de uma só vez, no rosto do soldado, prosseguiu:

– Puxa, que visão! – exclamou ele, como a ver tudo outra vez.

– Viu os malditos ladrões? – disse o soldado.

– Oh, não! Vi um demônio negro, a praticar a sua magia, eis o que vi!

Meri-rá explodiu numa gostosa gargalhada, abruptamente cortada por outro golpe da lança do soldado, agora assestada na região da cabeça.

– Ai, ai, ai, ai! – exclamou o pobre-diabo.

– Se disser mais uma gracinha, atravesso-o com isto! – rosnou o soldado,

Meri-rá, fazendo-se sério outra vez, disse, então:

– Era ele, o feiticeiro negro do faraó!

O soldado nunca ouvira falar em tal criatura, mas deu de barato que fosse verdade.

– Muito bem, a velha história! – pensou ele. – Como sempre, um empregado do palácio envolvido na tramoia!

– O que fazia ali o vilão? – insistiu.

– Estava debruçado sobre o caixão, a lançar sobre ele os seus feitiços

– Era um ataúde de faraó?

– Não, não. Era apenas um caixão de madeira.

– Desfizeram-se, então, do ataúde real – concluiu o soldado.

Fixando bem os olhos no soldado, Meri-rá desmentiu-o, triunfalmente:

– Oh, não, não! *Akhenaton jamais esteve no ataúde real*!

Ao ver a confusão nos olhos do soldado – e, principalmente, um certo menear que indicava a intenção de utilizar-se novamente da sua lança –, Meri-rá apressou-se a esclarecer:

– Akhenaton não chegou, jamais, a ir para a Casa da Morte!

– O que está dizendo, louco?

– O anjo negro cumpriu à perfeição todo o plano! – exclamou o doido, admirado da proeza do anão.

Aquilo estava ficando prodigiosamente interessante, pensou o soldado, razão pela qual deixou que o doido seguisse adiante em seu discurso, decidido a não mais interrompê-lo.

Amon é quem sabia as coisas que ainda teria de escutar saídas daquela boca!

◆◆◆

Meri-rá vira, em suma, o pequeno Bes debruçado sobre o caixão, a "lançar seus feitiços". Atrás dele estava a parede da caverna, recoberta, de alto a baixo, e em toda a extensão, por hieróglifos sagrados, que alguma mão hábil e devota pintara com grande esmero e dedicação.

Meri-rá vira ainda uma segunda pessoa, imóvel e silente como uma vestal, a alguns metros de Bes, a observar o que quer que o anão estivesse a fazer sobre o corpo dentro do caixão.

"Meu deus, é Meritaton, a filha do faraó!", pensou ele, afinal, mal reprimindo um grito de espanto ao reconhecer naquela figura feminina a primogênita do casal solar.

Neste momento, sem poder conter-se mais, Meri-rá lançara-se atabalhoadamente para o interior da caverna.

Bes, surpreendido pela entrada inesperada do intruso, paralisara-se. Meritaton, como um espectro subitamente desperto, ao contrário, movera-se, assustada.

– Quem é você? – disse ela.

– Sou eu, grande princesa, o sumo-sacerdote de Áton! – dissera ele, abrindo os braços.

Voltando seus olhos para Bes, fez-lhe então a grande pergunta:

– É ele... é o faraó quem está aí dentro?

Bes, atrapalhado, e sem meios de disfarçar, terminou por confessar:

– Sim, é ele – é o meu amo e senhor!

Bes, em sua pose e atitude de Anúbis, parecia outra pessoa, seguro de si como jamais alguém o tinha visto.

– O que está fazendo? – disse o intruso.

– Devolvendo a vida ao faraó! – disse Bes, triunfalmente.

Meritaton pareceu profundamente contrariada diante das palavras do pequeno feiticeiro, mas como já nada mais pudesse ser feito, decidiu ela mesmo intervir.

– Sim, Meri-rá, já não tarda que meu pai volte à vida – disse ela, com lágrimas nos olhos.

Havia ainda duas outras pessoas no interior da caverna (duas figuras indistintas, provavelmente dois servos ou carregadores, aliciados pelos autores daquela extraordinária cerimônia).

– Como pode ser isto? – disse Meri-rá, subitamente incrédulo. – O faraó morreu e foi embalsamado!

Bes sorriu, como quem lembra de algo muito benfeito, e balançou a cabeça.

– Não, não era o meu amo!

Benditas fossem aquelas caminhadas noturnas que dera nos dias após a derrocada de tudo em busca de um corpo idêntico ao do seu amo, bem como as suas visitas à Casa da Morte, onde deixara bons companheiros!

– Mas e Pentu, o médico oficial da corte? Não havia ele registrado a ausência total da respiração, do pulso, dos batimentos cardíacos – enfim, de todos os sinais vitais do faraó?

– Decerto que sim – confirmara Bes, pois que o faraó ainda habitava o reino da morte.

Um calafrio percorreu a espinha de Meri-rá.

– Morto? O faraó está morto? – disse ele, envolto em tamanha confusão que não sabia mais no que acreditar.

– Sim, eu o ensinei a morrer! – exclamou Bes, luzindo de orgulho. – Eu o ensinei a engolir a língua!

Engolir a língua? De que diabos estava o demoniozinho a falar?

Bes, mestre consumado numa técnica antiquíssima de sua terra, havia ensinado o faraó a morrer e tornar a viver, ingressando num estado virtual de catalepsia. ("Engolir a língua" era um passo essencial, assim como a vedação de orelhas, boca e narinas com pedaços de cera, a fim de impedir que o morto-vivo pudesse ser surpreendido, durante seu sono mortal, pela introdução em sua garganta de algum inseto ou micróbio nocivo.)

Tomado por um pavor súbito, Meri-rá começou, de repente, a enxergar naquele xamã negro todos os sinais de uma verdadeira entidade infernal – sim, talvez estivesse a assistir não à ressurreição do faraó, mas a alguma paródia macabra, executada por uma trupe perversa de demônios, habitante daquelas solidões!

– Quem verdadeiramente é você, Bes? – perguntou ele ao anão.

Então, Bes, empertigando-se todo, avançou alguns passos até a lamparina depositada a seus pés. Às suas costas, na parede recoberta de hieróglifos, a sua sombra pequenina cresceu desmesuradamente até transformar-se na de um gênio negro e imenso.

– Bes não! – *Secundra*, gritou ele, rígido de orgulho. – SECUNDRA DASS!

Logo depois, Bes – ou fosse lá quem fosse –, dando as costas ao intruso, retornou às suas massagens sobre o corpo do faraó, enquanto Meri-rá, completamente atônito, corria enlouquecidamente até o esquife para saciar a sua terrificante curiosidade.

– Áton sagrado! – berrou ele, aterrado, levando as mãos à boca.

Sim, ali estava Akhenaton, o faraó morto que, diante dos seus olhos, ensaiava o seu retorno à vida!

Meri-rá viu um sorriso de triunfo iluminar todo o rosto do anão e um grito de júbilo escapar-se da mulher, quando os globos oculares do morto começavam a remexer-se por debaixo das pálpebras.

Os ruídos sobrenaturais da noite e do deserto – uivos dos lobos, os gritos das aves e a tuba sonora do vento a percorrer as galerias dos paredões – avolumarem-se extraordinariamente aos ouvidos de Meri-rá quando ele viu finalmente Akhenaton abrir os olhos e encará-lo com o mais vívido e extraordinário dos olhares humanos – *o olhar de um morto que volta ao convívios dos vivos*!

Meri-rá, numa fração brevíssima de segundos, viu luzir no olhar do homem ressuscitado o princípio da grande resposta – a resposta para o grande enigma terrível e angustioso da Morte, que desde a aurora dos tempos tirara o sossego da alma do homem, único ser, dentro da natureza, a refletir sobre a sua finitude – era alegria que via nos olhos do ressuscitado – ou era o terror de quem, tendo provado do grande e deleitoso sono sem sonhos, descobria-se, outra vez, desperto para o recomeço da grande tribulação de viver e sofrer outra vez, pois que viver até ali fora isto, e deus sabe até quando seria assim.

Meri-rá, porém, não chegou a escutar a primeira palavra, pois vira tudo apagar-se, numa explosão de dor, assim que os olhos de Akhenaton – vivos, vivíssimos! – haviam fixado terrivelmente o seu rosto.

Quando o desgraçado acordou, não havia mais ninguém ao seu redor.

Bes, Meritaton, os dois servos sinistros e o faraó ressurrecto haviam como que se esfumado, restando apenas a parede da caverna, recoberta pelos hieróglifos, nos quais reconheceu, com os olhos úmidos de lágrimas, o *Grande Hino a Áton*, que ele, com sua modesta facúndia, ajudara o faraó a compor, nos dias felizes de seu reinado.

Meri-rá nada mais tinha a contar, antes de ele próprio esfumar-se, senão que, em algum lugar do imenso deserto, seu faraó, ressurrecto e imortal (pois que não podia haver uma segunda morte para aquele que dela triunfara), preparava os primeiros passos do estabelecimento imediato na terra do Reinado de Áton – um reinado de Verdade, Justiça e Paz que, ao contrário desta história, jamais conheceria um fim.

POSFÁCIO

Aos verdadeiros conhecedores da literatura de aventura não terá passado despercebida a pequena homenagem que prestamos em nosso "epílogo alternativo" a um célebre autor deste gênero, recriando, à nossa maneira, o desfecho originalíssimo que ele inventou para uma de suas melhores histórias. (*O morgado de Ballantrae*, de Robert Louis Stevenson, com efeito, além de possuir uma trama magnífica, traz, ainda, em suas últimas páginas, um dos desfechos mais insólitos e emocionantes de toda a literatura universal.) Infelizmente, como tantas outras coisas boas que acabam por perder-se na voragem do tempo, este romance extraordinário – que já fez as delícias de gente como Henry James, Joseph Conrad e Jorge Luis Borges – também tem estado imerso num sono muito semelhante ao que acometeu o quixotesco faraó de nosso relato.

Com nossa pequena homenagem, pretendemos, pois, tal como o pequeno gênio negro criado pelo autor de *O Médico e o Monstro*, ajudar a ressuscitar da memória literária esta pequena obra-prima ignorada, repondo-a na galeria dos grandes clássicos da literatura de aventura de todos os tempos.

Coleção L&PM POCKET (LANÇAMENTOS MAIS RECENTES)

558(3).**Kafka** – Gérard-Georges Lemaire
559(4).**Júlio César** – Joël Schmidt
560.**Receitas da família** – J. A. Pinheiro Machado
561.**Boas maneiras à mesa** – Celia Ribeiro
562(9).**Filhos sadios, pais felizes** – R. Pagnoncelli
563(10).**Fatos & mitos** – Dr. Fernando Lucchese
564.**Ménage à trois** – Paula Taitelbaum
565.**Mulheres!** – David Coimbra
566.**Poemas de Álvaro de Campos** – Fernando Pessoa
567.**Medo e outras histórias** – Stefan Zweig
568.**Snoopy e sua turma (1)** – Schulz
569.**Piadas para sempre (1)** – Visconde da Casa Verde
570.**O alvo móvel** – Ross Macdonald
571.**O melhor do Recruta Zero (2)** – Mort Walker
572.**Um sonho americano** – Norman Mailer
573.**Os broncos também amam** – Angeli
574.**Crônica de um amor louco** – Bukowski
575(5).**Freud** – René Major e Chantal Talagrand
576(6).**Picasso** – Gilles Plazy
577(7).**Gandhi** – Christine Jordis
578.**A tumba** – H. P. Lovecraft
579.**O príncipe e o mendigo** – Mark Twain
580.**Garfield, um charme de gato (7)** – Jim Davis
581.**Ilusões perdidas** – Balzac
582.**Esplendores e misérias das cortesãs** – Balzac
583.**Walter Ego** – Angeli
584.**Striptiras (1)** – Laerte
585.**Fagundes: um puxa-saco de mão cheia** – Laerte
586.**Depois do último trem** – Josué Guimarães
587.**Ricardo III** – Shakespeare
588.**Dona Anja** – Josué Guimarães
589.**24 horas na vida de uma mulher** – Stefan Zweig
590.**O terceiro homem** – Graham Greene
591.**Mulher no escuro** – Dashiell Hammett
592.**No que acredito** – Bertrand Russell
593.**Odisséia (1): Telemaquia** – Homero
594.**O cavalo cego** – Josué Guimarães
595.**Henrique V** – Shakespeare
596.**Fabulário geral do delírio cotidiano** – Bukowski
597.**Tiros na noite 1: A mulher do bandido** – Dashiell Hammett
598.**Snoopy em Feliz Dia dos Namorados! (2)** – Schulz
599.**Mas não se matam cavalos?** – Horace McCoy
600.**Crime e castigo** – Dostoiévski
601(7).**Mistério no Caribe** – Agatha Christie
602.**Odisséia (2): Regresso** – Homero
603.**Piadas para sempre (2)** – Visconde da Casa Verde
604.**À sombra do vulcão** – Malcolm Lowry
605(8).**Kerouac** – Yves Buin
606.**E agora são cinzas** – Angeli
607.**As mil e uma noites** – Paulo Caruso
608.**Um assassino entre nós** – Ruth Rendell
609.**Crack-up** – F. Scott Fitzgerald
610.**Do amor** – Stendhal
611.**Cartas do Yage** – William Burroughs e Allen Ginsberg
612.**Striptiras (2)** – Laerte
613.**Henry & June** – Anaïs Nin
614.**A piscina mortal** – Ross Macdonald
615.**Geraldão (2)** – Glauco
616.**Tempo de delicadeza** – A. R. de Sant'Anna
617.**Tiros na noite 2: Medo de tiro** – Dashiell Hammett
618.**Snoopy em Assim é a vida, Charlie Brown! (3)** – Schulz
619.**1954 – Um tiro no coração** – Hélio Silva
620.**Sobre a inspiração poética (Íon) e ...** – Platão
621.**Garfield e seus amigos (8)** – Jim Davis
622.**Odisséia (3): Ítaca** – Homero
623.**A louca matança** – Chester Himes
624.**Factótum** – Bukowski
625.**Guerra e Paz: volume 1** – Tolstói
626.**Guerra e Paz: volume 2** – Tolstói
627.**Guerra e Paz: volume 3** – Tolstói
628.**Guerra e Paz: volume 4** – Tolstói
629(9).**Shakespeare** – Claude Mourthé
630.**Bem está o que bem acaba** – Shakespeare
631.**O contrato social** – Rousseau
632.**Geração Beat** – Jack Kerouac
633.**Snoopy: É Natal! (4)** – Charles Schulz
634(8).**Testemunha da acusação** – Agatha Christie
635.**Um elefante no caos** – Millôr Fernandes
636.**Guia de leitura (100 autores que você precisa ler)** – Organização de Léa Masina
637.**Pistoleiros também mandam flores** – David Coimbra
638.**O prazer das palavras** – vol. 1 – Cláudio Moreno
639.**O prazer das palavras** – vol. 2 – Cláudio Moreno
640.**Novíssimo testamento: com Deus e o diabo, a dupla da criação** – Iotti
641.**Literatura Brasileira: modos de usar** – Luís Augusto Fischer
642.**Dicionário de Porto-Alegrês** – Luís A. Fischer
643.**Clô Dias & Noites** – Sérgio Jockymann
644.**Memorial de Isla Negra** – Pablo Neruda
645.**Um homem extraordinário e outras histórias** – Tchékhov
646.**Ana sem terra** – Alcy Cheuiche
647.**Adultérios** – Woody Allen
648.**Para sempre ou nunca mais** – R. Chandler
649.**Nosso homem em Havana** – Graham Greene
650.**Dicionário Caldas Aulete de Bolso**
651.**Snoopy: Posso fazer uma pergunta, professora? (5)** – Charles Schulz
652(10).**Luís XVI** – Bernard Vincent
653.**O mercador de Veneza** – Shakespeare
654.**Cancioneiro** – Fernando Pessoa
655.**Non-Stop** – Martha Medeiros
656.**Carpinteiros, levantem bem alto a cumeeira & Seymour, uma apresentação** – J.D.Salinger
657.**Ensaios céticos** – Bertrand Russell
658.**O melhor de Hagar 5** – Dik e Chris Browne

659.**Primeiro amor** – Ivan Turguêniev
660.**A trégua** – Mario Benedetti
661.**Um parque de diversões da cabeça** – Lawrence Ferlinghetti
662.**Aprendendo a viver** – Sêneca
663.**Garfield, um gato em apuros (9)** – Jim Davis
664.**Dilbert 1** – Scott Adams
665.**Dicionário de dificuldades** – Domingos Paschoal Cegalla
666.**A imaginação** – Jean-Paul Sartre
667.**O ladrão e os cães** – Naguib Mahfuz
668.**Gramática do português contemporâneo** – Celso Cunha
669.**A volta do parafuso** *seguido de* **Daisy Miller** – Henry James
670.**Notas do subsolo** – Dostoiévski
671.**Abobrinhas da Brasilônia** – Glauco
672.**Geraldão (3)** – Glauco
673.**Piadas para sempre (3)** – Visconde da Casa Verde
674.**Duas viagens ao Brasil** – Hans Staden
675.**Bandeira de bolso** – Manuel Bandeira
676.**A arte da guerra** – Maquiavel
677.**Além do bem e do mal** – Nietzsche
678.**O coronel Chabert** *seguido de* **A mulher abandonada** – Balzac
679.**O sorriso de marfim** – Ross Macdonald
680.**100 receitas de pescados** – Sílvio Lancellotti
681.**O juiz e seu carrasco** – Friedrich Dürrenmatt
682.**Noites brancas** – Dostoiévski
683.**Quadras ao gosto popular** – Fernando Pessoa
684.**Romanceiro da Inconfidência** – Cecília Meireles
685.**Kaos** – Millôr Fernandes
686.**A pele de onagro** – Balzac
687.**As ligações perigosas** – Choderlos de Laclos
688.**Dicionário de matemática** – Luiz Fernandes Cardoso
689.**Os Lusíadas** – Luís Vaz de Camões
690(11).**Átila** – Éric Deschodt
691.**Um jeito tranqüilo de matar** – Chester Himes
692.**A felicidade conjugal** *seguido de* **O diabo** – Tolstói
693.**Viagem de um naturalista ao redor do mundo** – vol. 1 – Charles Darwin
694.**Viagem de um naturalista ao redor do mundo** – vol. 2 – Charles Darwin
695.**Memórias da casa dos mortos** – Dostoiévski
696.**A Celestina** – Fernando de Rojas
697.**Snoopy: Como você é azarado, Charlie Brown! (6)** – Charles Schulz
698.**Dez (quase) amores** – Claudia Tajes
699(9).**Poirot sempre espera** – Agatha Christie
700.**Cecília de bolso** – Cecília Meireles
701.**Apologia de Sócrates** *precedido de* **Êutifron** e *seguido de* **Críton** – Platão
702.**Wood & Stock** – Angeli
703.**Striptiras (3)** – Laerte
704.**Discurso sobre a origem e os fundamentos da desigualdade entre os homens** – Rousseau
705.**Os duelistas** – Joseph Conrad
706.**Dilbert (2)** – Scott Adams
707.**Viver e escrever** (vol. 1) – Edla van Steen
708.**Viver e escrever** (vol. 2) – Edla van Steen
709.**Viver e escrever** (vol. 3) – Edla van Steen
710(10).**A teia da aranha** – Agatha Christie
711.**O banquete** – Platão
712.**Os belos e malditos** – F. Scott Fitzgerald
713.**Libelo contra a arte moderna** – Salvador Dalí
714.**Akropolis** – Valerio Massimo Manfredi
715.**Devoradores de mortos** – Michael Crichton
716.**Sob o sol da Toscana** – Frances Mayes
717.**Batom na cueca** – Nani
718.**Vida dura** – Claudia Tajes
719.**Carne trêmula** – Ruth Rendell
720.**Cris, a fera** – David Coimbra
721.**O anticristo** – Nietzsche
722.**Como um romance** – Daniel Pennac
723.**Emboscada no Forte Bragg** – Tom Wolfe
724.**Assédio sexual** – Michael Crichton
725.**O espírito do Zen** – Alan W. Watts
726.**Um bonde chamado desejo** – Tennessee Williams
727.**Como gostais** *seguido de* **Conto de inverno** – Shakespeare
728.**Tratado sobre a tolerância** – Voltaire
729.**Snoopy: Doces ou travessuras? (7)** – Charles Schulz
730.**Cardápios do Anonymus Gourmet** – J.A. Pinheiro Machado
731.**100 receitas com lata** – J.A. Pinheiro Machado
732.**Conhece o Mário?** vol.2 – Santiago
733.**Dilbert (3)** – Scott Adams
734.**História de um louco amor** *seguido de* **Passado amor** – Horacio Quiroga
735(11).**Sexo: muito prazer** – Laura Meyer da Silva
736(12).**Para entender o adolescente** – Dr. Ronald Pagnoncelli
737(13).**Desembarcando a tristeza** – Dr. Fernando Lucchese
738.**Poirot e o mistério da arca espanhola & outras histórias** – Agatha Christie
739.**A última legião** – Valerio Massimo Manfredi
740.**As virgens suicidas** – Jeffrey Eugenides
741.**Sol nascente** – Michael Crichton
742.**Duzentos ladrões** – Dalton Trevisan
743.**Os devaneios do caminhante solitário** – Rousseau
744.**Garfield, o rei da preguiça (10)** – Jim Davis
745.**Os magnatas** – Charles R. Morris
746.**Pulp** – Charles Bukowski
747.**Enquanto agonizo** – William Faulkner
748.**Aline: viciada em sexo (3)** – Adão Iturrusgarai
749.**A dama do cachorrinho** – Anton Tchékhov
750.**Tito Andrônico** – Shakespeare
751.**Antologia poética** – Anna Akhmátova
752.**O melhor de Hagar 6** – Dik e Chris Browne
753(12).**Michelangelo** – Nadine Sautel
754.**Dilbert (4)** – Scott Adams
755.**O jardim das cerejeiras** *seguido de* **Tio Vânia** – Tchékhov
756.**Geração Beat** – Claudio Willer
757.**Santos Dumont** – Alcy Cheuiche
758.**Budismo** – Claude B. Levenson
759.**Cleópatra** – Christian-Georges Schwentzel
760.**Revolução Francesa** – Frédéric Bluche, Stéphane Rials e Jean Tulard
761.**A crise de 1929** – Bernard Gazier
762.**Sigmund Freud** – Edson Sousa e Paulo Endo

763.**Império Romano** – Patrick Le Roux
764.**Cruzadas** – Cécile Morrisson
765.**O mistério do Trem Azul** – Agatha Christie
766.**Os escrúpulos de Maigret** – Simenon
767.**Maigret se diverte** – Simenon
768.**Senso comum** – Thomas Paine
769.**O parque dos dinossauros** – Michael Crichton
770.**Trilogia da paixão** – Goethe
771.**A simples arte de matar** (vol.1) – R. Chandler
772.**A simples arte de matar** (vol.2) – R. Chandler
773.**Snoopy: No mundo da lua! (8)** – Charles Schulz
774.**Os Quatro Grandes** – Agatha Christie
775.**Um brinde de cianureto** – Agatha Christie
776.**Súplicas atendidas** – Truman Capote
777.**Ainda restam aveleiras** – Simenon
778.**Maigret e o ladrão preguiçoso** – Simenon
779.**A viúva imortal** – Millôr Fernandes
780.**Cabala** – Roland Goetschel
781.**Capitalismo** – Claude Jessua
782.**Mitologia grega** – Pierre Grimal
783.**Economia: 100 palavras-chave** – Jean-Paul Betbèze
784.**Marxismo** – Henri Lefebvre
785.**Punição para a inocência** – Agatha Christie
786.**A extravagância do morto** – Agatha Christie
787(13).**Cézanne** – Bernard Fauconnier
788.**A identidade Bourne** – Robert Ludlum
789.**Da tranquilidade da alma** – Sêneca
790.**Um artista da fome** *seguido de* **Na colônia penal e outras histórias** – Kafka
791.**Histórias de fantasmas** – Charles Dickens
792.**A louca de Maigret** – Simenon
793.**O amigo de infância de Maigret** – Simenon
794.**O revólver de Maigret** – Simenon
795.**A fuga do sr. Monde** – Simenon
796.**O Uraguai** – Basílio da Gama
797.**A mão misteriosa** – Agatha Christie
798.**Testemunha ocular do crime** – Agatha Christie
799.**Crepúsculo dos ídolos** – Friedrich Nietzsche
800.**Maigret e o negociante de vinhos** – Simenon
801.**Maigret e o mendigo** – Simenon
802.**O grande golpe** – Dashiell Hammett
803.**Humor barra pesada** – Nani
804.**Vinho** – Jean-François Gautier
805.**Egito Antigo** – Sophie Desplancques
806(14).**Baudelaire** – Jean-Baptiste Baronian
807.**Caminho da sabedoria, caminho da paz** – Dalai Lama e Felizitas von Schönborn
808.**Senhor e servo e outras histórias** – Tolstói
809.**Os cadernos de Malte Laurids Brigge** – Rilke
810.**Dilbert (5)** – Scott Adams
811.**Big Sur** – Jack Kerouac
812.**Seguindo a correnteza** – Agatha Christie
813.**O álibi** – Sandra Brown
814.**Montanha-russa** – Martha Medeiros
815.**Coisas da vida** – Martha Medeiros
816.**A cantada infalível** *seguido de* **A mulher do centroavante** – David Coimbra
817.**Maigret e os crimes do cais** – Simenon
818.**Sinal vermelho** – Simenon
819.**Snoopy: Pausa para a soneca (9)** – Charles Schulz
820.**De pernas pro ar** – Eduardo Galeano
821.**Tragédias gregas** – Pascal Thiercy
822.**Existencialismo** – Jacques Colette
823.**Nietzsche** – Jean Granier
824.**Amar ou depender?** – Walter Riso
825.**Darmapada: A doutrina budista em versos**
826.**J'Accuse...! – a verdade em marcha** – Zola
827.**Os crimes ABC** – Agatha Christie
828.**Um gato entre os pombos** – Agatha Christie
829.**Maigret e o sumiço do sr. Charles** – Simenon
830.**Maigret e a morte do jogador** – Simenon
831.**Dicionário de teatro** – Luiz Paulo Vasconcellos
832.**Cartas extraviadas** – Martha Medeiros
833.**A longa viagem de prazer** – J. J. Morosoli
834.**Receitas fáceis** – J. A. Pinheiro Machado
835.(14).**Mais fatos & mitos** – Dr. Fernando Lucchese
836.(15).**Boa viagem!** – Dr. Fernando Lucchese
837.**Aline: Finalmente nua!!!** (4) – Adão Iturrusgarai
838.**Mônica tem uma novidade!** – Mauricio de Sousa
839.**Cebolinha em apuros!** – Mauricio de Sousa
840.**Sócios no crime** – Agatha Christie
841.**Bocas do tempo** – Eduardo Galeano
842.**Orgulho e preconceito** – Jane Austen
843.**Impressionismo** – Dominique Lobstein
844.**Escrita chinesa** – Viviane Alleton
845.**Paris: uma história** – Yvan Combeau
846(15).**Van Gogh** – David Haziot
847.**Maigret e o corpo sem cabeça** – Simenon
848.**Portal do destino** – Agatha Christie
849.**O futuro de uma ilusão** – Freud
850.**O mal-estar na cultura** – Freud
851.**Maigret e o matador** – Simenon
852.**Maigret e o fantasma** – Simenon
853.**Um crime adormecido** – Agatha Christie
854.**Satori em Paris** – Jack Kerouac
855.**Medo e delírio em Las Vegas** – Hunter Thompson
856.**Um negócio fracassado e outros contos de humor** – Tchékhov
857.**Mônica está de férias!** – Mauricio de Sousa
858.**De quem é esse coelho?** – Mauricio de Sousa
859.**O burgomestre de Furnes** – Simenon
860.**O mistério Sittaford** – Agatha Christie
861.**Manhã transfigurada** – Luiz Antonio de Assis Brasil
862.**Alexandre, o Grande** – Pierre Briant
863.**Jesus** – Charles Perrot
864.**Islã** – Paul Balta
865.**Guerra da Secessão** – Farid Ameur
866.**Um rio que vem da Grécia** – Cláudio Moreno
867.**Maigret e os colegas americanos** – Simenon
868.**Assassinato na casa do pastor** – Agatha Christie
869.**Manual do líder** – Napoleão Bonaparte
870(16).**Billie Holiday** – Sylvia Fol
871.**Bidu arrasando!** – Mauricio de Sousa
872.**Desventuras em família** – Mauricio de Sousa
873.**Liberty Bar** – Simenon
874.**E no final a morte** – Agatha Christie
875.**Guia prático do Português correto – vol. 4** – Cláudio Moreno
876.**Dilbert (6)** – Scott Adams
877(17).**Leonardo da Vinci** – Sophie Chauveau
878.**Bella Toscana** – Frances Mayes
879.**A arte da ficção** – David Lodge
880.**Striptiras (4)** – Laerte
881.**Skrotinhos** – Angeli
882.**Depois do funeral** – Agatha Christie

883.**Radicci 7** – Iotti
884.**Walden** – H. D. Thoreau
885.**Lincoln** – Allen C. Guelzo
886.**Primeira Guerra Mundial** – Michael Howard
887.**A linha de sombra** – Joseph Conrad
888.**O amor é um cão dos diabos** – Bukowski
889.**Maigret sai em viagem** – Simenon
890.**Despertar: uma vida de Buda** – Jack Kerouac
891(18).**Albert Einstein** – Laurent Seksik
892.**Hell's Angels** – Hunter Thompson
893.**Ausência na primavera** – Agatha Christie
894.**Dilbert (7)** – Scott Adams
895.**Ao sul de lugar nenhum** – Bukowski
896.**Maquiavel** – Quentin Skinner
897.**Sócrates** – C.C.W. Taylor
898.**A casa do canal** – Simenon
899.**O Natal de Poirot** – Agatha Christie
900.**As veias abertas da América Latina** – Eduardo Galeano
901.**Snoopy: Sempre alerta! (10)** – Charles Schulz
902.**Chico Bento: Plantando confusão** – Mauricio de Sousa
903.**Penadinho: Quem é morto sempre aparece** – Mauricio de Sousa
904.**A vida sexual da mulher feia** – Claudia Tajes
905.**100 segredos de liquidificador** – José Antonio Pinheiro Machado
906.**Sexo muito prazer 2** – Laura Meyer da Silva
907.**Os nascimentos** – Eduardo Galeano
908.**As caras e as máscaras** – Eduardo Galeano
909.**O século do vento** – Eduardo Galeano
910.**Poirot perde uma cliente** – Agatha Christie
911.**Cérebro** – Michael O'Shea
912.**O escaravelho de ouro e outras histórias** – Edgar Allan Poe
913.**Piadas para sempre (4)** – Visconde da Casa Verde
914.**100 receitas de massas light** – Helena Tonetto
915(19).**Oscar Wilde** – Daniel Salvatore Schiffer
916.**Uma breve história do mundo** – H. G. Wells
917.**A Casa do Penhasco** – Agatha Christie
918.**Maigret e o finado sr. Gallet** – Simenon
919.**John M. Keynes** – Bernard Gazier
920(20).**Virginia Woolf** – Alexandra Lemasson
921.**Peter e Wendy** *seguido de* **Peter Pan em Kensington Gardens** – J. M. Barrie
922.**Aline: numas de colegial (5)** – Adão Iturrusgarai
923.**Uma dose mortal** – Agatha Christie
924.**Os trabalhos de Hércules** – Agatha Christie
925.**Maigret na escola** – Simenon
926.**Kant** – Roger Scruton
927.**A inocência do Padre Brown** – G.K. Chesterton
928.**Casa Velha** – Machado de Assis
929.**Marcas de nascença** – Nancy Huston
930.**Aulete de bolso**
931.**Hora Zero** – Agatha Christie
932.**Morte na Mesopotâmia** – Agatha Christie
933.**Um crime na Holanda** – Simenon
934.**Nem te conto, João** – Dalton Trevisan
935.**As aventuras de Huckleberry Finn** – Mark Twain
936(21).**Marilyn Monroe** – Anne Plantagenet
937.**China moderna** – Rana Mitter
938.**Dinossauros** – David Norman
939.**Louca por homem** – Claudia Tajes
940.**Amores de alto risco** – Walter Riso
941.**Jogo de damas** – David Coimbra
942.**Filha é filha** – Agatha Christie
943.**M ou N?** – Agatha Christie
944.**Maigret se defende** – Simenon
945.**Bidu: diversão em dobro!** – Mauricio de Sousa
946.**Fogo** – Anaïs Nin
947.**Rum: diário de um jornalista bêbado** – Hunter Thompson
948.**Persuasão** – Jane Austen
949.**Lágrimas na chuva** – Sergio Faraco
950.**Mulheres** – Bukowski
951.**Um pressentimento funesto** – Agatha Christie
952.**Cartas na mesa** – Agatha Christie
953.**Maigret em Vichy** – Simenon
954.**O lobo do mar** – Jack London
955.**Os gatos** – Patricia Highsmith
956(22).**Jesus** – Christiane Rancé
957.**História da medicina** – William Bynum
958.**O Morro dos Ventos Uivantes** – Emily Brontë
959.**A filosofia na era trágica dos gregos** – Nietzsche
960.**Os treze problemas** – Agatha Christie
961.**A massagista japonesa** – Moacyr Scliar
962.**A taberna dos dois tostões** – Simenon
963.**Humor do miserê** – Nani
964.**Todo o mundo tem dúvida, inclusive você** – Édison Oliveira
965.**A dama do Bar Nevada** – Sergio Faraco
966.**O Smurf Repórter** – Peyo
967.**O Bebê Smurf** – Peyo
968.**Maigret e os flamengos** – Simenon
969.**O psicopata americano** – Bret Easton Ellis
970.**Ensaios de amor** – Alain de Botton
971.**O grande Gatsby** – F. Scott Fitzgerald
972.**Por que não sou cristão** – Bertrand Russell
973.**A Casa Torta** – Agatha Christie
974.**Encontro com a morte** – Agatha Christie
975(23).**Rimbaud** – Jean-Baptiste Baronian
976.**Cartas na rua** – Bukowski
977.**Memória** – Jonathan K. Foster
978.**A abadia de Northanger** – Jane Austen
979.**As pernas de Úrsula** – Claudia Tajes
980.**Retrato inacabado** – Agatha Christie
981.**Solanin (1)** – Inio Asano
982.**Solanin (2)** – Inio Asano
983.**Aventuras de menino** – Mitsuru Adachi
984(16).**Fatos & mitos sobre sua alimentação** – Dr. Fernando Lucchese
985.**Teoria quântica** – John Polkinghorne
986.**O eterno marido** – Fiódor Dostoiévski
987.**Um safado em Dublin** – J. P. Donleavy
988.**Mirinha** – Dalton Trevisan
989.**Akhenaton e Nefertiti** – Carmen Seganfredo e A. S. Franchini
990.**On the Road – o manuscrito original** – Jack Kerouac
991.**Diários de Andy Warhol (1)** – Editado por Pat Hackett
992.**Diários de Andy Warhol (2)** – Editado por Pat Hackett
993(24).**Andy Warhol** – Mériam Korichi
994.**Maigret** – Simenon
995.**Os últimos casos de Miss Marple** – Agatha Christie

IMPRESSÃO:

GRÁFICA EDITORA Pallotti IMAGEM DE QUALIDADE

Santa Maria - RS - Fone/Fax: (55) 3220.4500
www.pallotti.com.br